Christoph Wortberg

Kein Entkommen

Zwei Tote, der eine ertrunken in einem See, der andere erstickt in einem Kühlschrank. Doch handelt es sich wirklich um Suizide, wie es die Obduktion nahelegt und der Psychoanalytiker Dr. Hanning, bei dem beide Männer in Behandlung waren, bestätigt? Genau das bezweifelt die Münchner Mordermittlerin Katja Sand und gräbt sich mit Assistent Rudi Dorfmüller tiefer in die Fälle. Die beiden stoßen auf einen vertuschten Skandal in der Bundesmarine. Je mehr schmutzige Details Katja ans Tageslicht bringt, desto mehr wächst der Druck von oben. Bis ihr die Fälle entzogen werden und Katja vor einer folgenschweren Entscheidung steht.

Christoph Wortberg studierte Philosophie, Germanistik und Geschichte. Er ist ausgebildeter Schauspieler. Verschiedene Rollen am Theater und im Fernsehen, u. a. als Frank Dressler in der ›Lindenstraße‹, daneben Hörbuchsprecher. Seit vielen Jahren Drehbuchautor, u. a. für für den Kölner ›Tatort‹, sowie Autor von Jugendromanen. Christoph Wortberg lebt in Köln.

Christoph Wortberg

KEIN ENTKOMMEN

Katja Sands erster Fall

Kriminalroman

dtv

Von Christoph Wortberg
sind bei dtv außerdem erschienen:
Kein Vergessen
Kein Erbarmen

Dieser Band ist unter dem Titel
›Trauma – Kein Entkommen‹ 2021 bei dtv erschienen.

FSC
www.fsc.org
MIX
Papier aus verantwortungsvollen Quellen
FSC® C019821

Ungekürzte Ausgabe 2023

Umschlaggestaltung: zero-media.net, München
Umschlagmotiv: JACLYN SOLLARS/Arcangel Images
Satz: Fotosatz Amann, Memmingen
Gesetzt aus der Minion
Druck und Bindung: Druckerei C.H.Beck, Nördlingen
Printed in Germany · ISBN 978-3-423-21849-1

The itsy bitsy spider
climbed up the waterspout.
Down came the rain
and washed the spider out.
Out came the sun
and dried up all the rain
and the itsy bitsy spider
climbed up the spout again.

Alter Kinderreim

Erster Teil

WASSER

Das kleine Kind lag in seinem Gitterbett. Es presste den Stoffhasen an sich, den die Mutter ihm geschenkt hatte. Der Hase hatte lange Ohren aus Frottee, mit denen sich das Kind über das Gesicht strich. Tief saugte es den vertrauten Geruch ein, dieses so eigene Gemisch aus Speichel und Schweiß, aus eingetrockneten Speiseresten und dem Bohnerwachs, mit dem die Mutter die Holzböden im Haus behandelte. Der Geruch gab ihm Sicherheit.

Ein einziges Mal hatte die Mutter den Hasen gewaschen. Danach hatte er nicht mehr nach Hase gerochen, nur noch nach Waschmittel. Das Kind war verzweifelt gewesen, hatte geschrien und um sich getreten. Es hatte sich erst beruhigt, als die Mutter ihm versprach, den Hasen nie wieder zu waschen. Seitdem nahm das Kind ihn mit, egal, wohin. Es ließ ihn nicht mehr allein. Der Hase war alles, was es besaß. Es musste ihn davor beschützen, gewaschen zu werden, es musste seinen Geruch bewahren, ohne den es nicht sein konnte, weil dann die Angst kam, die so groß war, dass sie das Kind erdrückte.

Abends brachte die Mutter das kleine Kind ins Bett. Sie beugte sich über sein Gesicht, strich ihm liebevoll übers Haar und gab ihm einen Kuss auf die Stirn. Die Bienen und Schmetterlinge auf dem Schirm der Nachttischlampe leuchteten. Die Mutter ging hinaus. Die Lampe ließ sie eingeschaltet, die Tür lehnte sie an, damit das Kind hören konnte, dass es nicht allein im Haus war. Das beruhigte das Kind. Es drehte sich auf die Seite, den kleinen Kinderdaumen im Mund, den Kopf im Kissen vergraben. Es schaute auf die Bienen und die Schmetterlinge auf dem Lampenschirm, es hielt den Hasen im Arm und drückte ihn an sich, die langen Ohren lagen auf seinen Wangen. Die Bettdecke hüllte das Kind ein, die Welt roch nach Hase, alles war gut. Dann fielen ihm die Augen zu, wie von selbst, und es schlief ein.

So war es sonst, aber an diesem Abend war es anders. An diesem Abend konnte das Kind nicht einschlafen. Die Lampe war nicht eingeschaltet, die Tür war geschlossen, die zugezogenen Vorhänge ließen kein Licht von draußen herein. Die Angst war größer als jede Müdigkeit.

Nicht die Mutter hatte das Kind ins Bett gebracht, sondern der Vater. In der Hand hatte er eine Flasche gehalten, seine Augen waren gerötet gewesen, sein Atem hatte nach Wut und Ärger gerochen. Das Kind hatte die Luft angehalten, um seinen beißenden Atem nicht riechen zu müssen. Der Vater hatte es mit seiner freien Hand gepackt und über die Gitterstäbe in das Kinderbett gehoben. Dabei hatte er kein Wort gesagt. Das Kind hatte sich nicht getraut, ihn anzuschauen. Es hatte nach seinem Hasen gegriffen, war unter die Decke geschlüpft und hatte die Augen zugepresst. Den Kopf zur Wand gedreht, hatte es gehört, wie der Vater die Vorhänge zuzog, die Lampe mit den Bienen und Schmetterlingen ausschaltete, die Tür hinter sich schloss. Erst als seine Schritte verklungen waren, hatte das Kind gewagt, die Augen wieder zu öffnen.

Jetzt lag es da und sah nichts. Nur nachtschwarze Dunkelheit. Nicht mal der Hase tröstete es und der Daumen in seinem Mund. Das Kind rührte sich nicht, sein Körper versteifte sich. Dann spürte es etwas Warmes aus sich herauslaufen. Es hatte gelernt, dass das falsch war, mehr als einmal hatte der Vater in das Kind hineingeprügelt, dass das falsch war. Aber das Kind konnte es nicht zurückhalten, die Flüssigkeit lief zwischen seinen Beinen heraus, in seinen Pyjama und weiter in das Laken.

Das Kind griff nach den hölzernen Stäben des Gitterbettes. Den Hasen an sich gepresst, tastete es sich an den Stäben entlang. Am Fußende war eine Lücke. Durch die schob es sich hinaus in die Schwärze des Zimmers, es spürte die Dielen des Bodens unter seinen nackten Fußsohlen, der nasse Stoff des Pyjamas rieb an seinen Beinen. Das Kind tastete sich durch die Dunkelheit zur Tür. Es wusste ja, wo sie sein musste. Mit der Hand suchte es nach der Klinke, drückte sie herunter und zog die Tür auf.

Auch der Flur war dunkel, aber von der Treppe her fiel Licht herauf. Das Kind lauschte. Von unten drangen merkwürdige Geräusche an sein Ohr. Irgendetwas knallte. Dann hörte es die Mutter wimmern.

Das Kind ging zögernd die Treppe hinunter. Stufe um Stufe folgte es dem Licht und den Geräuschen, die aus dem Wohnzimmer kamen. Das Wimmern der Mutter wurde lauter. Auch der Vater war jetzt zu hören. Er grunzte. Und dann war da ein gleichmäßiges Klatschen, das sich nicht zuordnen ließ.

Das Kind erreichte die Wohnzimmertür. Auf dem Boden eine leere Flasche in einer Lache aus Bier. Der Vater lag auf der Mutter. Ihre Hose und ihr Slip waren bis auf die Kniekehlen heruntergezogen. Das Becken des Vaters hob und senkte sich, schnell und immer schneller. In seinen Mundwinkeln sammelten sich Speichelfäden. Die Mutter wimmerte unter seinem massigen Leib. Seine merkwürdigen Bewegungen schienen sich in ihren Körper fortzusetzen. Sie hatte die Augen geschlossen, schwarze Tränen liefen ihr aus den Augenwinkeln die Wangen herab.

Das Kind stand da und begriff nichts.

Die Mutter öffnete die Augen, als würde sie spüren, dass das Kind da stand, in der Wohnzimmertür, nur ein paar Meter von ihr entfernt. Sie schaute es an mit ihren weinenden Augen und schüttelte kaum merklich den Kopf. Das Kind verstand nicht, dass das eine Warnung war, dass die Mutter es mit ihrem Blick anflehte, das Zimmer zu verlassen. Es blieb weiter stehen, den

Hasen fest an sich gedrückt, und schaute auf die Mutter und den Vater und auf das, was er mit ihr machte.

Der Vater hielt unvermittelt inne. Er hatte die Anwesenheit des Kindes bemerkt. Er drehte den Kopf zur Tür, seine blutunterlaufenen Augen fixierten das Kind, sein Mund stand halb offen. Er leckte sich den Speichel von den Lippen, schaute an dem Kind hinunter, sein Blick verharrte auf dem dunklen Fleck zwischen seinen Beinen. Er wälzte sich von der weinenden Mutter herunter und stand auf, schob sein erschlafftes Glied zurück in die Hose, dann griff er nach dem Gürtel.

Das Kind starrte auf den Gürtel in der Hand des Vaters. Der Gürtel sagte: Was machst du hier, du kleines Stück Scheiße? Warum bist du nicht im Bett? Und was soll dieser verdammte Fleck zwischen deinen Beinen? Kannst du deine Pisse nicht zurückhalten, du verdammte Missgeburt?

Die Mutter blickte den Vater flehend an. Ihre Augen sagten: Mach das nicht, bitte! Aber der Vater ging auf das Kind zu, er zog den Gürtel durch seine Hand, und seine Wut schien mit jedem Schritt größer zu werden.

Das Kind drehte sich um und rannte los. Seine nackten Füße flogen über den Holzfußboden. Durch den Flur in die Küche und weiter zur Tür in den Garten. Seine Hände streckten sich nach der Klinke, sie war kalt. Seine Finger drückten sie herunter, während der Vater immer näher kam, den Gürtel in der Hand, in den Augen diese unfassbare Wut.

Das Kind öffnete die Tür. Eisige Kälte schlug ihm entgegen, prallte wie eine Faust auf sein angstgeweitetes Gesicht, seinen winzigen Kinderkörper, den Fleck zwischen seinen Beinen. Es hörte, wie der Gürtel auf den Küchentisch knallte, den Herd, ein gnadenloses Peitschen. Es rannte hinaus in die Nacht, über die schneebedeckte Wiese, seine Füße hinterließen Abdrücke im gefrorenen Weiß. Das Kind musste den Schuppen erreichen, bevor der Gürtel das Kind erreichte. Die Kälte fuhr in seine kleine

Lunge, der Schmerz zerriss es fast, es schnappte nach Luft, seine Füße brannten.

Bleib stehen, du Sau!, rief der Gürtel, aber das Kind rannte weiter, riss die Tür zum Schuppen auf, kroch unter die alte Werkbank, kauerte sich in die hinterste Ecke. Metallspähne bohrten sich durch den Stoff seines Pyjamas. Das Kind presste den Hasen an sich. Es rührte sich nicht und hoffte, dass es unsichtbar war und das alles nicht wahr war, auch wenn es nicht wusste, was Hoffnung bedeutete, weil es das Wort noch gar nicht kannte.

Der Vater stand in der Schuppentür, das Kind konnte seine Füße sehen. Wo bist du!, schrie sein Gürtel, der durch die Luft sauste und eine Dose mit Nägeln von der Werkbank fegte.

Das Kind hielt die Luft an, aber das nützte ihm nichts, weil der Vater es entdeckt hatte. Eine kurze Ewigkeit lang passierte nichts, der Gürtel schwieg, nur das wutgetränkte Atmen des Vaters durchschnitt die Stille, dann sah das Kind seine Hand auf sich zukommen, die nach Zigaretten roch und nach Gewalt. Die Hand tastete über seine Beine, seinen Bauch, in dieser plötzlichen Stille, die schlimmer war als das Peitschen des Gürtels oder die merkwürdigen Geräusche, die der Vater gemacht hatte, als er auf der Mutter gelegen hatte.

Die Hand erreichte den Hasen und hielt inne. Dann packte sie zu und riss das Stofftier an sich. Das Kind wollte schreien, aber es konnte nicht. Der Vater beugte sich hinunter, kniete sich hin, er starrte das Kind unter der Werkbank an, dann schnellte seine Hand erneut vor. Mit einem einzigen Ruck zog er das Kind aus seinem Versteck.

Der Hase lag auf der Werkbank, daneben der Gürtel. Das Kind wartete darauf, dass der Vater mit dem Gürtel zuschlagen würde, aber stattdessen nahm er einen kleine Kanister aus dem Regal und schraubte den Deckel ab, langsam, ohne jede Eile. Sein Mund verzog sich zu einem schiefen Grinsen.

Das Kind kannte den Geruch, der aus dem Kanister stieg. Es war derselbe Geruch, der ihm in die Nase stieg, wenn der Vater mit ihm zur Tankstelle fuhr. Eigentlich mochte das Kind diesen Geruch, sehr sogar, aber jetzt machte er ihm Angst.

Der Vater grinste noch immer. Er nahm den Hasen hoch. Dabei schaute er das Kind an. Er griff nach dem Kanister und goß den Inhalt über den Hasen. Wieder wollte das Kind schreien, wieder blieb es stumm. Der Vater zog ein Feuerzeug aus seiner Hosentasche.

Das Kind wollte sich wegdrehen, aber der Vater packte es an den Haaren. Schau gut hin, schrien seine Augen. Dann betätigte er das Feuerzeug und hielt die Flamme an den Hasen.

Der Hase fing an zu brennen, lichterloh brannte er, seine Beine, sein Körper, seine langen Ohren aus Frottee. Und mit ihm verbrannte alles, was dem kleinen Kind lieb war. Der Vater schleuderte den brennenden Hasen hinaus in die Nacht, die Flammen fraßen sich durch seinen weichen Körper. Langsam schrumpfte er in sich zusammen, bis er nur noch ein rauchender Klumpen aus verbranntem Stoff war, das gebrochene Herz eines dreijährigen Kindes inmitten eines kleinen Sees aus geschmolzenem Schnee.

I

Bleischwer liegt der Himmel über der Stadt. Ein Sonntagvormittag Ende August, die Wolken so tief, dass sie die Dächer der Hochhäuser zu streifen scheinen. Alles ist grau. Selbst die bunten Firmenlogos der Konzerne, die Geschäftsreklamen in den Fußgängerzonen, die Tankstellenschilder an den Ausfallstraßen.

Seit Wochen leidet München unter einer extremen Hitzewelle. Die Rasenflächen in den Parks sind verdorrt, die Isar nur noch ein trauriges Rinnsal, der Asphalt auf den Straßen so weich, dass er beim Überfahren nachzugeben scheint. Die Menschen sind der Sonne überdrüssig, sehnen sich nach Regen. Jetzt ist er endlich da.

Katja Sand sitzt in einem Kombi vor dem Einkaufszentrum in Neuperlach. Die Tropfen prasseln auf die Windschutzscheibe, laufen am Glas entlang. Das Armaturenbrett ist mit Staub überzogen, die Gummimatten im Fußraum sind spröde und rissig. In der Ablage der Fahrertür liegt ein leerer Kaffeebecher, daneben die zusammengeknüllte Papiertüte einer Fastfoodkette. Der Wagen riecht nach kaltem Schweiß und Nikotin. Es ist verboten, in den Dienstwagen zu rauchen, aber keiner der Kollegen hält sich daran.

Weder der Regen noch der schäbige Zustand des Kombis interessieren Katja. Sie schaut zu Fink, der entspannt neben ihr auf dem Beifahrersitz sitzt, eine Hand am Türgriff, die andere auf seinem Knie. Lange Finger, vom Sommer gebräunt, die Nägel gepflegt. Eine schöne Hand. Sanft und trotzdem männlich. Sie mag die ruhige Art, mit der er eine Sache durchzieht, wenn es darauf ankommt, entschlossen und klar. Zweifel sind ihm fremd. Anders als ihr.

»Was ist?«, fragt er.

»Was soll sein?«

»Nervös?«

»Du leitest den Einsatz.« Ihre Stimme klingt rau, Fink muss ihr die Verunsicherung anhören.

»Wir können jederzeit abbrechen, wenn du willst«, sagt er und deutet auf das Funkgerät, das auf der Mittelkonsole liegt. »Deine Entscheidung.«

Sie antwortet nicht. Sie sieht Jenny vor sich. Der Zweifel zerreißt sie, aber besser eine falsche Entscheidung treffen als keine. Hier geht es nicht um sie, hier geht es um die Zukunft ihrer Tochter. Eine Mutter muss ihr Kind beschützen, egal, wie.

»Ich hab dich nicht um Hilfe gebeten, um jetzt einen Rückzieher zu machen«, sagt sie.

Er legt seine Hand auf ihren Unterarm. Ihr Körper spannt sich an, Sehnsucht überflutet sie. Der Hunger nach Berührung. Sie hat ihn vor zwei Jahren bei einem Einsatz kennengelernt. In einem Hinterhof in Solln war ein Drogentoter gefunden worden. Katja war hinzugezogen worden, weil der Verdacht auf Gewalteinwirkung bestand. Die Nähe zwischen ihr und Fink war von Anfang an greifbar. Dabei ist es geblieben, auch nach dem Ende der Ermittlungen. Jedesmal, wenn sie sich treffen, ist da diese unausgesprochene Anziehung. Mehr als einmal hat sie sich gefragt, was daraus geworden wäre, wenn sie sich früher begegnet wären.

Er schaut sie an. Das schlechte Gewissen steht ihr ins Gesicht geschrieben. Sie weiß: Mit dem, was sie hier tut, überschreitet sie eine Grenze, hinter die sie nie wieder zurückkann.

»Wenn es um meine Tochter ginge, würde ich dasselbe tun«, sagt Fink.

»Du hast keine.«

»Ich kann eben nur Söhne.« Er lächelt.

Sie beneidet ihn um seine Fähigkeit, den Dingen Leichtigkeit zu geben, in allem etwas Positives zu finden. Er wäre der Richtige für sie gewesen. Der Fels in der Brandung, der Anker in der Strömung. »Kann doch auch an deiner Frau liegen«, sagt sie und schaut auf den Ehering an seinem Finger. Ein schmaler Streifen aus Gold, eine unüberwindliche Grenze.

Er antwortet nicht. Sie kann ihm ansehen, wie es in ihm arbeitet. Die Stimmung zwischen ihnen verändert sich. Eine winzige, kaum spürbare Verschiebung.

»Was?«, fragt sie.

Langsam dreht er ihr den Kopf zu. Seine Frage kommt aus dem Nichts und trifft sie wie ein Schlag. »Würdest du mit ihr tauschen?«

Ihre Blicke treffen sich. Er hat das ausgesprochen, was sie gedacht hat. Sie hat das Gefühl zu taumeln. Als würde der Sitz unter ihr nachgeben. »Nicht dein Ernst.«

»Seit ich dich kenne. Hast es bloß nicht bemerkt.«

Katja versucht, in seinem Gesicht zu lesen. Die Leichtigkeit ist verschwunden, in seinen Augen liegen Traurigkeit und Schmerz. Zwei Menschen, die einen Ausweg aus ihrer Einsamkeit suchen. »Vielleicht wollte ich es nicht bemerken«, sagt sie.

»Oder so«, sagt er und versucht erfolglos, seine Niedergeschlagenheit wegzulächeln.

»Ich wusste nicht, dass es nicht gut läuft zwischen euch.«

»Kennst du einen Polizisten, dessen Ehe gut läuft?«

Nein, denkt sie, kenne ich nicht. Und fragt sich, warum das Leben so voller Klischees ist und warum so viele dieser Klischees einen wahren Kern haben.

»Sie betrügt mich«, sagt Fink und schaut hinaus in den Regen. »Schon seit Monaten. Ein Elektriker aus Laim. Eine eigene Firma, drei Angestellte. Wir haben ihn und seine Frau letztes Jahr im Urlaub kennengelernt. Der Campingplatz in Kroatien, wo wir immer hinfahren. Sie glaubt, ich weiß von nichts. Nur Augen für den Job und so. Manchmal denke ich, es wäre besser, blind zu sein.«

Ja, denkt sie, manchmal wäre das besser. Die Tage einfach so an sich vorbeiziehen zu lassen, ohne hinschauen zu müssen.

»Da ist er«, sagt sie und deutet auf den Rückspiegel.

Er ist neunzehn. Groß und schlank, das markante Gesicht mit den hohen Wangenknochen eingerahmt von halb langen blonden Haaren und dem Schatten eines Dreitagebartes. Er sieht aus wie Jesus.

»Sieht aus wie Jesus«, sagt Fink.

»Ja«, sagt Katja.

Er geht am Wagen vorbei, ohne sie zu bemerken. Er heißt Joshua. Jenny nennt ihn Josh. Katja wundert sich, dass sie ihm gegenüber keine Feindseligkeit verspürt. Im Gegenteil. Die Art, wie er geht, hat etwas Argloses an sich, eine liebenswerte Unbeholfenheit. Katja versteht ihre Tochter. In ihrem Alter hat sie einen ganz ähnlichen Geschmack gehabt.

Fink greift nach dem Funkgerät. »Okay?«

»Okay«, sagt Katja und spürt die Trockenheit in ihrem Mund.

Fink drückt die Sprechtaste. »Macht euch bereit, es geht los.«

Er hat seine Selbstsicherheit zurückgewonnen. Alles Private zwischen ihnen ist verschwunden. Jetzt zählt nur noch eins: die Sache durchzuziehen. Sie kennt das von sich selbst. Die Eigendynamik einer Entscheidung. Vielleicht ist sie auch deshalb zur Kriminalpolizei gegangen. Die eindeutige Trennung zwischen Gut und Böse, kein Platz für persönliche Zweifel. Und doch sind es vor allem ihre Zweifel, die zu ihrem beruflichen Erfolg beitragen. Weil sie Katja zwingen, offen zu bleiben. Sich einzulassen auf die Grauzone zwischen Schwarz und Weiß. Nur so lässt sich mit den Abgründen leben, in die sie täglich blicken muss: das Erschrecken der Täter, einen Mord begangen zu haben, die grausame Erkenntnis, die Tat nie wieder loszuwerden. Schlimmer als einen Menschen gewaltsam aus dem Leben zu reißen, ist nur, mit der daraus erwachsenden Schuld leben zu müssen.

Sie versucht, sich auf den Einsatz zu konzentrieren. Was hier passiert, ist ein Betrug, das ist ihr klar, auch wenn sie ihn aus Verantwortung begeht. Mutter und Tochter, ein fragiles Gebilde aus Liebe und Ablehnung. Katja, die von Jenny Respekt einfordert und von ihrer eigenen Hilflosigkeit überwältigt wird. Jennys wütende Urgewalt, die an ihren Vater erinnert. Ein über ihnen schwebender Schatten, verführerisch für die Tochter, bedrohlich für die Mutter.

Katja blickt durch den Regen zu Neumaier hinüber, den die Kollegen wegen seines jugendlichen Aussehens »Baby« nennen. Ein ausgemergelter, ständig nervöser Drogenfahnder, der den Kunden spielt und den Kontakt zu dem Jungen hergestellt hat. Ein paar Telefonate mit Informanten, ein erstes Treffen in einer der einschlägigen Kneipen, danach die Verabredung zum Kauf. Crystal und Ketamin. Für den Anfang eine überschaubare Menge. Falls die Qualität stimmt, gerne auch mehr.

Als Joshua ihn sieht, bleibt er stehen. Er streicht sich das nasse Haar aus der Stirn, schaut sich um, als wäre er plötzlich unschlüssig. Dann geht er weiter und nickt Baby zu, auf seinen Schultern die Spuren der Nässe.

Widerstreitende Gefühle, die an ihr zerren, die sie zerreißen: Du darfst das nicht tun, du musst das tun! Ihr wird schlecht. Der Impuls, wegzurennen, der Wunsch, vor der Verantwortung zu fliehen. Vielleicht hätte sie doch auf Finks Angebot eingehen und die Aktion abbrechen sollen. Jetzt ist es zu spät.

Joshua hat Baby inzwischen erreicht. Die beiden reden miteinander, ohne sich anzuschauen. Die ritualisierte Abwicklung eines Deals, eine Szene wie im Film, keine zwanzig Meter von Katja entfernt. Durch die getönten, verregneten Scheiben des Kombis sieht sie die Plastiktütchen in Joshuas Hand.

Fink schaut sie an, sie nickt ihm zu.

»Zugriff!«, sagt er ins Funkgerät.

Katja sieht einen weiteren Kollegen von Fink aus einem parkenden Auto springen und dem überrumpelten Jungen die Hände auf den Rücken drehen, während Neumaier alias Baby verabredungsgemäß davonläuft.

»Wir sehen uns später«, sagt Fink und steigt aus. Er tritt zu dem Kollegen, zückt seinen Dienstausweis und legt Joshua Handschellen an. Zu zweit schieben sie den Jungen in den Wagen des Kollegen. Joshuas Gesicht ist schmerzverzerrt, seine Augen glasig vor Angst.

Kein Jesus mehr, denkt Katja, nur noch ein vom Regen durchnässter Neunzehnjähriger, den sie um jeden Preis von ihrer Tochter fernhalten muss, damit er sie nicht mit sich in den Abgrund reißt. Sie fragt sich, wie Jenny reagieren wird. Wenn alles gutgeht, wird sie glauben, dass er sich nichts mehr aus ihr macht. Sie wird sich die Augen aus dem Leib heulen und sich irgendwann, ein paar Wochen oder Monate später, in einen anderen verlieben.

Und wenn es nicht gutgeht?

Der Wagen des Kollegen fährt los, die Reifen hinterlassen Schlieren auf dem nassen Asphalt.

Eine Spur im Regen.

Das Ende einer Unschuld.

2

Katja blickt durch die Scheibe in den Verhörraum. Joshua sitzt am Tisch, verängstigt und verloren. So wie die vielen anderen vor ihm. Um ihren Widerstand zu brechen, lässt man sie warten, eine halbe Stunde oder mehr. Ungewissheit und Stille. Nur die wenigsten halten das aus.

Er ist kurz davor durchzudrehen, das sieht sie ihm an. Immer wieder wandern seine Augen ruhelos durch den Raum, versuchen sich an irgendetwas festzuhalten, aber da ist nichts. Nur nackte Wände und das blickdichte Glas des Venezianischen Spiegels. Er starrt rüber zur Tür. Die einzige Richtung, aus der etwas zu erwarten ist. Rettung oder Vernichtung.

»Ich glaube, er ist so weit«, sagt Fink.

»Ja«, sagt Katja.

»Alles wie besprochen?«

»Genau so.«

Er legt ihr eine Hand auf die Schulter. Eine Geste des Trostes: Du kannst dich auf mich verlassen, ich mach das schon! Er weiß, wie es in ihr aussieht, und sie weiß, dass er es weiß. Seine Verbindlichkeit tut ihr gut. Diese unaufdringliche Art, Nähe zu schaffen, ohne ihr zu nahe zu treten.

»Holger!«

Er dreht sich zu ihr um. »Was?«

»Danke, dass du das für mich tust.«

»Was immer du willst, Katja!« Er lächelt mehrdeutig und verschwindet.

Sie wendet sich wieder dem Jungen hinter der Scheibe zu.

Joshua wippt nervös mit den Füßen. Als sich die Tür öffnet, zuckt er zusammen. Fink kommt herein, eine Akte in der Hand. Er legt sie auf den Tisch und setzt sich. Ruhig und besonnen. Joshua starrt nervös auf den blassrosa Pappdeckel. Fink wartet einen Moment, lässt die Akte wirken. Dann zieht er die bei dem Zugriff in Neuperlach sichergestellten Drogentütchen aus der Brusttasche seines Hemdes und wirft sie wortlos auf den Tisch.

Das Schweigen ist seine Waffe. Es gibt keine bessere. Und keinen, der sie besser einsetzt. Der Jäger und seine Beute, ein geduldiges Lauern ohne sichtbare Gefühle. Fink verzichtet auf drohende Gesten, erspart sich vorwurfsvolle Blicke. Wortlos lässt er die Zeit verstreichen, bis sein Gegenüber die Nerven verliert und anfängt zu reden, sich um Kopf und Kragen redet, bloß um diesem unerträglichen Schweigen endlich zu entkommen.

Dass das alles nicht spurlos an einem vorübergeht, kennt Katja von sich selbst. Das Zermürben eines Tatverdächtigen in der stickigen Luft eines Verhörraums zehrt jedesmal an ihr. Das Vorspielen endloser Geduld, dieses wohlkalkulierte Wechselspiel zwischen Freundlichkeit und Distanz, saugt sie aus. Zwar ist sie erleichtert, sobald sie den Widerstand auf der anderen Seite des Tisches endlich gebrochen hat, beim einen früher, beim anderen später. Aber sobald sie zu Hause ist, schlägt die Erschöpfung durch. Sie sitzt mit ihrer Tochter beim Abendessen, hört zu, wie Jenny von der Schule erzählt oder von ihren Freundinnen, und kämpft verzweifelt darum, Anteil zu zeigen, auch wenn ihr die Kraft dazu fehlt. Und wie war dein Tag, Mama? Gut. Nichts Besonderes. Ganz normal. Jeder Satz eine Qual, jede Antwort eine ungeheure Anstrengung. Was sie wirklich erlebt hat, muss sie vor Jenny verbergen, wie sie sich wirklich fühlt, darf sie nicht zeigen. Und immer wird sie dabei von dem beklemmenden Gefühl begleitet, ihrer Tochter nicht gerecht zu werden.

Katja fragt sich, wie Fink das macht. Wie er es schafft, den Job vom Privatleben zu trennen. Das alles von sich fernzuhalten in den wenigen Stunden zu Hause. Einfach nur da zu sein für seine beiden Söhne und seine Frau.

Kennst du einen Polizisten, dessen Ehe gut läuft?

Katja hat Melanie bei einer Grillparty kennengelernt. Fink hatte Geburtstag und ein paar Kollegen zu sich nach Hause eingeladen. Ein schmaler Reihenhausgarten in Fürstenried-West. Das satte Grün des Rasens, eine Schaukel für die Jungs. Melanie wirkte inmitten der Kollegen wie ein Fremdkörper, bemüht, aber hilflos. Sie liebte ihren Mann, das war ihr anzusehen, aber sie hasste es, die Frau eines Polizisten zu sein.

Katja wendet sich wieder dem Schweigen hinter der Scheibe zu. Joshua reagiert genau wie erwartet. Zieht sich in sich zurück wie ein bockiges Kind. Nimmt den ungleichen Kampf an, den Blick gesenkt, die Hände über den immer heftiger wippenden Knien ineinander verschränkt. Er versucht, sich an sich selbst festzuhalten, minutenlang, bis er begreift, dass er keinen Halt finden wird. Katja spürt Mitleid mit ihm. Niemand hat ihn genötigt, Drogen zu verkaufen, aber sie hat ihn in diesen Verhörraum gezwungen, in dieses aussichtslose Ringen mit sich selbst und gegen Fink, ohne auch nur zu ahnen, worum es wirklich geht.

Fink schaut zu ihr herüber. Ihre Blicke treffen sich hinter dem verspiegelten Glas, auch wenn er sie nicht sehen kann. Er weiß, wo sie steht, und nickt ihr unmerklich zu. Dann nimmt er die Akte vom Tisch, schlägt sie auf. Sie ist leer, aber das kann Joshua nicht sehen.

»Du bist neunzehn«, sagt Fink und beginnt sachlich abzuspulen, was Katja ihm über den Jungen erzählt hat. »Nach der Scheidung deiner Eltern hast du die Schule abgebrochen. Du hast eine Lehre als Schreiner gemacht, die du vor drei Monaten mit der Gesellenprüfung abgeschlossen hast. Du lebst in einer Wohngemeinschaft in Laim mit einem Maschinenbaustudenten aus Augsburg und einer koreanischen Musikstudentin, die du nicht leiden kannst, weil sie den ganzen Tag Geige übt. Was ich übrigens gut verstehen kann.« Er schlägt die leere Akte zu, legt sie zurück auf den Tisch.

Joshua glotzt ihn an. »Woher wissen Sie das alles?«

Von Jenny, denkt Katja und spürt, wie sich ihr Magen zusammenzieht.

»Ich bin die Polizei«, sagt Fink freundlich, »schon vergessen?« Er nimmt die Tütchen mit den Drogen vom Tisch, dreht sie zwischen seinen Fingern hin und her. »Seit wann dealst du?«, fragt er.

»Ich denke, Sie sind die Polizei«, erwidert Joshua. Der verzweifelte Versuch einer Gegenwehr. Ein letztes Aufbäumen, rührend in seiner Hilflosigkeit.

Katja erinnert sich daran, wie Jenny ihr Joshua vorgestellt hat. Die Verliebtheit der beiden flatterte durch den Raum wie ein bunter Schmetterling. Ihr erster Freund! Er stand neben ihr und gab Katja schüchtern die Hand, ein scheues Lächeln im Gesicht. Auch wenn sie ihn sofort mochte, war sie erschrocken. Neunzehn! Vier Jahre älter als Jenny. Und woher kam dieser unruhige Ausdruck in seinen Augen, dieser flackernde Blick?

Zuerst schrieb sie ihr Misstrauen ihrer Überempfindlichkeit als Polizistin zu. Bis zu dem Tag, als Jenny anfing, sie zu belügen. Sie wollte bei einer Freundin übernachten. Katja hatte nichts dagegen. Aber dann rief die Freundin bei Katja an. Ob Jenny da sei. Sie versuche schon die ganze Zeit, sie auf ihrem Handy zu erreichen, aber Jenny gehe nicht dran. Katja wusste, wo sie ihre Tochter finden würde. Sie setzte sich ins Auto und fuhr zu Joshua. Jenny lag nackt in seinem Bett. Auf dem Nachttisch ein brennender Joint. Und eine Schachtel mit Kondomen.

Ein Heimweg ohne Worte, ein sprachloser Abend. Jennys Schluchzen hinter ihrer abgeschlossenen Zimmertür, während Katja hinaus in die Dunkelheit starrte und sich fragte, wohin das alles noch führen würde.

Mitten in der schlaflosen Nacht kam Jenny zu ihr ins Bett, schmiegte sich schweigend an sie, ein verletztes Kind auf der Suche nach Schutz. Erst als sie am nächsten Morgen beim Frühstück saßen, brach sie ihr Schweigen.

»Warum tust du das, Mama?«

»Tue ich was?«

»Hinter mir herspionieren?«

»Warum lügst du mich an?«

»Ich bin alt genug.«

»Um im Bett deines Freundes nackt zu kiffen?«

»Und wenn schon!«

»Er ist vier Jahre älter als du.«

»Ich liebe ihn.«

»Das ist das, was du glaubst.«

»Das ist das, was ich fühle.«

»Du wärst nicht die Erste, deren Gefühle missbraucht werden.«

»Nur, weil du ihn nicht leiden kannst.«

Katja schaute ihre Tochter an. Irgendetwas in ihr hatte sich verändert. Jenny war nicht länger ihr kleines Mädchen.

»Hast du mit ihm geschlafen?«

»Was soll die Frage?«

»Da lagen Kondome neben seinem Bett.«

»Na und?«

»Habt ihr sie benutzt?«

»Ja«, sagte Jenny zögernd, »haben wir.«

Ein Schreck, aber keine Überraschung. Früher oder später wäre es sowieso dazu gekommen.

»Wenigstens etwas«, sagte Katja.

»Warum bist du so zynisch?«, fragte Jenny.

»Ich bin nicht zynisch, ich mache mir Sorgen um dich. Mütter tun das in der Regel. Schon mal gehört?«

»Alle machen sich Sorgen«, sagte Jenny und nahm ihre Hand.

»Auch Töchter um ihre Mütter.« Und nach einer kurzen Pause: »Weißt du noch, wie alt du warst bei deinem ersten Mal?«

»So alt wie du«, sagte Katja leise. Sie fühlte sich wie ein kleines Mädchen. Ihre Hand in der ihrer Tochter. Jennys Finger strichen über ihre, liebevoll und warm. Die Rollen waren vertauscht.

»Er hat mich nicht dazu gedrängt«, sagte Jenny. »Ich hab ihn darum gebeten. Ich wollte es unbedingt. Und ich bin froh, dass es passiert ist.«

»War es wenigstens schön?«

»War es. Und sag jetzt nicht: ›Na, immerhin‹.«

Sie lächelte ihrer Mutter zu. Das Lächeln eines arglosen Mädchens im trügerischen Zauber eines falschen Glücks.

Finks Stimme reißt Katja aus ihren Gedanken zurück in den Verhörraum des Rauschgiftdezernats der Münchner Kriminalpolizei.

»Das mit den Drogen ist das eine«, sagt Fink zu dem eingeschüchterten Joshua. »Das andere ist die Sache mit dem Mädchen.«

»Wie bitte!?«

»Die Kleine ist erst fünfzehn.«

»Na und?«

»Stell dich nicht blöder, als du bist.«

»Ich hab sie zu nichts gezwungen.«

»Fragt sich, ob der zuständige Richter das auch so sieht.«

»Ich lass mir von Ihnen nichts anhängen.«

»Ich brauche dir nichts anzuhängen, so tief, wie du in der Scheiße sitzt.«

»Was wollen Sie von mir?«

»Alles. Die ganze Geschichte. Von Anfang an. Nicht mehr und nicht weniger.«

Katja fragt sich, welchen Anteil sie selbst hat an dem, was hier geschieht. Der Tag, an dem sie Fink angerufen und gefragt hat, ob irgendwas gegen den Jungen vorliege. Sein Versprechen, sich darum zu kümmern. Ein paar Stunden später sein Rückruf. Joshua stand auf einer Liste, aber bis auf einen vagen Verdacht hatten sie nichts gegen ihn in der Hand. Katja hätte das alles auf sich beruhen lassen können, einfach darauf vertrauen, dass Jenny rechtzeitig erkennen würde, dass sie sich auf den Falschen eingelassen hatte. Aber wann war das, rechtzeitig? Und wie weit vertrug sich Jennys Recht auf Vertrauen mit Katjas Pflicht zur Verantwortung?

Katja traf eine Entscheidung. Sie ließ es nicht auf sich beruhen. Stattdessen stellte sie eigene Nachforschungen an, durchleuchtete den Jungen heimlich, überprüfte seine privaten Kontakte. Es dauerte nicht lange, bis sie fündig wurde. Er hatte mit dem Dealen angefangen, um sein knappes Lehrgeld aufzubessern. Es gab immer einen Grund, sich selbst etwas vorzumachen. Fast jede kriminelle Karriere basierte auf einem Selbstbetrug. Und auch wenn er kein professioneller Dealer war, er war auf dem besten Weg dahin. Eine Einbahnstraße in den eigenen Untergang. Wer sich mit den falschen Leuten einließ, saß in der Falle. Den wenigsten gelang der Absprung.

Fink war wenig erstaunt gewesen, als sie ihn erneut angerufen hatte. »Dahinter steckt was Privates, richtig?«

»Er ist mit Jenny zusammen.«

»Hab ich mir schon gedacht.«

»Ich brauche deine Hilfe.«

»Keine Sorge, wir finden schon was.«

Sie betrachtet Joshua. Er scheint begriffen zu haben, dass er verloren hat. In sich zusammengesunken sitzt er da, keine Spur mehr von Widerstand, keine Farbe mehr im Gesicht, nur noch ein graues Häufchen Elend. Er tut ihr leid. Und wieder ist da dieses Ringen in ihr. Zum hundertsten Mal die Frage, ob sie zu weit gegangen ist, und zum hundertsten Mal die Antwort: Es gibt keine Alternative!

»Also gut«, sagt Fink zu Josh, »gehen wir deine Optionen durch. Erstens: Du machst das, was die Typen, mit denen du dich eingelassen hast, von dir erwarten. Hältst dicht und lässt dich verknacken. Ersttäter, Jugendstrafrecht, du könntest auf eine milde Strafe hoffen. Wenn da nicht die Sache mit dem Mädchen wäre.«

»Ich hab doch gesagt, dass ich sie zu nichts gezwungen hab.«

»Und ich hab gesagt, dass es auf den Richter ankommt. Außerdem weißt du nicht, ob sich die Eltern der Kleinen einen Anwalt nehmen.«

»Sie hat bloß eine Mutter«, sagt Joshua leise.

»Bitte?«, fragt Fink.

»Bei der Kripo.«

»Moment mal.« Fink spielt den Erstaunten. »Hast du gerade Kripo gesagt?«

»Hauptkommissarin bei der Mordkommission.«

»Dann hast du die Arschkarte!«

»Wieso? Sie weiß doch, dass Jenny und ich … Es war okay für sie.«

»Bis jetzt vielleicht. Aber wenn sie spitzkriegt, dass der Freund ihrer Tochter ein Dealer ist, sieht das ganz anders aus. Dann wird sie Himmel und Hölle in Bewegung setzen, um dir einen Einlauf zu verpassen. Oder dein Richter kommt auf die Idee, dass das mit dem Mädchen nur ein Vorwand war, um an die Mutter ranzukommen. Um rauszukriegen, gegen wen sie so alles ermittelt. Du kapierst, worauf ich hinauswill?«

»Ja«, sagt Joshua leise.

»Dann sind wir uns einig, dass diese Variante keine gute Nummer ist.«

»Und die zweite Option?«

»Reiner Tisch«, sagt Fink. »Alle Namen, die dir einfallen. Auf deiner Ebene und der darüber. Wer dich beliefert, an wen du deine Kohle abdrückst und wo das Zeug herkommt, das du vertickst. Das ganze Programm.«

Fink macht seine Sache hervorragend. Der perfekte Schauspieler in einem widerwärtigen Stück. Joshua besteht jetzt nur noch aus Verzweiflung. Kein Boden mehr unter den Füßen, in jeder Pore seines Körpers die nackte Angst.

»Die werden das rauskriegen«, wimmert er. »Wenn ich im Knast lande … Die haben ihre Leute da. Und dann, was passiert dann?«

»Weiß ich nicht«, erwidert Fink, »kann ich dir nicht sagen.« Er lehnt sich zurück, verschränkt die Arme hinter dem Kopf und wartet.

Joshua überlegt fieberhaft. Katja kann sehen, wie es in ihm arbeitet. Und dass er keine Lösung findet.

»Gibt's nicht noch 'n dritten Weg?«, fragt er schließlich.

»Einen dritten Weg?«, wiederholt Fink, der nur auf diese Frage gewartet hat. Unmerklich lächelt er in Richtung Spiegel.

Joshua bekommt das in seiner Panik nicht mit. »Was weiß ich«, jammert er. »Irgendwas, um da heil rauszukommen.«

»Du willst, dass ich dich gehen lasse?«

»Das habe ich nicht gesagt.«

»Aber gemeint.«

»Was würden Sie denn an meiner Stelle tun?«, schreit Joshua. Er verliert die Nerven, fängt an zu heulen, schlägt unvermittelt seine Stirn auf die Tischplatte.

Fink springt auf, reißt ihn an den Haaren zurück. »Beherrsch dich«, befiehlt er. »Zieh hier bloß keine Show ab!«

Der Einzige, der hier eine Show abzieht, bist du, denkt Katja.

»Bitte«, flüstert Joshua heiser. »Ich bitte Sie!«

»Hast du dich wieder im Griff?«, fragt Fink kalt.

»Ja.«

»Sicher?«

»Ja.«

Fink lässt die Haare des Jungen los und geht zurück zu seinem Platz. Er tut so, als würde er nachdenken, angestrengt, minutenlang, während Joshua ihn reglos anstarrt, bereit, auch noch den kleinsten Strohhalm zu ergreifen.

»Okay«, sagt Fink schließlich, »weil heute Sonntag ist. Ich helfe dir, wenn du mir hilfst. Du gibst mir den Namen deines Lieferanten, und ich sorge dafür, dass niemand erfährt, von wem wir den Tipp haben. So weit klar?«

»Ja.«

»Du bist doch Schreinergeselle. Ich kenne da eine Firma in Wiesbaden. Die suchen immer jemanden.«

»Ich soll nach Wiesbaden?«

»Willst du lieber in den Knast?«

»Nein.«

»Dann halt den Ball flach. Ich ruf für dich da an. Und du packst deine Sachen und verlässt noch heute deine Wohngemeinschaft. Und noch was: Finger weg von dem Mädchen. Kein Kontakt mehr. Weder persönlich noch am Telefon. Schick ihr einfach eine Nachricht, dass es vorbei ist und sie dich in Ruhe lassen soll.«

»Das kann ich ihr nicht antun.«

»Willst du mit mir über die Bedingungen diskutieren?«

»Nein.«

»Dann hätte ich jetzt gerne den Namen. Und vergiss nicht: Ich hab dich im Auge. Rund um die Uhr.«

So ist das, denkt Katja auf der anderen Seite der Scheibe. Sie merkt, dass sie friert. Sie hat eine Entscheidung getroffen. Jetzt muss sie mit den Konsequenzen leben.

Drüben im Verhörraum notiert sich Fink den Namen, nimmt die Akte und die Drogentütchen vom Tisch und steht auf.

»Gehen wir«, sagt er.

Der Kaffee schmeckt fürchterlich. Säuerlich und bitter. Sie sitzen in Finks Büro und schauen hinaus in den Regen. Der Himmel ist nur noch eine graue Masse, ohne jede Kontur. Die Flure des

Dezernates sind leer. Bis auf die Kollegen von der Bereitschaft ist niemand da.

Deswegen haben sie den Sonntag gewählt. So wenig Zeugen wie möglich. Die wenigen Eingeweihten werden schweigen und die Sache vergessen, das hat Fink ihr versprochen. Es wird keinen Bericht geben, der Einsatz wird nie stattgefunden haben.

Durch ein Fenster hat Katja den Jungen über die Straße davongehen sehen, mehr ein Schlurfen als ein Gehen, den Blick gesenkt, die Schultern gebeugt. Fink hat ihn zur Pforte begleitet, jetzt rührt er in seinem Kaffee.

»Zufrieden?«, fragt er.

»Du warst gut«, sagt Katja.

»Nicht besser als sonst.«

»Glaubst du, er hat die Lektion verstanden?«

»Willst du dein schlechtes Gewissen beruhigen?«

»Hat er?«

»Mit Sicherheit«, sagt Fink.

Katja schaut in die lauwarm gewordene Tasse in ihrer Hand. Die Kondensmilch macht die braune Brühe nicht besser. Auf der Oberfläche schwimmen weiße Flocken. »Ich mache mir Sorgen«, sagt sie.

»Deswegen sind wir doch hier«, versucht Fink zu scherzen.

»Jenny wird mir Vorwürfe machen.«

»Du hast doch gehört, was ich zu dem Jungen gesagt habe. Sie wird es nicht erfahren.«

»Sie wird es mir ansehen.«

Fink zieht die Augenbrauen hoch, schüttelt den Kopf. »Du machst es mir echt nicht leicht, weißt du das?«

»Ja, weiß ich. Trotzdem danke.« Er tut ihr leid. Sie weiß, wie das auf ihn wirken muss: Er setzt Himmel und Hölle in Bewegung, um ihr einen Gefallen zu tun, und sie gibt ihm das Gefühl, dass das nicht genug ist.

Fink nimmt ihre Hand.

»Wie gesagt, Katja: was immer du willst.« Und wieder ist da dieses mehrdeutige Lächeln.

Sie zieht ihre Hand zurück. »Lass uns aufhören damit, Holger.«

»Wir haben doch noch gar nicht angefangen.«

»Du bist verheiratet.«

»Noch.«

»In Wahrheit willst du, dass es so bleibt.«

»Das liegt nicht bei mir.«

»Das liegt nur bei dir!«

Es ist absurd. Sie sitzt dem Mann gegenüber, dem sie sich am liebsten hingeben würde, und versucht, seine gescheiterte Ehe zu retten, nur damit sie sich ihm nicht hingeben muss. Sie versteht sich nicht. Und fragt sich zum hundertsten Mal, ob sie sich überhaupt jemals verstanden hat.

»Du musst mehr mit ihr reden, Holger. Wie es in dir aussieht, was der Job mit dir macht. Sie muss wissen, was du tust. Damit sie nicht vergisst, wer du bist.«

Das Lächeln verschwindet schlagartig aus seinem Gesicht, das Band zwischen ihnen zerreißt. »Ich soll ihr von meinen Einsätzen erzählen? Von den nächtlichen Razzien in den Clubs? Von den zugedröhnten Schickeriakindern, die in den Villen ihrer Eltern Kokspartys feiern, während ihre Alten sich beim Wochenendtrip auf Ibiza mit Champagner volllaufen lassen? Von den Junkies, die selbst ihre Zähne an die Sucht verloren haben und in den Papierkörben am Stachus oder am Sendlinger Tor nach Pfandflaschen suchen? Oder von den Kurieren aus Südamerika, die im Klinikum Großhadern um ihr Leben ringen, nachdem die Drogenkondome in ihrem Bauch geplatzt sind? Das alles soll ich ihr erzählen? Sie mit dieser Scheiße vollmüllen? Verarsch dich selbst!«

»Lass sie einfach nur an deinem Leben teilhaben. Sie hat ein Recht darauf.«

»Das geht nicht.«

»Wer sagt das?«

»Das kann ich nicht!«

»Hast du es jemals versucht?«

Er schaut sie an, voller Wut. »Ausgerechnet du sagst mir das? Die Frau, die den Freund ihrer Tochter mit einem getürkten Einsatz dazu bringt, sie zu verlassen? Das ist echt stark, Katja, ganz große Klasse!«

Sie spürt die Verzweiflung, die hinter seiner Wut liegt. Er will nicht mit ihr über seine Frau reden, er will gerettet werden, ohne sich stellen zu müssen. Genau wie Katja. Aber es würde niemals funktionieren zwischen ihnen. Sie muss es beenden. Ein für allemal.

»Melanie liebt dich«, sagt sie. »Und du liebst sie!«

»Halt die Klappe, Katja!«

»Gib ihr die Chance, dich nicht zu verlassen.«

Fink starrt sie an, dann dreht er sich um und verlässt wortlos das Büro. Sein breiter, kräftiger Rücken. Die Sehnsucht, die er in ihr auslöst, jedesmal, wenn sie ihn sieht. Dieser Wunsch, sich an ihn zu lehnen und innezuhalten, wenigstens einen Moment lang.

Was immer du willst, Katja!

Er hat das ernst gemeint. Aber diese Worte werden nur Worte bleiben. Sie weiß es, und er weiß es auch.

Sie tritt hinaus in die Nässe, spürt die Tropfen auf ihrer Haut, in ihren Haaren. Den Wunsch, all das loszuwerden. Abzuwaschen, womit sie sich beschmutzt hat. Keine Chance. Trotzdem genießt sie den Regen.

Sie zieht ihr Handy aus der Tasche, schaltet es wieder auf laut. Fünf Anrufe in Abwesenheit, alle von ihrer Tochter. Sie drückt die Kurzwahltaste mit Jennys Nummer.

»Mama!«

»Hey, Kleine.«

»Wo bist du, ich hab mir Sorgen gemacht!«

Ich auch, denkt Katja, und jetzt muss ich den Preis dafür zahlen. »Ich weiß, ich hätte dir Bescheid sagen sollen. Ich hab mich mit einer Kollegin in einem Café getroffen. Sie hat mich drum gebeten. Ich hab das Handy leise gestellt, damit wir nicht gestört werden. Geht ihr nicht gut. Sie hat Probleme zu Hause. Mit ihrem Mann.«

»Sei froh, dass du keinen hast«, scherzt Jenny.

»Brauche ich nicht«, sagt Katja, »hab ja dich.«

Sie denkt an ihren ungelebten Traum von einer Familie. Vater, Mutter, Kind. An das, was möglich gewesen wäre. Sie hat sich dagegen entschieden. Weil es nicht anders ging. Das Unmögliche war stärker.

»Alles klar, Mama?«

»Alles bestens.«

Wieder eine Lüge. Schon die zweite heute. Der Beginn einer unheilvollen Verstrickung. Ein Kartenhaus aus Lügen, Ausreden, Halbwahrheiten, das irgendwann einstürzen muss.

»Ich hab einen Kuchen für uns gebacken.«

»Womit hab ich das verdient?«

»Gar nicht. Macht aber nichts. Kriegst trotzdem ein Stück. Aber nur, wenn du uns Sahne mitbringst.«

Das Handy an Katjas Ohr summt. Sie schaut auf das Display. Dorfmüller!

»Sekunde, Liebes. Bin sofort wieder bei dir.«

Sie nimmt das Gespräch entgegen. »Passt jetzt nicht, Rudi.«

»Passt nie.«

»Es ist Sonntag.«

»Sonntag ist vorbei.«

»Heißt das …?«

»Genau das heißt es!«

Sie beißt sich auf die Lippen. Nicht jetzt. Bitte, nicht jetzt! »Und wenn ich nicht drangegangen wäre?«

»Hättest du dir früher überlegen müssen.«

»Wo bist du?«

»Auf dem Weg zu dir.«

»Ich bin nicht zu Hause.«

»Sag mir, wo wir uns treffen. Ich hol dich ab.«

Sie überlegt fieberhaft. Wenn er erfährt, wo sie gerade ist, wird er erfahren, was sie getan hat. Vielleicht wird er es verstehen, aber er wird es nicht gutheißen. Und was sie jetzt am allerwenigsten brauchen kann, sind Vorwürfe. Es reicht, wenn sie sich selbst welche macht.

»Feldherrnhalle«, sagt sie. »In zwanzig Minuten.« Sie drückt das Gespräch weg.

»Entschuldige«, sagt sie zu Jenny, »aber da musste ich drangehen.«

»Rudi, oder?«

»Wie kommst du darauf?«

»Höre ich dir an.«

»Tut mir leid.«

»Habt ihr wieder einen Toten?«

»Kann sein, ich weiß es noch nicht.«

»Also kein gemeinsamer Kuchen. Und keine Sahne.«

»Was soll ich machen, Schatz?«

»Sag einfach nicht mehr Schatz zu mir. Oder Liebes. Oder Kleine. Nenn Rudi so, der steht garantiert drauf.«

3

Sie verlässt die U-Bahn am Odeonsplatz. Ihr schlechtes Gewissen hüllt sie ein wie eine giftige Wolke. Ab jetzt wird zwischen Jenny und ihr nichts mehr sein, wie es war. Langsam geht sie die Treppen hinauf. Die Feldherrnhalle glänzt im Regen. Rudis alter Wagen steht schräg gegenüber vor dem Eingang zum Hofgarten, halb auf dem Gehsteig. Seine Parkkünste sind eine Katastrophe.

Er winkt ihr durch das offene Fahrerfenster zu. »Fünf Minuten drüber.«

»Geh mir nicht auf den Wecker.«

»Dafür werde ich bezahlt.«

»Du liebst deinen Job. Und du willst ihn behalten. Wenn du so weitermachst, überlege ich's mir vielleicht noch mal und schmeiß dich raus.«

Er reicht ihr einen Kaffeebecher und eine Bäckereitüte durchs Fenster. »So wie immer: schwarz mit einem Schuss Milch. Und ein Schokocroissant. Und jetzt steig endlich ein. Sonst überleg ich mir das mit dem Job noch mal und schmeiß selber hin.«

»Klingt echt verlockend.« Katja nimmt einen Schluck aus dem Becher und schreit auf.

»Und verbrenn dich nicht«, sagt Rudi trocken. »Er ist ziemlich heiß.«

Fluchend steigt sie ein, knallt die Beifahrertür zu. Der Duftbaum am Rückspiegel schwingt hin und her. Sein süßlich-penetranter Geruch verschlägt ihr den Atem. »Der Gestank in deiner Karre ist wirklich eine Zumutung!«

»Das ist kein Gestank, sondern Myrrhe-Orange. Was ganz Besonderes. Hab ich mir extra aus dem Ausland zuschicken lassen.«

»Nenn mir den Hersteller, und ich spreng seine Fabrik in die Luft.«

»Hast ja wieder Toplaune heute.«

»Wenn du willst, dass sie sich bessert, wirfst du das verdammte Ding aus dem Fenster!«

»Tut mir leid, gehört zur Innenausstattung. Und die ist nicht verhandelbar.«

»Bitte«, sagt Katja, »dann eben anders!« Sie zieht das Schokocroissant aus der Tüte, schiebt sie von unten über den Duftbaum und drückt die Öffnung unter dem Rückspiegel zusammen. »Quarantäne«, sagt sie. »Soll er doch die Tüte verpesten.«

»Ignoratin«, sagt Rudi und startet den Motor. »Und wehe, du krümelst mir meine Veloursitze voll.«

Der goldfarbene 77er-Granada mit Vinyldach ist Rudi Dorfmüllers Ein und Alles. So gleichgültig ihm seine äußere Erscheinung ist, so pedantisch kümmert er sich um seinen Wagen. Den Lack poliert er regelmäßig von Hand auf. Die Kunststoffflächen im Inneren behandelt er mit speziellen Pflegemitteln, die Holzimitationen mit Möbelpolitur. Die Veloursitze werden einmal in der Woche erst abgebürstet und anschließend abgesaugt. Den Handstaubsauger bewahrt er im Kofferraum auf. Für alle Fälle.

Rudi Dorfmüller ist fast zwei Meter groß und dünn wie ein Aal. Hände und Füße sind riesig, seine Glieder zu lang für Pullover und Hosen. Weil die zu kurzen Ärmel seine Pulsadern nicht bedecken, friert er ständig. Behauptet er jedenfalls. Weshalb er zu jeder Jahreszeit einen grünen Bundeswehrparka mit einer kleinen Deutschlandfahne auf einem der Ärmel trägt. Obwohl erst Anfang dreißig, zeigen sich unter seinen braunen Haaren auf dem scharf geschnittenen Kopf schon jetzt die ersten lichten Stellen. In spätestens zehn Jahren wird sein Schädel komplett kahl sein. Was ihm völlig egal ist.

Rudi lebt in einer kleinen Wohnung in Trudering. Katja ist noch nie dagewesen, aber sie kann sich vorstellen, wie es dort aussieht. Jedenfalls nicht so sauber wie im Inneren seines Granadas. Sie dreht sich um, schaut nach hinten. Der grüne Parka liegt auf dem Rücksitz. Für alle Fälle.

Rudi hat sich vor zwei Jahren von Einbruch/Diebstahl zur Mordkommission versetzen lassen. Aus Langeweile, wie er Katja später erzählt hat. Und weil er zu schlau war, um bei den Eigentumsdelikten zu versauern. Als er ihr zum ersten Mal in ihrem Büro gegenübersaß, war sie mehr als skeptisch. Keine drei Monate später konnte sie sich die Arbeit ohne ihn nicht mehr vorstellen.

Rudis Schlagfertigkeit ist ebenso bezwingend wie sein Humor. Dazu diese ganze eigene Art zu denken. Die Fähigkeit, neue Wege zu finden, wenn die Ermittlungen in Sackgassen verlaufen. Das Beste an ihm ist, dass man ihn unterschätzt, wenn man ihn nicht kennt. Was schon so manchem Tatverdächtigen zum Verhängnis geworden ist.

Sie fahren in Richtung Isar und weiter über die Luitpoldbrücke, vorbei am Friedensengel. Kurz darauf passieren sie den Prinzregentenplatz, wo der größte Feldherr aller Zeiten das Bett mit seiner Nichte teilte, ehe sie das Verhältnis beendete, indem sie sich erschoss. Als sie auf die Autobahn fahren, läßt der Regen nach. Der Himmel beginnt sich aufzuhellen. Im Osten zeigen sich erste blaue Flecken zwischen den Wolken.

»Wo fahren wir hin?«, fragt Katja.

»Feldkirchen-West«, gibt Dorfmüller zurück. »Ein Baggersee.«

»Was ist passiert?«

»Möglicherweise nichts, vielleicht aber auch das Schlimmste.«

»Heißt dieses ›vielleicht‹, dass es keine Leiche gibt?«

»Nur, dass bislang keine gefunden wurde.«

»Was wollen wir dann da?«

»Den Tauchern bei der Arbeit zuschauen.«

Sie erreichen den mutmaßlichen Tatort um kurz nach drei. Inzwischen ist die Sonne durchgebrochen, ihre Strahlen tanzen auf dem grünlich trüben Wasser des Sees. Einsatzkräfte der Schutzpolizei sperren die aufgelassene Kiesgrube weiträumig ab. Rudi nickt einem der Beamten zu, lässt die Scheibe herunter, weist Katja und sich aus.

Die Autobahn ist zum Greifen nah. Vorbeischießende Autos, das Sirren der Reifen auf dem abtrocknenden Asphalt, ein permanentes Rauschen.

Sie steigen aus, Katja schaut sich um. Direkt am Ufer steht der Einsatzwagen der Polizeitaucher. Sie sind damit beschäftigt, ihre Pressluftflaschen zu überprüfen und die Suchscheinwerfer, mit denen sie den Seegrund absuchen werden. Zwei ihrer Kollegen lassen mithilfe einer Winde ein Motorboot von einem Anhänger in den See gleiten. Noch ein paar Minuten, dann kann es losgehen.

Katja bemerkt die luftleere Hülle eines Schlauchbootes, halb im Wasser, halb auf dem Sand, eine schlaffe blassgelbe Haut aus Gummi, angehoben und wieder gesenkt von den kleinen Wellen, die unter ihr ans Ufer laufen. Kein Ruder, weder im Boot noch daneben, nur eine einzelne Sandale.

»Sind wir deswegen hier?«, fragt Katja.

»Ganz genau«, sagt Rudi.

»Wo ist die Spusi?«

»Unterwegs.«

Katja deutet auf die Reifenabdrücke der Einsatzfahrzeuge und die zahlreichen Sohlenprofile der Einsatzkräfte im aufgeweichten Boden. Sollte sich das hier tatsächlich als Tatort herausstellen, ist er komplett verunreinigt. »Eine echte Sauerei. Die Kollegen werden sich freuen.«

Sie zieht Latexhandschuhe aus der Tasche, streift sie über. Tritt an das Boot, beginnt es zu untersuchen. Ruhig und routiniert. Keine Mutter mehr, die sich um ihr Kind sorgt, nur noch

Polizistin. Es dauert nicht lange, dann hat sie den Schnitt gefunden. Zwanzig Zentimeter lang, sauber und glatt. »Ein Messer«, sagt sie. »Scharfe Klinge, keinerlei Ausfransungen. Der Schnitt wurde in einer einzigen Bewegung ausgeführt.«

Sie wendet sich der Sandale zu, nimmt sie hoch, betrachtet sie sorgfältig von allen Seiten. Rechter Fuß, das Korkbett von der Nässe aufgequollen, die Laufsohle außen an der Ferse stark abgelaufen. Auf der Unterseite ist eine zweistellige Zahl eingeprägt. »Ein Mann mit O-Beinen und Schuhgröße dreiundvierzig. Der Kork hat dafür gersorgt, dass sie nicht untergegangen ist.«

»Wo ist die zweite?«, fragt Rudi.

»Möglicherweise noch an seinem Fuß«, sagt Katja und schaut hinüber zu einem der Streifenwagen, neben dem eine uniformierte Beamtin die Personalien eines jungen Pärchens aufnimmt. Das Mädchen reicht der Beamtin ihren Ausweis. Katja schätzt sie auf höchstens sechzehn. Der Junge ist deutlich älter. Vielleicht Anfag zwanzig. Er sitzt in der geöffneten Fahrertür eines Autos, seine Finger klopfen auf das Lenkrad. Wahrscheinlich will er zeigen, wie wenig ihn das alles angeht.

»Wer ist das junge Glück da?«, fragt Katja.

»Die beiden haben das Zeug hier gefunden und dann die eins eins null gewählt.«

»Was machen die an einem verregneten Sonntagmittag an einem Baggersee?«

»Bin ich Jesus?«, fragt Rudi.

Die Befragung verläuft wie erwartet. Der unangenehme Einblick in das private Leben zweier Unbeteiligter. Sie haben sich erst gestern kennengelernt, ganz in der Nähe, auf der Party eines Freundes von ihm. Das Mädchen war mit einer Freundin dort. Man hat getanzt, der Alkohol ist in Strömen geflossen, auch Drogen waren im Spiel. Nichts Dramatisches, wie der Junge eilig versichert, nur ein paar Pillen und das übliche Gras. Man bemerkte einander, kam ins Gespräch, alberte rum. Nach einem gemeinsamen Joint fing man an rumzuknutschen. Wie das eben so läuft. Dann musste das Mädchen nach Hause. Also haben sie sich für heute verabredet. S-Bahnhof Riem. Er hat sie mit seinem Wagen abgeholt. Sie sind zum Baggersee gefahren. Bei dem Regen waren sie dort ungestört.

Katja schaut in seinen Wagen. Beide Sitzlehnen sind bis zum Anschlag heruntergedreht. »Wie alt bist du?«, fragt sie das Mädchen.

»Fünfzehn.«

»Und du? Oder soll ich Sie sagen?«

»Einundzwanzig.« Er schaut Katja besorgt an. Wahrscheinlich fragt er sich, ob er wegen des Altersunterschiedes Ärger bekommen wird.

»Sex?«, erkundigt sich Katja.

Der Junge nickt, das Mädchen fängt an zu weinen.

»Einvernehmlich?«

»Was wollen Sie denn damit sagen?«

»Du bist volljährig, sie nicht.«

»War ihre Idee«, sagt der Junge und wendet sich an das Mädchen: »Sag ihr, dass du's unbedingt wolltest.«

Das Mädchen nickt schluchzend.

»Dein erstes Mal?«, fragt Katja.

Ihr Schluchzen wird lauter.

»Jetzt hör schon auf zu heulen«, sagt der Junge.

Katja spürt das Bedürfnis, ihm ins Gesicht zu schlagen. Sie fragt sich, ob das mit Jenny und Josh auch so gelaufen ist. Nicht das mit dem Sex, aber ihr Kennenlernen. Jenny hat nie davon erzählt. Als Katja nachfragte, ist sie ausgewichen. Ich weiß nichts über meine Tochter, denkt Katja, wir leben zusammen, aber ich hab keine Ahnung, was sie denkt und fühlt. Sie reißt sich zusammen und fordert den Jungen auf weiterzureden.

Na ja, sagt er, man sei gerade voll dabeigewesen, und, wie gesagt, das sei ja alles von ihr ausgegangen, als sie plötzlich innegehalten habe, mittendrin, einfach so. Er habe gedacht, Scheiße, und dass er ihr vielleicht wehgetan habe, aber das war es nicht. Sie habe auf die Schlauchboothülle gedeutet, die nur ein paar Meter von ihnen entfernt auf dem See trieb.

»Also bin ich ausgestiegen und hab das Ding an Land gezogen. Und dabei hab ich dann die Sandale bemerkt.«

»Und weiter?«

»Nichts weiter. Ein Schlauchboot, das ohne Luft auf einem See treibt, eine einzelne Sandale? Ist doch klar, was man da denkt.«

Katja schaut das Mädchen an. Sie weicht ihrem Blick aus. Sie will einfach nur nach Hause. Sie hat Angst, dass ihre Eltern irgendwas erfahren werden. Katja wendet sich wieder an den Jungen. »Du bringst sie nach Hause.«

»Klar.«

»Und du«, sagt sie zu dem Mädchen, »überlegst dir beim nächsten Mal besser, auf wen du dich einlässt.«

Das Mädchen nickt und wischt sich die Tränen aus dem Gesicht. Katja sieht zu, wie sie und der Junge einsteigen und die Sitzlehnen des Autos hochdrehen. Immer dasselbe, denkt sie. Statt verwertbarer Hinweise erfährt man Dinge, die man nicht wissen will oder die einen nichts angehen. Partikel fremder Leben, die an einem kleben bleiben, sosehr man sie auch abzuwaschen versucht.

Das Auto fährt davon, der Sand unter den Reifen knirscht leise.

Inzwischen ist mit der Sonne auch die Hitze zurückgekehrt. Die Kiesgrube liegt da wie eine Wüste, öde und leer. In ihrer Mitte der See, das Wasser wie grüne Milch, der Sand am Ufer schmutziggelb.

Die Kollegen von der Spurensicherung treffen ein und machen sich daran, das Seeufer abzusuchen. Textilfasern, Fußspuren, Reifenabdrücke. Wie erwartet, schimpfen sie über die Verunreinigung des möglichen Tatortes. In ihren weißen Overalls gleichen sie in dieser Umgebung Astronauten bei der Erkundung eines fremden Planeten.

Die Taucher gehen ins Wasser. Schwarze Neoprenanzüge, die einer nach dem anderen unter der spiegelglatten Oberfläche verschwinden. Ihre Kollegen im Motorboot markieren mit ausgesetzten Bojen Suchquadranten.

»Schätze, das wird 'ne Weile dauern«, sagt Dorfmüller.

»Oder auch länger«, erwidert Katja.

»Was dagegen, wenn ich mich so lange um mein Schätzchen kümmere?«

»Du hast echt 'ne Macke, Rudi!«

»Jeder hat Macken«, gibt er beleidigt zurück. »Du auch!«

Sie sieht ihm nach, wie er zu seinem Granada geht, sich hineinsetzt, aus dem Handschuhfach einen weichen Lappen und eines seiner berüchtigten Pflegemittel nimmt und anfängt, das Armaturenbrett zu bearbeiten. Liebevoll und sanft, so als wäre der schwarze Kunststoff der Rücken einer Geliebten. Dabei pfeift er selbstvergessen vor sich hin. Katja muss schmunzeln.

Die Zeit vergeht quälend langsam. Der See ist groß, einen Quadranten nach dem anderen suchen die Taucher erfolglos ab. Die Sicht da unten ist gleich null. Mit ihren Flossen wirbeln sie den Schlamm auf dem Grund auf. Selbst ihre Suchscheinwerfer können das sedimentgetrübte Wasser kaum durchdringen. Nach jedem Tauchgang erholen sich die Männer ein paar Minuten, wechseln ihre Pressluftflaschen, tauschen die Akkus der Scheinwerfer. Währendessen stecken die Kollegen im Motorboot ein neues Suchfeld ab. Dann geht es wieder von vorne los.

Katja schaut auf ihre Uhr. Kurz nach fünf. Sie greift zu ihrem Handy, ruft Jenny an. Sie geht nicht dran. Katja versucht es erneut. Wieder nichts. Sie fragt sich, ob Joshua ihr die erzwungene Nachricht über das Ende ihrer Liebe schon geschickt hat. Wahrscheinlich. Und jetzt liegt Jenny heulend auf ihrem Bett und versteht die Welt nicht mehr, während ihre Mutter an einem Baggersee in Feldkirchen-West darauf wartet, dass Polizeitaucher in schwarzen Neoprenanzügen einen toten Körper aus der Tiefe ziehen.

Verstehst du die Welt, Katja?

Immer wenn ihre Tochter sie braucht, ist Katja nicht da. Und immer liegt es an ihrem Job. Dass Jenny sich noch nie beschwert hat, wenn Katja mitten in der Nacht angerufen wird und wegmuss oder abendliche Verabredungen platzen lässt, weil aktuelle Ermittlungen wichtiger sind, macht es nicht besser. Wie oft hat Katja sich deswegen Vorwürfe gemacht. Verpasste Elternabende, Geburtstagsfeiern, Essen mit Freunden. Und wenn sie nicht absagt, ist sie da, ohne anwesend zu sein. Weil sie in Gedanken Spuren sortiert oder Vernehmungsprotokolle durchgeht.

»Twentyfour seven«, wie Jenny das nennt. Gewohnt, sich um sich selbst zu kümmern, ist sie selbstständiger als die meisten Mädchen in ihrem Alter. Auch wenn Katja zu Hause so gut wie nichts von dem erzählt, was ihr da draußen in der Welt der Gewalt täglich begegnet, bekommt Jenny eine Menge mit. Sie spürt immer genau, was mit ihrer Mutter los ist. Sie heitert sie auf, tröstet sie, kümmert sich um sie. Immer häufiger hat Katja das Gefühl, Jenny sei nicht ihre Tochter sondern eher so etwas wie eine große Schwester.

Sie schaut hinüber zum Motorboot. Einer der Taucher hält sich am Bootsrand fest und reicht seinem Kollegen an Bord einen kleinen Gegenstand, ehe er wieder in den Tiefen des Sees verschwindet. Das Motorboot nimmt Kurs aufs Ufer, der Elektromotor am Heck surrt leise.

»Rudi!«, ruft Katja in Richtung Granada.

Dorfmüller steigt aus, kommt zu ihr herüber.

»Sieht so aus, als hätten sie was gefunden«, sagt sie.

Es ist ein Messer. Katja hält die nasse Asservatentüte hoch. An ihrem Boden hat sich Schlamm vom Seegrund gesammelt. Die Schnappklinge glänzt in der Sonne. In den Hirschhorngriff ist ein metallener Knopf eingelassen, auf den man drücken muss, um die Klinge herausspringen zu lassen. Die Art Messer, die Väter ihren Söhnen schenken. Auf dem Griff sind Initialen eingraviert: A. H.

»Adolf Hitler«, sagt Dorfmüller.

»Echt witzig«, sagt Katja.

»Mit wem hast du eben telefoniert?«

»Bitte?«

»Hab's vom Auto aus gesehen.«

»Mit meiner Tochter.«

»Geht's ihr gut?«

»Ist nicht drangegangen.«

»Ach, deswegen.«

»Deswegen was?«

»Deine schlechte Laune. Noch viel schlimmer als vorhin.«

»Fick dich, Rudi!«

»Würde ich ja gerne«, witzelt er, »geht nur leider nicht.«

Schweigend schauen sie auf den See, zwei zur Untätigkeit verdammte Mordermittler. Ein aufgeschlitztes Schlauchboot und eine vollgesogene Sandale. Ein Messer, das dazu passt. Der Anfangsverdacht einer Straftat, aber keine Leiche.

»Hunger?«, fragt Dorfmüller.

»Seh ich so aus?«, fragt sie zurück.

Dorfmüller grinst. »Ich besorg uns was.«

Das Döner-Sandwich schmeckt so, wie ein Döner-Sandwich nicht schmecken soll. Das Fleisch fettig, die Tomaten matschig, die Zwiebeln von vorgestern. Das Ganze in labberigem Fladenbrot, dazu eine scharfe Sauce, die ihren Namen nicht verdient. Angewidert kaut Katja auf der geschmacklosen Masse herum.

»Nicht gut?«, fragt Dorfmüller.

»Halt einfach die Klappe.«

»Also, ich find's gar nicht so übel.«

»Bitte, Rudi!«

Kurz vor sechs, und noch immer brennt die Sonne erbarmungslos auf sie herab. Der Himmel ist inzwischen vollständig blau. Die heiße Luft flirrt über dem Sand. Katja wischt sich den Schweiß von der Stirn, die scharfe Sauce tropft aus der Aluminiumfolie, in die ihr Döner eingeschlagen ist.

»Frau Sand!«

Der Ruf kommt vom See her. Neben dem Motorboot steigen Blasen auf. An der Wasseroberfäche tauchen mehrere Neoprenanzüge gleichzeitig auf. Die Taucher halten etwas in ihrer Mitte. Katja muss sich nicht anstrengen, um zu erkennen, dass es sich um einen menschlichen Körper handelt.

»Scheiße!«, flucht Dorfmüller.

»So kann man's auch sagen«, gibt Katja trocken zurück.

Die Taucher legen den Toten auf eine Plastikfolie am Seeufer. Er trägt Jeans und ein Freizeithemd mit kurzen Ärmeln. Keine Socken. An seinem linken Fuß die andere Sandale, seine Hände in Verkrampfung erstarrt. Die Panik seiner letzten Sekunden. Ein verzweifeltes Rudern, um hoch an die Oberfläche zu gelangen, der verlorene Kampf um sein Leben.

Katja schätzt ihn auf Mitte, Ende dreißig. Eins achtzig groß, vielleicht ein paar Zentimeter mehr oder weniger. Nicht dick, aber kräftig, um die fünfundsiebzig Kilo. Die nassen Haare liegen wirr auf seinem Kopf. Dunkelblond oder hellbraun, vermutet Katja, genau wird man das erst sagen können, wenn sie trocken sind. Seine braunen Augen sind panisch aufgerissen, zahlreiche Adern geplatzt, die Pupillen geweitet. Was entweder an der Angst im Moment seines Todes liegt oder darauf hindeutet, dass im See Dunkelheit herrschte, als er starb. Sehen wollen, aber nicht sehen können. Das Ende eines Lebens in einem Baggersee in Feldkirchen-West.

Sie streift erneut ihre Latexhandschuhe über und beginnt, in seiner Kleidung nach Ausweispapieren zu suchen. Keine sichtbaren Zeichen postmortaler Veränderung. Dem Zustand seines Körpers nach zu urteilen, kann er nicht lange im Wasser gelegen haben. Ein paar Stunden, höchstens einen Tag. Die Obduktion wird Aufschluss bringen.

»Und?«, fragt Rudi angespannt.

»Nichts«, sagt Katja. »Kein Portemonnaie, keine Papiere, keine Schlüssel.«

Ein Toter ohne Namen. Sie werden es über die Fingerabdrücke versuchen müssen oder seinen Zahnstatus. Darauf hoffen, dass ein Angehöriger ihn als vermisst gemeldet hat. Vielleicht lassen sich Zeugen finden, oder die Kameras der Verkehrsüberwachung haben etwas Verdächtiges aufgezeichnet. Wenn all das nichts bringt, bleibt ihnen nur seine Kleidung. Wann er sie gekauft hat, wo er sie gekauft hat. Immer vorausgesetzt, er hat in München gelebt. Katja macht sich nichts vor. Die Aussichten, ihn auf diese Weise zu identifizieren, sind gleich null. Und ohne Identifizierung gibt es keinen Fall.

Sie schaut hinüber zu den Spurensicherern, die noch immer das Seeufer absuchen. Findet was, denkt sie, gebt mir irgendwas, mit dem ich arbeiten kann!

4

Dorfmüller stoppt den Granada vor dem Altbau in der Sternstraße, in dem Katja mit Jenny wohnt. Am Himmel im Westen die letzten Spuren des Tages, gegenüber im Osten bereits tiefe Nacht. Die Straßenlaternen leuchten schon eine Weile.

Das Haus gehört ihrer Mutter Monika. Katjas Vater hat ihr mehrere Immobilien hinterlassen. Zwei im Lehel, drei in Schwabing, dazu eine Villa in Nymphenburg, in der sie selbst lebt.

Immer wieder hat sie Katja angeboten, in eine ihrer Wohnungen zu ziehen. Erst mit Jennys Geburt, als kein Vater da war, mit dem sie ihre Tochter hätte großziehen können, hat Katja zugestimmt. Die Mieten in München waren schon damals unbezahlbar. Ihr Einkommen reichte nicht aus, um neben den Kosten für eine Tagesmutter oder eine Kindertagesstätte eine halbwegs anständige Wohnung zu finanzieren.

Natürlich hat die Großzügigkeit der Mutter ihren Preis. Wer so günstig wohnt, muss etwas dafür tun. Hausmeisterdienste leisten, das Haus verwalten. Katja hat sich darauf eingelassen, weil ihr nichts anderes übrig blieb.

»Ende der Quarantäne«, sagt sie und zieht die Brötchentüte vom Duftbaum unter dem Rückspiegel. Sofort steigt ihr wieder der süßlich-penetrante Geruch in die Nase. Myrrhe-Orange. Sie öffnet die Beifahrertür, macht aber keine Anstalten auszusteigen.

Dorfmüller betrachtet sie besorgt. »Alles in Ordnung mit dir?«

»Ein Toter ohne Namen, ein verunreinigter Tatort und ein Döner-Sandwich, das mir wie Blei im Magen liegt. Könnte nicht besser sein.«

»Ärger mit deiner Tochter?«, fragt Dorfmüller.

»Du bist mein Assistent, nicht mein Analytiker«, sagt Katja und steigt aus. »Und danke fürs Bringen.«

Sie schlägt die Beifahrertür zu und schaut dem davonfahrenden Granada nach. Was würde ich ohne dich machen, Rudi?, denkt sie, während sie den Haustürschlüssel aus ihrer Tasche zieht und aufschließt.

Im Flur hält sie inne. Steht einfach so da, während die Angst in ihr hochkriecht. Dieses ständig wiederkehrende Gefühl, alles falsch zu machen. Nicht zu genügen, dem Ganzen nicht gewachsen zu sein. Nicht ihrem Job, nicht ihrem Familienleben, nicht sich selbst.

Sie geht die Treppe hinauf. Dunkles Holz, ein abgegriffenes Geländer. Ausgetretene Stufen, die unter ihren Füßen knarrren. Vor der Wohnungstür im zweiten Stock hält sie inne. So kann sie Jenny nicht gegenübertreten. Sie muss ihre Anspannung in den Griff bekommen. Unbedingt. Reiß dich zusammen, Katja! Sie atmet tief durch und schließt die Wohnungstür auf.

»Jenny?«, ruft sie und versucht, ihre Stimme so ruhig wie möglich klingen zu lassen. »Ich bin wieder da.«

Keine Antwort. Sie geht hinüber ins Wohnzimmer. Auf dem Esstisch steht der Kuchen, den Jenny gebacken hat, unberührt. Davor zwei unbenutzte Teller und Kuchengabeln auf zusammengefalteten Papierservietten. Eine nicht stattgefundene Begegnung, ein stummer Vorwurf.

»Jenny!«

Wieder keine Antwort.

Katja starrt auf den Tisch, der aus einem Kloster am Ammersee stammt, die Thonet-Stühle von einem Flohmarkt in Lüttich, die Kelims aus Tunesien, das skandinavische Sofa und die dazugehörigen Sessel, die sie im Internet ersteigert und anschließend neu bezogen hat. Eine charmante Mischung aus zusammengetragenen Fundstücken. Ein lebendiges Ganzes. Jetzt erscheint ihr das alles wie der verzweifelte Versuch, etwas ganz aussehen zu lassen, das niemals ganz sein kann.

Verstehst du die Welt, Katja?

Sie hört ein leises Wimmern. Sie löst sich aus ihrer Erstarrung, läuft in den Flur, drückt die Klinke von Jennys Zimmertür hinunter. Abgeschlossen!

»Hey, Liebes.«

»Lass mich in Ruhe!«

»Was ist los?«

»Gar nichts!«

Katja hört durch die Tür, wie Jennys Stimme bricht. Und alles nur wegen mir, denkt sie und schließt die Augen. Sie bereut, was sie getan hat. Das hier wird sich niemals reparieren lassen.

»Jenny, bitte, mach auf!«

Ein Ohr an die Tür gelegt, lauscht sie auf die Geräusche jenseits des Holzes. Der Geruch von Lack steigt ihr in die Nase. Vor einem Monat hat sie Türen und Fußleisten neu streichen lassen. Der Versuch, ein Zuhause aufrechtzuerhalten. Die Illusion einer funktionierenden Familie. Vater, Mutter, Kind. Ein Dreiklang, der nur ein Zweiklang ist, weil der Vater fehlt. Eine Leerstelle, die sich nicht ausfüllen lässt. Nicht mit Lack oder irgendeiner Farbe.

Das Weinen ihrer Tochter bohrt sich durch die Tür in Katjas Brust. Wir machen uns schuldig, denkt sie, immer wieder, ob wir wollen oder nicht.

Sie hört, wie sich der Schlüssel im Schloss dreht. Sie wartet einen Augenblick, dann drückt sie die Klinke vorsichtig hinunter. Ihre Hände zittern. Sie hat die Weichen neu gestellt, ohne zu wissen, wohin die Gleise führen.

Jenny liegt auf ihrem Bett, zusammengerollt in ihrer Traurigkeit, neben sich ihr Handy. Katja betrachtet sie. Ihr weiches Mädchengesicht, den geschwungenen Mund mit den vollen Lippen, die sonst so strahlend grünen Augen blind vor Tränen. »Sag mir, was passiert ist.«

Jenny antwortet nicht.

Katja spürt einen schalen Geschmack im Mund, das Innere ihrer Wangen ist wie ausgetrocknet. Die Trockenheit der Lüge, denkt sie, die Schalheit des Betruges.

»Bitte, Liebes!«

Jenny schiebt ihr das Handy entgegen.

Katja greift danach, aktiviert das Display und liest, was Fink dem Freund ihrer Tochter in einem Verhörraum des Rauschgiftdezernates vorgegeben hat:

Liebe Jenny, auch wenn du mich jetzt hasst: Es ist vorbei! Ich hab meine Gründe. Du wirst mich nicht umstimmen, also versuche einfach, es zu akzeptieren. Wenn du mich anrufst, werde ich nicht drangehen. Wenn du zu mir kommst, werde ich dich nicht reinlassen. Irgendwann werde ich dir alles erklären. War 'ne tolle Zeit mit uns. Mach's gut, Josh.

Sie legt das Handy zurück auf das Bett. Ihr ist plötzlich kalt. Wut steigt in ihr auf. Auf die Umstände und auf das, was diese Umstände sie zu tun gezwungen haben. Sie liebt Jenny, Jenny liebt Joshua. Joshua ist ein Dealer, Katja ist eine Mutter. Als Mutter hat sie eine Entscheidung getroffen. Die Konsequenzen betreffen sie alle drei.

Sie fragt sich, ob ihr Tun wirklich davon bestimmt ist, Jenny zu beschützen. Geht es in Wahrheit nicht um sie selbst? Um die ewig brennende Wunde in ihr, die so alt ist wie ihre Tochter? Um den Hass auf sich selbst, weil es ihr vor so vielen Jahren nicht gelungen ist, sich selbst zu beschützen?

Sie legt sich neben Jenny, schiebt eine Hand unter ihren Kopf, zieht ihn vorsichtig zu sich. Jennys Haare auf ihrer Brust, der frische Duft nach Shampoo. Der Körper des Mädchens, der sich aus seiner Verkrampfung löst, ihre Arme, die sie umschlingen.

»Warum macht er das?«, schluchzt sie. »Wieso tut er mir so was an?«

»Ich weiß es nicht«, lügt Katja. Ihre rechte Schläfe beginnt schmerzhaft zu pochen.

»Ich hab mit ihm geschlafen«, flüstert Jenny. Es klingt wie eine Anklage. Als habe Joshua mit seiner Trennung eine geheime Vereinbarung zwischen den beiden gebrochen, ein unausgesprochenes »für immer«, das Versprechen einer endlosen Gemeinsamkeit. Dabei hat er nur getan, was Fink von ihm verlangt hat.

»Er schreibt, dass er seine Gründe hat«, sagt Katja hilflos.

»Warum nennt er sie dann nicht?«

»Da steht, dass er es dir irgendwann erklären wird.«

»Wieso nicht jetzt?«

»Kann ich dir nicht sagen.«

Und wieder eine Lüge. Katja sehnt sich nach einem Glas Wasser, um den widerlichen Geschmack im Mund wegzuspülen. »Auch wenn dir das jetzt nicht hilft«, sagt sie leise, »irgendwann wirst du drüber hinwegkommen. Es wird vielleicht dauern, aber es wird passieren. Eines Morgens wachst du auf, und der Schmerz ist weg.«

Sie streicht Jenny über die Haare und denkt an ihren eigenen Schmerz, der ihr jedesmal entgegenspringt, wenn sie in das Gesicht ihrer Tochter blickt. Diesen gnadenlosen Begleiter, den sie mit sich tragen wird bis ans Ende ihres Lebens.

»Ich wäre am liebsten tot«, schluchzt Jenny.

»So was darfst du nicht sagen.«

»Aber so ist es, genau so!«

»Komm her«, sagt Katja und zieht ihre Tochter noch näher an sich, streichelt sie liebevoll, lauscht dem Schluchzen an ihrer Brust, das langsam nachlässt, bis es schließlich ganz verstummt und den gleichmäßigen Zügen ihres Atems weicht. Jenny ist eingeschlafen.

Ich wäre am liebsten tot!

Dasselbe hat auch Katja gedacht, in der Nacht, als der Schmerz zu ihr kam, um sie nie wieder zu verlassen.

5

»Mord oder Suizid?«, fragt Reinhard Koller und dreht den Kugelschreiber in seinen Fingern hin und her. Unter den akkurat geschnittenen Haaren die Züge eines Adlers. Sein Mund schmallippig, aber entschlossen. Seit fünf Jahren leitet er die Münchner Mordkommission. Er gilt als gnadenlos.

»Beides denkbar«, sagt Katja.

»Aber nur eines möglich.«

»Das Schlauchboot wurde mit einem Messer aufgeschlitzt. Ob er das selbst gewesen ist oder jemand anders dahintersteckt, kann ich dir noch nicht sagen.«

»Und wann kannst du es mir sagen?«

Zeit ist der wichtigste Faktor in einer Mordermittlung. Jede ergebnislos verstrichene Stunde spielt dem Täter in die Hände, jeder Tag ohne Ermittlungsfortschritte erhöht seine Chance davonzukommen. Deshalb treibt Koller die Kollegen bei jedem neuen Fall zur Eile an. Je dürftiger die Faktenlage, desto mehr erhöht er den Druck. Seine Ungeduld ist so legendär wie seine Wutanfälle. Die Kollegen schätzen ihn trotzdem. Weil er auch sich selbst abverlangt, was er von ihnen fordert. Er kennt keine Pausen, ist immer wach, vierundzwanzig Stunden am Tag, wenn es sein muss, auch länger.

»Jetzt komm schon, Reinhard!«

»Habt ihr ihn identifiziert?«

»Er hatte keine Papiere bei sich.«

»Und das Messer?«

»Die Taucher haben es gefunden. Auf dem Griff sind Initialen eingraviert: A. H. Aber erspar mir jetzt bitte den Witz, den ein gewisser Kollege darüber gemacht hat.«

»Dorfmüller«, sagt Koller trocken.

»Kein Kommentar«, erwidert Katja.

Koller mustert sie mit seinen stahlblauen Augen. Er hasst die Ungewissheit, die am Anfang jedes neuen Falles steht. Weil er sich wie jeder Mordermittler insgeheim vor dem Scheitern fürchtet. Auch wenn die Aufklärungsquote der Münchner Mordkommission bei weit über neunzig Prozent liegt, gibt es Fälle, die ungelöst bleiben. Der Mord an einem zwölfjährigen Schüler in Pasing vor drei Jahren, der blutige Torso einer jungen Frau, der im letzten Herbst in einem Müllcontainer am Ostbahnhof gefunden wurde. Wer auch immer sie getötet hat, er läuft noch immer frei herum. Und niemand kann sagen, ob er seine grausame Tat irgendwann wiederholen wird. Der Fall hat Koller über Nacht ergrauen lassen. Am Tag nach der Auflösung der Sonderkommission ist er mit weißen Haaren in der Dienststelle aufgetaucht. 13. Oktober, Katja wird das Datum niemals vergessen.

»Fuß- oder Reifenspuren? Fingerabdrücke?«

»Ich warte auf den Bericht der Spusi.«

»Irgendwelche Zeugen?«

»Nur der junge Mann und das Mädchen, die das Schlauchboot gefunden haben.«

»Was ist mit den Vermissten?«

»Wir sind dran.«

»Weiß Dr. Levy Bescheid?«

»Ich hab mit ihr telefoniert. Sie hat bereits mit der Obduktion begonnen.«

»Wie lange wird das dauern?«

»Sie meldet sich, sobald sie was hat.«

Koller schweigt einen Moment lang, lehnt sich in seinem Schreibtischstuhl zurück. Dann atmet er tief durch. Die Ankündigung einer Ansage. Katja kennt das von ihm.

»Ich will, dass du mir Antworten lieferst«, sagt er. »Wer der Tote ist. Wer ihn getötet hat, wenn er es nicht selbst war. Und warum.«

Kein Wunsch, ein Befehl. Und das Ende ihres Gespräches.

Koller wendet sich dem Fenster zu, schaut schweigend hinaus auf die Bäume. Katja weiß, woran er jetzt denkt. An den Vorwurf in den Gesichtern der Eltern eines toten Jungen aus Pasing. An den geschändeten Torso der Toten vom Ostbahnhof, der ihn das Kastanienbraun seiner Haare gekostet hat. Es gibt Bilder, die man nicht mehr loswird.

»Ich mach dann mal weiter«, sagt sie.

Er antwortet nicht.

Rudi Dorfmüller sitzt vor seinem Computer, als sie ihr gemeinsames Büro betritt. »Jetzt schau dir das an«, sagt er aufgebracht.

»Was?«, fragt Katja.

»Eine echte Unverschämtheit!«

Er dreht den Bildschirm zu ihr. Eine Internetseite mit Kleinanzeigen.

»Hundertsechzig Euro für einen Satz Granada-Rückleuchten. Und dann auch noch mit Lagerspuren. Ich glaube, es hackt!«

»Ich glaube, bei dir hackt's! Was ist mit den Fingerabdrücken?«

»Haben mir die Kollegen vor einer halben Stunde rübergeschickt. Hab sie durch die Datenbank laufen lassen.«

»Und?«

»Kein Treffer.«

»Koller hat sich nach den Vermisstenanzeigen erkundigt.«

»Ich bin die letzten zwei Wochen durchgegangen. Die Frage ist, wer überhaupt infrage kommt. Geschlecht, Alter, Größe. Übrig geblieben sind ein untreuer Ehemann, ein entlaufener Psychiatriepatient, ein Lkw-Fahrer mit polnischem Pass und ein verschwundener Asylbewerber aus Syrien.«

»Wie ein Araber sieht der Tote nicht aus.«

»Nicht alle Syrer sehen aus wie Araber.«

»Komm zum Punkt, Rudi!«

»Ich hab mir sämtliche Fotos angeschaut. Keinerlei Ähnlichkeit mit unserem Mann. Bei keinem von denen.«

»Dann musst du die Suche eben ausdehnen. Zurück in den Juli, den Juni, den Mai. Und wenn nötig, noch weiter.«

»Soll das ’ne Arbeitsbeschaffungsmaßnahme werden?«

»Willst du mit mir diskutieren? Der Chef macht Druck!«

»Der Chef macht immer Druck. Kein Grund, sich davon anstecken zu lassen.«

Sie verkneift sich eine Erwiderung, auch wenn sie ihm zustimmt. Druck ist so lange gut, wie er konstruktiv bleibt. Blinder Aktionismus hilft niemandem. Nur Fakten bringen sie weiter. Das sachliche Abwägen aller Möglichkeiten.

»Hat sich die Spusi schon gemeldet?«

»Vor zehn Minuten. Die haben nichts gefunden.«

»Da muss es doch Spuren geben!«

»Natürlich gibt es welche. Sind nur leider wegen des Einsatzes der Taucher komplett unbrauchbar. Der Tatort ist von oben bis unten kontaminiert. Wie du gesagt hast: eine echte Sauerei.«

Als wollte der Tote seine Identität vor ihnen verbergen. Oder sein Mörder. Wenn es einen gab.

»Was ist mit den Kameras der Verkehrsüberwachung?«, fragt Katja.

»Negativ«, sagt Dorfmüller.

»Vielleicht kommen wir über das Messer weiter. Auf der Klinge muss der Name des Herstellers stehen. Über den kriegen wir den Produktionszeitraum heraus und wen er alles damit beliefert hat. Und bei den belieferten Geschäften können wir wegen der Gravur nachfragen.«

Dorfmüller grinst.

»Was?«, fragt Katja.

Statt einer Antwort schiebt er ihr einen Computerausdruck rüber. Eine eng bedruckte, mehr als zwanzigseitige Tabelle mit Namen. Geschäfte für Jagdbedarf, Sporthandlungen, Souvenirläden.

»Jetzt erzähl mir nicht, du hast schon …«

»Natürlich hab ich schon«, sagt Dorfmüller. »Sämtliche Kunden des Herstellers. Über hundertfünfzig Geschäfte allein in Bayern, an die achthundert im gesamten Bundesgebiet. Österreich und die Schweiz fehlen noch, die liefert er so schnell wie möglich nach. Aber das löst nicht unser eigentliches Problem.«

»Das da wäre?«

»Das betreffende Messermodell wurde ausschließlich in den 1960er-Jahren produziert und ausgeliefert.«

»Und das heißt?«

»Dass unser Mann es sich nicht selbst gekauft haben kann. Dafür ist er zu jung. Möglicherweise hat er es von seinem Vater. Oder einem Onkel. Die Initialen könnten also auch jemand anderem gehören. Aber selbst wenn es seine sind: Glaubst du ernsthaft, dass sich irgendein Geschäftsinhaber dieser Welt – vorausgesetzt, er lebt noch – an einen Kunden erinnert, dem er vor mehr als fünfzig Jahren ein Messer verkauft hat?«

Katja antwortet nicht. Rudi hat recht. Das Messer ist eine Sackgasse. Darüber werden sie die Identität des Toten nicht herausfinden.

»Da ist noch was«, sagt Dorfmüller und hält im selben Moment inne, um die Wirkung zu erhöhen.

Typisch Rudi, denkt Katja, immer auf eine Pointe aus. »Jetzt mach schon«, sagt sie ungeduldig.

Dorfmüller räuspert sich. »Wer sagt uns, dass der Schnitt in dem Schlauchboot überhaupt von diesem Messer stammt?«

Katja flucht stumm in sich hinein. Darauf hätte sie selbst kommen müssen. »Wo ist das verdammte Ding jetzt?«

»In der KTU.«

»Wann haben wir ein Ergebnis?«

»Sie geben Gas, aber es kann dauern.«

»Mit anderen Worten: Wir können im Moment nichts tun.«

»Sage ich doch die ganze Zeit.«

»Du bist ein echter Mistkerl!«, sagt Katja.

»Und was für einer«, sagt Dorfmüller. »Deswegen schätzt du mich ja auch so.«

Lächelnd wendet er sich wieder seinem Computer zu und beginnt das Kontaktformular der Kleinanzeige auszufüllen. »Im Grunde genommen ist die Sache simpel«, sagt er, ohne dass klar ist, ob er mit Katja spricht oder mit sich selbst. »Man muss einfach nur eine Grenze festlegen. Sobald ich den Typ auf unter hundert Euro runtergehandelt habe, schlage ich zu. Und mein Schätzchen kriegt neue Rückleuchten.«

Katjas Handy klingelt. Sie schaut auf das Display. Ihre Mutter. Sie lässt es klingeln.

»Deine Mutter, oder?«, fragt Dorfmüller, ohne aufzublicken.

»Kümmere dich lieber um dein Scheißformular«, erwidert Katja gereizt.

Dorfmüller grinst. »Sie ist die Einzige, bei der du nicht drangehst.«

Katja verlässt wortlos das Büro. Sie ärgert sich über sich selbst. Rudi wollte ihr nicht zu nahetreten, er kennt sie einfach. Manchmal mehr, als ihr lieb ist. Und er hat recht. Sie geht tatsächlich nicht dran, wenn ihre Mutter anruft. Sie mag sie einfach nicht. Sie hat Jahre gebraucht, um sich das einzugestehen. Schon als Kind hat sie Unbehagen verspürt, wenn sie von ihr geküsst oder in den Arm genommen wurde. Nach außen hin hat sie das brave Mädchen gespielt, die angepasste Tochter einer selbstbezogenen Mutter. Erst viel später ist ihr klargeworden, dass sie es nur ihrem Vater zuliebe getan hat.

Er starb, als sie zehn war. Zwischen der Krebsdiagnose und

seinem letzten Atemzug lagen nur drei Monate. Sie versuchte, ihn bei sich zu tragen, wo immer sie war, sein Lachen, seine Liebe. Die Erinnerung an seine Stimme, die Wärme seiner Haut. Je mehr sein Bild verblasste, je weiter er sich von ihr entfernte, desto weiter entfernte sie sich von ihrer Mutter. Die versuchte, die wachsende Fremdheit zwischen ihnen zu ignorieren, während Katja alles tat, um sie zu schüren. Sie wehrte sich gegen jede Form körperlicher Nähe, sprach nur noch mit ihr, wenn es sich nicht vermeiden ließ. Bis Monika Sand genug hatte, sie an den Armen packte und ihr ins Gesicht schrie: Ich habe deinen Vater nicht getötet! Eine Sekunde lang empfand Katja so etwas wie Zuneigung für sie, dann siegte der Schmerz: Du tust mir weh, Mama! In diesem Augenblick hätte es die Chance gegeben, etwas zwischen ihnen zu verändern. Sie hatten sie beide vertan.

Katja schaut den Flur hinunter. Niemand von den Kollegen ist zu sehen. Sie zieht ihr Handy aus der Tasche, scrollt sich durch die Kontakte. *M* wie *Mama*. Es fällt ihr nicht leicht, die Anruftaste zu drücken.

»Ich bin's«, sagt sie zögernd.

»Das höre ich«, sagt Monika Sand.

»Du hast angerufen.«

»Du bist nicht drangegangen.«

»Ich bin bei der Arbeit.«

»Wann bist du nicht bei der Arbeit?«

So ist es immer. Ein gegenseitiges Sticheln. Mal geht es von Katja aus, mal von ihrer Mutter. Ein unausweichliches Muster.

»Was gibt's denn?«, fragt Katja.

»Was glaubst du denn?«, erwidert ihre Mutter.

»Sag's mir einfach.«

»Ich wollte dir einen Vorschlag machen.«

Katja hört im Hintergrund das Klappern von Geschirr, das Gewirr von Stimmen. Jemand, der auflacht.

»Wo bist du?«, fragt sie.

»In einem Café auf der Leopoldstraße. Ich hab Jenny zum Frühstück eingeladen. Pancakes mit Ahornsirup und selbst gepresster Orangensaft. Zu Hause bekommt sie ja nichts.«

Katja versucht, ruhig zu bleiben.

»Gibst du sie mir kurz?«

Sie hört, wie Monika Sand zu Jenny sagt: »Deine Mutter will mit dir reden.« Ein kurzes Knistern in der Leitung, dann hat sie Jenny am Ohr.

»Was ist denn, Mama?«

»Tut mir leid, dass ich heute morgen einfach so gegangen bin.«

»Vergiss es.«

»Ich hätte dich wecken sollen.«

»Hast du aber nicht.«

»Geht's dir gut?«

»Was glaubst du?«

»Es wird besser werden, das verspreche ich dir.«

»Warum sagst du das?«

»Weil es so ist.«

Jenny schweigt. Katja hört, wie sie das Handy ihrer Großmutter reicht.

»Sie hat mir alles erzählt«, sagt Monika Sand. »Das mit ihrem Freund. Wir haben uns was überlegt.«

Du meinst, du hast dir was überlegt, denkt Katja.

»Was denn?«, fragt sie.

»Sie hat doch noch Ferien, mehr als einen Monat. Und ich hätte auch nichts dagegen, mal wieder ein paar Tage rauszukommen.«

Jetzt kommt sie mit dem Gardasee, denkt Katja.

»Ich könnte Luigi anrufen«, sagt ihre Mutter. »Für mich hat er immer was frei. Jenny und ich setzen uns ins Auto. In vier Stunden sind wir da.«

Das Hotel *Delfino* in Sirmione. Katjas Urlaube als Kind. Die

Kiesel am Strand, aus denen sie Türme baute, immer wieder, stundenlang. Luigi und seine Frau Maria, die den ganzen Tag in der Küche stand. Spaghetti Vongole oder selbst gemachte Gnocchi. Die Lasgane, an der Katja sich nicht satt essen konnte, das Goldkettchen mit dem Kreuz auf Luigis haariger Brust, die glänzende Pomade in seinen Haaren. Der Bardolino, den ihre Mutter zum Abendessen trank. Später dann Francesco aus Parma. Ihr erster Kuss. Seine Hand auf ihrer Brust. Sie war dreizehn und er zwei Jahre älter.

»Bist du noch dran?«, hört sie ihre Mutter fragen.

»Ja, bin ich.«

»Was sagst du dazu?«

»Ich rede heute Abend mit Jenny darüber.«

»Wir können das auch jetzt klären.«

»Ich muss Schluss machen, Mama. Bis dann.«

Sie beendet das Gespräch, atmet tief durch. Ihre privaten Probleme müssen warten, sie muss sich auf den Fall konzentrieren. Der Tatort liegt am Rand eines Industriegebietes, das sonntags verlassen ist. Sämtliche umliegenden Firmenbüros und Lagerhallen sind dann unbesetzt. Bei gutem Wetter ist der See im Sommer trotz eines offiziellen Verbotes eine beliebte Badestelle. Durch den Regen war er zum Tatzeitpunkt verwaist. Erst das hat die Tat ermöglicht. Es war reiner Zufall, dass das Pärchen auf der Suche nach einem Ort für ihre heimlichen Intimitäten auf die leere Schlauchboothülle gestoßen ist.

Jeder neue Fall ist wie eine Reise in ein unbekanntes Land. Dabei ist man ständig begleitet von der Angst, irgendetwas Entscheidendes zu übersehen, wesentliche Schlussfolgerungen nicht zu ziehen, mit eigenen Fehlern dem Täter in die Hände zu spielen.

Irgendwas muss sie tun, Abwarten ist keine Option. Sie überlegt kurz, dann tritt sie zurück zu Dorfmüller ins Büro.

»Abflug, Kollege!«

6

Dorfmüller steuert den Granada auf den Parkplatz der Rechtsmedizin in der Nußbaumstraße. »Keine gute Idee«, sagt er.

»Hast du eine bessere?«, fragt Katja gereizt.

»Sie ist garantiert noch nicht so weit.«

»Werden wir sehen.«

»Sie hat gesagt, sie meldet sich.«

»Wir ersparen ihr das Telefonat.«

Sie steigen aus. Dorfmüller nimmt seinen Parka von der Rückbank.

Katja starrt ihn ungläubig an. »Nicht dein Ernst!«

»Reine Prophylaxe. Von der Klimaanlage da drin bekomme ich Halsschmerzen.«

»Du hast es nicht im Hals, du hast es hier oben.« Sie tippt sich mit dem Finger an die Stirn.

Dorfmüller schaut sie ernst an. »Was ist los mit dir?«

»Was soll los sein?«

»Deine Laune gestern, deine Laune heute. Und dann ruft plötzlich deine Mutter an.«

»Das tun Mütter eben.«

Sie lässt ihn stehen, geht hinüber zum Eingang. Jetzt bloß keine Fragen beantworten müssen.

Noch vor der Tür holt er sie ein. »Irgendwas mit zu Hause?«

»Ich will nicht drüber reden!« Sie schiebt sich an ihm vorbei ins Gebäude und nickt dem Portier zu.

Max Schnellinger arbeitet seit fünfundzwanzig Jahren in der Gerichtsmedizin und hat noch nie eine Leiche gesehen. Die

Vorstellung, dass die Toten von den Lebenden aufgeschnitten und inspiziert werden, bereitet ihm Unbehagen. Egal, ob notwendig oder nicht, der Katholik in ihm will nichts damit zu tun haben.

Er blickt von seiner Zeitung auf. »Die Frau Doktor hat gesagt, sie will nicht gestört werden.«

»Seit wann sind wir eine Störung?«

»Sie sind keine, aber er hat eine«, sagt Schnellinger und deutet rüber zu Dorfmüller, der mit ausgestreckten Armen der Gebäudetemperatur nachspürt und zu dem Schluss kommt, dass nur sein Parka ihn vor einer drohenden Halsentzündung schützen kann. Er schiebt seine rechte Hand in einen der Ärmel.

»Da liegen Sie richtig«, sagt Katja und wendet sich an Dorfmüller. »Du hast sie echt nicht mehr alle!«

»Entweder geht es um deine Mutter oder um Jenny«, sagt er, während er versucht, mit der linken Hand den leeren Ärmel hinter seinem Rücken zu erwischen.

»Ich hab doch gesagt, ich will nicht drüber reden«, erwidert Katja und führt seine Hand in den Ärmel.

»Also um beide«, stellt er fest.

Katja weiß, er wird nicht aufhören. »Also gut«, sagt sie. »Meine Tochter ist mitten in der Pubertät und meine Mutter noch nicht raus.«

»Und das heißt?«

»Bei der einen muss ich mich einmischen, bei der anderen verhindern, dass sie sich einmischt.«

»Hört sich anstrengend an. Und dein eigener Anteil?«

»Willst du mich jetzt analysieren?«

»Tu ich doch schon seit Jahren.« Er zwinkert ihr zu.

Ihr Mund verzieht sich zu einem Lächeln. Sie kann nicht anders. Rudi hat gewonnen.

Sie erreichen das Ende des Ganges. Katja öffnet nach kurzem Klopfen die Tür, hinter der Dr. Leah Levy jener Tätigkeit nachgeht, die in den meisten Menschen Unbehagen hervorruft. Oder Ekel. Oder beides. Sie hat das Brustbein des Toten aufgesägt und ist dabei, bereits entnommene Organe zu wiegen. Die Leber, die Nieren, die Milz. Ein menschlicher Körper, reduziert auf seine Innereien, deren jeweiliges Gewicht und Beschaffenheit sie in ein Diktafon spricht, das über dem Obduktionstisch hängt. Später wird ihre Sekretärin die Aufzeichnung transkribieren und archivieren. Ein toter Körper, reduziert auf Zustandsbeschreibungen und Gewichtsangaben, umgewandelt in eine Akte.

»Hallo, Leah«, sagt Katja.

Levy merkt auf, schüttelt den Kopf und wendet sich an Dorfmüller. »Sie kann es mal wieder nicht abwarten.«

»Nein«, sagt Dorfmüller und dreht sich zum Fenster um. So direkt und zupackend er im Umgang mit Tatverdächtigen ist, so sehr schreckt ihn der Anblick von Blut ab. Eine Leiche anzufassen, solange sie unversehrt ist, macht ihm nichts aus. Aber sobald äußere Verletzungen ins Spiel kommen, und sei es auch nur im Zuge oder als Folge einer gerichtsmedizinischen Untersuchung, verlässt ihn seine übliche Abgebrühtheit.

»Kennst mich doch«, sagt Katja zu Levy.

»Und du mich«, erwidert die Rechtsmedizinerin und setzt ungerührt ihre Arbeit fort. Sie ist eine der Frauen, deren Alter sich unmöglich schätzen lässt. Sie mag Mitte vierzig sein, könnte aber genauso gut auf die sechzig zugehen. Ein zeitloses, waches Gesicht unter schulterlangen braunen Haaren, denen man immer ansieht, dass sie gefärbt sind. Exquisite Kleidung, die sie mit Nachlässigkeit trägt. Teure Schuhe, deren Absätze abgelaufen sind. Einerseits bedeuten ihr Äußerlichkeiten etwas, andererseits sind sie ihr völlig egal. Ein Widerspruch, den sie nicht erklären kann, weil er sie nicht interessiert.

Sie ist eine Meisterin ihres Fachs, die ihre ganze Kraft ausschließlich ihren Toten widmet. Gesellschaftliches Leben interessiert sie genauso wenig wie Freundschaften oder intime Beziehungen zu Männern. Katja weiß, dass sie mehrere Jahre in Tel Aviv gelebt und gearbeitet hat, wo sie eine kinderlose, unglückliche Ehe mit einem israelischen Proktologen führte. Nach der Scheidung kehrte sie nach München zurück. Sie spricht ungern über diesen dunklen Fleck in ihrem Leben, wie sie überhaupt ungern über sich selbst redet. Katja und sie sind Verbündete auf der Suche nach der Wahrheit. Das muss reichen.

Levy schaltet das Diktafon aus, deckt den Torso der Leiche mit einem Laken ab und streift sich die blutigen Latexhandschuhe von den Fingern. »Also los. Was wollt ihr wissen?«

»Alles, was du hast«, sagt Katja. Sie schaut auf den Toten. Hat Mühe, ihn wiederzuerkennen, was vor allem daran liegt, dass Levy ihm den Schädel komplett rasiert hat. Seine Haare liegen in einer metallenen Schale, dunkelblond und gelockt, wie sich jetzt zeigt. Seine Augen starren nicht mehr panisch ins Nichts, Levy hat sie geschlossen. Sein Gesicht hat dadurch einen fast friedlichen Ausdruck angenommen. Nur seine Hände sind noch immer so verkrampft wie im Moment seiner Bergung, die bläulich-fahle Haut auf den Handrücken schimmert wächsern.

»Vor allem eine Antwort ist wichtig«, sagt Katja.

»Die auf die Frage, ob es ein Suizid war oder ein Mord«, erwidert Levy.

»Ganz genau.«

»Tut mir leid.«

»Willst du damit sagen, du weißt es nicht?«

»Ich weiß es nicht.«

Levy beginnt zu erklären, was die Obduktion bislang ergeben hat. Die Leiche hat eine halbe Nacht und den darauffolgenden Tag im See gelegen, nicht länger. Zieht man die Liegezeit vom Zeitpunkt der Bergung ab, erhält man den Todeszeitpunkt. Levy schätzt ihn auf Samstag, irgendwann zwischen dreiundzwanzig Uhr und Mitternacht. Die Leiche weist keinerlei Anzeichen äußerer Gewalt auf. Keine Hautabschürfungen, keine Hämatome, weder vor dem Tod noch postmortal. Keinerlei Anzeichen von Vergiftung oder Betäubung. Auch Alkohol oder sonstige Drogen sind nicht im Spiel gewesen. Das Herz ist gesund, sogar auffallend leistungsstark. Der Tote muss zu Lebzeiten regelmäßig Sport getrieben haben. In seinen Lungen hat Levy Wasser gefunden. Was nur einen Schluss zulässt.

»Er ist ertrunken«, sagt sie trocken.

»Warum ist er nicht ans Ufer geschwommen?«, fragt Katja.

»Vielleicht wollte er nicht«, sagt Levy.

»Also doch ein Suizid?«

»Jedenfalls wahrscheinlicher als ein Mord.«

»Und wenn ihn der Täter unter Wasser gedrückt hat?«

»Dann hätte ich Hämatome an seinem Rücken oder den Schultern gefunden.«

»Wenn er sich wirklich selbst getötet hat, warum waren seine Hände dann so verkrampft? Und wie erklärst du mir die Panik in seinen Augen?«

»Daraus kannst du nichts Verwertbares ableiten«, erwidert Levy. »Niemand weiß vorher, wie er auf den Moment seines eigenen Todes reagiert. Der eine gelassen, der andere mit Angst. Und noch mal: Wenn es ein Mord war, wieso gibt es dann keinerlei Abwehrspuren an seinem Körper?«

»Wir haben am Tatort ein aufgeschlitztes Schlauchboot gefunden«, sagt Katja.

»Das könnte er selbst gewesen sein«, gibt Levy zurück.

»Warum sollte er mit einem Schlauchboot auf einen Baggersee hinausfahren und es dort aufschlitzen?«

»Um sich umzubringen.«

»Angenommen, du wärst an seiner Stelle. Und vorausgesetzt, du würdest dir an einem Baggersee das Leben nehmen wollen. Dann würdest du doch einfach in den verdammten See hineingehen. Oder von mir aus auch hinausschwimmen. Und wenn du schon ein Boot benutzt, dann würdest du es doch niemals aufschlitzen, sondern dich einfach nur ins Wasser fallen lassen und fertig.«

»Ihr dreht euch im Kreis«, mischt Dorfmüller sich ein.

»Ich stehe nur da und höre zu«, korrigiert ihn Levy.

»Also gut«, sagt Katja schmallippig, »dann dreh ich mich eben im Kreis. Weil ich es einfach nicht verstehe. Weil es nicht zusammenpasst!«

Dorfmüller wirft der Gerichtsmedizinerin einen Hilfe suchenden Blick zu.

Sie nickt unmerklich und wendet sich an Katja. »Vielleicht hab ich ja doch was, das euch weiterbringen könnte«, sagt sie.

»Und damit rückst du erst jetzt raus?«

»Jetzt beruhig dich«, sagt Levy und deutet auf den Toten. »Wie ihr seht, hab ich ihn rasiert. Das ist Teil der Routine. Es geht darum, äußerliche oder subkutane Verletzungen im Schädelbereich zu lokalisieren oder Einstichstellen von Injektionen zu finden. Alles, was mir bei der Frage nach der Todesursache weiterhilft.«

»Und auf was bist du gestoßen?«, fragt Katja.

»Auf das hier«, sagt Levy und dreht den Kopf des Toten zur Seite. Sie deutet auf eine dunkle Stelle an seinem Hinterkopf, die durch die Rasur freigelegt wurde, eine Ansammlung von Linien, eine Art Tattoo, kaum drei Zentimeter breit und einen hoch, unregelmäßig und amateuerhaft gestochen. Ein Buchstabe und drei Zahlen.

»F 260«, liest Katja. »Wer hat ihm das auf den Kopf tätowiert und warum?«

»Jedenfalls steckt kein Profi dahinter«, sagt Dorfmüller.

»Ich bin nur die Rechtsmedizinerin«, sagt Levy. »Das Ermitteln ist eure Aufgabe!«

7

Katja hasst es, mit leeren Händen nach Hause zu kommen. Nichts, nicht mal der Ansatz einer Spur. Nur ein nasser, toter Körper, ein Mann mit einem rätselhaften Tattoo auf seinem Hinterkopf, geborgen von Polizeitauchern aus einem Baggersee in Feldkirchen-West an einem Sonntagnachmittag um kurz vor sechs.

Sie schließt die Wohnungstür hinter sich. Ab jetzt wird sie für ein paar Stunden nur Mutter sein und sich um ihre Tochter kümmern. Ihre Schuldgefühle unterdrücken. Hinüberschieben in eine unruhige Nacht mit wenig Schlaf.

»Liebes?«

Keine Antwort. Sie geht in Jennys Zimmer. Das Bett ist ungemacht, auf dem Boden liegen getragene Klamotten. Hosen, Socken, Unterwäsche. Dazu Bücher, Zeitschriften und Schminke. Das übliche Chaos einer Fünfzehnjährigen. Katja nimmt ein T-Shirt hoch, riecht daran. Der Schweiß eines jungen Mädchens. Jennys Schweiß.

Der Moment ihrer Geburt. Katja erinnert sich daran, wie sie dalag, damals, im gleißenden Licht eines Kreißsaales im Klinikum rechts der Isar. Wie die Hebamme den blutverschmierten Körper ihrer Tochter lächelnd hoch hielt und das winzige Bündel Mensch seinen ersten Schrei ausstieß.

Die Nacht, in der Jenny entstanden war, die Wochen danach. Katja war entsetzt gewesen, als der Schwangerschaftstest ihre Ahnung in Gewissheit verwandelte. Sie hatte Angst vor dem, was da in ihrem Bauch heranwuchs. Sie hasste den, der ihr das angetan hatte. Und war verzweifelt darüber, dass ihr Widerstand gegen eine Abtreibung stärker war als jede Vernunft. Schließlich hatte sie sich dazu durchgerungen, das Kind auszutragen und nach der Geburt zur Adoption freizugeben.

Als Jenny dann auf ihrem Bauch lag, war alles anders. Sie spürte den kleinen Körper auf ihrer Brust, den Kopf mit dem dunklen Flaum. Betrachtete die zugekniffenen Augen, die durchsichtig schimmernde Haut, gerötet von den darunterliegenden Adern, durch die ein winziges Herz Blut pumpte. Der Kontakt mit ihrer Brust ließ das schreiende Baby verstummen. Ruhig und zufrieden lag es da, geborgen in den Armen seiner Mutter, und schlief ein. Und Katja fing an zu weinen. Über den Schmerz und die Einsamkeit der letzten Monate. Über den Verrat, der erst ihr widerfahren war und den sie jetzt an ihrem wehrlosen Kind begehen würde. Über die eigene Schuld und die Unschuld ihrer Tochter. Und wusste im selben Moment, dass sie die Kleine niemals weggeben konnte. Sie würde sie lieben, irgendwie, sie aufziehen und für sie da sein, ganz egal, was ihr das abverlangte.

Katja nimmt Jennys Klamotten vom Boden auf, geht damit hinüber ins Bad, schiebt sie in die Waschmaschine. Sie wählt ein Programm, lauscht dem einströmenden Wasser, blickt auf die sich drehende Trommel und stellt sich vor, sie könnte ihr schlechtes Gewissen reinwaschen wie schmutzige Kleidung.

Sie beschließt, auf den Vorschlag ihrer Mutter einzugehen und sie mit ihrer Enkeltochter an den Gardasee fahren zu lassen. Die Zuwendung ihrer Großmutter wird Jenny dabei helfen, das erzwungene Ende ihrer ersten Liebe zu verkraften. Und Katja hat eine Woche lang ungeteilte Zeit für ihre Ermittlungen.

Sie hört, wie sich die Wohnungstür öffnet.

»Jenny?«

Sie tritt in den Flur. Sofort ist ihr klar, dass irgendetwas nicht stimmt. Jenny weicht ihrem Blick aus, verschwindet wortlos in ihrem Zimmer.

Katja folgt ihr. »Ich hab ein bisschen aufgeräumt«, sagt sie, »und ein paar deiner Sachen gewaschen.«

»Das sehe ich.«

»Wo warst du?«

»Warum willst du das wissen?«

Katja betrachtet sie. Etwas an ihr hat sich verändert. Jenny ist noch viel gereizter als heute Morgen am Telefon. Irgendwas muss in der Zwischenzeit passiert sein.

»Ich hab's mir überlegt«, sagt Katja. »Du kannst mit Oma zu Luigi fahren, wenn du magst.«

»Willst du mich loswerden?«

»Ich will nur, dass es dir besser geht.«

»Weil du ein schlechtes Gewissen hast.«

»Wie bitte?«

»Ich war bei Josh.«

Katja erstarrt. Wenn Jenny alles herausgefunden hat, ist es besser, die Lüge aufzugeben. Aber vielleicht hat sie ihn gar nicht zu Hause angetroffen, weil er die Wohngemeinschaft bereits verlassen hat. Und wenn er Finks Drohung ernst genommen und geschwiegen hat, wissen seine Mitbewohner von nichts. Katja beschließt, es darauf ankommen zu lassen.

»Und?«, fragt sie mit der professionellen Beiläufigkeit, die sie sich in den Jahren als Mordermittlerin antrainiert hat.

Jenny durchschaut das Spiel sofort. »Wir sind hier nicht in deinem Büro. Das hier ist keine Vernehmung.«

»Ich hab dich nur was gefragt.«

»Dann frag mich ohne diesen beschissenen Unterton in deiner Stimme.«

»Also gut: Hast du ihn getroffen?«

»Er war nicht zu Hause. Seine Mitbewohner haben gesagt, dass er ausgezogen ist. Von einem Tag zum anderen. Aber das weißt du ja.«

»Was weiß ich?«

»Alles. Du hast dir das Ganze doch ausgedacht!«

»Jenny, bitte, ich …«

»Er hat mir einen Brief hinterlassen, Mama! Da steht drin, dass er den Bullen in die Falle gegangen ist. Und dass er nur verschwindet, weil er keine Wahl hat. Weil die das von ihm verlangt haben.«

Das Knacken von Treibeis. Zwei zebrochene Schollen, die immer weiter auseinanderdriften, unausweichlich, unumkehrbar. Katja auf der einen, Jenny auf der anderen.

»Entweder du erzählst mir jetzt alles, oder das war's zwischen uns«, sagt Jenny leise.

Katja nickt. Sie hat sich geirrt. Das Wie ist das Problem, nicht das Was. Statt Jenny zu vertrauen, hat sie Fakten geschaffen. Statt den Konflikt gemeinsam mit ihr zu lösen, hat sie versucht, ihn von ihr fernzuhalten, und ist ihm selbst dabei ausgewichen. Sie hätte mit Jenny über alles reden müssen, vorher, nicht erst jetzt. Auch wenn das an den Tatsachen nichts ändert.

»Dein Freund ist ein Dealer, Jenny. Einer, der Drogen verkauft, der sein Geld damit verdient, andere zu zerstören.«

»Das glaubst du doch selbst nicht!«

»Die Kollegen von der Drogenfahndung haben ihn überprüft.«

»Das muss ein Missverständnis sein.«

»Es gibt Beweise.«

»Dann stimmen sie nicht!«

»Die Wahrheit ist nicht immer leicht zu ertragen.«

»Welche Wahrheit meinst du? Deine?«

»Was hätte ich tun sollen?«, fragt Katja. »Das Ganze einfach laufen lassen? Abwarten, bis er dich da mit reinzieht?«

»Das alles geht dich überhaupt nichts an, das ist ganz allein meine Sache.«

»Nein, Jenny, ist es nicht. Ich bin für dich verantwortlich, ob dir das gefällt oder nicht. Ja, es stimmt: Ich hab dich hintergangen. Ich hab dir verschwiegen, was ich weiß – aber nur, um dich zu beschützen.«

»Ist das deine Art von Schutz? Mir alles kaputt zu machen?«

»Ich kann nichts dafür, dass Josh sich entschieden hat, Drogen zu verkaufen. Aber ich kann auch nicht zulassen, dass du mit jemandem zusammen bist, der so etwas tut.«

»Du konntest ihn von Anfang an nicht leiden.«

»Das stimmt nicht. Ich mag ihn, sehr sogar. Nur deswegen sitzt er jetzt nicht in Untersuchungshaft. Weil ich die Kollegen darum gebeten habe.«

»Willst du jetzt den Spieß umdrehen?«

»Ich versuche dir nur zu erklären …«

»Wo ist er?«

»Jenny, bitte, ich …«

»Wo ist er?«, schreit Jenny. Ihre Stimme überschlägt sich, ihr Gesicht ist wutverzerrt, die Augen voller Hass. Katja hat sie noch nie so erlebt.

»Auch wenn du das jetzt nicht hören willst«, sagt sie müde, »das ist eine Chance für ihn, neu anzufangen. Eine zweite wird er nicht bekommen. Wenn du ihm helfen willst, musst du ihn vergessen!«

8

Katja kommt früher als sonst zum Dienst. Nach einer halb durchwachten Nacht ist sie schon um sechs aufgestanden. Sie hat gehofft, vor Jennys Abfahrt nach Italien noch gemeinsam mit ihr frühstücken zu können. Sie fand ihr Zimmer verwaist vor. Jenny hat sich mit ihrem gepackten Rucksack heimlich aus der Wohnung geschlichen, nur um ihr nicht mehr begegnen zu müssen.

Katja tritt in den Aufzug. Sie fühlt sich schmutzig und leer. Jenny wird Tage brauchen, um das alles zu begreifen. Monate, um es zu verarbeiten. Und noch viel länger, bis sie ihr vergeben kann. Wenn sie das überhaupt je kann.

Sie starrt auf die Edelstahlverkleidung im Inneren des Aufzugs und sieht plötzlich ihre Mutter vor sich. Seit ihrer Kindheit hat sie an dem Bild einer egoistischen, nur auf sich selbst bezogenen Frau festgehalten, ohne sich je zu fragen, was Monika Sand zu dem Menschen gemacht hat, der sie ist. Katja hat ihr für alles die Schuld gegeben. So wie Jenny jetzt ihr die Schuld gibt. Vielleicht hat Katja ihrer Mutter in all den Jahren genauso unrecht getan, wie Jenny ihr jetzt unrecht tut.

Zweiter Stock, die Aufzugtüren öffnen sich, Katja tritt hinaus in den Flur. Wir müssen reden, Mama, denkt sie, irgendwann müssen wir miteinander reden.

Sie geht in ihr Büro. Zu ihrer Überraschung sitzt Dorfmüller bereits vor seinem Computer. »Morgen, Rudi«, sagt sie.

»Wegen der Tätowierung«, erwidert er, ohne aufzublicken.

»Was ist damit?«

»*Braunschweig.*«

»Wie bitte?«

»Neunundachtzig Meter lang, dreizehn Meter breit. Sechsundzwanzig Knoten Höchstgeschwindigkeit.«

»Wovon redest du?«

»Von der *Braunschweig*. Eine Korvette der Bundesmarine. Achtundfünfzig Mann Besatzung. Seit 2006 im Dienst.«

»Und was hat das mit der Tätowierung auf dem Hinterkopf unseres Toten zu tun?«

»F 260 ist eine Nato-Schiffskennung.«

»Die der *Braunschweig*?«

»Und endlich hat es Klick gemacht!« Er dreht den Monitor zu ihr.

Sie schaut auf einen schlanken grauen Schiffskörper im ruhigen Wasser eines Hafenbeckens. Auf dem Vorschiff eine Kanone und ein Raketenwerfer, über der Kommandobrücke ein Radarturm. Am Bug ein Wappen mit dem roten Löwen der Stadt Braunschweig, an der Seite die Kennung: F 260.

Sie nimmt die Fotos vom Schreibtisch, die Leah Levy gemacht und ihnen mitgegeben hat. Der geschorene Hinterkopf des Toten, das unbeholfene Tattoo. Sie versucht, sich ihn an Bord des Schiffes vorzustellen. Ein Matrose beim Einholen der Leinen an Deck, ein Offizier, der auf der Brücke Befehle gibt, ein Funker beim Einstellen einer Frequenz. Aber die Vorstellung ist unscharf, ein Bild ohne jede Kontur.

»Überzeugt mich nicht«, sagt sie.

Seufzend dreht Dorfmüller den Monitor zurück und beginnt das Internet nach Alternativen durchzuforsten. »Das *AVIC F 260*«, sagt er kurz darauf. »Ein anthrazitfarbenes Navigationsmodul mit Touchscreenbedienung für dreihundertsiebzig Euro. Navigieren und audiovisuelle Medien in einem. Allerdings frage ich mich, ob jemand wirklich so blöd sein kann, sich die Typbezeichnung eines elektronischen Gerätes auf den Hinterkopf tätowieren zu lassen.«

»Weiter!«, sagt Katja.

»Dann vielleicht das hier. Heißt ebenfalls F 260. Ein *Twohundredsixty-Day Bible Reading Plan for Busy Believers.*«

»Soll das ein Witz sein?«

»Kein Witz! Eine christliche *Foundation* aus Amerika, die einen Bibellektüreplan für emsige Gläubige anbietet. Fünf Tage pro Woche oder zweihundertsechzig Tage im Jahr. Danach bist du absolut bibelfest. Das Ganze gibt's übrigens auch in einer Version für *Busy Teens.* Noch Fragen?«

»Also gut«, sagt Katja. »Dann eben die *Braunschweig.* Aber wie passt das Tattoo dazu?«

Dorfmüller fährt sich mit seiner riesigen Hand erst über die schütteren Haare, dann über sein Kinn. Das kratzende Geräusch der Bartstoppeln unter seinen Fingern. Katja hat das Gefühl, ihm beim Nachdenken zuhören zu können.

»Vielleicht irgendso ein Zugehörigkeitsding«, sagt er schließlich. »Er und das Schiff. Zwei, die zusammengehören.«

»So, als würdest du dir deinen Granada auf den Arm stechen lassen.«

»Ein blöder Vergleich, aber ungefähr so.«

»Okay«, sagt Katja, »wenn das wirklich so ist, dann ist er nicht der Einzige mit einem Tattoo, dann gibt es noch andere.« Ihre eben noch so unscharfe Vorstellung gewinnt an Deutlichkeit, das Bild bekommt Konturen. »Vielleicht steckt ein Ritual dahinter.«

Dorfmüller zieht die Augenbrauen hoch. Er versteht nicht, worauf sie hinauswill.

»Eine Aufnahmezeremonie«, erklärt Katja. »Für alle, die neu an Bord kommen. Eine Art Taufe. Zur Steigerung des Zusammenhalts unter der Mannschaft. Ein verschworener Haufen. Wo ist die *Braunschweig* stationiert?«

»Marinestützpunkt Warnemünde. Erstes Korvettengeschwader.«

»Kümmerst du dich drum?«

»Schon dabei«, sagt Dorfmüller und greift zum Telefon.

Die Kantine entspicht in ihrer Trostlosigkeit genau dem, was man sich unter eine Kantine vorstellt. Ein pastellfarben gestrichener Nichtort, irgendwo zwischen einem hellen Gelb und einem blassen Beige, der sich ebenso gut in einer Versicherung oder einem Krankenhaus befinden könnte.

Katja tritt an die Theke. Die Gerüche aus der Küche, diese kantinentypische Mischung aus Spülwasser und Bratfett. Sie ist der einzige Gast. Selbst für ein vorgezogenes Mittagessen ist es noch zu früh. Sie entscheidet sich für ein Käsebrötchen und setzt sich an einen der Tische. Lustlos kaut sie auf dem gummiartigen Belag herum und versucht, ihre Gedanken auf den Toten zu fokussieren. Ein Mann, der seine Marineuniform mit Freizeitkleidung getauscht hat, nachts auf einem Baggersee. Der in einem Schlauchboot hinausgerudert ist, um sich das Leben zu nehmen. Aber die Taucher haben kein Ruder gefunden. Was Katja nicht verwundert. Die für Schlauchboote typischen Ruder mit ihren Plastikblättern schwimmen auf dem Wasser. Hätte es ein Ruder gegeben, wäre es ans Ufer getrieben, so wie die schlaffe Hülle des Bootes. Der Mann muss also ohne Ruder hinausgepaddelt sein.

Sie stellt sich ihn vor, wie er, in dem Boot knieend, seinem freiwilligen Tod entgegengleitet, mit bloßen Händen, die sich durchs Wasser wühlen, im Dunkel der Nacht, Regen in seinem Gesicht und Verzweiflung. Zeit, die sich ins Endlose dehnt. Das Erreichen der Seemitte, das Herausziehen des Messers, das Hervorschnellen der Klinge. Die wenigen Sekunden vor dem Zustechen, ein Innehalten vielleicht oder ein kurzes Zögern. Dann der Schnitt in die Gummihülle, von oben nach unten, die glatten Schnittkanten, die auf Entschlossenheit schließen lassen. Sie sieht ihn vor sich, wie er sich in das Boot legt, sie hört das Entweichen der Luft aus dem Bootskörper, ein heftiges Zischen, das sich mit dem Prasseln des Regens auf der Seeoberfläche verbindet. Gemeinsam mit dem Mann wartet sie auf seinen Untergang, spürt das Wasser, das über die schrumpfende Hülle des Bootes schwappt, sich in seine Kleidung saugt, ihn irgendwann vollständig bedeckt. Sie schaut auf ihn herab, wie er liegend und mit aufgerissenen Augen langsam in der Tiefe versinkt, keine Luft mehr, kein Atem, die Lungen mit Wasser gefüllt.

Irgendetwas an dem Bild stört sie, irgendetwas stimmt nicht. Sie fragt sich, warum der Mann kein Ruder, sondern seine Händen benutzt hat, um hinauszupaddeln, warum er überhaupt hinausgepaddelt ist, nur um dann mit einem Messer sein Boot zum Sinken zu bringen. Was sie daran stört, ist die Kompliziertheit des Vorgangs, dieser sich ewig lang hinziehende Vorlauf vor dem eigentlichen Akt der Selbsttötung. Warum hat er sich nicht einfach von einer Brücke gestürzt? Und dann die Panik in seinen Augen. Sie hätten geschlossen sein müssen in Erwartung eines langsamen Versinkens. Aber sie waren aufgerissen, voller Angst – als sei der, dem diese Augen gehörten, erschrocken gewesen über die Unausweichlichkeit eines nicht erwarteten Todes.

Katja blickt auf. Die Kantine beginnt sich zu füllen. Die Geräusche aus der Küche vermischen sich mit den Gesprächen der hinzugekommenen Kollegen. Der Austausch von Ermittlungsergebnissen, das Lästern über Vorgesetzte, das Plaudern über das schlechte Fernsehprogramm oder den viel zu kurzen Urlaub. Dazu das Klappern von Besteck, der aufsteigende Dampf der Warmhaltebecken, in denen labbrige Schnitzel und zerfallende Fischfilets auf ihre Kunden warten. Alles so wie immer.

Katja kehrt zurück in die Nacht auf dem Baggersee. Die Messerklinge blitzt vor ihr auf, der Augenblick des Schnittes. Auch das passt nicht. Wenn der Mann sich wirklich umbringen wollte, hätte er sich einfach ins Wasser fallen lassen können, ohne den Schnitt. Es hätte keinen Unterschied gemacht.

Also ein neues Bild. Eines mit einem zweiten Mann, der das verschwundene Ruder hält, in der Tasche das Messer, von dem sein Opfer nichts ahnt. Jemand, der den arglosen Marineangehörigen in einem Schlauchboot auf einen Baggersee in Feldkirchen-West hinausrudert, im warmen Regen einer Sommernacht. Ein gesichtsloser Ruderer, der in der Mitte des Sees ein Messer zückt, mit dem er das Schlauchboot zum Sinken bringt. Der mit dem Ruder in der Hand ans Ufer zurückschwimmt, während der andere Mann mit panisch aufgerissenen Augen im See versinkt. Ein Mord, der wie ein Selbstmord aussehen soll. Allerdings bleibt die Frage, warum das Opfer nicht ebenfalls ans Ufer geschwommen ist.

Katja blickte auf das halb aufgegessene Käsebrötchen, das nach nichts schmeckt. Draußen vor den Fenstern die Hitze des Sommers, drinnen das Gebrabbel der Kollegen. Ein vielstimmiges Durcheinander, das urplötzlich überlagert wird vom Rauschen vorbeifahrender Autos auf der Brennerautobahn zwischen Österreich und Italien.

Katja sieht die Tankstelle auf der italienischen Seite der Grenze vor sich. Jenny, die aus dem Auto ihrer Großmutter steigt und mit einem Lachen im Gesicht das *Autogrill*-Restaurant betritt. Ihre Großmutter, die ihr folgt, während sie mit der Fernbedienung den Wagen verriegelt. Dann trinken die beiden am Tresen der Bar ihren ersten Cappuccino. Genauso wie Katja es mit ihrer Mutter getan hat, ihre halbe Kindheit und ganze Jugend hindurch, jedes Mal, wenn sie mit ihr zum Gardasee gefahren ist. Sie sieht sich selbst an der Bar des *Autogrill* stehen, ein kleines Mädchen neben ihrer Mutter, die erst vor Kurzem ihren Mann an den Krebs verloren hat. Eine einsame Frau und ihre traurige Tochter auf dem Weg in den Urlaub, der Ablenkung bringen soll und ein wenig Vergessen.

Katja versucht, das Bild in ihrem Kopf loszuwerden, aber es gelingt ihr nicht. Sie sieht die Zuckerdose aus Edelstahl mit dem langstieligen Löffel vor sich, die leer getrunkenen Espressotassen, die Krümel gegessener Brioches, die Hände des Barmannes, der mit einem Lappen über den Tresen wischt, die dunklen Haare auf seinen Armen, sein Zwinkern, das sie erröten und wegschauen lässt. Sie sieht ihre Mutter in einem gemusterten Sommerkleid aus Baumwolle, ihre schon damals gefärbten Haare, das Weiß ihrer kräftigen Zähne, das Rot ihrer geschminkten Lippen. Und jetzt sieht sie auch, was sie damals nicht gesehen hat: die Angst hinter dem ewigen Lächeln ihrer Mutter, den Schmerz, die Trauer, die Überforderung. Als würde das Bild, das Katja sich jahrzehntelang von ihr gemacht hat, plötzlich Risse bekommen. Dann wird das kleine Mädchen in der Bar des *Autogrill* wieder zu Jenny. Und Katja begreift, dass sie ihrer Mutter jahrelang unrecht getan hat. Dass sie hinter Monika Sands Künstlichkeit, ihrem übertriebenen Auftreten nie die Mutter gesehen hat, die sich einfach nur Sorgen um ihre Tochter machte, so wie Katja sich in diesem Moment Sorgen um Jenny macht.

Sie greift nach ihrem Smartphone, wählt die Nummer ihrer Mutter, wartet auf die Verbindung. »Ich bin's, Mama. Geht's euch gut?«

»Was glaubst du wohl?«

»Wo seid ihr gerade?«

»Wir trinken unseren ersten italienischen Cappuccino.«

Katja hört das Klappern von Geschirr, die Fetzen italienischer Sätze, eilig und laut. Sie fragt sich, ob es den Barmann hinter dem Tresen des *Autogrill* noch gibt und ob die schwarzen Haare auf seinen Armen inzwischen grau geworden sind.

»Gibst du mir Jenny?«

Sie hört, wie ihre Mutter das Handy weiterreicht.

»Was?«, fragt Jenny.

»Wollte nur mal kurz deine Stimme hören. Alles okay bei euch?«

»Alles gut.«

Mehr sagt sie nicht. Ein paar Sekunden lang lauscht Katja den Bargeräuschen im Hintergrund, ehe sie begreift, dass Jenny sie mit ihrem Schweigen aufgefordert hat, das Gespräch zu beenden.

»Okay«, sagt Katja. »Ich küsse dich.«

Jenny drückt sie weg. Und auf einmal ist alles ganz still. Katja sitzt da, allein inmitten der Kollegen, deren Münder sich wie vorher bewegen, aber deren Stimmen sie nicht mehr hört. Nicht ihre Worte, nicht ihr Lachen. Nur noch Stille. In ihr und um sie herum. Und das Gefühl, dass ihr Kopf zerspringt. Kannst du mich bitte in den Arm nehmen, Mama?

»Hast du gerade ›Mama‹ gesagt?«

Sie blickt auf. Dorfmüller steht neben ihr, in der Hand seinen Notizblock. Er mustert sie besorgt.

»Was?«, fragt sie.

Statt einer Antwort zieht er die Serviette unter den Resten ihres Käsebrötchens hervor und reicht sie ihr. »Deine Augen«, sagt er.

Sie tupft sich hastig über ihre Augenwinkel, schaut auf die Serviette. Spuren von Tränen und Mascara. Sie versucht zu lächeln. Es gelingt ihr nicht. »Bist du weitergekommen?«, fragt sie.

»Bin ich. Einerseits.«

»Und andererseits?«

»Die Sache ist nicht ganz einfach«, sagt er. »Um nicht zu sagen: ziemlich kompliziert.«

Dorfmüller hat beim ersten Korvettengeschwader in Warnemünde angerufen und sich verbinden lassen. Von der Zentrale zur Sekretärin des Geschwaderkommandeurs. Die hat irgendwas von dringenden Terminen ihres Chefs erzählt und ihn an die Pressestelle weitergereicht. Höflich, aber bestimmt. Ohne Chance auf Gegenwehr. Oder wie Dorfmüller das nennt: Sie kennt sich aus mit so was. Der zuständige Presseoffizier hat ihn ebenfalls abgewimmelt und an das Kommando der Seestreitkräfte in Wilhelmshaven verwiesen.

»Dort habe ich dann ein wenig auf den Busch geklopft.«

Mit anderen Worten, er ist laut geworden und hat dann aufgelegt. Natürlich alles wohlkalkuliert. Er hat sich entspannt in seinem Schreibtischstuhl zurückgelehnt und abgewartet. Kurz darauf ist er wie erwartet zurückgerufen worden. Die Sekretärin des Geschwaderkommandeurs hat ihn mit ihrem Chef verbunden.

Katja versteht. »Wilhelmshaven hat begriffen, dass ihnen die Sache um die Ohren fliegen könnte, und in Warnemünde Dampf gemacht. Wie hast du das hingekriegt?«

»Na ja«, sagt Dorfmüller grinsend, »ich hab freundlich darauf hingewiesen, dass es keinen guten Eindruck macht, wenn sich der Kommandeur eines Korvettengeschwaders gegenüber dem Vertreter einer ermittelnden Polizeibehörde verleugnen lässt, nur um ein paar harmlosen Fragen auszuweichen. Weil so was nur zu weiteren Fragen führt, die dann irgendwann nicht mehr harmlos sind.«

Dorfmüller hat den Geschwaderkommandeur über den nicht identifizierten Toten in Kenntnis gesetzt. Und sich erkundigt, ob zwischen dem Tattoo auf seinem Hinterkopf und der Korvette *Braunschweig* möglicherweise ein Zusammenhang bestehe. Das habe zu einem erheblichen Stimmungsumschwung bei dem anfangs so freundlichen Kommandeur geführt.

»Er wurde sauer?«, fragt Katja.

»Er wurde still«, sagt Dorfmüller. »Ganz still!«

Dorfmüller bat um eine Besatzungsliste der *Braunschweig*. Der Kommandeur erklärte ihm, dass es aufgrund der zum Teil mehrmonatigen Auslandseinsätze des Schiffes mehrere Besatzungen gebe, die nach Bedarf ausgetauscht würden. Die geforderte Liste verweigerte er. Nicht ohne Dorfmüller darauf hinzuweisen, dass die aktuelle Besatzung der Korvette komplett sei. Keine unerwarteten Abgänge, keine Freistellungen, keine Abwesenheiten wegen Krankheit. Einen Zusammenhang zwischen dem Toten und der *Braunschweig* schloss er kategorisch aus. Was natürlich auch eine Aussage war.

»Wo befindet sich die *Braunschweig* zur Zeit?«, fragt Katja.

»In Warnemünde. Wartung der Maschinen und Überholung der elektronischen Ausrüstung.«

»Seit wann?«

»Zwei Wochen.«

»Und die Mannschaft?«

»Bis auf eine Notbesatzung auf Heimaturlaub. Inklusive Kapitän.«

»Sagt der Geschwaderkommandeur?«

»Sage ich«, erwidert Dorfmüller. »Er konnte es mir nicht mehr sagen, weil er zu dem Zeitpunkt bereits aufgelegt hat.«

Und auch das ist eine Aussage, denkt Katja. Und wundert sich über die Dummheit des Geschwaderkommandeurs, der im Bemühen, sich und seine Korvette aus der Schusslinie zu ziehen, die *Braunschweig* erst mitten hineingestoßen hat.

»Willst du wissen, was meine nächste Frage ist?«

»Der Kapitän heißt Markus Freiling« erwidert Dorfmüller. »Und wie das Schicksal es will, wohnt er hier ganz in der Nähe.«

9

Der Duftbaum am Rückspiegel des Granada verströmt seinen penetranten Orangen-Myrrhe-Geruch. Und nirgendwo eine Tüte zum Überstülpen. Die Sonne glitzert auf der Motorhaube. Katja klappt die Sonnenblende herunter, aber das nützt nichts. Sie nimmt den Umschlag, der auf ihren Knien liegt, schirmt damit ihre Augen vor dem grellen Sonnenlicht ab und schaut rüber zu Dorfmüller, der am Steuer sitzt und seine verspiegelte Ray-Ban aufgesetzt hat. »Wenn du deine Karre nicht immer so zwanghaft auf Hochglanz polieren würdest, könnte ich jetzt auch was sehen.«

»Dass er so schön glänzt, zeigt nur, was anständige Pflege leisten kann.«

Rudis ewig gute Laune, die er eine Frage der Lebenseinstellung nennt. Immer einen Spruch auf den Lippen, mit denen er alles Unangenehme oder Unbequeme wegbügelt. Manchmal hilfreich, meistens anstrengend. Das ist seine Art, mit dem Tod umzugehen. Mit der Art von Tod, die ihnen bei ihrer Arbeit täglich begegnet. Nicht dem leisen Verlöschen oder sanften Einschlafen, nicht dem natürlichen Abschluss eines langen Lebens oder dem Endpunkt einer schweren Krankheit – seine Scherze sind eine Reaktion auf den gewaltsam herbeigeführten Tod, für den sich im besten Fall ein Motiv und ein Täter, aber niemals eine Rechtfertigung finden lässt.

Sie sind auf dem Weg nach Dießen am Ammersee. Der Verkehr auf der A96 hält sich in Grenzen. Dorfmüller wechselt auf die linke Spur und gibt Gas.

»Willst du uns umbringen?«, fragt Katja.

»Nur mal kurz die Ventile tanzen lassen. Die brauchen das ab und zu.«

Katja schließt die Augen und lauscht der steigenden Drehzahl des Sechszylinders. Das Leben ist fragil. Zerbrechlich wie dünnes Glas. Ein Metallstück auf dem Asphalt, das liegt, wo es nicht liegen soll, ein Reifen, der es überrollt und dabei aufgeschlitzt wird, eine kleine Unachtsamkeit, eine falsche Entscheidung oder einfach nur der Zufall, und alles ist vorbei. Oder es geht gut, und man steht weiter vor dieser ewigen Anhäufung von Unwägbarkeiten, diesem Labyrinth aus Kreuzungen und Abzweigungen, in dem man vor lauter Nachdenken die richtige Ausfahrt verpasst und sich wiederfindet, wo man nie landen wollte. Und die Konsequenzen tragen muss für Handlungen, die man nie begehen wollte oder die einem zustießen, ohne dass man sich dagegen wehren konnte.

Katja hat sich gewehrt. Es hat ihr nichts genützt. Eine junge Mutter und ihr kleines Kind. Die ungewollte Folge einer verzweifelten Nacht. Das größte Glück ihres Lebens.

Dorfmüller nimmt den Fuß vom Gas. Die Drehzahl des Motors sinkt, die Windgeräusche nehmen ab. Katja öffnet die Augen. Der Granada befindet sich wieder auf der rechten Spur. Dorfmüller lächelt ihr zu und fährt an der Ausfahrt Greifenberg von der Autobahn ab. Links von ihnen taucht das Ufer des Ammersees auf, ein langes grünes Band. Weiße Segelboote auf leuchtendem Blau, davor vereinzelte Bauernhöfe. Rote Dächer über weißen Fassaden, geraniengeschmückte Fenster, umgeben von Wiesen und Feldern. Eine Welt, die mit sich im Reinen ist. Katja spürt, wie sich ihre Anspannung löst. Sie fühlt sich leicht in dieser Landschaft, die so schön ist, dass es wehtut.

Das leichte Auf und Ab der Hügel. Sie fahren durch Schondorf, lassen Utting hinter sich, bevor sie Dießen erreichen. Die Südspitze des Sees, die Gipfel der Alpen so nah, als könnte man sie mit den Händen greifen, und gleichzeitig unerreichbar weit weg.

Das Haus des Korvettenkapitäns liegt in der Nähe des Ufers. Eines dieser Häuser, die man nicht kaufen kann. Die man nur besitzt, weil man sie gererbt hat und die man am Ende seines Lebens selbst weitervererben wird. Nicht groß, aber einladend, mit spitzem Giebel, inmitten eines weitläufigen Gartens. Apfel- und Kirschbäume in knöchelhohem Gras, ein Zaun aus verwitterten Holzlatten, der einen Anstrich vertragen kann, aber keinen braucht, weil er genau so ist, wie er sein soll.

Katja verspürt Neid. Sie kann nicht anders. Sie fragt sich, wie es wäre, hier mit Jenny zu leben, irgendein Job in der Verwaltung, ohne Streit, ohne Morde. Ohne das ständige Hineintauchen in das Elend der Opfer, die Abgründe der Täter.

»Du würdest das nicht lange aushalten«, sagt Dorfmüller, als hätte er ihre Gedanken gelesen. Er öffnet die Fahrertür. »Wollen wir?«

»Ja«, sagt Katja und greift nach dem Umschlag.

Dorfmüllers Handy klingelt. Er nimmt das Gespräch an, hört aufmerksam zu, bedankt sich und legt auf.

»Der Kollege Glasner von der KTU«, sagt er. »Wegen des Abgleichs der Schnittkanten an der Schlauchboothülle mit dem im Baggersee geborgenen Messer. Der Schnitt und das Messer passen zusammen.«

»Hab ich dir doch gesagt«, erwidert Katja und geht zum Haus. Ein leichter Wind vom nahen See macht die Hitze erträglich. Sie klingelt.

Dorfmüller kniet währenddessen neben seinem Granada, riecht an den Vorderrädern, fährt prüfend mit dem Zeigefinger über die Felgen. Dann steht er auf und folgt Katja. »Bremsabrieb«, sagt er. »Ich muss unbedingt die Beläge tauschen.«

Die Haustür öffnet sich. Ein groß gewachsener Mann mit kurzen, akkurat geschnittenen Haaren schaut die beiden Ermittler misstrauisch an. Stahlblaue Augen über einer markanten Nase. Schmale Lippen in einem entschlossenen Mund. Katja schätzt ihn auf Ende dreißig.

»Herr Freiling?«

»Ja.«

»Korvettenkapitän Markus Freiling? Kommandant der *Braunschweig*?«

»Genau der.«

Katja ist überrascht. Freiling passt nicht zu ihrem Bild eines Kapitäns. Sie hat ihn sich deutlich älter vorgestellt, mindestens Mitte vierzig.

Er mustert sie. »Und Sie sind?«

Katja stellt sich und Dorfmüller vor. Das übliche Procedere. Unaufgeregt, routiniert und sachlich. Kriminalpolizei München, Mordermittlung, dazu der Dienstausweis und die Bitte, kurz hereinkommen zu dürfen.

Freiling schlägt die Arme übereinander. Ein Zeichen der Abwehr, wie Katja es bei ähnlichen Besuchen immer wieder erlebt hat. Deutlich, aber nicht unüberwindbar.

»Worum geht's denn?«, fragt er. Sein Hochdeutsch ist bayrisch gefärbt. Eine eigentümliche Mischung. Die Jahre im Norden haben seine Herkunft verwischt, aber nicht ausgelöscht.

»Um die Klärung einer Identität«, sagt Katja.

»Ein Toter?«, fragt Freiling.

»Wie kommen Sie darauf?«

»Wenn ich Sie richtig verstanden habe, sind Sie von der Mordermittlung. Da liegt der Gedanke doch nah.«

»Möglicherweise ein Mitglied Ihrer Besatzung.«

»Ich fürchte, dazu kann ich mich nicht äußern.«

»Können Sie nicht oder wollen Sie nicht?«

»Ich bin Angehöriger der Bundesmarine. Wenn Sie Fragen zu meinem Schiff oder seiner Besatzung haben, müssen Sie sich an meinen Geschwaderkommandeur wenden.«

»Das haben wir bereits.«

»Und was hat er gesagt?«

Statt einer Antwort zieht Katja ein Foto aus dem Umschlag, reicht es dem Korvettenkapitän. Der rasierte Hinterkopf des Toten mit der eintätowierten Nato-Schiffskennung F 260.

Freiling zuckt erschrocken zusammen, genau wie Katja erwartet hat.

»Vielleicht gehen wir doch kurz rein«, sagt sie.

Das Haus ist behaglich eingerichtet. Antike Weichholzmöbel, ein geölter Dielenboden, handgeknüpfte Teppiche. Herumliegendes Spielzeug, ein Paar Kindersandalen. Die Wand zur Küche ist entfernt worden, um Großzügigkeit zu schaffen und zusätzliches Licht hereinzulassen. Eine behutsame Modernisierung, ohne dem alten Haus seinen Charakter zu nehmen. Die Handschrift einer Frau, denkt Katja, das Nest einer jungen Familie.

»Ihr Elternhaus?«, fragt Katja, während sie durch das Wohnzimmer auf die Terrasse gehen.

»Meine Großeltern haben es gebaut.«

»Was mich interessieren würde«, sagt Dorfmüller, »wie kommt man von Dießen am Ammersee zur Bundesmarine an die Ostsee?«

»Wie sind Sie zur Polizei gekommen?«, gibt Freiling die Frage zurück.

Dorfmüller lächelt. »Eine lange Geschichte. Allerdings weniger spannend, als Sie vielleicht denken.«

»Genau wie bei mir.«

»Wir würden sie gerne trotzdem hören.«

Seine direkte Art macht Eindruck auf den Kapitän. Dorfmüller trifft genau den richtigen Ton. So wie meistens. Fordernd, ohne unverschämt zu sein, freundlich, aber nicht anbiedernd. Die wenigsten können sich dem entziehen.

»Wer an einem See aufwächst, der segelt«, sagt Freiling. »Das geht schon als kleiner Junge los. Und wer mit sieben, acht Jahren auf einem See segelt, der will irgendwann auch aufs Meer. Und dann ist er ein großer Junge, der mit der Schule fertig ist und sich fragt, was er tun soll. Der alte Traum vom Meer ist noch immer da, wie ein Virus, das einen nicht loslässt. Also verpflichtet er sich auf Zeit, studiert ein paar Jahre lang an der Marineakademie und hat sein Offizierspatent in der Tasche. Und wenn der Traum groß genug war, dann landet er irgendwann als Kapitän auf der Brücke einer Korvette.«

»So wie Sie.«

»So wie ich. Ende der Geschichte.«

Nicht das Ende, denkt Katja, der Anfang. Das Bild, das ein Befragter von sich selbst liefert, ist niemals vollständig. Nichts weiter als eine polierte Oberfläche, hinter der er sich versteckt. Interessant ist nicht, was ein Mensch freiwillig von sich preisgibt, sondern das, was er verbirgt.

»Sind Sie verheiratet?«, fragt Katja.

»Bin ich«, sagt Freiling.

»Ist bestimmt nicht einfach.«

»Wie kommen Sie denn darauf?«

»Na ja, Ihre Frau hier und Sie monatelang auf See.«

»Sie hat von Anfang an gewusst, worauf sie sich einlässt.«

»Haben Sie Kinder?«

»Das zweite ist unterwegs.«

»Wo ist Ihre Frau jetzt?«

»Kindergeburtstag«, sagt Freiling. »Der beste Freund unseres Sohnes ist heute fünf geworden.«

Katja mustert ihn. Ein Mann, der gelernt hat, niemals die Kontrolle zu verlieren. Sein anfängliches Misstrauen ist förmlicher Höflichkeit gewichen. Trotz des Fotos, das sie ihm gezeigt hat. Oder genau deswegen.

»Entschuldigen Sie, ich hab Ihnen gar nichts angeboten«, sagt er. »Wollen Sie was trinken? Irgendwas Kaltes vielleicht?«

Er verschwindet im Haus und kommt kurz darauf mit einem Tablett zurück. Eine Karaffe mit Eistee, den er in drei Gläser gießt.

Katja nimmt einen Schluck. »Der ist wirklich gut«, sagt sie.

»Meine Frau macht ihn selbst.« Er lächelt.

Katja versteht. Wer nichts preisgibt, bietet keine Angriffsfläche. Wer freundlich ist, hat nichts zu verbergen. Deswegen der Eistee. Dabei brennt Freiling mit Sicherheit darauf, zu erfahren, was mit dem tätowierten Mann auf dem Foto passiert ist. Sie fragt sich, wie lange er seine Neugier im Zaum halten kann.

Sie schaut zu Dorfmüller hinüber, der sein Glas zwischen den Fingern hin und her dreht, ein kaum merkliches Lächeln auf den Lippen. »Wie lange haben Sie Heimaturlaub?«, fragt er.

»Am Freitag muss ich zurück an Bord sein. Ende der Woche laufen wir aus.«

»Wohin geht's?«

»Mittelmeer.«

»Und der Grund der Reise?«

»Dazu kann ich nichts sagen.«

Natürlich nicht, denkt Katja.

»Ist doch nur eine Frage«, sagt Dorfmüller und lächelt. Er weiß, wie er das Spiel zu spielen hat.

Freiling schaut ihn misstrauisch an. »Sie waren nicht bei der Bundeswehr, oder?«

»Nein.«

»Es gibt Dinge, über die ich nicht sprechen darf.«

»Nicht darf oder nicht will?«

»Hören Sie …«, setzt Freiling an, aber Dorfmüller unterbricht ihn.

»Die Besatzungen der *Braunschweig* wechseln regelmäßig, richtig? Alpha, Bravo, Charlie – verschiedene Bezeichnungen für verschiedene Besatzungen. Unter verschiedenen Kapitänen.«

»Sie haben sich schlaugemacht.«

»Ist mein Job.« Dorfmüller lächelt erneut. Zwei Meter vorgetäuschte Arglosigkeit.

Freiling streicht mit den Fingern über sein Glas, klopft darauf. Ein erstes Anzeichen von Unruhe, einsetzende Nervosität.

»Was dagegen, wenn ich mir noch nachschenke?«, fragt Katja.

»Bitte«, sagt Freiling. »Bedienen Sie sich.«

Katja füllt ihr Glas erneut, mitten hinein in das einsetzende Schweigen. Der Eistee ist wirklich gut. Fruchtig, ohne dabei bitter zu sein, jeder Schluck ein Genuss. Sie schaut in den Garten. Die Apfel- und Kirschbäume, das knöchelhohe Gras. Kein Platz mehr für Neid. Jede Fassade weist Risse auf, es kommt nur darauf an, sie zu finden. Meistens genügt es abzuwarten, bis sie sich von selbst zeigen. Sie muss nicht lange warten.

»Dieses Foto, das Sie mir gezeigt haben«, sagt Freiling. »Was soll das? Was wollen Sie von mir?«

»Eine Erklärung«, sagt Katja und legt die Aufnahme auf den Tisch.

»Weiß mein Geschwanderkommandeur, dass Sie hier sind?«, fragt Freiling.

»Nein.«

»Wird er es erfahren?«

»Das liegt ganz bei Ihnen.«

Freiling versinkt in Schweigen, schaut erneut auf das Foto. Die rasierte Haut eines Hinterkopfes, in der sich das Licht der Lampe über dem Obduktionstisch spiegelt. Ein Buchstabe und drei Ziffern, ungleichmäßig gestochen.

Katja spürt, wie er um eine Entscheidung ringt. Geduld ist das Wichtigste bei dieser Art von Gespräch. Den anderen zu führen, ohne dass er merkt, dass er geführt wird. Sich zurückzunehmen und abzuwarten, bis der Widerstand auf der Gegenseite in sich zusammenfällt. Sie weiß, was sich Freiling jetzt fragt: ob es besser ist, weiter zu schweigen oder die Karten auf den Tisch zu legen. Mit dem einen würde er vermutlich bei seinem Kommandeur Punkte sammeln, mit dem anderen kann er sich selbst aus der Schusslinie nehmen.

»Es gibt da dieses Ritual bei uns an Bord«, sagt er zögernd. »Nicht offiziell natürlich. Die Frischlinge und die alten Hasen.«

»Eine Art Taufe«, sagt Katja und wiederholt damit, was sie am Morgen zu Dorfmüller gesagt hat.

»Wenn Sie so wollen«, sagt Freiling. »Die Neuen werden von den Alten ›geimpft‹. Aufnahme in die Gemeinschaft. Jeder muss da durch. Für die meisten ist es eine Ehre.«

»Niemand, der sich dagegen wehrt?«

»Ich hab bis jetzt keinen kennengelernt.«

»Wir würden den hier gerne kennenlernen«, sagt Katja und zieht ein zweites Foto aus dem Umschlag. Das Gesicht der Leiche, die Haut bläulich angelaufen, die aufgerissenen Augen mit den geplatzten Adern darin. Die andere Seite des Todes. Sie legt die Aufnahme wortlos vor Freiling auf den Tisch. Er hat Mühe, die Fassung zu bewahren, seine Gesichtsmuskeln zucken, seine Finger drohen das Glas in seiner Hand zu zerdrücken. Katja entwindet es ihm vorsichtig, er bemerkt es nicht.

»Was ist passiert?«, fragt er.

»Er ist tot. Ertrunken. Taucher haben ihn gestern aus einem Baggersee bei München geborgen.«

Freiling starrt noch immer auf das Foto vor sich, die Augen fixiert auf das tote Gesicht mit den angstvoll aufgerissenen Augen. Seine Lippen zittern. »Das ist der Gustl«, sagt er leise.

»Einer von Ihrer Besatzung?«

»August Hirschberger. Bis vor einem Jahr mein Obermaat.«

»Bis vor einem Jahr?«

»Dienstunfähigkeit.«

»Was hat dazu geführt?«

Freiling antwortet nicht. Katja hat das Gefühl, in ihn hineinsehen zu können. Das Rasen der Gedanken in seinem Kopf. Das Berechnen der möglichen Konsequenzen, die eine weitere Aussage für ihn haben kann. Sie muss seine Verunsicherung ausnutzen, ehe er sich auf die dienstliche Verpflichtung einer Rücksprache mit seinen Vorgesetzten beruft.

»Bitte, Herr Freiling: Was hat zu seiner Dienstunfähigkeit geführt?«

»Ich weiß nicht, ob ich einfach so mit Ihnen darüber …«

»Wie gesagt: Niemand aus Ihrem Verein weiß, dass wir hier sind. Nicht in Warnemünde, nicht in Wilhelmshaven. Und niemand muss es erfahren.«

Freiling gibt seinen Widerstand auf. »Da war dieser Unfall«, sagt er zögernd. »Ende Mai vor einem Jahr. Drei Seemeilen vor der libyschen Küste. Südöstlich von Tripolis.«

»Was für ein Unfall?«

»Er ist über Bord gegangen.«

»Sie meinen, ins Meer gefallen?«, fragt Dorfmüller überrascht.

»Er hatte getrunken«, sagt Freiling. »Während seiner Wache. Aber das stellte sich erst später heraus. Ich habe sofort die Maschinen stoppen lassen. Einer meiner Leute sprang hinterher, das hat dem Gustl das Leben gerettet, weil …«

»Weil?«

»Er konnte nicht schwimmen.«

Katja ist genauso überrascht wie Dorfmüller. »Ihr Obermaat war ein Nichtschwimmer?«

»Er hat das bei der Musterung verschwiegen«, erwidert Freiling. »Aus Angst, nicht genommen zu werden. Das hat die anschließende interne Untersuchung ergeben.«

»Von der nie etwas nach außen gedrungen ist«, sagt Dorfmüller.

»Natürlich nicht«, sagt Freiling. »Unsere Einsätze im Mittelmeer sind heikel, die weltpolitische Lage ist angespannt. Sie können sich vorstellen, was ein über Bord gegangener, betrunkener Obermaat, der als Nichtschwimmer Dienst auf einer Korvette der Bundesmarine tut, in der Öffentlichkeit ausgelöst hätte.«

»Also musste er weg. Still und leise.«

»Die offizielle Begründung lautete: Entlassung wegen Dienstunfähigkeit infolge eines posttraumatischen Belastungssyndroms. Die Todesangst im Wasser. Das hilflose Gefühl zu ertrinken. Er ist immer ein fröhlicher Mensch gewesen. Danach nicht mehr.«

Katja blickt erneut in den Garten. Endlich hat der Tote einen Namen. August Hirschberger. Ein Ex-Obermaat der Bundesmarine, traumatisiert durch einen Unfall. Ein Nichtschwimmer, der im libyschen Meer verzweifelt um sein Leben gekämpft hat. Die Vorwegnahme seines späteren Todes. Vielleicht ist er schon damals ertrunken. Oder kurz danach. Entsorgt mithilfe einer offiziellen Untersuchung, deren Ergebnis von Anfang an feststand. Freiling hat ihnen eine Tür geöffnet. Auf was sie dahinter stoßen werden, ist nicht abzusehen.

Im Gras unter einem der Bäume liegt ein heruntergefallener Apfel, wurmstichig und halb verfault.

10

»Der Gustl wohnt nicht mehr hier«, sagt die junge Frau, die auf dem Sofa vor ihnen sitzt. Rostroter Stoff, an den Kanten verschlissen. Davor ein billiger, gemusterter Teppich. Auf dem Couchtisch eine Fernbedienung für den Fernseher und ein aufgeschlagenes TV-Programm. Der abgetretene Fichtenboden sieht aus wie aus dem Baumarkt.

Katja schwitzt. Es ist heiß und stickig in dem kleinen Wohnzimmer. Selbst Dorfmüller hat seinen Parka im Wagen gelassen.

»Er ist hier gemeldet«, sagt Katja. »Sie sind mit ihm verheiratet.«

Auf der Rückfahrt von Dießen hat Dorfmüller die Kollegen angerufen, um August Hirschberger überprüfen zu lassen. Adresse, Personenstand, alles, was auf die Schnelle zu kriegen war. Sie haben ihm Straße und Hausnummer in einer Genossenschaftssiedlung am Rande Schwabings genannt. Kurz vor dem Mittleren Ring. Ein idyllisches Fleckchen Erde, mitten in der Stadt. Mit unschlagbar günstigen Mieten. Um dort eine Wohnung zu bekommen, braucht man eine Menge Glück und noch mehr Geduld.

»Ich hab ihn rausgeschmissen und die Scheidung eingereicht«, sagt Fanny Hirschberger. »Ging einfach nicht mehr.«

»Was ging nicht mehr?«, fragt Katja.

»Unsere Beziehung, unsere Ehe, alles.« In ihrer Stimme liegt Erschöpfung. Und Trauer. Eine Verwundung, die zu frisch ist, um gelassen darüber reden zu können.

Katja betrachtet sie. Lange blonde Haare, ein kurzer Rock mit breitem Ledergürtel, darüber ein enges T-Shirt, unter dem sich ihr BH abzeichnet. Schlanke Beine mit ersten Anzeichen von Orangenhaut. An den Füßen flache silberne Sandalen aus Leder. Kirschrot lackierte Fußnägel. Um den Hals eine dünne Kette mit einem Anhänger. Kein echtes Gold, nur billiger Modeschmuck. Genau wie die goldfarbene Uhr mit dem weißen Lederband an ihrem Handgelenk. Aufgeklebte Strasssteine rund um das Ziffernblatt, römische Ziffern auf weißem Grund. Katja schätzt sie auf Ende zwanzig. Eine dieser Frauen, deren gleichförmige, durchschnittliche Gesichter von den meisten Männern als besonders hübsch bezeichnet werden.

»Sind die von Ihnen?«, fragt Dorfmüller und deutet auf ein Regal, das voller Löwen steht. Kleine, große, aus Glas oder Porzellan, aus Holz geschnitzt oder aus Plastik gegossen, liegend oder stehend, alle mit Mähne. Kitschig, aber irgendwie liebenswert, denkt Katja. Das Bild einer Leidenschaft, der Fluchtpunkt einer geheimen Sehnsucht. Sie kennt das nicht nur aus ihrem Job, auch von sich selbst. Die Sehnsucht nach Abenteuer oder Sicherheit, das Verlangen nach dem Unbekanntem oder der Beständigkeit. Manche leben ihre Sehnsüchte aus, manche kompensieren sie. Die einen kündigen ihren Job und wandern aus, die anderen bauen sich Einfamilienhäuser, gründen Familien, bekommen Kinder. Die meisten folgen einem unbewussten Plan, anerzogenen oder vererbten Regeln. Irgendwann brechen sie aus oder arrangieren sich. Entweder – oder. Die wenigsten sind mit sich oder dem, was sie haben, zufrieden.

»Ich sammle sie schon, seit ich ein kleines Mädchen war«, sagt Fanny.

»Warum ausgerechnet Löwen?«, fragt Dorfmüller.

»Ich weiß nicht. Weil sie eine so große Gelassenheit ausstrahlen. So eine Ruhe. Als könnte ihnen nichts etwas anhaben.«

»Sie meinen: Die Löwen beschützen Sie?«

»Ja, vielleicht. Kann sein.«

»Was machen Sie beruflich?«, fragt Katja.

»Ich bin Bäckereifachverkäuferin. Die Hofpfisterei in der Hohenzollernstraße.«

»Und warum sind Sie heute zu Hause?«

»Ich hab Urlaub.«

»Fahren Sie nicht weg?«

»Wie denn?« Um Fannys Mund machte sich ein bitterer Zug breit. »Haben Sie eine Ahnung, was so eine Scheidung kostet?«

»Ich war noch nie verheiratet«, sagt Katja. Und denkt: Auch wenn ich mal kurz davorstand. Und nach einer Pause: »Ihr Mann ist also ausgezogen.«

»Vor drei Monaten. Er hat jetzt ein kleines Apartment in der Nähe der S-Bahnstation Laim.«

»War sicher nicht leicht für Sie.«

»Nein«, sagt Fanny und schweigt einen Moment. »Als ich den Gustl kennengelernt hab, da hab ich ihn für einen echten Löwen gehalten. So ruhig und stark. Er hat sich über nichts aufgeregt. Hat einfach getan, was getan werden muss, ohne groß darüber zu reden. Ich bin ganz anders, ich reg mich über alles auf, ich muss alles rauslassen, verstehen Sie, mir die Dinge von der Seele reden. Der Gustl hat nie viel geredet. Zeitverschwendung, hat er gesagt.«

»Wann haben Sie geheiratet?«

»Vor anderthalb Jahren. Im Februar. Ich war schwanger. Aber ich hab das Kind verloren.«

»Tut mir leid«, sagt Katja.

»Muss es nicht«, sagt Fanny. »So, wie dann alles gekommen ist, war es ja besser so. Das wäre ja was, wenn ich jetzt auch noch ein Kind von ihm hätte.«

Katja wirft Dorfmüller einen Blick zu. Der Moment, vor dem jeder Kommissar und jede Kommissarin der Mordermittlung sich fürchtet, kommt näher. Der Moment, in dem man einem Angehörigen mitteilen muss, dass ab jetzt nichts mehr so sein wird wie vorher. Manche nehmen die Todesnachricht gefasst auf, andere verlieren die Nerven. Keine Trennung oder Scheidung dieser Welt ist so endgültig wie der Tod. Und nichts ist unangenehmer, als eine solche Nachricht überbringen zu müssen.

»Ihr Mann war bis vor einem Jahr bei der Marine«, sagt Katja. »Obermaat auf der Korvette *Braunschweig.*«

Fanny ist überrascht. »Woher wissen Sie das?«

»Bei einem Einsatz vor der Küste Libyens ist er über Bord gegangen und beinahe ertrunken.«

Der Ausdruck in Fannys Augen verändert sich. Sie wirkt plötzlich wie gelähmt. Tiefer, unbewältigter Schmerz, der durch die hervorgerufene Erinnerung nach oben gespült wird und sie erstarren lässt. Etwas, das Katja von anderen Befragungen kennt.

»Er hat mich angerufen und erzählt, was passiert ist. Er hat behauptet, dass es ihm gutgeht. Aber ich hab gleich gemerkt, dass das nicht stimmte. Als er endlich nach Hause kam, hab ich ihn kaum wiedererkannt. Er war völlig verändert. Seine Ruhe, seine Gelassenheit, sein Lachen – alles weg. Er war wie ein verschrecktes kleines Kind, voller Angst und Misstrauen. Wie ein Fremder.«

»Haben Sie mit ihm darüber geredet?«

»Ich hab es versucht«, sagt Fanny leise, »aber er hat sich dagegen gewehrt. Er schämte sich. Weil er den Kameraden, der ihm hinterhergesprungen ist, in Lebensgefahr gebracht hat. Das hat er sich nicht verziehen.«

»Und Sie? Was hat das alles mit Ihnen gemacht?«

»Ich war wütend. Ich hab das nicht verstanden. Vor allem nicht, was danach passierte. Dass sie ihn fallen gelassen haben. Der Gustl war gut in seinem Job, beliebt bei der Mannschaft, sein Kapitän hat ihn immer wieder gelobt. Die Marine war alles für ihn. Die *Braunschweig* war sein Zuhause. Aber anstatt ihn aufzufangen, schmeißen sie ihn einfach raus.«

»Wussten Sie, dass er nicht schwimmen kann?«

»Er hat es mir nie gesagt, aber ich habe es mir gedacht. Ich meine, was würden Sie denken, wenn Sie mit Ihrem Verlobten im Urlaub am Strand liegen und er trotz der Hitze einfach nicht ins Wasser will? Ich hab gedacht, dass es vielleicht irgendso ein Kindheitsding ist, aber dass er Angst davor hat, weil er nicht schwimmen kann …« Sie spricht nicht weiter, ihre Finger greifen Hilfe suchend nach dem billigen Anhänger um ihren Hals.

Katja schaut rüber zu Dorfmüller. Seine Finger trommeln ungeduldig auf die Lehne des schmalen Sessels, in dem er sitzt. Er hat Mitleid mit ihr, denkt Katja, er will, dass ich es ihr endlich sage. »Warum haben Sie sich von ihm getrennt?«, fragt sie stattdessen.

»Hab ich doch gesagt«, erwidert Fanny. »Weil er nicht mehr er selbst war. Er hat ständig geweint und sich Vorwürfe gemacht. Erst sich selbst und dann mir. Weil er das alles nicht ertragen hat. Aber ich hab es eben auch nicht mehr ertragen, verstehen Sie, da kommt dann irgendwann der Punkt, wo es einfach nicht mehr weitergeht, wo man sich selbst retten muss.«

»Verstehe ich gut«, sagt Katja. Das erste Mal, dass dieser Frau jemand zuhört, denkt sie, das erste Mal, dass sie loswerden kann, was sie bedrückt.

»Der Gustl hat nach einem Ausweg gesucht, aber keinen gefunden«, fährt Fanny fort. »Wissen Sie, wie das ist, wenn Ihr Mann vor Ihnen sitzt und nicht mehr leben will? Einer, der immer so stark war. Einer, dem nichts etwas anhaben konnte. Ich dachte, wenn ich mich trenne, wacht er vielleicht auf. Und wenn er nicht aufwacht, reißt er mich wenigstens nicht mit in den Abgrund. Das war doch mein Recht, dass ich mich schütze. Wir sind doch nicht auf der Welt, um unser Leben einfach so wegzuwerfen.«

»Nein«, sagt Katja, »sind wir nicht.«

Dorfmüller hält es nicht länger aus. Er beugt sich vor, sein Rücken spannt sich. »Frau Hirschberger, der Grund dafür, dass wir hier sind und meine Kollegin Ihnen all diese Fragen stellt …«

Katja versucht, ihn mit einem angedeuteten Kopfschütteln zum Schweigen zu bringen, aber es gelingt ihr nicht.

»Ihr Mann lebt nicht mehr«, sagt Dorfmüller.

Fanny starrt ihn erschrocken an. »Der Gustl ist tot?«

»Tut uns wirklich leid.«

»Hat er sich was angetan?«

»Wir können es nicht ausschließen.«

Fannys Mund zieht sich zu einem schmalen Strich zusammen. Schlagartig weicht die Farbe aus ihrem Gesicht. Dann fängt sie an zu weinen. »Das wollte ich nicht, dafür kann ich nichts.«

Rudi, du blöder Idiot, denkt Katja, während Fannys Schluchzen durch den Raum fliegt wie eine Anklage. Gegen ihren toten Mann, gegen sich selbst, gegen Katja und Dorfmüller, die schweigend vor ihr sitzen und das alles stumm über sich ergehen lassen.

Dann – wie aus dem Nichts – ballt Fanny ihre Hände zu Fäusten und hält inne. »Wie ist das passiert?«, fragt sie.

»Er ist ertrunken«, sagt Dorfmüller. »In einem Baggersee.«

»Das kann nicht sein!«, fährt Fanny ihn an.

»Ich weiß, dass das nicht leicht ist für Sie, aber die gerichtsmedizinische Untersuchung …«

»Er wäre nie freiwillig ins Wasser gegangen«, unterbricht Fanny ihn. »Niemals! Nicht mal, um sich umzubringen.«

»Am Ufer lag ein leeres Schlauchboot. Die Hülle war aufgeschlitzt.«

»Nein!«, beharrt Fanny.

»Taucher haben ein Messer gefunden. Auf dem Griff sind seine Initialen eingraviert. A. H. – August Hirschberger.«

»Der Gustl hatte kein Messer, das müsste ich doch wissen, das würde ich doch kennen.«

»Frau Hirschberger, bitte!«, sagt Katja und versucht zu ignorieren, dass ihr Magen sich zusammenkrampft. Sie muss das hier zu Ende bringen, auch wenn es ihr schwerfällt. »Sie erzählen mir ungefragt, dass Ihr Mann gedroht hat, sich etwas anzutun. Und als mein Kollege das bestätigt, leugnen Sie es plötzlich.«

»Das tue ich nicht!«, widerspricht Fanny. »Ich glaube nur

nicht, dass er auf diese Art ... Das kann einfach nicht sein, verstehen Sie, nicht nach allem, was passiert ist. Warum wollen Sie das nicht verstehen?« Sie wendet sich ab, starrt schweigend hinaus auf den Balkon. Eine heruntergelassene gelbe Markise, weiße Plastikstühle vor einem kleinen Tisch, Blumenkästen mit Geranien. Ein Stillleben. Dahinter die gegenüberliegende Häuserzeile. Flirrend in der Hitze. Vom Mittleren Ring dringt das Rauschen des Verkehrs herüber. Je länger Fanny schweigt, desto lauter scheint es zu werden. Katja hofft, dass Dorfmüller jetzt nicht den Fehler macht, irgendetwas zu sagen. Halt bloß die Klappe und lass sie kommen, Rudi, denkt sie und schaut zu ihm hinüber. Er erwidert ihren Blick. Sie sieht ihm an, dass er sich wieder im Griff hat.

Nach einer gefühlten Ewigkeit dreht Fanny sich langsam zu ihnen um. »Wenn der Gustl wirklich in diesem Schlauchboot saß, dann war das nicht freiwillig, dann hat ihn jemand dazu gezwungen.«

»Was wollen Sie denn damit sagen?«, fragt Katja so beiläufig wie möglich.

»Dass er sich nicht umgebracht hat«, sagt Fanny. »Jedenfalls nicht so.«

Wieder ein kurzes Schweigen, ehe Katja vorsichtig nachhakt: »Sie meinen, jemand hat ihn getötet?«

»Ich weiß nicht, was ich meine.«

»Und wer sollte das sein?«

»Woher soll ich das wissen?«

Katja blickt erneut hinüber zu Dorfmüller. Dieselbe unterdrückte Aufregung wie bei ihr. Eine Wendung, mit der keiner von beiden gerechnet hat. »Angenommen, Sie haben recht«, sagt sie behutsam. »Dann müssen Sie doch eine Idee haben, wer oder was dahinterstecken könnte. Oder zumindest eine Ahnung.«

Fanny verfällt wieder in Schweigen. Das eine ist, etwas zu denken, das andere, es auszusprechen. Es ist nicht leicht, einen

Verdacht in Worte zu fassen. »Der Gustl hat da mal was angedeutet«, sagt sie schließlich.

»Angedeutet?«

»Irgendwas mit einer Kameradin.«

»An Bord der *Braunschweig*?«

»Ja.«

»Und worum ging es dabei?«

»Das weiß ich nicht. Er hat erzählt, dass die anderen ihn als Verräter beschimpft haben, aber dass er keiner ist. Dass er bloß getan hat, was sein Gewissen von ihm verlangt hat. Und dass er dafür bezahlen musste.«

»Wofür und bei wem?«

»Keine Ahnung.«

»Könnte das in Zusammenhang mit seinem Unfall stehen?«

»Ich weiß es nicht.«

»Haben Sie ihn das nicht gefragt?«

»Natürlich hab ich das. Aber er ist nicht darauf eingegangen. Er hat nur gesagt, dass er mich da nicht mit reinziehen will und dass es besser ist, wenn ich nichts davon weiß.« Sie versinkt wieder in Schweigen.

Katja betrachtet sie. Eine junge Frau in einem T-Shirt und einem kurzen Rock, die billigen Modeschmuck trägt und silberne Sandalen und verzweifelt versucht zu begreifen, was dazu geführt hat, dass der Mann, von dem sie sich getrennt hat, um sich selbst zu retten, jetzt tot ist.

»Wissen Sie, was komisch ist?«, fragt Fanny.

»Nein.«

»Jetzt hat sich das mit der Scheidung erledigt.«

»Ja«, sagt Katja, während Fanny sich wieder dem Balkon zuwendet und reglos hinausschaut auf ihre kleine Genossenschaftswelt, die ab jetzt eine andere sein wird.

»Wir bräuchten dann noch seine neue Adresse«, sagt Katja.

11

Dorfmüllers Hände umschließen das Lenkrad des Granada wie Schraubzwingen. Seine Fingerknöchel treten weiß hervor. Ihm ist anzusehen, wie es in ihm arbeitet. Mühsam zurückgehaltene Wut. Die Lippen ein dünner Strich, die Augen zusammengekniffen.

Katja wartet ab. Sie kennt ihn besser als jeder andere. Sie weiß, dass sein Ärger früher oder später aus ihm herausbrechen wird. An einer roten Ampel ist es so weit.

»Du hättest das nicht tun sollen«, blafft er sie an.

»Was?«

»Sie so lange im Ungewissen lassen.«

»Sie hat nichts geahnt von alldem. Also war es auch keine Ungewissheit.«

»Du weißt genau, was ich meine.«

»Vor allem weiß ich, was ich tue.«

»Und ich wusste bis heute nicht, dass es dir Spaß macht, andere zu quälen.«

»Wie bitte!?«

Dorfmüller blickt stur vor sich auf die Straße. Seine Kiefer mahlen. Er weiß, dass er übers Ziel hinausgeschossen ist, aber er ist nicht in der Lage, das auch zuzugeben.

Katja versucht, ruhig zu bleiben. »Wir sind zu ihr gefahren, um an Informationen zu kommen. Wichtige Informationen. Sie hätte uns nie so viel erzählt, wenn ich mit der Tür ins Haus gefallen wäre. Dazu wäre sie gar nicht mehr in der Lage gewesen, und das weißt du ganz genau. Du hast mitbekommen, was die

Nachricht vom Tod ihres Mannes mit ihr gemacht hat, du warst dabei!«

Dorfmüller antwortet nicht. Tut stattdessen so, als müsste er sich auf den Verkehr konzentrieren. Die Ampel springt auf Grün um. Er schaut über seine Schulter, biegt rechts ab, weicht dabei ihrem Blick aus.

»Du verwechselst was, Rudi«, sagt Katja. »Du bist der, den das alles quält, nicht sie. Meinst du wirklich, mir macht das Spaß? Sie tut mir genauso leid wie dir. Aber es ist mein Job, dieses Mitleid im Griff zu haben. Und deiner auch.«

»Fällt mir nicht immer leicht«, sagt Dorfmüller schmallippig.

»Meinst du, mir?«

»Das mit dem Quälen nehme ich zurück.«

»Das hoffe ich.«

Kurz darauf halten sie vor dem Haus, in dem August Hirschberger die letzten Monate vor seinem Tod verbracht hat, enttäuscht von dem, was ihm die Bundesmarine angetan hat, und verzweifelt über das Scheitern seiner kurzen Ehe.

Auf der einen Seite Mietshäuser, auf der anderen Industriebetriebe. Dahinter die Gleise, die zum Hauptbahnhof führen, ein vielgliedriges eisernes Band, dessen metallischer Geruch durch die Hitze zu ihnen herüberweht. Dazu der unaufhörliche Lärm der Lastwagen und Pkw. Nachts kaum weniger als tagsüber. Die Landsberger Straße ist eine der Hauptausfallstraßen Richtung Westen, die Feinstaubbelastung liegt ständig am Rand der Grenzwerte oder darüber. Ein trostloses Stück München.

Katja und Dorfmüller steigen aus, gehen hinüber zu dem Mitarbeiter eines Schlüsseldienstes, der vor der Haustür auf sie wartet. Katja hat ihn telefonisch herbestellt. Ein Kaugummi kauender Deutschtürke, dessen bayrischer Dialekt nicht zu seinem Aussehen passt. Um seinen schweißglänzenden Hals liegt eine schwere Gliederkette.

Katja weist sich und Dorfmüller aus. Zu dritt gehen sie durch das verlebte Treppenhaus nach oben, rissiger Lack auf den Handläufen, welliger, teilweise abgeplatzter Putz an den Wänden.

Das Apartment liegt im vierten Stock. Hirschberger hat nicht abgeschlossen, als er es zum letzten Mal verließ. Der Mitarbeiter des Schlüsseldienstes braucht keine Minute, um die Tür zu öffnen. Er lässt sich seine Arbeit quittieren und verschwindet die Treppe hinunter.

Katja drückt die Tür auf. Abgestandene Luft schlägt ihr entgegen. Es ist jedesmal ein unangenehmes Gefühl, die Wohnung eines Toten zu betreten.

Schon der erste Blick in das Apartment zeigt ihr, dass Hirschberger kaum Freunde gehabt hat. Alles strahlt Alleinsein aus, Verlorenheit. Eine kleine Küche, ein Bad, ein Wohnraum, der auch als Schlafzimmer dient. Die Wände weiß. Frisch gestrichen vor dem Einzug, lieblos, ohne echtes Bemühen. Der hastige Versuch, ein Heim zu schaffen, die Hoffnung auf eine neue Zukunft. Aber das noch nicht abgezogene Klebeband auf den Fußleisten, die Spuren der Farbrollen an Wänden und Decken erzählen davon, dass der Bewohner nicht an eine neue Zukunft geglaubt hat. Hirschberger muss seine neue Bleibe als Provisorium verstanden haben, als Übergangslösung.

Allerdings ist das, was Katja sieht, noch weniger als eine Übergangslösung. Eine Matratze auf dem Boden, ein kleiner Tisch mit einem Laptop, zwei Stühle, ein Schrank ohne Türen. Dazwischen unausgepackte Umzugskisten. Die Reste seines alten Lebens, die Hirschberger in seine neue Einsamkeit hinübergeschafft hat, eine Lieferwagenladung voller Traurigkeit.

In der Küche dasselbe Bild. Pizzakartons, leere Flaschen, die Platten des Herdes unbenutzt, im Kühlschrank ein Glas eingelegte Gurken, in Folie eingeschweißter Käse, eine Dose Heringssalat.

Katja tritt zu Dorfmüller, der an einem der Fenster steht und auf die in der Sonne glänzenden Schienen schaut, die München mit dem Rest Deutschlands verbinden. Das riesige ICE-Werk, in dem Bundesbahnzüge gereinigt und instand gehalten werden, die Hackerbrücke, der Hauptbahnhof.

»Endstation«, sagt er.

Katja nickt. »Sieht jedenfalls nicht so aus, als ob er sich hier wohlgefühlt hat.«

Sie fangen an, die Umzugskisten zu durchsuchen. Büromaterial, alte Fotos, Kindheitserinnerungen. Hirschberger hat einen der Löwen seiner Frau mitgenommen. Der Körper aus Porzellan, stolz aufgerichtet, Nase und Mähne einem imaginären Wind entgegengereckt, auf die Flanke mit wasserfestem Filzstift geschrieben: »Für meinen einzigen echten Löwen, F.«

»Die haben sich wirklich geliebt«, sagt Dorfmüller.

»Sie liebt ihn noch immer.«

»Trotzdem hat sie ihn rausgeschmissen.«

»Was nur bestätigt, dass Liebe allein nicht ausreicht«, sagt Katja und zieht ein Foto aus der Kiste, aufgenommen an Bord der *Braunschweig*. Hirschberger und eine junge Frau, beide in Uniform. Ihr Gesicht ist offen und fröhlich, die braunen Haare sind zu einem Pferdeschwanz zusammengebunden. Sie lacht. Genau wie Hirschberger, der einen Arm um sie gelegt hat. Das Bild strahlt Herzlichkeit aus, Vertrautheit, große Intimität.

Katja reicht Dorfmüller die Aufnahme. »Und? Was sagt der Analytiker dazu?«

»Zwei, die sich mögen«, gibt er zurück.

»Das ist alles?«

»Er beschützt sie. Und sie mag es, von ihm beschützt zu werden.«

»Schon besser. Was siehst du noch?«

»Wenn er nicht schon verheiratet wäre, wäre sie seine erste Wahl.«

»Geht doch«, sagt Katja. Und dann: »Ich will wissen, wer das ist.«

»Kapitän Freiling?«, fragt Dorfmüller.

Katja nickt: »Mal sehen, was er dazu sagt.«

Der Mann, der ihnen eine knappe Stunde später die Haustür öffnet, ist ein anderer als zuvor. Keine Spur mehr von Selbstbewusstsein und Souveränität. Stattdessen Angst. Die Sorge um seine berufliche Zukunft ist Korvettenkapitän Freiling ins Gesicht geschrieben.

»Was wollen Sie denn schon wieder hier?«, fragt er feindselig.

Er hat einen Anruf bekommen, denkt Katja, aus Warnemünde. Die haben ihn gebrieft. Ihm klargemacht, dass er die Klappe halten muss.

»Kurz reinkommen«, sagt Katja und lächelt. »Ein paar Fragen klären.«

»Wer ist denn da, Schatz?«, hört sie eine Frauenstimme aus dem Inneren des Hauses rufen, dann taucht Nadja Freiling neben ihrem Mann in der Tür auf. Eine junge Schönheit vom Land, kraftvoll, energisch.

»Die Kriminalpolizei«, sagt Freiling. Und zu Katja: »Das passt jetzt nicht.«

Katja lächelt einfach weiter. »Es passt nie, Herr Freiling, aber es muss sein.«

Freiling wirft seiner Frau einen Blick zu. Sie nickt und zieht sich ins Haus zurück. Wissendes Einverständnis. Er muss ihr von Katjas und Dorfmüllers erstem Besuch erzählt haben.

»Also?«, fragt Freiling.

»Sie wollen das hier wirklich vor der Tür regeln?«

»Ich sage doch, es passt nicht.«

Katja mustert ihn. Er will reden, aber er darf nicht, denkt sie, er weiß mehr, als er preisgeben kann.

»Dann eben hier«, sagt sie und zieht das Foto von Hirschberger und seiner Kameradin aus der Tasche. Sie hält es Freiling entgegen. »Wer ist das da neben dem Gustl?«

Freiling antwortet nicht. Sie sieht ihm an, wie er seine Möglichkeiten abwägt. Den Wunsch, etwas loszuwerden, gegen das Verbot, darüber zu reden. Er entscheidet sich für das Verbot und schweigt.

»Ich nehme an, Sie haben einen Anruf bekommen«, sagt Katja.

»Sie haben gesagt, dass das hier unter uns bleiben würde«, platzt es aus Freiling heraus.

»Wir haben uns daran gehalten.«

»Warum ruft mich dann mein Geschwaderkommandeur an, keine Stunde, nachdem Sie hier waren?«

»Das weiß ich nicht«, erwidert Katja.

Freiling verfällt wieder in Schweigen.

»Wer ist die junge Frau auf dem Foto?«, mischt Dorfmüller sich ein.

Wieder keine Antwort, aber Freilings Blick verschattet sich.

Er fühlt sich schuldig, denkt Katja, und er kommt nicht damit klar.

»Sie steht an Bord Ihrer Korvette«, sagt Dorfmüller. »Mit Ihrem ehemaligen Obermaat August Hirschberger, den wir tot aufgefunden haben. Die beiden kennen sich gut. Sie trägt Uniform, mit anderen Worten, sie gehört zu Ihrer Besatzung.«

»Tut mir leid«, sagt Freiling, »aber ich trage Verantwortung. Meinem Schiff gegenüber, der Marine gegenüber. Ich muss an meine Familie denken.«

»Ich verstehe«, sagt Katja. »Ihr Kommandeur hat Ihnen mit beruflichen Konsequenzen gedroht, wenn Sie mit uns reden.«

»So sind nun mal die Regeln«, sagt Freiling düster. »Ich hab sie nicht gemacht. Aber wenn ich mich nicht daran halte, dann …«

Katja unterbricht ihn. »Wenn Sie nicht wollen, dass rauskommt, dass Sie sich nicht daran gehalten haben, dann liefern Sie uns jetzt einen Namen.« Sie schaut ihn direkt an. Kühl und sachlich. Ihr Blick lässt keinerlei Zweifel, dass sie es ernst meint. Sie hasst diese Art von Nötigung, aber manchmal kommt man nur so weiter.

»Sie wollen mich erpressen?«

»Ich will den Namen der Frau auf dem Foto, mehr nicht.«

»Mein Name wird nicht in Ihrem Bericht auftauchen?«

»Das liegt bei Ihnen, Herr Freiling, nicht bei uns.«

Der Kapitän der *Braunschweig* gibt seinen Widerstand auf. »Eva«, sagt er leise. »Eva Frey.«

»Wo wohnt sie?«

»Hamburg.«

»Adresse?«

»Es gibt keine.«

»Bitte?«

»Sie lebt nicht mehr.«

Katja und Dorfmüller schauen sich überrascht an.

Die Tür vor ihnen fällt zu. Hinter dem nahen See geht die Sonne unter.

12

Wieder eine schlaflose Nacht. Angst und Zweifel, ausgeschwitzt in ein zerknülltes Laken. Stundenlanges Grübeln, unterbrochen von kurzen Momenten traumlosen Wegdämmerns. Die Sorge um Jenny, der wiederholte Griff nach dem Handy auf dem Nachttisch. Keine Nachricht. Das Schweigen ihrer enttäuschten Tochter, ein mehr als dreihundert Kilometer entfernter Vorwurf.

Irgendwann hält Katja es nicht mehr aus. Sie steht auf, beginnt die Wohnung aufzuräumen, klopft Sofakissen auf, faltet Wolldecken neu zusammen. Wartet ungeduldig darauf, dass der Morgen endlich anbricht. Starrt reglos aus dem Fenster in den Himmel. Verfolgt den Übergang von fahlem Grau in strahlendes Blau. Und wieder ein Tag ohne Wolken, denkt sie. Weil alle Wolken dieser Welt in mir sind.

Sie duscht kalt, um die Müdigkeit aus ihrem Körper zu vertreiben, zieht sich an. Die Stille um sie herum ist unerträglich. Als sie die Wohnungstür hinter sich zuschlägt, kommt ihr das vor wie eine Erlösung.

Dorfmüller sitzt bereits an seinem Schreibtisch, als sie um kurz vor acht das Büro betritt. Hirschbergers Laptop steht aufgeklappt vor ihm, er scrollt sich durch ein geöffnetes Fenster auf dem Monitor.

»Morgen, Rudi«, sagt sie.

Er blickt auf. Sofort verzieht sich sein Gesicht besorgt. »Alles okay mit dir?«

»Alles bestens.«

»Du siehst furchtbar aus.«

»Ach ja?«

»Wie kurz vor dem Verfallsdatum«, legt Dorfmüller nach.

Der Charme eines Einzellers und das Einfühlungsvermögen einer Amöbe, denkt Katja. Kein Wunder, dass er noch immer Single ist. »Ich hab dich nicht um einen Kommentar gebeten«, sagt sie.

»Kennst mich doch«, grinst Dorfmüller im Bemühen, die Situation zu entspannen. »Das Leben ist kein Wunschkonzert.«

»Hauptsache, du bist nicht der Dirigent.«

Sie legt ihre Tasche auf den Schreibtisch, setzt sich. Sofort kehrt die Müdigkeit zurück, legt sich bleiern auf ihre Glieder. Dorfmüller schiebt ihr seine Kaffeetasse rüber.

»Nimm einen Schluck.«

»Nein, danke.«

»Komm schon.«

Der Kaffee ist lauwarm, aber er tut gut. »Was machst du da?«, fragt sie.

»Ich lese fremde E-Mails.«

»Und was steht drin?«

»All about Eva.«

Katja wird hellhörig. »Eva Frey?«

»Genau die.« Er dreht den Laptop so, dass Katja von ihrem Platz aus den Monitor sehen kann. Eine geöffnete Mail. Max Holt an August Hirschberger: *Du musst das melden. Das ist das Einzige, was dich schützen kann!*

»Wer ist Max Holt?«, fragt Katja.

»Was weiß ich«, sagt Dorfmüller. »Ein Bekannter von ihm, ein Freund. Jedenfalls jemand, dem er vertraut hat. Ich hab ihm eine Mail geschickt. Sobald er antwortet, wissen wir mehr.«

»Was meint er damit, ›Du musst das melden‹? Worauf bezieht sich das?«

»Auf das, was Hirschberger ihm vorher geschrieben hat«, sagt Dorfmüller und scrollt durch die E-Mail-Korrespondenz.

Es gibt eine Tote bei uns an Bord, liest Katja, *Eva Frey, eine Kadettin. Sie haben es wie einen Selbstmord aussehen lassen, aber ich weiß, dass sie dahinterstecken. Wenn sie erfahren, was ich über sie weiß, bin ich geliefert.*

Katja schaut Dorfmüller an. »Ein Selbstmord, der keiner ist?«

»Kommt uns bekannt vor, oder?«

»Wann hat Hirschberger die Mail geschrieben?«

Dorfmüller schaut auf das Datum, überschlägt die Zusammenhänge in seinem Kopf. »Kurz vor seinem unfreiwilligen Bad im Mittelmeer.«

»Dann gibt es zwei Möglichkeiten: Entweder er war ein Paranoiker, der Gespenster sah, oder man hat ihn über Bord geworfen, um ihn zum Schweigen zu bringen.«

»Du meinst, jemand hat versucht, ihn daran zu hindern, den gewaltsamen Tod seiner Kameradin aufzuklären?«

Katja nickt. »Aber er wird gerettet. Und bei der anschließenden Untersuchung des Vorfalls kommt raus, dass er bei seiner Musterung verschwiegen hat, dass er nicht schwimmen kann.«

»Was zu seiner Entlassung führt«, beendet Dorfmüller ihren Gedanken. »Ein perfekter Vorwand. Hübsch verpackt in eine Dienstunfähigkeit wegen einer posttraumatischen Belastungsstörung.«

»Ich wette, dass in dem dazugehörigen Bericht kein Wort über Eva Frey und ihren Tod steht.«

»Die Wette gewinnst du«, sagt Dorfmüller.

Sie schauen sich an. Die Hauptkommissarin und ihr Assistent.

»Langsam kommt Bewegung in die Sache«, sagt Katja.

Pling! – Dorfmüllers Computer meldet den Eingang einer neuen Mail.

Er öffnet sie. »Max Holt hat sich gemeldet.«

»Lebt er in München?«

Dorfmüller nickt. »Er hat eine Telefonnummer dazugeschrieben. Wir sollen ihn anrufen.«

Sie treffen sich in einem Café am Baldeplatz. Große Sonnenschirme über den Tischen. Junge Pärchen, die frühstücken. Männer in Businessanzügen, ein Coffee-to-go für den Weg zur Arbeit. Chinesische Touristen vor ihrem unvermeidlichen Besuch im Deutschen Museum.

Max Holt wirkt nervös. Ein Mann Mitte dreißig, der mit Hirschberger zur Schule gegangen ist. Eine Jugendfreundschaft, die überdauert hat. Dass der Gustl nicht schwimmen konnte, lag an seiner Mutter. Sie hatte ihn spät bekommen, mit über vierzig. Ihr Mann, ein Lkw-Fahrer, kam kurz nach Gustls siebtem Geburtstag bei einem Unfall in Spanien ums Leben. Eine Autobahn in Andalusien. Ein geplatzter Reifen, der seinen Kühltransporter ins Schlingern brachte. Er verlor die Kontrolle und stürzte mit zwölf Tonnen Südfrüchten einen Abhang hinunter.

Sein Tod hatte Gustls Mutter zerbrechen lassen. Ihre schmale Witwenrente reichte gerade aus, um die kleine Wohnung in Solln zu halten. Sie ging putzen, um den Gustl durchzubringen. Ihr Sohn war das Einzige, was sie aufrechthielt. Also musste sie ihn beschützen. Fernhalten von jeder Gefahr, damit er ihr nicht auch noch verloren ging. Sie schränkte ihn ein, kontrollierte ihn, überwachte ihn. Verbot ihm alles, was auch nur entfernt nach Bedrohung roch. Dass sie ihn damit vom Leben abschnitt, sah sie nicht. Dass er ihre Angst zu seiner machte, war ihr nur recht.

Seine Mitschüler verspotteten ihn. Er war der Hosenscheißer, das Weichei, der Waschlappen. Sie machten sich einen Spaß daraus, seine Ängste zu schüren. Zwangen ihn, auf Bäume zu klettern, von denen er nicht wieder herunterkam, klemmten ihn zwischen Turnmatten ein, sperrten ihn in einen lichtlosen Kellerraum der Schule.

Und der Gustl verstummte. Versuchte, unsichtbar zu sein. Tat alles, um nicht aufzufallen. Max war der Einzige, der zu ihm hielt. Er gewann sein Vertrauen. Wollte ihm beibringen, mutig zu sein. Bei ihm taute der Gustl auf. Erzählte ihm vom Tod seines Vaters, den Panikattacken seiner Mutter. Und hatte endlich einen Freund.

Kurz vor der mittleren Reife tauchte ein Offizier der Bundeswehr im Unterricht auf. Schwärmte den Schülern vom Dienst am eigenen Land vor, von der Kameradschaft in der Truppe. Heer, Marine, Luftwaffe. Die Auslandseinsätze von denen er erzählte, klangen nach Abenteuer, seine Beschreibung des Soldatenalltags nach Gemeinschaft. Zusammenhalt, Familie, Heimat.

Da wusste der Gustl, was er wollte.

Seine Mutter verbot es ihm sofort. Sein Vater war in Spanien ums Leben gekommen, ihr Großvater im Krieg geblieben. Das eigene Leben in die Waagschale zu werfen, kam nicht infrage. Stattdessen überredete sie ihn zu einer Lehre als Elektrotechniker.

Er fügte sich, so wie immer, aber heimlich wartete er auf den Tag, an dem er endlich volljährig wurde. Einen Tag nach seinem achtzehnten Geburtstag meldete er sich bei der Truppe. Bewarb sich bei der Marine.

»Warum ausgerechnet die Marine?«, fragt Katja.

Max Holt zuckt mit den Schultern. »Weil er wegwollte von seiner Mutter. So weit wie möglich. Kiel, Rostock, Warnemünde. Und irgendwann auf ein Schiff. Raus aufs Meer, raus in die Welt. Weiter weg geht nicht.«

Max war zu seiner Vereidigung gefahren. Der Platz vor dem Marinedenkmal in Laboe. Der Gustl in seiner weißen Uniform im Kreis seiner Kameraden. So stolz hatte Max ihn noch nie gesehen. Danach waren sie weiter in Kontakt geblieben. Der Gustl hatte ihm Briefe geschrieben, ihn regelmäßig angerufen. Sein Dienst auf einem Minenleger, seine Versetzung auf die *Braun-*

schweig. Geschichten von seinen Reisen, sein Alltag an Bord. Dann die Nachricht vom Tod seiner Mutter. Herzinfarkt mit achtundsechzig. Der gemeinsame Besuch der Beerdigung. Erleichterung statt Trauer. Das Gefühl der Befreiung. Seine Heimaturlaube in München, die Begegnung mit Fanny.

»Der Gustl war sich sofort sicher«, sagt Max Holt. »Er wusste gleich: ›Die will ich!‹«

»Und sie wollte ihn auch«, sagt Katja und denkt schmerzhaft an den Mann, den sie damals gewollt hat. Die gemeinsame Zukunft, zu der es nie gekommen ist.

»Erzählen Sie uns von seinen Mails«, sagt Dorfmüller. »Die Sache mit Eva Frey. Oder besser das, was nicht da drinsteht.«

Holts Gesicht verdüstert sich. »Als er mir zum ersten Mal darüber schrieb, wollte ich das alles nicht glauben. Eine junge Kadettin, die sich an Bord einer Korvette umbringt. Ich meine, das klingt absurd. Noch absurder wurde es, als der Gustl mir schrieb, dass sie sich nicht selbst getötet hat. Ein Mord auf der *Braunschweig*. Da gehört schon was dazu, so was zu behaupten. Also hab ich ihn angerufen und nachgefragt. Ihm war anzuhören, dass er Angst hatte. Er konnte am Telefon nicht reden. Also hab ich ihm gesagt, er soll mir schreiben, was er mir nicht sagen kann.«

»Die Hintergründe eines als Suizid getarnten Mordes.«

»Ja«, sagt Holt.

»Und weiter?«

»Er schrieb mir, dass eine Gruppe junger Offiziere Eva Frey an Bord der *Braunschweig* vergewaltigt hat. Mehrmals. Während eines Auslandseinsatzes vor der libyschen Küste. Eva hat dem Gustl davon erzählt. Und er hat sie aufgefordert, das beim Kapitän anzuzeigen.«

»Freiling«, sagt Katja.

Holt nickt. »Aber Eva wollte nicht. Die haben sie eingeschüchtert, ihr klargemacht, dass sie alles abstreiten würden.

Das Wort dreier Offiziere gegen die Aussage einer Kadettin. Sie hatte Angst vor den Folgen. Gerede, Ausgrenzung, Mobbing. Auf einem Schiff kann man nicht davonlaufen. Die hatten sie in der Hand. Also hat sie sich entschieden, zu schweigen und allein damit fertigzuwerden. Irgendwie.«

»Und Hirschberger? Wie hat der darauf reagiert?«

»Er war verzweifelt. Die Idee, die er von der Marine hatte, dieses Bild von Kameradschaft und Familie war plötzlich zerstört. Kaputt gemacht von drei Offizieren, die alles mit Füßen getreten hatten, was dem Gustl heilig war.«

»Es ging ihm also nicht nur um Eva.«

»In erster Linie schon, aber es war eben auch was Persönliches.«

»Was passierte dann?«

»Eva hat ihn angefleht, den Mund zu halten. Was er auch getan hat. Aber er fing an, die drei Offiziere zu beobachten. Er dachte, wenn sie einmal so was tun und damit davonkommen, dann werden sie es wieder versuchen.«

»Und? Hat er richtig gedacht?«

»Ja, hat er.« Max Holt schaut an Katja vorbei in Richtung Isar. Sie folgt seinem Blick. Auf der Wittelsbacherbrücke blockiert ein Lkw beim Versuch, auf die Wittelsbacherstraße abzubiegen, den Verkehr. Eine Ampel, die im Weg steht. Er muss zurücksetzen. Autofahrer hupen, Fußgänger beschweren sich.

Ein Mann erzählt von einem Mord, denkt Katja, und ein paar Meter weiter sorgt ein überforderter Lkw-Fahrer für Verkehrschaos. Das Leben ist manchmal absurd.

Max Holt ist bemüht, sich zu sammeln, aufgewühlt von den Bildern in seinem Kopf. »Sie haben Eva Frey in den Ankerraum der *Braunschweig* gelockt«, sagt er. »Sie hat geschrien, also haben sie ihr den Mund zugehalten. Sie hat versucht, sich zu wehren, aber sie hat keine Luft mehr bekommen. Als sie sich nicht mehr bewegt hat, haben sie von ihr abgelassen. Da war sie schon tot.«

»Und der Gustl?«

»Er hat geschrieben, dass er wie gelähmt war. Er stand da und sah zu, wie sie aus einem Seil eine Schlinge knüpften und der Toten um den Hals legten. Daran haben sie sie dann aufgehängt.«

Wieder ein Blick zur Wittelsbacherbrücke. Der Lkw ist mittlerweile verschwunden, der Verkehr hat sich beruhigt, läuft einfach so weiter, als wäre nichts geschehen.

Nicht absurd, denkt Katja, einfach nur banal.

»Hat der Gustl gemeldet, was er gesehen hat?«

»Ja«, sagt Max Holt. »Sie haben ihn entdeckt. Damit gab es einen Zeugen für die Tat. Ich habe ihm geschrieben, dass er es melden muss. Weil er nur so geschützt ist. Ich dachte, wenn er es meldet, können die ihm nichts mehr tun.«

»Also ist er zu Kapitän Freiling gegangen und hat ihm alles erzählt.«

Max Holt nickt. »Aber der hat anders reagiert als erwartet. Bloß kein Skandal. Nicht auf seinem Schiff.«

»Er hat die Offiziere gedeckt?«

»Er hat sie einzeln befragt. Aber sie waren zu dritt. Und natürlich haben sie sich vorher abgesprochen. Der Kapitän war erleichtert, weil nicht sein konnte, was nicht sein durfte. Und der Gustl stand da wie ein Idiot. Ein Kameradenschwein, die ganze Besatzung gegen sich. Als hätte er sich das alles nur ausgedacht.«

»Und dann ging er plötzlich über Bord.«

»Breit bis zum Anschlag. Bier, Wodka, das ganze Programm. So jedenfalls die offizielle Version. Bezeugt von mehreren Besatzungsmitgliedern.«

»Und seine Sicht der Dinge?«

»Wochen später, als er wieder in München war, nach der Untersuchung entlassen aus dem Dienst und völlig verzweifelt, hat er mir alles erzählt. Sie haben ihn gezwungen, sich volllaufen zu lassen, und dann über Bord geworfen. Sie wussten, dass er nicht schwimmen konnte, alle wussten das. Er hat mir seine Panik geschildert, die Wellen, die über ihm zusammenschlugen, das Salzwasser in seinen Lungen, die unerreichbare Bordwand vor sich. Zu wissen, dass er sterben würde, hier und jetzt. Und dass er sich nicht würde retten können. Selbst die Erinnerung daran wühlte ihn vollkommen auf.«

»Hat er sich keine Hilfe geholt?«

»Was meinen Sie?«

»Pofessionell. Bei einem Psychologen.«

»Ich hab es ihm jedenfalls geraten.«

»Haben Sie ihm auch einen empfohlen?«

»Dr. Hanning.«

»Hier in München?«

»Ja.«

»Wie sind Sie auf den gekommen?«

»Eine Freundin meiner Frau hat sich vor Jahren von ihm behandeln lassen. Wegen einer Angststörung. Aber ob der Gustl sich bei ihm gemeldet hat, weiß ich nicht.«

Max Holt verfällt in Schweigen, überwältigt von der Erinnerung an seinen toten Freund. Katja und Dorfmüller schweigen mit ihm. Nach einer Weile schaut er die beiden traurig an.

»Das war das letzte Mal, dass wir uns getroffen haben«, sagt er leise. »Und das einzige Mal, dass ich ihn weinen gesehen hab.«

13

Sie gehen schweigend über den Flur. Kurz nach eins. Mittagszeit. Die Büros sind verwaist, sämtliche Kollegen in der Kantine. Dorfmüller ist anzusehen, was er denkt. Dasselbe wie Katja. Max Holts Erzählung hat sie beide berührt.

Langsam beginnt sich August Hirschberger aus seinem Schattenreich zu lösen. Stück für Stück gewinnt der Mensch hinter dem Toten an Kontur. Und mit ihm die Abgründe, in denen er gelebt hat.

Katja kennt das. So ist es bei jedem neuen Fall. Im Verlauf der Ermittlungen werden die Toten wieder lebendig. Ihre Eigenschaften, ihre Vorlieben. Das, was sie beglückt hat, genauso wie das, was ihnen Angst gemacht hat. Ich lerne sie immer rückwärts kennen, denkt Katja, vom Tod zurück ins Leben. Sie erzählen mir ihre Geschichte, ohne dass ich je mit ihnen geredet hätte. Und auf die eine oder andere Art gleichen ihre Dämonen meinen.

Dorfmüller und sie erreichen Kollers Büro. Katja weiß, dass er da ist. Essen hält er für etwas, das man nebenbei erledigt. Pausen sind für ihn verschenkte Arbeitszeit. Sie klopft.

»Ja«, lässt sich der Leiter der Mordermittlung knapp vernehmen.

Katja schaut Dorfmüller an. Sein Stirnrunzeln sagt: Er hat schlechte Laune.

Katja drückt die Türklinke herunter. Koller sitzt an seinem Schreibtisch, den Blick auf den Monitor vor sich gerichtet.

»Und?«, fragt er, während er sich mit der Maus durch die Daten auf dem Bildschirm scrollt.

»Es gibt Neuigkeiten«, sagt Katja.

»Ach ja?«

»Du hast gesagt, du willst sofort informiert werden.«

»Und das nennst du sofort?«, fragt Koller und schaut sie an.

Er hat tatsächlich schlechte Laune. Sehr schlechte Laune. Sie fragt sich, ob es mit der Datei auf seinem Bildschirm zu tun hat und ob es sich auf den aktuellen Fall bezieht.

Bei Koller weiß man nie. Obwohl er sein Büro so gut wie nie verlässt, will er immer in die aktuellen Ermittlungen einbezogen sein. Hautnah und in Echtzeit. Er hasst es, wenn Katja oder Dorfmüller oder irgendeiner der anderen Kollegen ihm einen Schritt voraus sind. Er liest alles, jeden Bericht, jede Notiz. Und er liest sehr genau.

»August Hirschberger«, sagt er, und die Art, wie er das sagt, lässt nichts Gutes ahnen. »Ehemaliger Obermaat bei der Bundesmarine.«

»Woher weißt du das?«

»Warum wusste ich es nicht früher?«

»Wir wissen es auch erst seit gestern«, sagt Dorfmüller.

»Heute ist nicht gestern«, faucht Koller ihn an.

Katja versucht, in seinem Gesicht zu lesen. Woher kennt er die Identität des Toten? Irgendjemand von außen muss ihn informiert haben. Die geöffnete Datei auf seinem Bildschirm muss eine Mail sein. Und der Absender kann nur in Warnemünde sitzen.

»Die Marine hat sich bei dir gemeldet«, sagt sie. »Hirschbergers ehemaliger Geschwaderkommandeur.«

Kollers Miene verrät, dass sie richtigliegt. Seine sehr schlechte Laune verwandelt sich in Wut. Ihm ist anzusehen, wie schwer es ihm fällt, sich zu beherrschen.

Katja beschließt, den drohenden Sturm nicht kampflos über sich ergehen zu lassen. »Dass der so schnell reagiert, zeigt doch nur, dass wir in ein Wespennest gestochen haben.«

»Dummerweise wohnen da ziemlich wütende Wespen, die schneller stechen, als ihr wegrennen könnt.«

»Sollen sie stechen, Reinhard. Ich bin noch nie vor einem Wespenstich weggerannt.«

»Die hier stechen anders.« Er schaut sie an. Ein Kräftemessen. Sie weiß, dass er ihre Furchtlosigkeit schätzt. Was sie verbindet, ist der unbedingte Wille, eine Ermittlung zu einem erfolgreichen Abschluss zu bringen. Deswegen hat er sie immer gefördert. Von Anfang an. Aber jetzt ist da etwas in seinem Blick, das sie irritiert. Es ist nicht nur eine Mail aus Warnemünde, denkt sie, er hat Druck von oben bekommen.

Während sie mit Dorfmüller erst Fanny Hirschberger befragt hat, dann zu Freiling gefahren ist und schließlich Max Holt getroffen hat, müssen im Hintergrund die Drähte heißgelaufen sein. Freiling hat nach ihrem zweiten Besuch Meldung gemacht, um seinen Hals aus der Schlinge zu ziehen. Sein Geschwaderkommandeur hat das Flottenkommando in Wilhelmshaven informiert. Die Angst vor einem möglichen öffentlichen Skandal hat hektische Betriebsamkeit ausgelöst: Die Marine ist zu schützen, schlechte Presse unter allen Umständen zu vermeiden! Also hat man das Verteidigungsministerium in Kenntnis gesetzt. Von dort ist die Nachricht in die Bayerische Staatskanzlei gewandert. Kurz darauf hat der für den Fall zuständige Staatsanwalt einen Anruf erhalten. Man hat ihn auf die Konsequenzen einer falschen Entscheidung für seine Karriere aufmerksam gemacht. Natürlich nur indirekt. Eine versteckte Andeutung hier, eine subtile Bemerkung dort, verbunden mit dem Hinweis, dass man sich selbstverständlich nicht in die Belange der Justiz einmischen werde. Immerhin achtet man sowohl in der Staatskanzlei als auch im Verteidigungsministerium die Unabhängigkeit von Justiz und Ermittlungsbehörden.

»Ich dachte immer, wir wären unabhängig in unseren Ermittlungen«, sagt Katja.

Statt einer Antwort greift Koller nach einer Akte, reicht sie ihr. Der Obduktionsbericht. Sie schlägt ihn auf, überfliegt Leah Levys nüchterne Beschreibung des äußeren Zustands von Hirschbergers Leiche, die Liste der entnommenen und untersuchten Organe, die diagnostizierten Verletzungen seiner Lunge, bis sie bei den abschließenden Schlussfolgerungen der Rechtsmedizinerin landet. August Hirschberger ist ertrunken – so weit, so bekannt. Eine äußere Gewalteinwirkung hat Levy nicht feststellen können, was ein Fremdverschulden eher unwahrscheinlich macht. Der einzige Hinweis auf einen möglichen Mord ist der Schnitt in der Schlauchboothülle, aber dessen Bewertung gehört nicht zu Levys Aufgaben. Sie hat sich ausschließlich auf die bei der Obduktion der Leiche nachweisbaren Ursachen für den Tod fokussiert. Etwaige psychologische Implikationen, wie etwa die Frage, ob der Nichtschwimmer Hirschberger tatsächlich freiwillig in einem Schlauchboot auf den See hinausgerudert ist und dort durch einen Messerschnitt in die Bootshülle ein Sinken des Bootes und damit seinen sicheren Tod ausgelöst hat, sind Spekulationen und lassen sich deshalb nicht in eine mögliche Bewertung der Todesursache einbeziehen. Aus gerichtsmedizinischer Sicht ist Levys Urteil eindeutig. Eine gewaltsame physische Fremdeinwirkung auf Hirschbergers Körper kann ausgeschlossen werden, was mit an Sicherheit grenzender Wahrscheinlichkeit für einen Suizid spricht.

»Klarer geht's nicht«, sagt Koller.

»Stimmt trotzdem nicht«, sagt Katja.

»Du stellst den Obduktionsbericht infrage?«

»Nicht den Bericht, aber die darin gezogenen Schlussfolgerungen.«

»Dr. Levy hält sich ausschließlich an die Fakten.«

»Medizinische Fakten über den Zustand der Leiche, die nicht auf den möglichen Tathergang eingehen.«

»Sie ist Rechtsmedizinerin, keine Ermittlerin.«

»Aber ich bin eine. Und der Kollege Dorfmüller ist auch einer. Und unsere Fakten sprechen gegen einen Suizid.«

»Ach ja?«

»Ja«, entgegnet Katja. »Wir können nicht defininitiv ausschließen, dass nicht jemand anders den Schnitt in die Bootshülle ausgeführt hat, mit dem Ziel, Hirschberger zu töten.«

»Es spricht alles dafür, dass er es selbst getan hat.«

»Der Mann kann nicht schwimmen, Reinhard! Der ist vor der libyschen Küste über Bord einer Korvette gegangen und dabei fast ertrunken. Er war schwer traumatisiert. Er wäre niemals freiwillig nachts auf einen See hinausgerudert. Und schon gar nicht, um sich auf diese Weise selbst umzubringen.«

»Wenn ich die Zusammenfassung seines Geschwaderkommandeurs über den Vorfall vor der libyschen Küste und die anschließende offizielle Untersuchung richtig deute, dann hatte August Hirschberger durchaus Grund, seinem Leben freiwillig ein Ende zu setzen. Posttraumatische Belastungsstörung, Verlust seines Jobs bei der Bundesmarine, fehlende berufliche Perspektive. Der Mann war am Ende.«

Katja wirft ihrem Assistenten einen Blick zu. Dorfmüller wirkt verärgert. Nicht über Koller oder den Verlauf des Gespräches, über sich selbst. Natürlich wäre die Identität des Toten ohne seine Anrufe in Warnemünde und Wilhelmshaven noch immer ungeklärt. Aber er hat damit eben auch eine Lawine losgetreten, die unabsehbare Folgen für den Fortgang der Ermittlungen haben wird. Weil jetzt die Politik mit im Spiel ist. Man wird uns Steine in den Weg werfen, denkt Katja, einen nach dem anderen. Der Druck auf Koller ist nur der Anfang. Die Frage ist, ob er sich der Einmischung von oben widersetzen oder vor ihr kapitulieren wird. Sie muss an den Ermittler in ihm appellieren.

»Hat dir der Geschwaderkommandeur in seiner Zusammenfassung auch vom Tod einer jungen Kadettin an Bord der *Braunschweig* erzählt? Von ihrer Vergewaltigung durch drei Offiziere?

Von ihrem Selbstmord durch Erhängen, der in Wahrheit ein verdecktes Tötungsdelikt war? Hat er dir erzählt, dass August Hirschberger nur deshalb über Bord gegangen ist, weil man ihn vorher gezwungen hat, sich volllaufen zu lassen? Aber nein, natürlich hat er dir das nicht erzählt, warum sollte er auch? Passt ja nicht ins saubere Bild von Ehre und Kameradschaft in der Marine. So was behält man lieber für sich, das darf nicht nach außen dringen, das schadet dem Image, schwächt die Einsatzbereitschaft, zersetzt den Verteidigungsauftrag der gesamten Bundeswehr.« Sie macht eine Pause, schaut Koller eindringlich an. »Was glaubst du, was passiert wäre, wenn Hirschberger sich mit seiner Story an die Presse gewandt hätte?«

»Hat er nicht.«

»Aber vielleicht wollte er? Oder seine ehemaligen Kameraden und Vorgesetzten haben geglaubt, dass er das wollte. Und es verhindert.«

»Du spekulierst, Katja.«

»Ich habe gelernt, dass es manchmal nicht anders geht. Du hast mir das beigebracht. Es gibt tausendmal mehr Gründe, Hirschberger zu beseitigen, als es Gründe für ihn gab, sich umzubringen.«

»Woher habt ihr das alles?«

»Simple Ermittlungsarbeit, Reinhard. Ein Gespräch mit seiner Exfrau, zwei Besuche bei seinem ehemaligen Kapitän und ein Treffen mit seinem besten Freund. Ein Café am Baldeplatz, keine zwei Stunden her. Hirschberger hat ihm Mails geschrieben. Da steht alles drin.«

Dorfmüller mischt sich ein. »Weder die Exfrau noch der beste Freund glauben an einen Selbstmord. Und der Kapitän weiß mehr, als er sagt, darf aber nicht sagen, was er weiß.«

»Und ich kann nicht tun, was ich will«, sagt Koller zerknirscht.

»Was heißt das?«, fragt Katja.

»Was glaubst du?«

»Jetzt erzähl uns nicht, der Staatsanwalt will den Deckel draufmachen.«

»Er will nicht, er hat schon«, sagt Koller. »Der Fall wird heute noch eingestellt. Suizidversuch mit Todesfolge. Er hat mir vor zehn Minuten seine Entscheidung mitgeteilt.« Koller dreht seinen Monitor zu Katja und Dorfmüller.

Katja starrt auf die Mail des Staatsanwaltes. »Das ist doch niemals auf seinem eigenen Mist gewachsen.«

»Natürlich nicht.«

»Die Marine versucht, einen Riesenskandal zu vertuschen, Reinhard!«

»Kann schon sein.«

»Mithilfe der Politik.«

»Mit wessen Hilfe sonst?«

»Und da willst du einfach so zuschauen?«

»Was ich will, interessiert da oben keinen.«

»Aber mich interessiert es.«

»Mir sind die Hände gebunden, Katja!«

Sie macht einen letzten Versuch. »Erinnerst du dich an die Tote vom Ostbahnhof? Den Typ, den wir nicht geschnappt haben? Der da draußen noch immer frei rumläuft wie eine tickende Zeitbombe?«

»Jeden Tag, wenn ich in den Spiegel schaue.«

»Dann hast du jetzt einen Grund mehr, nicht mehr reinzuschauen.«

Kaum hat sie den Satz gesagt, bereut sie ihn auch schon. Es ist unfair, Koller Feigheit vorzuwerfen, genauso wie es unfair ist, den Fall der Toten vom Ostbahnhof mit dem ungeklärten Tod Hirschbergers zu vergleichen. Sie betrachtet ihren Chef. Seine Wut ist wie weggeblasen. In seinen Zügen steht nur noch Resignation. Und eine Müdigkeit, die sie noch nie an ihm gesehen hat.

»Tut mir leid«, sagt Dorfmüller, nachdem sie das Büro verlassen haben.

»Muss es nicht«, sagt Katja. »Du hast keinen Fehler gemacht.«

»Wenn ich diesem Geschwaderheini die Pistole nicht so auf die Brust gesetzt hätte …«

»Der Fehler liegt im System«, sagt Katja. »Oder besser: darin, was bestimmte Leute in bestimmten Positionen aus diesem System gemacht haben. Die da oben und die da unten. Am Ende geht es immer nur um Macht.«

»Und wir sind die da unten?«, fragt Dorfmüller.

»Im Moment ja. Aber das muss nicht so bleiben.«

»Heißt das, wir machen weiter?«

»Hängt von dir ab.«

»Kollers Ansage war eindeutig.«

»Eindeutig sind am Ende nur die Fakten«, sagt Katja. »Also lass uns so lange graben, bis sie alle auf dem Tisch liegen. Vermutungen kann man wegwischen, Beweise nicht.«

»Und Koller?«

»Was er nicht weiß, macht ihn nicht heiß.«

»Verstehe«, sagt Dorfmüller.

»Ach, und Rudi …«

»Was?«

»Dieses Gespräch hat nie stattgefunden.«

In Dorfmüllers Gesicht macht sich sein typisches Grinsen breit. »Welches Gespräch?«

Er verschwindet in ihrem gemeinsamen Büro. Sie hört ihn pfeifen. Schräg, aber gut gelaunt. Eine Melodie ist nicht zu erkennen, aber das ist sie nie, wenn er pfeift. Musikalität gehört nicht zu seinen Kompetenzen, dafür Verlässlichkeit und unbedingte Loyalität.

Im selben Moment klingelt Katjas Handy. Ihre Mutter, wie das Display verrät. Sie zögert, dann nimmt sie das Gespräch entgegen. »Mama?«

Die Stimme am anderen Ende der Leitung überschlägt sich. Aufgeregt hervorgestoßene Wortfetzen, von Schluchzen überlagert, kaum zu verstehen. Aber das, was Katja versteht, reicht aus, um ihr den Atem stocken zu lassen.

»Wo ist Jenny?«, schreit sie in ihr Handy. »Was ist passiert?«

Zweiter Teil

EIS

Seit drei Tagen hatte das kleine Kind nicht gesprochen. Kein einziges Wort. Jedes Mal, wenn seine Mutter es zwang, etwas zu essen, erbrach es alles wieder. Es kaute, weil es kauen musste. Es versuchte, das Gekaute hinunterzuschlucken, weil man doch hinunterschlucken musste, was man zerkaut hatte. Aber dann musste es würgen und spuckte alles wieder aus.

Die Mutter redete auf das kleine Kind ein. Ruhig und liebevoll. Aber das Kind konnte die Angst in ihrer Stimme hören. Die Angst vor dem Vater, der am anderen Endes des Tisches saß und es anstarrte. Voller Wut, weil sein Kind nicht mal das schaffte: ein paar Brocken Essen zu zerkauen und hinunterzuschlucken, so wie alle anderen auch. Schlucks endlich runter, kleiner Scheißer, schrien seine Augen, während das Kind würgte und alles wieder erbrach und dabei die Flammen vor sich sah, die seinen kleinen Hasen aufgefressen hatten, vor dem Schuppen am Ende des Gartens, bis er nur noch ein rauchender Klumpen aus verbranntem Stoff gewesen war, das gebrochene Herz eines Kindes in einem See aus zerschmolzenem Schnee.

Das kleine Kind lag in seinem Bett und schaute auf die Bienen und Schmetterlinge auf dem Schirm seiner Nachttischlampe. Seine Arme zitterten, seine Beine, sein ganzer Körper war ein einziges Zittern. Es fror, wie es noch nie gefroren hatte. Alles in ihm war kalt. Sein Vater weigerte sich, einen Arzt zu rufen. Niemand hatte das Kind gezwungen, barfuß in den Garten zu laufen, vollgepisst, nachts im Winter. Das bisschen Fieber würde es schon wegstecken. Es sollte ruhig merken, was passierte, wenn man vor dem eigenen Vater davonrannte.

Die Augen seiner Mutter waren vom Weinen gerötet, die Augen seines Vaters rot vom Bier. Das Kind versuchte, den Atem anzuhalten, damit das alles ein Ende hatte, aber es war zu schwach dazu. Das Fieber ließ seinen Kopf glühen und sein Herz rasen. Die Bienen und Schmetterlinge begannen zu tanzen. Das Singen ihrer Flügel übertönte das Wüten seines Vaters, das Schluchzen seiner Mutter, es überlagerte das Glühen seines Kopfes, das Rasen seines Herzens, das Zittern seiner Glieder. Und endlich, endlich schlief das Kind ein.

Das kleine Kind wusste nicht, wie lange es geschlafen hatte. Stunden vielleicht oder ganze Tage. Es wusste noch nicht, was Zeit bedeutete. Irgendwann wachte es auf, aber das Aufwachen war kein Wachsein, nur ein Dämmern. Es hörte die Stimme der Mutter. Sie rief nach ihm. Das Kind wagte nicht, seine Augen zu öffnen. Wenn es seine Augen öffnete, war alles wieder da. Das wollte es nicht. Also ließ es sie zu.

Das kleine Kind spürte etwas Feuchtes an seiner Hand, rau und gleichzeitig weich. Die Mutter lachte. Sie strich ihm mit der Hand über die Stirn. Guten Morgen, mein Schatz, sagte sie, du hast Besuch.

Vorsichtig schlug das kleine Kind die Augen auf. Seine Lider waren verklebt. Die Bienen und Schmetterlinge hatten aufgehört zu tanzen. Reglos hockten sie auf dem Schirm der ausgeschalteten Nachttischlampe. Zwischen den zugezogenen Vorhängen fiel Sonnenlicht herein, ein schmaler Streifen. Das kleine Kind drehte seinen Kopf zur Seite, weg von dem blendenden Licht.

Jetzt schau doch mal, sagte die Mutter und deutete auf die Zunge, die zwischen seinen kleinen Fingern hindurchfuhr, winzige Zähne in einem winzigen Maul, darüber eine schnüffelnde Nase, ein braun-weißes Fellknäuel mit großen Pfoten und langen Ohren, die rosa schimmerten, wenn die Sonne sie streifte.

Das kleine Kind starrte auf das pelzige Etwas, das mit dem Schwanz wedelte und an der Bettdecke entlang zu seinem Gesicht hochtapste, es spürte die Pfoten auf seinem Körper, die Nase an seinem Hals, den Atem an seinem Ohr, die Zunge, die über seine Wange strich. Das Kind vergrub seine Hände in dem weichen Fell, es zog das Fellknäuel zu sich, drückte es an sich, saugte seinen Geruch auf. Kein Frottee, echte Haare, lang und flauschig. Keine Knöpfe aus Plastik, lebendige Augen, die es neugierig musterten.

Von einer Sekunde zur anderen war nur noch Glück in ihm. Es überrollte das kleine Kind, ließ seine Arme und Beine kribbeln. Die Mutter sagte ihm, wie leid ihr das mit dem Hasen tue und dass sein Vater das alles bestimmt nicht böse gemeint habe und dass sie wolle, dass alles wieder gut sei, und dass sie deswegen den Hund besorgt habe, drei Wochen sei er alt und ein Mädchen, und dass es gut auf ihn aufpassen müsse. Und dann fragte sie das Kind, ob es schon eine Idee habe, wie sie den Hund nennen sollten.

Das kleine Kind hörte gar nicht, was sie sagte, viel zu sehr war es mit seinem Glück beschäftigt und dem kleinen Hund, der jetzt sein Hund war und Ohren hatte, die so dünn und zart waren, dass die Sonne durch sie hindurchschien.

Rosa, sagte das kleine Kind. Es meinte die Ohren, aber die Mutter meinte den Namen und nannte den Hund Rosa und lachte, weil ihr der Name so gut gefiel, auch wenn der Hund doch eigentlich braun und weiß war.

Dem kleinen Kind war das alles egal, weil jetzt alles wieder gut war und es vergessen konnte, was sein Vater seinem Hasen angetan hatte.

Vom ersten Augenblick an liebte es Rosa. Liebe bedeutete, dass alles gut war, und mit Rosa an seiner Seite war alles noch besser als gut.

Der Vater fand nicht, dass alles gut war. Als er von der Arbeit nach Hause kam und Rosa zum ersten Mal sah, trat er nach ihr und fing an zu schreien. Rosa jaulte. Das Kind nahm sie auf den Arm und streichelte sie. Es wollte nicht, dass sie jaulte. Es trug sie die Treppe hinauf in sein Zimmer und schob sie unter die Bettdecke. Rosa fand das toll. Knurrend sauste sie unter der Decke hin und her und suchte nach einem Ausgang. Jedesmal, wenn sie ihre winzige Schnauze am Rand der Decke hervorstreckte, schob das Kind sie wieder darunter. Von unten drangen die Stimmen des Vaters und der Mutter zu ihm herauf. Der Vater schrie, die Mutter schrie zurück. Dann ein dumpfer Knall. Danach Stille, durchbrochen vom leisen Wimmern der Mutter.

Das kleine Kind zog Rosa unter der Decke hervor und drückte sie an sich. Sie schnappte nach seiner Hand. Es zog sie weg. Leise sein, flüsterte es ihr zu, ganz leise. Rosa legte den Kopf zur Seite und blickte das Kind an. Als könnte sie es verstehen.

Kurz darauf hörte das kleine Kind die Mutter die Treppe heraufkommen. Es erkannte sie an ihren Schritten. Sie tauchte in der Tür auf. Ihr rechtes Auge war zugeschwollen, die Haut darunter gerötet. Sie versuchte zu lächeln. Keine Angst, sagte sie, Rosa bleibt hier.

Wenn der Vater nicht da war, weil er arbeiten musste, tobte das kleine Kind stundenlang mit Rosa durchs Haus. Die Mutter hatte einen kleinen Ball gekauft. Hinter dem jagte Rosa her. Sie versuchte, ihn zu schnappen, und wenn sie ihn geschnappt hatte, kaute sie darauf herum. Das Kind wartete, bis ihr der Ball aus dem Maul sprang. Dann griff es danach, warf ihn weg, und das Spiel begann erneut.

Manchmal musste Rosa pinkeln. Und manchmal auch mehr. Das Problem war, dass sie nicht wusste, dass sie das im Haus nicht tun durfte. Die Mutter drückte die kleine Hundeschnauze in die gelbe Pfütze und sagte: böse Rosa. Sie trug sie raus in den Garten und machte die Tür zu. Sie wischte die Pfütze auf und sprühte etwas aus einer Flasche auf den Fleck. Sie wollte nicht, dass der Vater irgendwas roch, wenn er nach Hause kam. Rosa muss stubenrein werden, sagte sie zu dem kleinen Kind, das nicht wusste, was sie damit meinte. Es wusste nur, dass Rosa das nicht mit Absicht machte. Genauso wenig wie das Kind, wenn es aus ihm herauslief und seine Hose nass wurde und an seinen Beinen klebte.

Sobald der Vater nach Hause kam, trug das kleine Kind Rosa in sein Zimmer. Es wollte nicht, dass der Vater nach ihr trat. Es wollte nicht hören müssen, dass er sie Töle nannte oder Kläffer. Rosa war das alles egal. Sie freute sich über jeden, der nach Hause kam. Und besonders freute sie sich, wenn der Vater nach Hause kam. Je weniger er sie mochte, desto mehr mochte sie ihn. Sie wedelte mit dem Schwanz und strich um seine Beine. Und dabei bellte sie und war ganz aufgeregt. Und wenn der Vater sie deswegen anschrie, legte sie den Kopf zur Seite und schaute ihn an. Das kleine Kind verstand das nicht.

Seit Rosa bei ihm war, hatte es keine Angst mehr vor der Dunkelheit. Abends, wenn der Vater ihm Gute Nacht sagte und und die Tür hinter sich zumachte und die Bienen und Schmetterlinge in der Schwärze der Nacht versanken, sprang Rosa aus ihrem Körbchen auf sein Bett und rollte sich auf dem Kissen zusammen. Es vergrub eine Hand in ihrem weichen Fell, strich mit den Fingern über ihre winzigen Rippen, schmiegte seinen Kopf an ihren Rücken und saugte den Geruch ihrer Haare ein, so wie es vor Kurzem noch den Geruch des Hasen eingesaugt hatte.

Rosa roch anders, aber genauso gut. Nach Hund, nach sich selbst, nach Sicherheit. Sie beschützte das kleine Kind, so wie es sie beschützte. Es konnte sich nicht vorstellen, je ohne sie gewesen zu sein. Eigentlich war sie schon immer da gewesen.

Die Schwellung im Gesicht der Mutter war verschwunden, genau wie der rote Fleck unter ihrem Auge. Rosa machte kaum noch Pfützen oder das andere auf den Boden. Wenn sie musste, kratzte sie mit der Pfote an der Tür zum Garten. Dann ließ das kleine Kind sie raus. Und wenn sie fertig war, ließ es sie wieder rein und sagte: feine Rosa. Das hatte es von der Mutter gelernt.

An Rosa geschmiegt, lag das kleine Kind im Bett und schlief. Und weil es schlief, bekam es nicht mit, dass die Mutter auf dem Weg ins Bett noch einmal nach ihm sah und beim Rausgehen vergaß, die Tür zu schließen. Dass Rosa dabei aufwachte, den Kopf hob und vom Bett sprang. Dass sie mit der Schnauze die angelehnte Tür aufstieß und auf ihren Welpenpfoten die Treppe hinuntertapste. Dass sie ins Wohnzimmer lief und schwanzwedelnd vor dem schnarchenden Vater stehen blieb, der betrunken vor dem Fernseher eingenickt war. Dass sie auf das Sofa sprang und auf seinen Bauch kletterte. Dass sie sich dort einrollte, den Kopf zwischen ihren Hinterläufen vergraben.

Das kleine Kind wachte erst auf, als es den Vater schreien und Rosa jaulen hörte. Es wusste nicht, was passiert war. Aber alles in ihm war voller Angst. Es spürte, dass es sich beeilen musste, wenn es das drohende Unglück noch verhindern wollte. Es sprang aus dem Bett und rannte die Treppe hinunter.

Der Vater stand da, die Augen blutunterlaufen, auf seinem Hemd ein dunkler Fleck, in der Hand der zappelnde Hund, den er am Hals gepackt hatte und wütend hin und her schüttelte. Er schrie auf die angststarre Rosa ein, er verfluchte sie, während sie erneut unter sich machte und damit das Urteil gegen sich nur noch bekräftigte.

Das kleine Kind fühlte sich wie festgewachsen, unfähig, sich zu rühren. Rosa weit von sich gestreckt, riss der Vater die Tür in den Garten auf. Aber er schleuderte sie nicht von sich, wie das Kind hoffte, weil damit wenigstens ihr Leben gerettet gewesen wäre. Er trug die sich in ihrer Todesangst windende Rosa hinaus in den noch immer schneebedeckten Garten und rüber zum Teich, der schon seit Wochen zugefroren war.

Das kleine Kind löste sich aus seiner Erstarrung und lief hinter ihm her. Der Schnee knirschte leise unter seinen nackten Füßen. Die Kälte fraß sich in seine Lungen. Es wollte schreien, aber es konnte nicht. Es packte den Vater am Bein, aber der schüttelte es einfach ab und versetzte ihm mit der freien Hand einen Schlag gegen den Kopf. Das Kind stürzte in den Schnee, während der Vater auf das Eis des Teiches eintrat, außer sich vor Wut, immer und immer wieder, bis es schließlich nachgab und aufplatzte. Ein weiterer Tritt, und auf der Oberfläche des Teichs tat sich ein Loch auf, groß genug für das, was er vorhatte.

Rosa jaulte und röchelte, das kleine Kind versuchte, sich aufzurappeln, es musste verhindern, was es nicht verhindern konnte, weil der Vater sich inzwischen hingekniet hatte und die Hand mit dem Hund in das Eisloch schob und die noch immer zappelnde Rosa unter das Eis drückte. Dann packte er das Kind, nahm seinen Kopf in beide Hände und drehte ihn so, dass seine Augen auf das Eis gerichtet waren. Ich lass mich von niemandem anpissen, sagte er heiser. Von niemandem, hörst du, schon gar nicht von so was!

Während der Vater das sagte, starrte das kleine Kind auf den Todeskampf unter dem Eis. Rosas braun-weißes Fell presste sich von unten gegen das Eis, ihre Welpenpfoten ruderten durchs Wasser, versuchten erfolglos, Halt zu finden. Die Schauze drehte sich dem unerreichbaren Himmel zu, die Zunge verloren zwischen den winzigen Zähnen, die Ohren streiften am Eis entlang, die angstgeweiteten Augen waren ins Irgendwo gerichtet. Blasen stiegen auf, schaumig geschlagenes Wasser. Bis es auf einmal vorbei war, einfach so, ebenso unvermittelt, wie es begonnen hatte, und die eben noch verzweifelt um ihr Leben ringende Rosa in Bewegungslosigkeit erstarrte, in einer Hülle aus großen und kleinen Luftblasen, die sich an ihr totes Fell geheftet hatten.

Auch wenn es keine Worte dafür hatte, wusste das kleine Kind in diesem Augenblick, dass es längst tot war. Dass es mit seinem Hasen verbrannt und mit Rosa ertrunken war. Dass kein Leben mehr in ihm war und nie mehr in ihm sein würde. Nur noch Kälte. Und dass es wollte, dass der Mensch, der ihm das alles angetan hat, selber tot war.

14

Die Ebene fliegt an ihr vorbei, weit und flach. Dörfer inmitten von Feldern, sonnenbeschienene Kirchtürme zwischen rot gedeckten Häusern. Kleine Waldstücke, dazwischen alte Gehöfte, einst einsam gelegen, inzwischen dem dauernden Lärm der Autobahn ausgesetzt, eine zerstörte Idylle in einer zerschnittenen Landschaft.

Seit über zehn Minuten fährt sie auf der linken Spur, die Tachonadel dauerhaft über hundertsechzig. Noch nie ist sie so lange so schnell gefahren. Sie schaut auf ihre Uhr. Zehn vor drei. Wenn der Verkehr nicht zunimmt, wird sie es rechtzeitig schaffen. Sie wird Jenny am Bahnsteig des Augsburger Hauptbahnhofs abpassen und daran hindern, zu dem Mann zu fahren, der in einer anderen Zeit Katjas Versprechen auf eine glückliche Zukunft war. Aber selbst wenn es ihr gelingt, eine Begegnung der beiden zu verhindern: Wie soll sie das Jenny gegenüber begründen?

Sie umklammert das Lenkrad, das feucht ist von ihrem Schweiß. Sie wischt sich die Hände an den Oberschenkeln ab. Es nützt nichts. Sie schwitzt ihre verfluchte Vergangenheit aus. Sie hat immer gewusst, dass es irgendwann so weit kommen würde. Jenny hat ein Recht darauf zu erfahren, wer ihr Vater ist. Aber wann ist der richtige Zeitpunkt dafür?

All die Jahre hat Katja es vor sich hergeschoben. Niemand außer ihr kennt die Wahrheit. Und das Grauen dahinter. Dem sie vor so vielen Jahren ins Gesicht geschaut hat, einen kurzen Moment lang, ehe sie sich in die Bewusstlosigkeit geflüchtet hat. Schlimmer als der körperliche Schmerz war die Ohnmacht. Und tausendmal schlimmer als die Ohnmacht das plötzliche Begreifen, dass sie all das nie wieder loswerden würde. Wie kann sie Jenny zumuten, was sie selbst nicht ertragen hat?

Genau wie August Hirschberger, denkt sie, der Gustl hat es auch nicht ertragen. Hat versucht, das Grauen zu vergraben, so wie ich. Hat es nicht geschafft, genau wie ich. Weil sich das Grauen nicht vergraben lässt, weil es in einem wächst wie ein Geschwür, sich Raum schafft, ans Licht will.

Der Gustl hat dasselbe gefühlt wie sie, einen kurzen Moment lang und die ganze Ewigkeit danach. Er ist in einem Baggersee ertrunken, aber gestorben ist er schon vorher. Genau wie sie.

Der Wunsch nach Erlösung. Die Sehnsucht, dass alles vorbei ist. Damals hat sie eine Rasierklinge aus dem Badezimmerschrank genommen. Sie ausgewickelt aus ihrer speckigen Papierhülle und auf der bläulichen Ader an ihrem Handgelenk angesetzt. Das Metall schimmerte im Licht, Verlockung und Verheißung zugleich. Ein kurzer Schnitt und alles wäre vorbei. Sie hat es nicht geschafft. Aber vielleicht hat der Gustl es geschafft. Vielleicht hat er mit demselben Blick auf das Messer geschaut wie sie auf die Rasierklinge. Vielleicht war es leichter, die Klinge in die Gummihaut eines Schlauchbootes zu stoßen als in die bläuliche Ader eines Handgelenkes. Vielleicht will sie einfach nicht wahrhaben, dass er seinem Leben selbst ein Ende gesetzt hat, weil sie es damals nicht geschafft hat. Vielleicht wehrt sie sich deshalb so sehr gegen die Möglichkeit eines Selbstmordes, weil ein Mord leichter auszuhalten ist als ein Suizid, der sie zurück in die eigenen Abgründe zwingt. Dieselben Abgründe, auf die sie jetzt mit über hundertsechzig Stundenkilometern zurast, nachdem ihre Mutter sie auf dem verwaisten Flur der Mordermittlung angerufen hat, weinend und stammelnd vor Angst.

»Sag mir, was passiert ist, Mama!«

»Jenny ist verschwunden.«

»Was soll das heißen: verschwunden?«

»Nicht mehr da. Abgehauen.«

»Niemand haut einfach so ab.«

»Ihr Rucksack ist weg. Und ihre Klamotten auch.«

»Hast du sie angerufen?«

»Sie geht nicht dran. Nur diese blöde Stimme, die sagt, dass der angerufene Teilnehmer nicht erreichbar ist.«

»Sie muss ihr Handy ausgeschaltet haben. Hast du die Polizei informiert?«

»Natürlich. Zwei Carabinieri waren hier.«

»Und was sagen die?«

»Luigi hat mit ihnen geredet. Einer der beiden ist ein alter Freund von ihm. Sie haben versprochen nach ihr zu suchen.«

»Wann war das?«

»Heute morgen, gegen zehn.«

»Und was hat ihre Suche ergeben?«

»Keine Spur von ihr. Nichts. Als hätte sie sich in Luft aufgelöst.«

Ihr Handy am Ohr, versuchte Katja, die aufsteigende Panik zu unterdrücken. Der Kampf der Polizistin gegen die Mutter in ihr. Wenn sie erfahren wollte, was passiert war, durfte sie sich nicht von ihren Gefühlen mitreißen lassen.

»Ganz ruhig, Mama, wir kriegen das hin. Also noch mal, von Anfang an: Was ist passiert?«

Mühsam fing Monika Sand an zu erzählen, stockend, von immer neuen Schluchzern unterbrochen. Die Ankunft im Hotel am Nachmittag. Ein Nachhausekommen. Dasselbe kleine Zimmer, in dem sie damals mit Katja gewohnt hatte, die Möbel unverändert nach so vielen Jahren, der altbekannte Blick aus dem Fenster auf die Weite des Sees, dahinter die Berge. Luigi und Maria herzlich wie alte Freunde, Jenny staunend wie ein kleines

Kind. Am Abend war sie in Monikas Armen eingeschlafen und am nächsten Morgen in ihren Armen wieder aufgewacht. Ein gemeinsamens Hinausschwimmen vor dem Frühstück, der See ein Gedicht, das Wasser ein Traum. Tagsüber dann ein Ausflug nach Sirmione, das Schlendern durch die Gassen der Altstadt, eine Fahrt mit dem Boot, und am Abend auf der Terrasse des *Delfino* eine köstliche *Fegato* mit Salbei und hausgemachter Polenta, dazu ein junger Bardolino. Jenny, die wie ausgewechselt war, so als hätte es die erzwungene Trennung von ihrem Freund Josh nie gegeben. Und Monika mit dem guten Gefühl, das Richtige getan zu haben. Später dann, die übrigen Gäste waren längst im Bett, hatte sich Luigi mit einer Flasche Grappa zu ihnen gesetzt. Eine Plauderei über alte Zeiten. Bis er diese unselige Frage gestellt hatte, ohne zu ahnen, was er damit in Jenny anrichtete.

»Welche Frage, Mama?«

»Nach dir und deinem Mann.«

Die gemeinsame Reise an die Orte ihrer Kindheit und Jugend. Peter an ihrer Seite, der Mann, den sie liebte, der alles wissen wollte über sie, dem sie alles erzählt hatte über ihren Vater, der so früh gestorben war, und über ihre Mutter, mit der sie sich nie verstanden hatte. Sie hatte ihm von Francesco aus Parma berichtet, ihrem ersten Kuss, seine Hand auf ihrer Brust. Und dass sie dreizehn gewesen war und er zwei Jahre älter.

Maria und Luigi hatten sich begeistert gezeigt von dem offenen und herzlichen jungen »Pietro«, in dem sie Katjas Bräutigam sahen und Monika Sands zukünftigen Schwiegersohn. *Una grande amore*. Sie hatten nie erfahren von dem, was nach Katjas Rückkehr nach Hause passiert war, nichts von dem gemeinsamen Einsatz mit Peter, der alles verändert hatte, nichts von der später erfolgten, scheinbar so sinnlosen Trennung. Katja begriff: Luigi war davon ausgegangen, dass sie ihren »Pietro« damals geheiratet hatte. Nur deshalb hatte er sich nach ihm und Katja erkundigt und Jenny mitten in ihr wundes Herz getroffen.

»Was passierte dann, Mama?«

»Was glaubst du? Jenny sprang auf, rannte hoch in unser Zimmer. Der arme Luigi verstand die Welt nicht mehr.«

»Und du?«

»Ich bin hinter ihr her. Sie lag weinend auf dem Bett. Ich wusste nicht, was ich tun sollte. Sie war überhaupt nicht mehr zu beruhigen.«

Katja sah die beiden vor sich. Ihre weinende Tochter, auf dem Bett in dem kleinen Zimmer mit Seeblick, und über sie gebeugt ihre hilflose Großmutter, die auf sie einredete und damit alles nur schlimmer machte. Jenny, die in Ruhe gelassen werden wollte, und Monika, die das nicht verstand. Die sich in eine Situation gezwungen fühlte, für die sie nichts konnte. Beide in die Enge getrieben. Die eine durch das, was sie nicht wusste, die andere durch das, was sie nicht verraten durfte. Und beide wütend auf Katja, deren jahrelanges standhaftes Schweigen sie nie hatten verstehen können. Weil sie nichts von der Wahrheit hinter der Wahrheit ahnten.

»Sag jetzt nicht, dass du ihr von ihm erzählt hast, Mama.«

»Was hätte ich denn machen sollen? Weiter schweigen?«

Zögernd berichtete Monika Sand, wie das Ganze eskaliert war. Jenny hatte sich zu ihr umgedreht und die Wahrheit verlangt. Alles, die ganze Geschichte. Monika bekam Angst vor der Wut in ihren Augen und verriet ihr, was sie jahrelang für sich behalten hatte. Peter Schäfer, jung, charmant, voller Energie. Einer, der jede Frau haben konnte. Und doch nur Augen für die eine hatte. Katja und Peter, zwei, die sich liebten, die sich eine Ehe versprachen, zu der es nie kam. Eine Braut, die ihren Bräutigam von einem Tag zum anderen verließ, ihn im Regen stehen ließ, sein Kind in ihrem Bauch. Ihre Freunde, die genauso ratlos waren wie Katjas Mutter, die sich keinen besseren Mann für ihre Tochter vorstellen konnte und keinen besseren Schwiegersohn für sich selbst.

»Hast du ihr erzählt, was aus ihm geworden ist? Was er danach gemacht hat, wo er hingegangen ist, wo er jetzt lebt?«

»Sie hat mich gelöchert mit ihren Fragen, immer weiter.«

»Du hast ihr also alles gesagt.«

Natürlich hatte Monika ihr alles gesagt. Dass Peter sich nach der Trennung hatte versetzen lassen, nachdem Katja ihm erklärt hatte, dass sie das Kind alleine großziehen würde. Dass sie keinen Kontakt mehr haben wollte zu ihm und auch den Kontakt zwischen ihm und dem Kind ablehnte. Dass er sich schweren Herzens gefügt und ein neues Leben aufgebaut hatte in Augsburg, kaum achtzig Kilometer weit von München, aber Lichtjahre von ihr entfernt.

Und Katja stand da, im Flur der Mordkommission, ihr Handy am Ohr, während die Kraft aus ihrem Körper wich und mit der Kraft jede Hoffnung, den Knoten zwischen Jenny und ihr zu zerschlagen. Um sie herum die aus der Kantine zurückkehrenden Kollegen, aus dem Handy die Stimme ihrer Mutter und schließlich Dorfmüller, der in der Tür zu ihrem gemeinsamen Büro auftauchte und sie stumm hereinzog, ihr das Handy aus der Hand nahm und sie an sich drückte. Er sagte nichts, aber er wusste alles.

»Hast du mitgehört, Rudi?«

»Hab ich.«

»Sie ist abgehauen.«

»Ja.«

Katja hatte sich aus seiner Umarmung gelöst. Um zu handeln, musste sie den Tatsachen ins Auge blicken. Sie versuchte, sich in ihre Tochter hineinzuversetzen, das Chaos der Gefühle nachzuvollziehen, in das Jenny durch die Antwort auf Luigis arglose Frage gestürzt worden war. Der Mensch, nach dem sie sich schon ihr ganzes Leben lang sehnte, hatte plötzlich ein Gesicht bekommen.

»Sie ist auf dem Weg nach Augsburg, Rudi.«

»Bist du sicher?«

»Hundertprozentig.«

»Was will sie da?«

»Ihren Vater kennenlernen.«

»Ach du Scheiße!«

»Du sagst es, und das ist noch untertrieben. Sie darf da nicht ankommen!«

»Wie willst du das verhindern?«

Katja überlegte. »Entweder sie fährt per Anhalter, oder sie nimmt den Zug.«

»Gardasee, richtig?«

»Sirmione.«

Dorfmüller öffnete mit einem Mausklick das Internet. »Wann genau ist ihr Verschwinden aufgefallen?«

»Heute Morgen, gegen zehn.«

»Wenn sie per Anhalter fährt, hast du Zeit. Dann ist sie nicht vor heute Abend da. Aber wenn sie sich für den Zug entschieden hat …« Er rief die Fahrplanseite der Deutschen Bahn auf und gab Abfahrts- und Zielort ein.

»Der hier passt«, sagte er. »Acht Uhr sechsundzwanzig ab Desenzano del Garda/Sirmione. Umsteigen in Verona/Porta Nuova. Ankunft in München vierzehn Uhr sechsundzwanzig.«

Katja schaute auf ihre Uhr. »Zu knapp. Schaffe ich nicht mehr.«

»Dann musst du direkt nach Augsburg. Der infrage kommende Intercity kommt dort um fünfzehn Uhr neunzehn an.«

»Danke, Rudi.«

»Immer wieder gerne. Und pass auf dich auf.«

Pass auf dich auf, denkt sie, die Hände um das Lenkrad geklammert. Sie fragt sich, was das in einer solchen Situation bedeutet. Noch immer fährt sie konstant auf der linken Spur. Der Verkehr auf der Autobahn hat zugenommen. Ein besorgter Blick auf die Uhr. Kurz vor drei. Es wird eng werden.

Kurz hinter Dasing gerät sie in einen Stau. Sie tritt auf die Bremse, schaltet die Warnblinkanlage ein. Links der vorbeirasende Gegenverkehr, ein höhnisches Rauschen, um sie herum Stillstand. Plötzlich ist sie zum Nichtstun verdammt, eingekeilt zwischen Autos, die Klimaanlage auf Hochtouren, während sich der Intercity mit ihrer Tochter unaufhaltsam Augsburg nähert. Ein Albtraum. Alles in ihr ist in Aufruhr. Ihr Herz rast. Sie erwischt sich bei dem Gedanken, auf den Standstreifen zu wechseln und rückwärts bis zur vorherigen Ausfahrt zu fahren.

Verlier jetzt bloß nicht die Nerven, denkt sie, reiß dich zusammen!

Sie zwingt sich durchzuatmen, wählt zum hundertsten Mal Jennys Nummer, wartet zum hundertsten Mal auf die Verbindung, hört zum hundertsten Mal eine weibliche Stimme, die ihr nüchtern mitteilt, dass der angerufene Teilnehmer nicht zu erreichen ist.

Neben ihr ein Kleinwagen. Violett-metallic. Tiefergelegt. Der junge Mann am Steuer hört laut Musik. Bassbeats, die zu ihr herüberdröhnen und ihr ungefiltert bis in die Knochen dringen. Sie lässt die Beifahrerscheibe herunter. »Geht das auch leiser?«

Der junge Mann schaut gelangweilt zu ihr rüber und wendet sich ohne jede Antwort wieder ab. Seine Finger klopfen im Rhythmus der Musik auf das Lenkrad. Die Haare kurz geschnitten wie ein amerikanischer Elitesoldat, Oberarme wie aus einem Werbekatalog für Fitnessgeräte.

»Danke«, sagt Katja und lässt die Scheibe wieder hochgleiten. Sie merkt, dass ihre Hände zittern. Die Klimaanlage lässt den kalten Schweiß auf ihrer Haut zu Eis frieren, während es in ihr lichterloh brennt.

Sie versucht sich zu konzentrieren. Entweder sie lässt den Dingen ihren Lauf, oder sie stellt sich der Situation. Sie greift nach ihrem Handy, drückt Dorfmüllers Kurzwahltaste.

»Wo steckst du?«, hört sie ihn besorgt fragen.

»Im Stau.«

»Scheiße!«

»Planänderung, Rudi.«

»Heißt?«

»Ich brauche deine Hilfe.«

»Schieß los.«

»Du musst für mich bei der Mordermittlung in Augsburg anrufen.«

»Dein Ex ist einer von uns?«

»Ich brauche seine Privatadresse.«

»Warum rufst du nicht selber da an?«

»Damit die sich über mich den Mund zerreißen?«

»Und sein Name?«

»Peter Schäfer.«

»Gib mir eine Minute, ich ruf dich zurück.«

Das Gespräch bricht ab. Die Uhr auf dem Handydisplay zeigt fünfzehn Uhr neunzehn an. Katja versucht, die Bassbeats aus dem Kleinwagen des jungen Mannes zu überhören, das unerträgliche Wummern in ihrem Kopf. Angst und Wut kriechen in ihr hoch. Sie hat sich geschworen, ihre Vergangenheit hinter sich zu lassen, ein für alle Mal. Jetzt ist sie gezwungen, diesen Schwur zu brechen. Und wenn das alles völlig umsonst ist und Jenny in diesem Augenblick nicht am Augsburger Hauptbahnhof aus dem IC aus München steigt?

»Hör auf!«, schreit sie sich selbst an, schlägt auf das Lenkrad und löst ungewollt die Hupe aus.

Der Typ im Kleinwagen schaut irritiert zu ihr herüber.

Sie zeigt ihm den Mittelfinger.

Ihr Handy klingelt. »Hast du sie, Rudi?«

Er nennt ihr die gewünschte Adresse. Und sagt dann etwas, das ihr das Blut in den Adern stocken lässt. »Es wird dir ganz sicher nicht gefallen, aber ich bin nicht der Einzige, der sich bei den Kollegen nach Peter Schäfer erkundigt hat.«

»Sie haben Jenny die Adresse hoffentlich nicht gegeben.«

»Natürlich nicht. Aber wenn sie schon bei der Kripo anruft, wird sie anschließend das komplette Telefonbuch durchgewählt haben. So lange, bis sie bei der richtigen Nummer gelandet ist.«

Katja atmet tief durch. Obwohl sie mitten in einem Stau steht, auf der A8 zwischen Dasing und Augsburg-Ost, hat sie das Gefühl, auf der linken Spur mit mehr als zweihundert Stundenkilometern auf eine Katastrophe zuzurasen.

15

Sie hat die Adresse in ihr Navi eingegeben. Je weiter sie sich von der Augsburger Innenstadt entfernt, desto flacher wird die Bebauung.

Als würde sie an den Jahresringen eines Baumes entlangfahren. Eine Ausfallstraße in einen der westlichen Vororte, der näher kommende Stadtrand. Allein stehende Einfamilienhäuser, zur Schau gestellter Wohlstand. Der Nachweis eines gelungenen Lebens. Ehe, Familie, Karriere. Und hinter den Fassaden die andere Seite dieses Lebens. Langeweile, Einsamkeit, Leere. Die Angst, eines Tages aufzuwachen und nur noch eines zu fühlen: nichts.

Wenn du ehrlich bist, denkt Katja, wolltest du immer genau das. Einen Ehemann, ein Kind oder zwei, ein Haus mit Garten und Doppelgarage. Zweimal im Jahr in den Urlaub. Alle fünf Jahre ein neues Auto. Zum Hochzeitstag ein Städtetripp übers Wochenende. London, Paris, Barcelona. Und später, nach Abzahlung des Hauskredits, noch ein kleiner Nachzügler. Die Fragen weglassen, um sich die Antworten zu ersparen. Jeden Zweifel im Keim ersticken. Einfach nur da sein, sich sicher fühlen, gebraucht werden.

Sie lebt das Gegenteil. Eine alleinerziehende Mutter ohne Mann, ein Job, der sie auffrisst, ein Chef, der sich dem Druck von oben beugt und offene Ermittlungen einstellt. Und eine Tochter, der sie jeden Halt genommen hat. Du hast es versaut, denkt sie, von vorne bis hinten versaut.

Als sie in die kleine Stichstraße abbiegt, an deren Ende ihr Ziel liegt, beginnt ihr Herz erneut zu rasen. Sie schaut hinüber zu dem Haus, in dem ihre große Liebe ihr gemeinsam erträumtes Leben führt. Ohne sie.

Niemand hat je wieder an ihn herangereicht. Natürlich hatte sie Liebhaber, kurze Affären. Körperliche Begegnungen, die ihr gutgetan haben, aber belanglos geblieben sind. Männer, die sich ihr geöffnet haben und von ihr zurückgewiesen wurden. Das Verlangen nach mehr hinter einer unüberschreitbaren Grenze. Die Unmöglichkeit, sich auf etwas Neues einzulassen. Vielleicht gibt es sie ja wirklich: die eine große Liebe. Und danach nichts mehr. Die Wüste in mir, denkt sie, mein Herz ein vertrockneter Garten.

Sie hatten Pläne geschmiedet, zusammen geträumt, sich das Haus ausgemalt, in dem sie irgendwann leben würden, es in Gedanken eingerichtet. Eine offene Küche, ein Kamin, eine Schaukel im Garten. Und waren schon an ihrer ersten gemeinsamen Wohnung gescheitert.

Fünfzehn Jahre ohne ihn, mehr als fünftausend Tage. Und eine Verletzung, noch immer so frisch, als wäre das alles erst gestern geschehen.

Nicht die Narben schmerzen, es ist die Wunde selbst.

Sie betrachtet sich im Rückspiegel. Ihre Augen sind ohne Glanz, die Haut fahl, die Wangen schlaff. Der unerfüllbare Wunsch, begehrenswert zu erscheinen. Sie greift nach ihrem Lippenstift, lässt ihn wieder sinken, überflutet vom Gefühl der Lächerlichkeit.

Sie steigt aus, geht auf das Haus zu. Dunkelgrüne Fensterrahmen in einer blaßgelben Fassade, der Vorgarten von einer hohen Backsteinmauer umgeben, dahinter sorgfältig gestutzte Büsche auf einem frisch gemähten Rasen. Ein gepflasterter Weg aus Basaltquadern, der zum Eingang führt, keinerlei Unkraut in den Fugen. Jeder Schritt ein Schritt zurück in der Zeit.

In der Garageneinfahrt ein schwarzer Geländewagen. Über der Klingel eine in den Putz eingelassene, handgemachte Fliese.

Unter der schimmernden Glasur sein Name und der seiner Frau. Peter und Alina. Darunter zwei weitere Namen. Emma und Paul. Ein Junge und ein Mädchen. So, wie er sich das immer gewünscht hat.

Er hat es geschafft, denkt sie und fragt sich, wie er das alles finanziert. Als Leiter der Augsburger Mordermittlung bezieht er kein Gehalt, mit dem man Rücklagen bilden oder große Sprünge machen könnte. Seine Eltern sind nie wohlhabend gewesen. Vielleicht hat seine Frau geerbt, die Mutter seiner Kinder. Alina.

Sie will auf die Klingel drücken, als sie Lachen hört. Die Stimmen von Peter und Jenny, die aus dem Garten zu kommen scheinen. Leicht und vertraut. Als würden sie sich seit Jahren kennen. In Katjas Erleichterung mischt sich Eifersucht. Und Angst. Die Sorge, ihre Tochter an den Mann zu verlieren, den sie einst verlassen hat, um ihr Geheimnis zu bewahren. Um das Gift in ihr niemals weitergeben zu müssen an ihr unschuldiges Kind.

Anstatt zu klingeln, geht sie langsam an der Hauswand entlang. Die Stimmen und das Lachen werden lauter. Es ist kurz vor fünf, Jenny muss seit einer Stunde hier sein. Wahrscheinlich ist sie gerade dabei, ihm ihr ganzes Leben zu erzählen, während er lächelnd zuhört und geduldig auf die Fragen antwortet, mit denen sie ihn bestürmt. Ruhe und Zugewandtheit, die Fähigkeit, Menschen für sich einzunehmen. Er ist schon immer jemand gewesen, dem man sein Herz ausschüttet. Sie fragt sich, ob das noch immer so ist oder ob er ein anderer geworden ist.

Sie geht an der Hecke entlang, die das Haus vom Nachbargrundstück trennt, nähert sich der Gartenseite. Inzwischen nimmt sie eine weitere Stimme wahr, die Stimme einer Frau, zurückhaltend und sanft, daneben das Jauchzen von Kindern, ausgelassenes Plantschen in einem Pool, oder ist das ein Gartenschlauch, von dem sie sich nass spritzen lassen?

Wortfetzen dringen zu ihr herüber, Teile von Sätzen. Halb gestellte Fragen, bruchstückhafte Antworten. Sie hört, wie er von ihr spricht. Katja. Ihr Name in seinem Mund wie ein Stich in ihrer Brust.

Lass diesen Unsinn, denkt sie, misch dich nicht ein. Gönn deiner Tochter diesen Moment, gib ihr die Chance, das alleine hinzukriegen. Ruf ihn einfach später an, rede mit ihm am Telefon, frag ihn, wie er die Dinge sieht, kläre, was zu klären ist.

Im selben Moment fliegt ein Ball gegen die Hecke neben ihr, prallt daran ab, rollt ihr vor die Füße. Dahinter taucht ein kleines Mädchen in einem Badeanzug auf und starrt sie wortlos an. Dieselben stahlblauen Augen wie ihr Vater, dasselbe feine Gesicht. Die Wassertropfen auf ihrem Körper glänzen in der Sonne.

»Hey«, sagt Katja und kommt sich albern vor. »Du bist bestimmt Emma, oder?«

»Papa«, ruft das Mädchen, »da ist eine fremde Frau!«

»Schon gut«, sagt Katja. »Du musst nicht so schreien.«

»Papa!«, ruft das Mädchen ein zweites Mal.

Katja spürt den Impuls zu flüchten, aber es ist zu spät. Wie aus dem Nichts steht er da, sprachlos vor Überraschung, eine Hand auf der Schulter seiner kleinen Tochter.

»Hallo, Peter«, sagt sie so gelassen wie möglich, während ihr die Röte ins Gesicht steigt wie einem ertappten Kind und sie sich fragt, warum er noch immer so viel Macht über sie besitzt.

»Alles gut, Schatz«, sagt er zu Emma. »Wir kennen uns. Eine alte Freundin von mir. Geh wieder zu Mama.«

Er wartet, bis die Kleine sich den Ball genommen hat und im Garten verschwunden ist.

»Wer hätte das gedacht«, sagt er und schaut sie an mit diesem Blick, dem sie sich noch nie entziehen konnte. Dieser Blick, der sie gewärmt hat wie kein zweiter, unter dem sie sich geborgen gefühlt hat wie nie. Nach dem sie sich gesehnt hat, weil er sie erkannte, den sie gefürchtet hat, weil er sie durchschaute.

»Es tut mir leid«, sagt sie, nur um irgendetwas zu sagen. »Ich hätte dich vorher anrufen sollen.«

»Alles gut«, erwidert er. »Es gibt Dinge, auf die man sich nicht vorbereiten kann.«

»Ich hab mir Sorgen um mein Kind gemacht.«

»Du meinst: um unser Kind.«

»Ich hätte es ihr lieber selber gesagt.«

»Hast du aber nicht.«

»Nein, hab ich nicht.«

Und wieder dieser Blick, der sie durchbohrt und festnagelt. Diese Mischung aus Zuwendung und Enttäuschung. Derselbe Blick, mit dem er schon früher fast jeden Tatverdächtigen zum Reden gebracht hat.

»Ich komme mir vor wie bei einem Verhör«, sagt sie.

»Das hast du schon mal zu mir gesagt, weißt du noch?«

Natürlich weiß sie das noch. Der Tag, an dem sie sich von ihm getrennt hat. Die Verzweiflung in seinen Augen. Sein berechtigter Wunsch, es zu verstehen. Ihre Unfähigkeit, es ihm zu erklären. Er hatte einen Grund verlangt, eine gottverdammte Antwort, während sie an der Wahrheit vorbeiredete, immer wieder, nach Ausreden suchte, die sie sich selbst nicht glaubte, ihn im Unklaren ließ bis zum Schluss und darüber hinaus.

»Ich hab mir das nie verziehen«, sagt sie leise.

»Was?«

»Alles.«

»Und ich hab es nie verstanden. Bis heute nicht.«

»Ich weiß.«

»Das war ein ziemlicher Schock vorhin«, sagt er. »Wir sitzen auf der Terrasse, spielen mit den Kindern, da klingelt das Telefon. Und eine halbe Stunde später steht sie vor mir. Meine große Tochter Jenny, die ich noch nie in meinem Leben gesehen habe.«

»Es tut mir wirklich leid.«

»Das ist alles?«

»Ich weiß nicht, was ich sonst sagen soll.«

Sie schauen sich an, vertraut und fremd zugleich, zwei Beschädigte einer zerbrochenen Liebe.

»Es war nicht leicht, das alles hinter mir zu lassen«, sagt er. »Von vorne anfangen zu müssen, von einem Tag zum anderen. Es gab Momente, da dachte ich, ich schaffe das nicht.«

»Aber du hast es geschafft.«

»Es blieb mir nichts anderes übrig.«

»Nein.«

»Könntest du es mir jetzt erklären?«

»Nicht besser oder schlechter als damals.«

»Weil du noch immer nicht willst.«

»Weil ich nicht kann.«

»Macht das einen Unterschied?«

»Für mich schon.«

Er lächelt bitter. In seinen Augen macht sich ein überhebliches Funkeln breit. Dieselbe Art, sich vor Verletzungen zu schützen wie früher. »Sieht so aus, als hättest du dich kein bisschen verändert«, sagt er.

»Kommt auf die Perspektive an«, erwidert sie.

»Meine ist eine andere als deine.«

»Nicht erst seit heute.«

»Ist es deswegen schiefgegangen mit uns?«

»Nein.«

»Warum dann?«

»Wir drehen uns im Kreis, Peter.«

»Ich drehe mich seit fünfzehn Jahren im Kreis.«

»Was vorbei ist, ist vorbei.«

»Ist das so?«, fragt er und scheint dabei mehr sich selbst zu meinen als sie. Für einen kurzen Moment versinkt er in Schweigen, ein düsteres Nichts, dann hat er sich wieder im Griff.

»Komm, ich stell dir meine Frau vor«, sagt er trocken.

16

Der Garten ist riesig, viel größer, als sie gedacht hat. Derselbe fein geschnittene Rasen wie auf der Vorderseite des Hauses, darauf ein aufblasbares Plantschbecken, in dem Emma und ihr jüngerer Bruder Paul Krokodil spielen. Lange Reihen von Stauden, blühende Hortensien, ein großer Rhododendron. In einer Ecke eine gewaltige Kastanie. An einem der unteren Äste hängt eine Schaukel.

Für eine Sekunde sieht Katja Jenny darauf sitzen und sich selbst davorstehen, eine junge Mutter, die ihre kleine Tochter schaukelt, während sie ihr erklärt, wie sie mit den Beinen Schwung holen kann.

Sie schiebt das Bild von sich, wendet sich der Terrasse zu. Unter einer gelben Markise sitzen Peters Frau Alina und Jenny, die ihre Mutter wie einen unerwünschten Eindringling anstarrt, schweigend, wie festgefroren, in ihren Augen eine Mischung aus Wut und Verachtung.

»Das ist meine Frau«, sagt Peter. »Alina.«

»Hallo«, sagt Katja. »Ich bin Jennys Mutter.«

»Freut mich«, sagt Alina und ringt sich ein Lächeln ab.

Lange dunkle Haare mit einem rötlichen Schimmer darin, ein ebenmäßiges Gesicht, eine schlanke Nase, ein voller Mund. Rehbraune Augen, strahlend und voller Glanz. Sie trägt ein buntes Sommerkleid, dünne Träger auf schmalen, wohlgeformten Schultern, ihre Haut schimmert seidig. Eine schöne Frau.

»Setzen Sie sich doch«, sagt sie. »Ein Stück Kuchen?«

Auf dem Gartentisch aus Tropenholz steht ein Pflaumenkuchen, von Wespen umschwirrt, die Köpfe im dunkelroten Fruchtfleisch vergraben, die schwarz-gelben Hinterleiber zucken auf und ab.

»Danke«, sagt Katja und schüttelt den Kopf.

Peter lächelt. »Noch immer Angst vor ihnen?«

»Wie kommst du darauf?«

»Früher hattest du Angst.«

»Heute nicht mehr.«

Sie spürt die überflüssige Schärfe in ihrer Stimme. Als müsste sie sich gegen ihn verteidigen, obwohl er sie gar nicht angegriffen hat. Sie schaut zu Jenny hinüber, die noch immer kein Wort gesagt hat, eine Hand auf ihrem Rucksack, der neben ihr an der Wand lehnt.

»Kaffee?«, fragt Alina.

»Gerne«, sagt Katja.

»Ich hol dir eine Tasse«, sagt Peter, aber Alina ist bereits aufgestanden und im Haus verschwunden.

Schweigen senkt sich auf den Tisch, bleiern und schwer, das Gewicht einer unbewältigten Vergangenheit. Die hilflose Katja, die sich fragt, was sie hier macht, die in sich gefangene Jenny, die sich für das plötzliche Auftauchen ihrer Mutter schämt, und dazwischen Peter, der für all das nichts kann, überfallen erst von der Tochter, dann von der Mutter, hineingezwungen in ein Chaos fremder Gefühle, die um ihn kreisen, sich auf ihn beziehen, ob er will oder nicht.

»Vielleicht lasse ich euch besser allein«, sagt er, nimmt ein Handtuch, das über einer Stuhllehne hängt, und geht hinüber zu seinen Kindern.

Katja schaut ihm zu, wie er die beiden aus dem Plantschbecken scheucht und sie abzutrocknen beginnt, wie er sich den kleinen Paul auf die Schultern setzt und ihm das Handtuch reicht, das der Junge wie eine Trophäe schwenkt, wie er Emmas Hand nimmt und mit ihr und dem Jungen auf seinen Schultern ins Haus geht, ein liebevoller Vater und seine beiden Kinder.

»Er macht das gut«, sagt Katja.

Jenny antwortet nicht, schweigt weiter verbissen vor sich hin.

Plötzlich ist es ganz still im Garten.

»Wir müssen Oma anrufen«, sagt Katja, nur um irgendwas zu sagen. »Sie macht sich wahnsinnige Sorgen.«

Sie will nach ihrer Tasche mit dem Handy greifen, aber da ist keine Tasche. Sie hat sie im Wagen vergessen. Sie fährt sich mit dem linken Daumen über die leere Stelle an ihrem Ringfinger. Die Stille zwischen Jenny und ihr ist unerträglich.

»Ich weiß, dass ich das niemals gutmachen kann«, sagt sie schließlich, »aber ich hab mir das alles nicht ausgesucht. Ich hätte es anders gemacht, wenn ich gekonnt hätte, aber ich konnte es nicht. Ich hab nach einem Ausweg gesucht, tagelang, wochenlang, selbst nachher noch, als alles zu spät war. Ich hab keinen gefunden. Das soll keine Entschuldigung sein, ich weiß, dass es die nicht gibt. Du hältst mich wahrscheinlich für egoistisch und selbstsüchtig, aber es geht dabei nicht um mich oder meine Liebe. Die war immer da. Zu dir genauso wie zu ihm. Aber es gibt Dinge, die man einfach nicht lösen kann. Ich hab mir Vorwürfe gemacht deswegen und mich gehasst dafür. Jahrelang. Mich schuldig gefühlt. Ihm gegenüber, dir gegenüber. Jedes Kind hat ein Recht auf einen Vater. Ich hab ihn dir vorenthalten. Damit muss ich leben.«

»Und wenn schon«, sagt Jenny mit einer Ablehnung, die hart und undurchdringlich ist wie eine Wand aus Beton. »Ist dir doch scheißegal. Hauptsache, du kriegst es irgendwie hin.«

»Das stimmt nicht.«

»Wenn Oma mir nicht alles gesagt hätte, würdest du immer noch versuchen, dein verkacktes Heileweltgetue durchzuziehen.«

»Jenny, bitte!«

»Dieses verlogene Rumgesülze – *Ich tu das alles nur für dich* –, genau wie mit Josh. Einfach nur ekelhaft.«

»Das eine hat mit dem anderen nichts zu tun.«

»Natürlich nicht. Du willst mich ja nur beschützen. Die tolle Supermama, die nie da ist, wenn man sie braucht, weil ihr die Toten wichtiger sind. *Sorry, aber wir haben eine Leiche, ich muss da hin, Schatz.* Und mir dann erzählen, dass du dich schuldig fühlst. Ist doch auch bloß eine von deinen ewigen Ausreden. Nie kannst du was dafür, schuld sind immer die anderen.«

»Ich hab dir gerade das Gegenteil gesagt.«

»Natürlich, klar. Jetzt kommst du wieder mit der Nummer. *Lass uns drüber reden, Liebes.* Ein paar schöne Sätze, ein bisschen Tünche drauf, und alles ist wieder gut. Aber so funktioniert das nicht, Mama, das ist alles nur blödes Gelaber. Weil es nicht darauf ankommt, was man sagt, sondern was man tut.«

»Genau das habe ich die ganze Zeit über versucht: das Richtige zu tun.«

»Tja«, sagt Jenny mit gnadenlosem Spott in der Stimme, »ist nur leider das Falsche dabei rausgekommen. Aus Scheiße kann man eben kein Gold machen. Nicht mal du kannst das.«

Sie hat recht, denkt Katja. Ich weiche ihr aus, ich rede um den heißen Brei herum. Ich erzähle ihr den gleichen Mist, die gleichen Lügen, die ich damals Peter erzählt habe. Und sie wirft mir das Gleiche an den Kopf wie er. Alles wiederholt sich, nichts wird gelöst.

Sie schaut ihre Tochter an. Jenny erwidert ihren Blick nicht. Wütend starrt sie vor sich auf die Tischplatte, auf die tanzenden Wespen auf dem Kuchen. Und spricht weiter, scharf, aber nicht laut, eine gnadenlose Abrechnung, die deshalb so wehtut, weil sie ihre Stimme dabei nicht erhebt. »Du denkst, ich hätte das nie bemerkt. Deine Traurigkeit, dein albernes Bemühen, immer so zu tun, als ob alles in Ordnung wäre. Und darunter diese ständige Angst. Ich dachte immer, du hättest Angst um mich, Mama. In Wahrheit hast du Angst um dich selbst.«

»Hör auf damit, Jenny, bitte!«

»Du behauptest immer, du würdest auf mich aufpassen. Ist dir schon mal aufgefallen, dass es genau umgekehrt ist? Dass ich die ganze Zeit auf dich aufpasse?«

»Das musst du nicht.«

»Ich weiß, dass ich das nicht muss. Aber ich kann nicht anders. Meinst du, das macht mir Spaß? Ich bin fünfzehn, Mama, und du spielst die starke Frau. Die coole Ermittlerin, die Mörder sucht. Die rauskriegen will, warum Menschen andere Menschen töten. Warum sie anderen so was antun. Dein Job ist es, Rätsel zu lösen. Aber das eigentliche Rätsel bist du!«

Woher hat sie das, fragt sich Katja, wie kann sie das alles wissen? Und wenn sie es nicht weiß, wie kann sie es ahnen? Katja fühlt sich schutzlos wie ein Kaninchen, aufgescheucht in seinem mühsam gegrabenen Erdloch von einem Fuchs, der Jenny heißt und ihre Tochter ist. Sie hat das Gefühl zu zerspringen wie ein gefrorener Block, in den Jenny einen Eispickel getrieben hat. Vertauschte Rollen. Sie ist das kleine Mädchen, Jenny die reife Frau. Die Sache mit Josh. Der vorgegebene Versuch, Jenny zu schützen. In Wahrheit nichts weiter als der hilflose Versuch, sich vor den eigenen Ängsten zu schützen, ihnen einen fremden Namen zu geben, das Grauen in sich zu verdrängen, den Schmerz wegzuschieben, weg von sich selbst. Wer mit anderen beschäftigt ist, braucht sich nicht um sich selbst zu kümmern, wer fremde Verbrechen aufklärt, muss sich dem Verbrechen an sich selbst nicht stellen. Jenny, kluge Jenny!

Seit Jahren verbirgt Katja ein dunkles Geheimnis – vor Jenny, vor Peter, vor ihrer Mutter. Und letztlich vor sich selbst. Sie hat alles versucht. Es gibt keine Erlösung.

Sie denkt an August Hirschberger, der dem Grauen ins Gesicht geblickt hat, genau wie sie. Wenn sie dem Rätsel um seinen

Tod auf die Spur kommt, wird sie vielleicht auch dem Rätsel näherkommen, das sie für sich selbst ist. Jeder Fall, den sie löst, ist nichts anderes als der verzweifelte Versuch, ihren eigenen Fall endlich zu den Akten zu legen. Die Vergangenheit zu begraben, eine zweite Geburt, ein freies Leben.

Sag's ihr einfach, denkt sie, sprich es aus, mach endlich reinen Tisch, jetzt und hier, ein für allemal! Aber das Schweigen ist stärker. Ihr Mund bleibt verschlossen, ihre Lippen zusammengepresst, wie aufeinander festgeklebt.

Aus dem Haus dringen die Stimmen von Alina und Peter, ein leises, flüsterndes Hin und Her. Die unterdrückte Aufgeregtheit einer Frau, die wissen will, was hier eigentlich vorgeht, ihr Mann, der beruhigend auf sie einredet und nach Erklärungen sucht.

Katja stellt sich vor, wie es wäre, an Alinas Stelle zu sein. Ohne jede Vorwarnung konfrontiert zu sein mit einer dunklen Stelle im Leben ihres Mannes, die sie nur aus Erzählungen kennt und längst für erledigt gehalten hat. Und plötzlich tauchen die beiden Akteure dieser Vergangenheit in ihrem Haus auf, brechen in ihr Leben ein, unwillkommene Gäste, die sich selbst eingeladen haben und jetzt auf ihrer Terrasse sitzen und ihre Kinder verwirren und sie selbst.

Dass Jenny nach dem unerwarteten Geständnis ihrer Großmutter nach Augsburg fahren würde, war klar gewesen. Dass Katja ihr hinterherfahren würde, ebenso. Aber wie hatte sie auch nur für eine Sekunde glauben können, die unausweichlich gewordene Begegnung zwischen Jenny und Peter verhindern zu können? Sie hätte sich niemals in das Kennenlernen der beiden einmischen dürfen. Es hätte ausgereicht, Peter anzurufen, um zu erfahren, ob Jenny bei ihm ist. Sie hätte den beiden diesen entscheidenden gemeinsamen Moment gönnen müssen. Allein. Ohne Störung von außen.

»Ich könnte so tun, als täte es mir leid, dass dein Lügengebäude zusammengebrochen ist«, hört sie Jenny sagen, »aber es tut mir nicht leid. Kein bisschen. Musst du mit dir selber ausmachen. Ist dein Ding, nicht meins. Aber dass du hier auch noch auftauchst, ist echt das Allerletzte.« Und dann, verletzt wie ein waidwundes Tier: »Warum tust du das bloß, Mama?«

Ich weiß es nicht, hört Katja sich in Gedanken antworten. Wenn sie ermittelt, Spuren nachgeht, sich an einem Verdächtigen festbeißt, sieht sie Dinge, die andere nicht sehen. Wenn es um sie selbst geht, ist sie blind. Und weil Jenny ein Teil von ihr ist, ist auch sie ein Teil dieser Blindheit.

Es war dumm herzukommen. Sie hat das gespürt und es trotzdem getan, alle Vernunft ausgeschaltet, jeden klaren Gedanken unterdrückt. Vielleicht ging es ihr gar nicht um Jenny. Vielleicht war Jenny nur der Anlass, Peter wiederzusehen. Der Vorwand zu erfahren, was aus ihm geworden ist. Wo er lebt und wie er lebt. Endlich die Lücke zu schließen, die sie selbst in ihr Leben geschlagen hat. Und jetzt sitzt sie hier, auf seiner von einer gelben Markise beschatteten Terrasse, in einem Trümmerfeld aus Lügen und Enttäuschungen, und schämt sich in Grund und Boden.

Jenny hält es nicht länger aus. »Lass uns gehen«, sagt sie und greift nach ihrem Rucksack.

Katja folgt ihr. Stumm und wehrlos, wie hinter einem Schleier. Um das Haus herum, entlang der Mauer, vorbei an der Hecke und der Einfahrt mit dem schwarzen Geländewagen, auf dem unkrautlosen schmalen Weg aus Basaltquadern, hinüber zu ihrem Auto. Als sie den Motor startet, schaut sie hinüber zum Küchenfenster, hinter dem Peter mit seiner Frau steht. Stumme Blicke hinter Glas.

Jenny hebt ihre Hand, winkt ihm traurig zu.

Er winkt zurück.

17

Jennys Augäpfel unter den geschlossenen Lidern zucken, ihr rechter Arm liegt auf der Bettdecke, die Hand noch im Schlaf zu einer Faust geballt. Immer wieder dreht sie sich unruhig hin und her.

Katja betrachtet sie traurig. Die Fahrt von Augsburg zurück nach München war ein Albtraum, ein sechzigminütiges Schweigen zwischen Mutter und Tochter, voll von ungestellten Fragen und nicht gegebenen Antworten. Jedes Mal, wenn sie zu ihr hinüberschaute, wich Jenny ihrem Blick aus, ihr Körper steif wie ein Stock, die Hände in die Sitzwangen gepresst. Alles an ihr war Vorwurf, Unverständnis, maßlose Enttäuschung.

Um kurz nach sieben sind sie zu Hause angekommen. Jenny verschwand wortlos in ihrem Zimmer. Katja ging hinüber ins Wohnzimmer, griff nach ihrem Handy und rief ihre Mutter an. »Ich wollte dir bloß Bescheid geben, Mama, ich hab sie gefunden.«

»Was heißt das: gefunden? Warum hast du dich nicht früher gemeldet?«

»Tut mir leid, ging nicht.«

»Wo war sie?«

»Bei Peter.«

»Sie ist nach Augsburg gefahren?«

»Ja.«

»Und da kannst du mich nicht anrufen? Weißt du, wie ich mich fühle?«

»Meinst du vielleicht, mir geht's besser?«

Sie hört ihre Mutter am anderen Ende der Leitung durchatmen. Dann Stille. Die Ruhe vor dem Sturm.

»Bist du noch dran, Mama?«

»Natürlich bin ich noch dran.« Und nach einer kurzen Pause: »Ich finde das unglaublich von dir!«

»Was?«

Mich einfach hier sitzen zu lassen, im Ungewissen. Und mir dann auch noch Vorwürfe zu machen.«

»Ich mache dir keine Vorwürfe.«

»Natürlich tust du das. Als ob ich was dafür könnte. Als ob das alles meine Lügen wären.«

»Es geht hier nicht um Lügen.«

»Doch, genau darum geht es. Du lässt deine Tochter jahrelang im Ungewissen, enthältst ihr den Vater vor, auf den sie ein Recht hat. Und zwingst mich dazu, deine Komplizin zu sein. Still zu sein, die Klappe zu halten. Weil mich das ja angeblich alles nichts angeht. Und ich bin so blöd und spiele mit. Und zum Dank machst du mich auch noch verantwortlich dafür, dass das Ganze irgendwann auffliegt. Hast du wirklich gedacht, das würde ewig so weitergehen?«

»Ich mache dich nicht verantwortlich.«

»Und dann bestrafst du mich auch noch. Nur weil ich ihr die Wahrheit gesagt habe, die du ihr jahrelang verschwiegen hast. Aber ist ja auch kein Wunder: Wer sich selbst belügt, belügt eben auch andere.«

»Das ist unfair, und das weißt du.«

»Und alles andere ist nicht unfair? Was du mit Peter gemacht hast, der dich geliebt hat? Was du mit mir gemacht hast? Eine Tochter, die ihre Mutter hasst, nur weil ihr Vater gestorben ist.«

»Jetzt fängst du wieder an, die Dinge zu vermischen.«

»Ich vermische gar nichts. Ich spreche nur aus, was ist. Du hast ein Problem mit mir, hast du schon immer gehabt. Trägst es mit dir herum wie einen vollgepackten Rucksack. Schiebst mir eine Schuld zu, für die ich nichts kann.«

»Niemand hat je gesagt, dass du schuld bist an Papas Tod.«

»Aber du denkst es, Katja, seitdem du ein Kind warst. Und heute denkst du es immer noch. Dein armer Vater, krank gemacht von deiner selbstsüchtigen Mutter. Die keine Gefühle hat außer für sich selbst. Weißt du, was das Schlimme daran ist? Dass es so wahnsinnig praktisch ist. Weil du immer eine Schuldige hast. An allem und jedem. Und du kannst das unschuldige kleine Mädchen bleiben, ohne je erwachsen werden zu müssen.«

»Das reicht jetzt, Mama!«

»Und mit deiner Tochter machst du dasselbe, nur andersherum. Für jedes Problem, das du mit ihr hast oder sie mit dir – nie kannst du was dafür. Du bist nie verantwortlich, du willst sie ja nur schützen. Hast du dich mal gefragt, wovor? Ich sag's dir: vor dem Leben. Weil du selber vor dem Leben Angst hast. Nach außen bist du eine starke Frau. Mutig, unerschrocken, kompromisslos. Du jagst Mörder, keiner kommt vor dir davon, früher oder später kriegst du sie alle. Aber in dir jagst du was anderes. Und wahrscheinlich kannst du nicht mal sagen, was.«

Doch, Mama, kann ich, dachte Katja. Sie spürte ihre Knie weich werden, richtete sich auf, um den Schwindel zu vertreiben, der sich in ihr ausbreitete. Kalter Schweiß trat ihr auf die Haut, Angst legte sich wie ein stählernes Band um ihre Brust.

»Lass uns aufhören. Hat keinen Sinn weiterzureden.«

Sie schwieg. Auch ihre Mutter schwieg. Beide lauschten auf den Atem des anderen, hörten einander beim Schweigen zu.

»Ich weiß, dass du das nicht hören willst«, sagte Monika Sand schließlich, »aber ich hab dich immer geliebt, ob dir das passt oder nicht.«

»Gute Nacht, Mama«, sagte Katja und legte auf.

Ihr Handy in der Hand, saß sie da, wie festgewachsen auf dem

Sofa in ihrem Wohnzimmer, unfähig, sich zu bewegen. Die Zeit verging, sie nahm es nicht wahr. Sie nahm gar nichts mehr wahr. Eine heruntergebrannte Kerze, der Docht ohne Nachschub, ein leises Verglühen, ein stilles Verlöschen. Danach: nichts mehr.

Draußen legte sich die Dämmerung über die Stadt, während sie weiter dasaß und sich einhüllen ließ von der zunehmenden Dunkelheit. Die Wohnung ein Grab. Als sie endlich aufstand, schmerzten ihre Glieder. Alles in ihr schmerzte. Sie ging in den Flur, legte ein Ohr an die Tür zu Jennys Zimmer, bevor sie vorsichtig die Klinke herunterdrückte.

Und jetzt steht sie also da, die Hand auf der Türklinke, die Augen auf ihrer schlafenden Tochter, sie weiß nicht, wie lange schon, es kommt ihr vor wie eine Ewigkeit. Manchmal ist Schlaf die einzige Rettung, denkt sie und fragt sich, warum man immer nur dann bereit ist, etwas zu ändern, wenn es eigentlich schon zu spät ist.

Ihr Handy klingelt. Sie hat es auf dem Sofa liegen lassen. Sie schaut auf Jenny, die im Traum zusammenzuckt. Sie will sie nicht wecken. Leise schließt sie die Tür, geht zurück ins Wohnzimmer.

»Ja?«

»Rudi hier«, meldet sich Dorfmüller.

»Hallo«, sagt sie müde.

»Alles klar bei dir?«

»Wenn alles klar wäre, würdest du mich nicht danach fragen.«

»Wenn ich dich nicht danach fragen würde, wärst du beleidigt.«

»Lieber beleidigt als das, was ich jetzt bin.«

»So schlimm?«

»Schlimmer.«

»Dann frag ich also besser nicht, was passiert ist.«

»Besser nicht.«

»Erzählst du's mir trotzdem?«

Katja zögert. Der drängende Wunsch, das alles loszuwerden. Die Angst, sich zu entblößen, die Sorge, an Autorität zu verlieren, ihr eiserner Grundsatz, das Private vom Beruflichen zu trennen. Immerhin ist Dorfmüller ihr Assistent, nicht ihr Freund.

Aber dann beginnt sie doch zu erzählen. Berichtet von der Begegnung mit Peter, der Konfrontation mit Jenny, dem Streit mit ihrer Mutter. Und auch wenn sie vieles weglässt – je länger sie redet, desto erleichterter fühlt sie sich.

»Jetzt weiß ich, wieso ich keine Frau hab«, sagt Dorfmüller, als sie geendet hat.

»Warum?«

»Um mir das elende Theater nach der Trennung zu ersparen.«

»Versprich mir, dass all das unter uns bleibt, Rudi.«

»Morgen renne ich zu Koller und erzähl ihm alles.«

»Das ist nicht witzig.«

»Manchmal sind Witze das Einzige, was einem das Leben erträglich macht.«

»Meins ist im Moment ziemlich unerträglich.«

»Du kriegst das hin.«

»Glaubst du wirklich?«

»Ist dasselbe wie in unserem Job: Spuren sichern und Schlussfolgerungen daraus ziehen.«

»Hier geht's um mein Leben, Rudi, nicht um irgendeine Ermittlung.«

»Das ganze Leben ist eine Ermittlung.«

»Du bist mein Assistent, nicht mein Analytiker.«

»Dann sage ich das eben als dein Assistent: Du schaffst das, ganz egal, wie lange es dauert!«

»Danke, dass du mir zuhörst.«

»Reines Eigeninteresse. Bin einfach ein neugieriger Mensch.«

Katja ertappt sich beim Schmunzeln. Dorfmüller hat so eine Art, den Dingen Leichtigkeit zu geben. Sein Denken ist geradlinig. Bezwingend in seiner Einfachheit. Er ist einer, der keine Umwege nimmt. Du bist unbezahlbar, Rudi, denkt sie.

»Da ist noch etwas«, sagt er.

»Job?«, fragt sie.

»Job«, sagt er.

»Schieß los«, sagt sie.

»Ich hab diesen Hanning angerufen.«

»Den Therapeuten, von dem Max Holt erzählt hat?«

»Genau den. Hirschberger war tatsächlich bei ihm in Behandlung.«

»Und weiter?«

»Er wollte nicht am Telefon drüber reden. Also hab ich mich mit ihm verabredet. Morgen früh in seiner Praxis.«

»Alles klar.« Sie wartet darauf, dass er auflegt, aber er bleibt in der Leitung. »Was denn noch, Rudi?«

»Tut mir leid, dass ich dich damit belästigen muss, aber …«

»Aber was?«

»Schläft deine Tochter?«

»Tief und fest.«

»Fest genug, um sie ein paar Stunden allein zu lassen?«

Katja ahnt, was jetzt kommt, aber sie will es nicht wahrhaben.

»Hast du mich deswegen angerufen?«

»Ich fürchte, ja.«

»Was ist passiert?«

»Tja«, sagt Dorfmüller, »wie's aussieht, gibt es einen zweiten Toten.«

18

Die Einsatzfahrzeuge stehen am Rand eines Feldweges, der von der Straße in ein kleines Waldstück führt. Katja parkt ihren Wagen hinter Dorfmüllers Granada und steigt aus. Sie hört das leise Brummen eines Generators, sieht durch die Bäume das Licht der Scheinwerfer am Tatort. Dorfmüller kommt ihr entgegen. Obwohl die Nacht kaum Abkühlung von der Hitze des Tages gebracht hat, trägt er seinen unvermeidlichen Parka.

»Tut mir leid«, sagt er und reibt sich seine riesigen Hände.

»Job ist Job«, erwidert sie und fragt sich, ob es nicht besser gewesen wäre, ihm nichts von Jenny und der Sache in Augsburg zu erzählen. Er weiß jetzt Dinge über sie, die niemand sonst weiß. Selbst wenn er das alles für sich behält: Sie hat ihn in ihr Inneres blicken lassen, und das bereitet ihr Unbehagen. Sie kennt sich. Je mehr sie von sich preisgibt, desto stärker ist ihr Drang, sich zurückzuziehen. Ich bin wie die Blätter einer Mimose, denkt sie, ich rolle mich ein, wenn ich berührt werde.

»Alles gut?«, fragt Dorfmüller vorsichtig.

»Ich erwarte von dir, dass du die Dinge trennst«, sagt sie gereizt.

Er weiß sofort, was sie meint. »Sind getrennt.«

»Ich hab dir nichts erzählt.«

»Gar nichts.«

»Dann wäre das ja geklärt«, sagt sie und wendet sich dem Feldweg zu. »Was hast du für mich?«

»Einen Kühlschrank«, sagt Dorfmüller.

Sie schaut ihn ungläubig an.

Er zuckt mit den Schultern und deutet hinüber zu den Scheinwerfern.

Die Szenerie ist gespenstisch. Eine Hand voll Kollegen von der Spurensicherung, die in ihren weißen Overalls an einem riesigen Kühlschrank Fingerabdrücke sichern. Er steht auf dem Waldboden am Rand des Weges. Ein weißer Kasten, die zerbeulte Front genau wie die staubumhüllten Kühlspindeln auf der Rückseite von den Scheinwerfern angestrahlt, auf den Seiten glänzende Fettspritzer, stumme Zeugen jahrelanger Benutzung, darüber das dunkle Blätterdach der Bäume. Im Hintergrund uniformierte Beamte, die Absperrband am umliegenden Unterholz befestigen. Ein Polizeifotograf macht Fotos.

Katja hat eine Leiche erwartet, stattdessen ist sie Zeugin einer absurden Choreografie rund um ein offensichtlich illegal entsorgtes Elektrogerät.

Dorfmüller bemerkt ihr Erstaunen und setzt zu einer Erklärung an. »Der Tote liegt da drin. Er muss versucht haben rauszukommen, aber er hat es nicht geschafft.«

»Wie bitte!?«

»Der Kühlschrank lag umgekippt auf der Türseite, als wir kamen«, sagt Dorfmüller. »Diese Dinger wiegen eine ganze Menge. Vielleicht hat er Panik bekommen, oder die Luft ist ihm ausgegangen.«

»Wer hat ihn gefunden?«

»Brutus.«

»Machst du Witze?«

»Ein Rassedackel. B-Wurf, deswegen Brutus. Sein Besitzer macht abends noch mal eine Runde mit ihm. Die Kollegen haben ihn befragt. Er wohnt hier in der Nähe. Der Kühlschrank ist ihm schon gestern aufgefallen. Er hat beim Abfallwirtschaftsamt angerufen, damit die ihn entsorgen. Ist aber nichts passiert. Überlastung, kein Personal, was die vom AWM einem so sagen.

Heute Nachmittag hat er noch mal da angerufen und sich beschwert. Sie haben ihm versprochen, dass jemand vorbeikommt, sobald Kapazitäten frei sind.«

»Und weil keine frei waren, liegt da jetzt ein Toter drin?«

»So ungefähr. Der Hundebesitzer macht also seine abendliche Runde, und der Dackel schlägt an. Er ruft ihn zurück, aber der Hund reagiert nicht. Jagdtrieb. Herrchen wundert sich, weil der Kühlschrank anders als gestern nicht mehr steht, sondern liegt. Also geht er hin. Weil er wissen will, was da los ist. Er schaltet die Taschenlampenfunktion seines Handys an und sieht, was los ist: vier Finger, die zwischen den Gummilippen der Türdichtungen hervorragen, die Nägel blutig, teilweise abgerissen.«

»Warum habt ihr ihn da dringelassen?«

»Wegen Levy. Um nichts zu verändern.«

»Und wo ist Levy?«

»Muss jeden Moment hier sein.«

Katja schaut zu den Spurensicherern. Sie versucht, sich ein Bild davon zu machen, was passiert ist: ein toter Mann in einem illegal entsorgten Kühlschrank. Ist er freiwillig da hineingestiegen, oder ist er von jemandem dazu gezwungen worden? Ist der Kühlschrank mit ihm darin umgestoßen worden, oder hat er durch seine Körperbewegungen das Umstürzen selbst ausgelöst? Jedenfalls ist der Kühlschrank auf der Türseite gelandet. Der Mann im Inneren ist in Panik geraten. Auf engstem Raum zusammengekauert, die Glieder aneinandergepresst, hat er versucht, seinem Gefängnis zu entkommen, und ist gescheitert. Völlig entkräftet muss er irgendwann erstickt sein. Vielleicht der irre Spaß eines Betrunkenen, der tragisch geendet hat. Oder das gelungene Bemühen eines Verzweifelten, seinem Leben selbst ein Ende zu setzen. Oder aber – und das ist das Wahrscheinlichste – ein perfider Mord, bei dem der Täter dem Todeskampf seines hilflosen Opfers kaltblütig zugeschaut hat, ergötzt von dem aussichtslosen Ringen des Eingeschlossenen, sich des zentnerschweren Gewichtes aus Metall und Kunststoff um sich herum zu entledigen.

»Irgendwie abartig«, sagt sie.

»Sehe ich auch so«, sagt Dorfmüller.

Dann kommt Dr. Levy. Mit ihren abgelaufenen Absätzen stöckelt sie über den Feldweg, in der Hand eine Arzttasche. Teures Hirschleder, denkt Katja, Eitelkeit, die sich in den Details äußert.

»Da drin?«, fragt die Rechtsmedizinerin und deutet auf den Kühlschrank.

»Da drin«, sagt Dorfmüller. »Er lag auf der Türseite, als wir kamen.«

Er schaut zu den Spurensicherern hinüber, die ihre Arbeit gemacht haben und ihre Utensilien zusammenpacken. »Ich glaube, wir können.«

Sie gehen zum Kühlschrank.

»Bin gespannt«, sagt Levy.

Katja nickt Dorfmüller zu.

Er öffnet vorsichtig die Tür.

Der Tote hockt wie eine indianische Mumie in seinem Grab. Auf dem weißen Kunststoff die Blutspuren seiner aufgekratzten Hände. Um seinen aufgerissenen Mund eingetrockneter Schaum, eine weißliche Kruste auf violett verfärbten Lippen. Die Augen geschlossen, wie zusammengekniffen. Katja schätzt ihn auf Ende zwanzig, Anfang dreißig.

Der Polizeifotograf macht Fotos. Die Spurensicherer breiten eine Plastikplane auf dem Waldboden vor dem geöffneten Kühlschrank aus. Katja nickt ihnen zu. Sie heben den zusammengekrümmten Leichnam vorsichtig aus seinem tödlichen Gefängnis, legen ihn auf der Plane ab.

Levy streift sich Latexhandschuhe über und beginnt, ihn zu untersuchen.

»Die Farbe seiner Haut deutet auf akuten Sauerstoffmangel hin«, sagt sie trocken. »Er hat nach Luft gerungen, aber da war keine mehr.«

»Dann ist er also erstickt«, sagt Katja.

Levy nickt. »Allein mit seinem Körper hat er schon einen Großteil des Luftvolumens da drinnen verdrängt. Die Gummilippen der Tür haben den Raum luftdicht abgeschlossen. Was ihm zum Atmen blieb, hätte er auch bei völliger Entspannung in wenigen Minuten verbraucht. Aber so wie er aussieht, ist er nicht ruhig geblieben. Er hat Panik bekommen, nach Luft geschnappt und damit den Restsauerstoff in kürzester Zeit verbraucht.«

»Und mit dem Schwinden der Luft schwand auch seine Kraft«, schlußfolgert Katja.

Levy nickt. »Er hatte keine Chance, lebend da rauszukommen.«

Genau wie vermutet, denkt Katja und fragt sich erneut, ob der Mann allein gewesen und freiwillig in sein Grab gestiegen ist oder ob irgendjemand ihn dazu gezwungen hat.

»Wie lange ist er schon tot?«, fragt sie.

»Beginnender Rigor mortis an Kiefer und Kaumuskeln «, sagt Levy, während sie das Gesicht des Toten vorsichtig abtastet, »Hals und Nacken noch frei beweglich. Zwei Stunden, höchstens drei.«

»Darf ich?«, fragt Dorfmüller und beginnt, die Hosentaschen des Toten zu durchsuchen. Der Mann trägt Jeans und ein T-Shirt, seine Füße stecken in Tennissocken und Sportschuhen. Die vorderen Hosentaschen sind leer. Dorfmüller schiebt seine großen Hände suchend unter das Gesäß der Leiche, tastet und schüttelt den Kopf. »Keine Papiere, weder in den vorderen noch den hinteren Taschen.«

»Ein Toter ohne Identität«, sagt Katja. »Genau wie bei Hirschberger.«

»Was willst du damit sagen?«, fragt Dorfmüller.

»Gar nichts«, erwidert Katja. »Ist mir nur aufgefallen.«

Sie wendet sich an Levy. »Spuren äußerer Gewalt? Hämatome oder so was?«

Levy untersucht die Arme des Toten, schiebt sein T-Shirt hoch, um sich Bauch und Brust anzuschauen, nimmt seinen Hals in Augenschein. »Negativ«, sagt sie.

»Dann ist er freiwillig da reingeklettert?«

»Jedenfalls ohne körperliche Gewaltanwendung.«

»Vielleicht hat der Täter ihn mit einer Waffe bedroht und ihn so gezwungen«, sagt Dorfmüller.

»Möglich«, sagt Levy, »aber nicht wahrscheinlich. Jedenfalls vom medizinischen Standpunkt aus.«

»Wie sieht's mit Drogen aus?«, fragt Katja.

Levy öffnet ein Auge der Leiche, leuchtet mit einer kleinen Stablampe hinein. »Geweitete Pupillen. Könnten darauf hindeuten, dass Rausch- oder Betäubungsmittel im Spiel waren. Passen aber auch zur Auffindesituation und zum Zustand der Leiche. In dem Kühlschrank war es dunkel, der Mann hatte panische Angst.«

»Was ist das da?«, fragt Katja und deutet auf die linke Hand des Toten.

»Was denn?«

»Irre ich mich, oder fehlen ihm zwei Fingerglieder? Kleiner Finger und Ringfinger.«

Levy leuchtet mit ihrer Stablampe auf die linke Hand des Toten. Tatsächlich sind zwei der oberen Fingerglieder abgetrennt. Die Stümpfe weisen kleine Narben auf.

»Amputiert und sauber vernäht«, sagt Levy. »Die Arbeit eines Fachmanns. Hätte ich nicht besser kingekriegt.«

»Wie lange ist das her?«

»So, wie die Narben und das sie umgebende Gewebe aussehen, ungefähr ein Jahr, irgendwas um den Dreh herum, vielleicht ein paar Monate mehr oder weniger, festlegen kann ich mich da nicht.«

»Bei Hirschberger ein Tatoo und hier zwei amputierte Fingerglieder«, sagt Katja.

»Denkst du nur laut, oder ziehst du bereits Schlüsse?«, fragt Dorfmüller.

»Such's dir aus«, sagt Katja.

19

Und wieder sitzt sie bei Koller. Nach einem trostlosen Frühstück mit Jenny, die ihr die kalte Schulter gezeigt und sämtliche Versuche abgeblockt hat, über den gemeinsamen Nachmittag in Augsburg zu reden.

»Es tut mir leid, Jenny.«

Schweigen.

»Ich hätte nicht auftauchen sollen.«

Erneutes Schweigen.

»Ich hätte mich nicht einmischen dürfen.«

Und immer noch Schweigen. Nur das Knacken der Kruste, als Jenny in ihr Brötchen biss, das Kratzen des Löffels beim Umrühren ihres Kaffees, das Geräusch des Deckels beim Aufschrauben des Marmeladenglases. Zwischen ihnen die Breite einer Tischplatte, kaum mehr als eine Armlänge, und doch eine unüberbrückbare Entfernung. Das Gefühl, durch einen Ozean getrennt zu sein, ein Meer aus Enttäuschung und Verrat. Dazu Katjas Erinnerung an die Worte ihrer Mutter. »Wer sich selbst belügt, belügt auch andere.« Und: »Du kannst das unschuldige kleine Mädchen bleiben, ohne je erwachsen werden zu müssen.« Ist das wirklich so?, hat Katja sich beim Verlassen der Wohnung gefragt. Und in Gedanken hinzugefügt: Jetzt ist meine Tochter erwachsener als ich selbst.

Koller schaut sie ungläubig an. »Du glaubst, es gibt Parallelen zwischen den beiden Fällen!?«

»Ist doch ganz offensichtlich.«

»In deinem Kopf vielleicht.«

»Du kannst dir deinen Sarkasmus sparen.«

»Solange du mir deine Hirngespinste ersparst.«

»Und wenn an denen was dran ist?«

»Soweit ich weiß, liegt es in der Natur von Hirngespinsten, dass da nichts dran ist. Deswegen heißen sie so.«

»Wovor hast du Angst, Reinhard?« Sie weiß, dass sie sich mit der Frage auf vermintes Terrain begibt. Koller ist ein Mann – und wie jeder Mann empfindlich, wenn man ihm Furcht unterstellt. Nichts hassen Männer so sehr wie die eigene Feigheit.

»Das hat nichts mit Angst zu tun«, gibt er scharf zurück.

»Womit dann?«

Koller hat Mühe, sich zu beherrschen. »Damit, dass wir in einem System leben und arbeiten, in dem Vorgesetzte das letzte Wort haben.«

»Dann frage ich dich als meinen Vorgesetzten. August Hirschberger ertrinkt unter ungeklärten Umständen in einem Baggersee. Wir können nicht eindeutig sagen, ob durch Mord oder Suizid. Er hat keine Papiere bei sich, offenbar soll seine Identität verschleiert werden. Nur durch einen Zufall können wir seinen Namen ermitteln. Ein paar Tage später finden wir einen toten Mann in einem Kühlschrank. Auch er hat keine Papiere bei sich, auch seine Identität soll verschleiert werden. Und wieder können wir nicht sagen, ob es sich um einen Mord oder einen Selbstmord handelt. Und all das nennst du Hirngespinste? Wie lange arbeiten wir schon zusammen, Reinhard?«

»Was willst du von mir?«

»Dass du mich meine Arbeit machen lässt.«

»Niemand hindert dich daran.«

»Ohne Wenn und Aber.«

»Du willst den Fall Hirschberger wieder aufmachen?«

»Du hast ihn zugemacht, nicht ich.«

»Du kennst die Gründe, Katja.«

»Ich kenne vor allem dich. Wenn dir irgendwas widerstrebt,

dann das: Spuren nicht nachzugehen. Du willst ihnen folgen, immer und ohne Kompromisse, auch wenn das, was dabei zutage kommt, gewissen Leuten möglicherweise unangenehm ist.«

»Ich hab dir gesagt, dass mir die Hände gebunden sind.«

»Meine Hände sind frei.«

»Worauf willst du hinaus?«

»Dass du mich machen lässt. Ohne Fragen zu stellen. Wenn ich dabei auf irgendwas stoßen sollte, das dir oder der Rolle, die man dir aufgezwungen hat, gefährlich werden könnte, weißt du von nichts. Weil ich dich nicht darüber in Kenntnis gesetzt habe. Ganz einfach.«

»Du willst hinter meinem Rücken ermitteln?«

»Ich will dir den Rücken frei halten.«

»Wenn das auffliegt, sind wir beide dran.«

»Es kann nur auffliegen, wenn ich etwas finde, das ich nicht finden soll. Ob das so sein wird oder nicht, können wir nicht wissen. Jedenfalls nicht zum jetzigen Zeitpunkt.«

Koller weicht ihrem Blick aus. Sie sieht ihm an, dass er begriffen hat, dass sie ihm eine Brücke bauen will. Dass sie einen Weg zu finden versucht, der ihn außen vor lässt und trotzdem nicht die Tür zur Wahrheit versperrt, wie unangenehm sie auch immer sein mag.

»Du bist also bereit, dich selbst zu opfern«, sagt Koller.

»Ich glaube nicht, dass es dazu kommen wird.«

»Und wenn doch?«

Sie weicht seiner Frage aus. »Du hast mir beigebracht, rücksichtslos zu sein«, sagt sie stattdessen. »Gegenüber eingefahrenen Denkmustern, gegenüber den Vorurteilen in meinem Kopf. Offen zu sein in meinen Ermittlungen. In jede Richtung. Die Gegenseite mitzudenken. Nicht herauszufinden, was ich herausfinden will, sondern das, was ist.«

Er hebt seinen Kopf, schaut sie schweigend an. Eine gefühlte Ewigkeit lang. Bis sich seine Lippen zu einem kaum merklichen

Lächeln verziehen. »Wir haben nie über all das gesprochen«, sagt er.

»Danke, Reinhard«, erwidert sie, steht auf und geht zur Tür.

»Noch was, Katja«, hört sie ihn in ihrem Rücken sagen. »Ich bin da vorhin im Netz auf einen aktuellen Artikel der *Abendzeitung* gestoßen. Online seit heute Morgen um sieben. Darin geht es um den Toten im Kühlschrank.«

Sie dreht sich zu ihm um.

Seine Augen bohren sich in ihre. »Da steht drin, dass ihm zwei Fingerglieder an der linken Hand fehlen.«

»Und?«

»Woher weiß der Verfasser des Artikels davon?«

»Keine Ahnung.«

»Du hast ihn nicht zufällig informiert?«

»Zufällig nein«, sagt Katja und weiß, dass er ihr diese Lüge nicht abnimmt. »Aber es könnte uns helfen, die Identität des Toten zu klären. Vielleicht meldet sich jemand, der ihn kennt.«

Koller schaut sie mit einer Mischung aus Verärgerung und Respekt an. »Vielleicht habe ich dir zu viel beigebracht«, sagt er, und noch immer ist da das schmale Lächeln um seinen Mund.

»Kann schon sein«, sagt Katja und verlässt das Büro.

20

Sie lächelt, als sie über den Flur geht. Es ist besser gelaufen, als sie gedacht hat. Sie hat Koller auf ihre Seite gezogen, er hat sich auf den Deal eingelassen. Dass er sie am Ende auf den Artikel angesprochen hat, ist typisch für ihn. Sie hat schon gestern Nacht nach dem Anruf bei dem Lokalreporter der *Abendzeitung* damit gerechnet, dass er den Braten riechen würde. Dass er sie deckt, ist mehr, als sie erwarten konnte.

Sie betritt ihr Büro. Dorfmüller ist nicht da. Sie erinnert sich daran, dass er mit diesem Hanning verabredet ist, dem Psychoanalytiker, der Hirschberger vor dessen Tod behandelt hat.

Das Telefon auf ihrem Schreibtisch klingelt. Sie schaut auf das Display. Null acht zwei eins – die Vorwahl von Augsburg.

Ihr Herz beginnt zu rasen. Beruhig dich, denkt sie und zwingt sich, gleichmäßig durchzuatmen. Es klingelt ein zweites Mal. Sinnlos, nicht dranzugehen. Peter wird es erneut versuchen. Wieder und immer wieder. Er war schon damals jemand, der nicht aufgab. Genau wie sie. Vielleicht haben sie sich auch deshalb so gut verstanden. Es klingelt ein drittes Mal. Sie setzt sich, nimmt den Hörer ab. »Hallo, Peter.«

»Katja«, sagt er am anderen Ende der Leitung. Mehr nicht. Sie hat das Gefühl, er würde neben ihr stehen. Sie spürt seine Nase in ihren Haaren, seinen Atem an ihrem Ohr. Gleich wird er ihren Kopf in seine Hände nehmen, ihn sanft zu sich umdrehen und sie küssen. So wie damals. So, wie nur er das kann. Keiner vor ihm, keiner nach ihm.

Als wäre das alles erst gestern gewesen.

Als hätte es die letzten fünfzehn Jahre nicht gegeben.

»Was ist los?«, hört sie sich fragen und verflucht sich für die Belanglosigkeit in ihrer Stimme.

Peter lacht.

»Warum lachst du?«, fragt sie.

»Entschuldige«, sagt er, »aber es ist schon ziemlich absurd, dass ausgerechnet du wissen willst, was los ist, nachdem erst meine Tochter und dann du wie aus dem Nichts bei mir zu Hause auftauchen. Nach fünfzehn Jahren. Einfach so.«

»Ich hab versucht, sie aufzuhalten«, sagt Katja, »aber es war zu spät.«

»Ist doch meistens so im Leben. Entweder ist man zu früh dran, oder man kommt zu spät.«

»Kann schon sein«, erwidert Katja, erschrocken über die Unverbindlichkeit zwischen ihnen, das Floskelhafte der Worte, dieses Wegducken hinter einer Mauer aus Schmerz und Verletzung.

»Ich hab nie jemanden mehr geliebt als dich«, bricht Peter die Mauer auf.

Ich auch nicht, denkt Katja, unfähig zu einer Erwiderung.

»Aber deswegen rufe ich nicht an«, sagt Peter.

Die Mauer schließt sich wieder.

»Sondern?«

»Ich hab gestern noch lange mit meiner Frau geredet. Du kannst dir vorstellen, dass sie einigermaßen geschockt war von alldem.«

»Ja, kann ich.«

»Aber sie hat auch ein großes Herz.«

Kein so kleines wie meins, denkt Katja, oder was willst du mir sonst damit sagen?

»Es ist nicht leicht für sie«, fährt Peter fort. »Sie weiß schon lange von der Tochter in München, die ich nie kennengelernt habe. Ich hab ihr das alles erzählt. Dass du dich trotz eines gemeinsamen Kindes von mir getrennt hast. Dass du mir nie gesagt hast, warum. Sie weiß, wie sehr ich darunter gelitten habe. Es gibt eine unausgesprochene Vereinbarung zwischen uns: den Dingen ihren Lauf lassen, sie nicht zerreden. Nicht versuchen zu ändern, was nicht zu ändern ist. Ich hab mir ein neues Leben aufgebaut. Gemeinsam mit ihr. Ich hab gelernt, mit der Lücke in mir zu leben, genau wie sie. Jenny plötzlich zu begegnen, hat alles umgeworfen. Für mich, für sie. Und für unsere Kinder. Sie haben mich gefragt, wer das Mädchen war, das da bei uns aufgetaucht ist. Und wer die Frau war, die da unvermittelt im Garten stand.«

»Du hast es ihnen gesagt, nehme ich an.«

»So was kann man nicht verschweigen.«

»Wie haben sie reagiert?«

»So wie Kinder eben reagieren: Sie waren begeistert über ihre neue große Schwester. Und dann haben sie mich gefragt, ob Jenny mitkommt.«

»Mitkommt? Wohin?«

»Wir haben ein Ferienhaus in Südfrankreich, nördlich von Nizza. Eigentlich gehört es Alinas Eltern, aber wir sind regelmäßig da.«

»Und jetzt fahrt ihr wieder dorthin?«

»Große Ferien«, sagt Peter. »Die Kinder freuen sich wie verrückt darauf.«

Katja weiß, was jetzt kommen wird. Dieselbe Frage, die ihre Mutter ihr vor ein paar Tagen gestellt hat. Eine kleine Reise. Um Jenny die Chance zu geben, auf andere Gedanken zu kommen. Aber statt auf andere war sie auf die falschen gekommen, und alles hatte im Chaos geendet. Nur weil Katja sich hatte überreden lassen.

»Was hältst du davon?«, fragt Peter.

»Fragst du mich das für sie oder für dich selbst?«

»Für uns beide«, sagt Peter. »Für einen Vater und seine Tochter, die sich kennenlernen wollen.«

Nachdem ich dieses Kennenlernen jahrelang verhindert habe, denkt Katja. Der Vorwurf in seinen Worten ist nicht zu überhören. Oder ist das nur der Vorwurf, den sie sich selbst macht?

»Ich weiß nicht, wie sie das sieht«, sagt Katja.

»Ich frage dich«, erwidert Peter.

»Was soll ich dazu sagen?«

»Hättest du was dagegen, wenn ich sie anrufe?«

»Würdest du dich davon abhalten lassen?«

»Vermutlich nicht.«

»Dann frag mich nicht.«

Sie schweigen. Weiter voneinander entfernt und gleichzeitig einander näher, als ihnen lieb ist.

»Sie ist fünfzehn, Peter, und total durcheinander.«

»Du kannst nicht ungeschehen machen, was passiert ist.«

»Das weiß ich.«

»Es ist ihr Leben, Katja.«

Und meins?, fragt sie sich. Was ist mit meinem Leben?

»Ich finde, sie sollte selber darüber entscheiden«, sagt Peter. »Wer weiß, vielleicht will sie ja gar nicht mitkommen.«

Doch, will sie, denkt Katja. Hauptsache, sie ist weg von mir, von ihrer feigen, egoistischen Mutter, die ihr jahrelang ihre Herkunft verschwiegen hat, um sich der eigenen Vergangenheit nicht stellen zu müssen. »Mach's gut, Peter«, sagt sie und legt auf.

Reglos sitzt sie da und starrt auf das Telefon. Sie wartet darauf, in Tränen auszubrechen, aber ihre Augen bleiben trocken. Sie lauscht auf das Schlagen ihres Herzens und merkt verwundert, dass sie ganz ruhig ist.

Mehr noch: Sie fühlt sich erleichtert. Der Druck ist weg, die Zwiebel hat sich gehäutet, die Dinge liegen offen auf dem Tisch. Aber tun sie das wirklich? Die Erleichterung verschwindet augenblicklich wieder. Was sich gehäutet hat, ist nur die oberste Schicht. Die Wahrheit liegt tief vergraben darunter.

Die Tür zum angrenzenden Besprechungsraum wird geöffnet. Schritte dringen an ihr Ohr, das Rücken von Stühlen, dann Dorfmüllers Stimme.

»Bitte«, sagt er, »setzen Sie sich doch.«

Katja dreht sich zu der angelehnten Verbindungstür um.

»Ich hoffe, es macht Ihnen nichts aus, dass wir uns nicht in meiner Praxis treffen«, hört sie eine zweite Stimme sagen. »Aber ich möchte Begegnungen zwischen der Polizei und meinen Patienten vermeiden.«

Die Stimme ist dunkel und ruhig. Eine Stimme, der man gerne zuhört und selten widerspricht. Das muss Dr. Hanning sein, der Psychoanalytiker, mit dem Dorfmüller sich verabredet hat.

»Meine Praxis ist ein geschützter Raum«, sagt er. »Eine Therapie ist eine sensible Angelegenheit, für viele Patienten noch immer schambesetzt. Es gibt Ängste, Hemmungen. Irritationen sind da wenig zielführend.«

»Kann ich verstehen«, sagt Dorfmüller. »Kein Problem. Darf ich Ihnen einen Kaffee anbieten oder vielleicht etwas anderes?«

»Nicht nötig«, lehnt Hanning ab. »Es wäre mir lieb, wenn wir sofort zur Sache kommen könnten. Sie sagten gestern am Telefon, es geht um einen meiner Patienten, August Hirschberger.«

»Ja«, sagt Dorfmüller.

»Ist irgendwas passiert?«

»Ja«, wiederholt Dorfmüller.

»Das, was ich vermute?«, fragt der Analytiker.

»Was vermuten Sie denn?«

»Das sage ich Ihnen, wenn Sie mir sagen, was passiert ist.«

Er versucht, die Regeln zu diktieren, denkt Katja. Er weiß, wie man Gespräche führt.

»Hirschberger ist tot«, sagt Dorfmüller. »Ertrunken. In einem Baggersee in Feldkirchen. Er ist nachts mit einem Schlauchboot hinausgerudert. Polizeitaucher haben ihn vom Seegrund geborgen, nachdem am Ufer die leere Schlauchboothülle angeschwemmt wurde.«

»Und jetzt wollen Sie meine Vermutung hören«, sagt Hanning.

»Das würde ich gerne«, sagt Dorfmüller.

Hinter der angelehnten Tür macht sich Stille breit. Hanning lässt sich mit der Antwort Zeit. »Suizid«, sagt er schließlich.

»Wie kommen Sie darauf?«, fragt Dorfmüller. »Sie kennen die genauen Umstände doch gar nicht.«

»Ich kenne Hirschberger.«

»Sie trauen ihm eine solche Tat also zu?«

»Ehrlich gesagt, habe ich damit gerechnet.«

»Und Sie haben nichts dagegen unternommen?«

Gut gemacht, Rudi, denkt Katja, übernimm das Ruder, dreh den Spieß um!

»Was hätte ich da unternehmen sollen?«, entgegnet Hanning. »Jede Therapie ist ein Angebot. Eines, das man annehmen oder ablehnen kann. Meine Patienten sind erwachsene Menschen. Selbstbestimmt. Ich kann ihnen raten, Dinge zu tun oder nicht zu tun. Aber wie sie mit meinem Rat umgehen, liegt nicht in meiner Hand.«

»Hat Herr Hirschberger Ihnen gegenüber Selbstmordabsichten geäußert?«

»Nicht konkret. Nicht explizit. Aber das musste er auch gar nicht.«

»Was meinen Sie damit?«

»Dass diese Möglichkeit von Anfang an klar auf der Hand lag.«

»Von Anfang an?«

»Seit unserer ersten Begegnung. Ab dem Moment, als er mir in meiner Praxis gegenübersaß und mir seine Geschichte erzählt hat.«

»Wenn Sie damit gerechnet haben, dass er sich etwas antun

könnte: Hätten Sie ihn da nicht sofort in stationäre Behandlung überweisen müssen? Um ihn vor sich selbst zu schützen?«

»Wie gesagt: Ich kann nur Angebote machen. Ich habe ihm dazu geraten, aber er hat abgelehnt.«

»Warum?«

Die Armlehne ihres Schreibtischstuhles drückt Katja in die Seite. Lautlos richtet sie sich auf, reibt sich die schmerzende Stelle.

»Ich habe Ihnen doch erzählt, wie schambesetzt eine Therapie noch immer für viele Menschen ist«, sagt Hanning währenddessen zu Dorfmüller. »Psychiater gelten als ›Seelenklempner‹, Kliniken als ›Irrenhäuser‹, eine stationäre Behandlung wird automatisch mit ›Eingesperrtsein‹ assoziiert – eine Schwelle, die nur wenige Patienten freiwillig überschreiten. Was bei August Hirschberger erschwerend hinzukam: Er war bei der Marine. In einem solchen Umfeld zeigt man keine Schwäche, da steht man seinen Mann. So was brennt sich einem tief ein, es ist nicht leicht das zu verarbeiten.«

Katja kann ihre Neugier nicht länger bezwingen. Sie will den Mann hinter der Stimme sehen. Sie steht auf, geht leise hinüber zum Besprechungszimmer, drückt die Verbindungstür vorsichtig auf. Hannings Rücken. Sein Hinterkopf. Dunkelblonde Locken, leicht angegraut. Schlanke Hände. Sorgfältig geschnittene Fingernägel. Sein Gesicht kann sie nur erahnen. Die rosige, fast jungenhafte Haut seiner Wangen, wenn er den Kopf dreht, die Flügel seiner kräftigen Nase. Dazu diese auffallend ruhige, kontrollierte Stimme. Einer, der nie laut wird, denkt sie und bedeutet Dorfmüller, der sie entdeckt hat, sie nicht zu verraten. Sie will den Fluss des Gespräches nicht unterbrechen, nur zuhören.

Dorfmüller begreift und nickt ihr kaum merklich zu. »Gehen wir noch mal zurück«, sagt er zu Hanning. »Hirschberger hat Sie also aufgesucht.«

»Ja.«

»Wieso kam er ausgerechnet zu Ihnen?«

»Er sagte, er habe meinen Namen von einer ehemaligen Patientin.«

»Und Ihre Diagnose?«

»Sie wissen, dass er im offenen Mittelmeer über Bord der Korvette gegangen ist, auf der er Dienst getan hat?«

Dorfmüller nickt. »Wir haben mit seiner Frau gesprochen.«

Hanning fährt fort. »Ein schwerer Fall von Traumatisierung mit all den damit verbundenen Implikationen. Eine akute Angststörung, ausgeprägtes Misstrauen, klare Anzeichen von Verfolgungswahn.«

»Wie oft war er bei Ihnen?«

»Vier Mal. Von genehmigten dreißig Therapiesitzungen.«

»Hat er Ihnen von Eva Frey berichtet?«

»Sie meinen seine vergewaltigte und getötete Kameradin? Er hat mir von ihr erzählt. Und dass er glaubt, dass er ›der Nächste‹ ist.«

»Und da sind Sie nicht hellhörig geworden?«

»Natürlich bin ich das«, sagt Hanning. »Ich habe ihn gefragt, ob er Beweise für seine Vermutung hat.«

»Wie hat er reagiert?«

»Er hat die Nerven verloren und mich angeschrien. Die hätten ihn über Bord geworfen, um ihn zu beseitigen. Dass er noch lebe, sei reiner Zufall. Die würden nicht eher ruhen, bis er – Zitat! – ›weg vom Fenster‹ sei. Von Vermutung könne also keine Rede sein.«

Frag ihn, ob er Hirschberger geglaubt hat, denkt Katja.

»Haben Sie ihm geglaubt?«, fragt Dorfmüller.

Hanning lässt sich Zeit mit der Antwort. Sein Rücken spannt sich. Auch wenn Katja sein Gesicht nicht sehen kann, weiß sie, dass er zu einem Vortrag ausholt.

»Das Entscheidende ist, dass er selbst es geglaubt hat«, sagt Hanning. »Die meisten Patienten, die sich bei mir einer Traumatherapie unterziehen, erzählen mir Geschichten. Ihre Geschichten. Mit ihren Wahrheiten. Und ihren Wirklichkeiten. An die sie glauben.«

Hanning macht eine Pause. Er mustert Dorfmüller. Katja sieht es an der Art, wie er den Kopf hebt und vorstreckt.

»Haben Sie sich mal gefragt, was das ist: Wirklichkeit?«, fährt Hanning fort. »Wir setzen uns unsere Realität aus Einzelbildern so lange neu und anders zusammen, bis sie zu unserer Wahrnehmung passt. Ein Mosaik aus Erfahrungen, Erlebnissen, Erinnerungen, das wir für die eine objektive Wahrheit halten, die aber in Wirklichkeit nicht existiert.«

»Sie meinen, wir sehen nur, was wir sehen wollen?«, fragt Dorfmüller.

»Besser gesagt: was wir aushalten können«, korrigiert Hanning. »Alles andere blenden wir aus.«

Kommt mir bekannt vor, denkt Katja. Als würde Hanning das alles zu ihr sagen.

»Erinnert mich irgendwie an Pippi Langstrumpf«, versucht Dorfmüller das Gespräch aufzulockern. »Ich mach mir die Welt …«

»… wie sie mir gefällt«, beendet Hanning den Satz knapp. Er will sich von Dorfmüllers scherzhafter Art ganz offensichtlich nicht anstecken lassen. »Allerdings brauchen wir übergeordnete Instanzen, um uns nicht in unseren selbst gezimmerten Konstrukten von Wahrheit und Wirklichkeit zu verirren«, sagt er ungerührt. »Wenn diese Instanzen zusammenbrechen oder ihre Gültigkeit verlieren, bricht auch unser eigenes Weltbild zusammen. Weil wir dann auf uns selbst zurückgeworfen sind.«

»Was die meisten von uns nicht aushalten.«

»Weil es kein Entkommen gibt«, sagt Hanning. »Ich nenne es ›das Dilemma der Einsamkeit‹.«

Wieder hat Katja das Gefühl, persönlich gemeint zu sein. Bleib ruhig, denkt sie, reiß dich zusammen!

»Was hat das alles mit Hirschberger zu tun?«, fragt Dorfmüller.

Hanning seufzt. »Hirschberger ist seinem eigentlichen Trauma ausgewichen, indem er sich eine Verschwörung drumherum konstruiert hat. Der hilflose Versuch, dem Ganzen eine Art übergeordneten Sinn zu verleihen.«

Übergeordneter Sinn?, fragt sich Katja.

»Verstehe ich nicht«, sagt Dorfmüller.

»Hinter alldem steckt eine tiefgreifende Verletzung, der Hirschberger sich nicht stellen konnte.«

»Was für eine Verletzung soll das sein?«

»Eine offene Wunde aus seiner Kindheit. Was und woher auch sonst? Wenn wir uns mit unseren Ängsten beschäftigen, mit dem, was uns quält und bedroht, dann landen wir in der Regel in unserer Kindheit. Hirschberger hat mir erzählt, dass sein Vater bei einem Unfall ums Leben gekommen ist. Und dass seine Mutter danach versucht hat, ihn von jeder möglichen Gefahr fernzuhalten. Dass er deswegen nie schwimmen gelernt hat. Er hat sich fürchterlich dafür geschämt. Ein Mann, der nicht schwimmen kann! Und ausgerechnet so einer geht zur Marine und fällt dann über Bord. Vor den Augen der gesamten Besatzung. Eine riesige Schande. Eine unerhörte Beschämung, die mit der Panik zu ertrinken zusammenfällt. Eine Art Gottesurteil. Die gerechte Strafe dafür nie schwimmen gelernt zu haben. Für August Hirschberger ist das mehr, als er ertragen kann. Also sucht er nach einem Schuldigen. Und weil er sich die Schuld der eigenen Mutter ebenso wenig eingestehen kann wie die Kränkung, sich nicht über ihr Verbot hinweggesetzt zu haben, macht er jemand anders verantwortlich.«

»Die Offiziere, die seine Kameradin Eva Frey vergewaltigt haben.«

»Ja«, sagt Hanning. »Seine Schande und ihre Schändung werden eins. Indem er versucht, dafür zu sorgen, dass ihr Gerechtigkeit widerfährt, versucht er die eigene Schande zu tilgen. Eine klassische Übertragung. Aber er scheitert. Die Täter leugnen, die Untersuchung verläuft im Sand, er wird aus der Gemeinschaft ausgestoßen. Jetzt ist seine Wertlosigkeit offiziell und seine Einsamkeit grenzenlos. Dieses Gefühl, das ihn seit seiner Kindheit verfolgt. Gleichzeitig kann er sich zum Verfolgten stilisieren, zum Opfer einer Verschwörung. Und damit dem eigentlichen Urgrund seiner gefühlten Minderwertigkeit ausweichen.«

Dorfmüller hakt nach. »Aber sich umzubringen, ist doch ein bewusster Akt.«

»Nicht unbedingt«, widerspricht Hanning. »Jedenfalls nicht im üblichen Sinne. Kurz vor Ausführung seiner Tat befindet sich der Suizidant in einem ›Tunnel‹. Einer Art Einbahnstraße, in der alles ausgeblendet wird, was den Selbstmord verhindern könnte.«

»Der Suizid als einziger Ausweg?«

»So ungefähr.«

»Aber warum sollte sich Hirschberger ausgerechnet Ertrinken als Todesart aussuchen?«

»Für ihn ist das absolut schlüssig. Eine unbewusste Wiederholung der Situation, die sein Trauma ausgelöst hat. Sie haben doch von einem Schlauchboot erzählt. Er rudert hinaus und geht dann über Bord. Genau wie damals vor der libyschen Küste. Nur dass jetzt am Ende nicht die Rettung, sondern eine unumkehrbare Konsequenz steht: der Tod.«

»Ein letztes Gefühl von Selbstbestimmtheit?«

Hanning nickt. »Der Sieg über die eigene Schwäche, rauschhaft und groß.«

Er schaut auf seine Uhr. Ein Zeichen dafür, dass er das Gespräch für beendet hält.

»Sie wollen los?«, fragt Dorfmüller.

»Ich muss«, sagt Hanning. »Meine Patienten warten.«

»Danke, dass Sie sich die Zeit genommen haben.«

Hanning steht auf und reicht Dorfmüller die Hand. »Sie können mich jederzeit anrufen, wenn Sie noch Fragen haben.«

Katja bemerkt eine Brille mit Goldrand, die an einem ledernen Band um seinen Hals hängt. Dann tritt er aus ihrem Blickfeld. Sie hört ihn hinaus auf den Flur treten. Ein schlanker, schlaksiger Mann Mitte vierzig mit einer auffallend jungenhaften Ausstrahlung, die so gar nicht zu seiner sonoren Stimme passen will.

»Und?«, fragt Dorfmüller, als sie hereinkommt. »Was sagst du?«

»Weiß nicht«, entgegnet Katja. »Keiner, bei dem ich mich auf die Couch legen würde.«

»Mich hat er total überzeugt. Die Art, wie er argumentiert hat. Klang alles logisch und schlüssig. Mit ihm als Gutachter vor Gericht wäre deine Mordthese jedenfalls sofort vom Tisch.«

Katja nickt. Aber irgendetwas in ihr wehrt sich gegen das, was Hanning so glaubhaft ausgeführt hat. Sie erinnert sich an Hirschbergers Frau Fanny. Ihr stures Beharren auf der Unmöglichkeit eines Suizids: *Er wäre nie freiwillig ins Wasser gegangen!*

»Was?«, fragt Dorfmüller.

»Ich glaube es einfach nicht, Rudi.«

»Katja! Der Mann hat den Hirschberger behandelt. Der ist Traumaexperte. Wenn sich einer mit so was auskennt, dann er.«

»Kann ja sein«, sagt Katja. »Aber was ist mit dem Toten im Kühlschrank? Die Parallelen sind offensichtlich.«

»In deinem Kopf vielleicht.«

»In deinem nicht?«

Dorfmüller fährt sich mit der Hand durchs Gesicht. Katja weiß, was er jetzt denkt: Was, wenn sie recht hat?

»Solange nicht alle Zweifel ausgeräumt sind, gehe ich weiter von einem Mord aus«, sagt sie.

»Und bei dem Mann im Kühlschrank?«

»Bei dem auch.«

»Du gehst mir echt auf den Wecker, Katja.«

Sie lächelt ihm zu. »Du würdest dich zu Tode langweilen, wenn's nicht so wäre.«

Ihr Telefon klingelt erneut. Sie spürt, wie sie zusammenzuckt. Aber diesmal hat die Nummer auf dem Display keine Augsburger Vorwahl. »Sand?«, meldet sie sich und ist sofort hellwach. »Sekunde, ich schreib's mir auf.«

Sie greift nach einem Kugelschreiber, notiert sich eine Adresse, bedankt sich bei dem Anrufer und legt auf.

»Kesselbergstraße«, sagt sie zu Dorfmüller. »Weißt du, wo das ist?«

»Giesing«, erwidert er. »Warum?«

»Eine Zeugin hat sich in der Zentrale gemeldet. Hat einen Artikel in der *Abendzeitung* gelesen. Über den Toten im Kühlschrank.«

»Na und?«

»Die zwei fehlenden Fingerglieder an seiner linken Hand. Sie sagt, sie kennt den Mann.«

21

Ihr Name ist Zabel, Vorname Agnes. Eine frühpensionierte Grundschullehrerin, die im Treppenhaus vor ihrer Wohnung in der Kesselbergstraße steht, die Hände vor den ausladenden Brüsten zusammengeschlagen, und von ihrem toten Nachbarn erzählt.

Der Herr Fellner sei vor zwei Jahren neben ihr eingezogen. Ein sportlicher junger Mann, gut aussehend, aber wenig mitteilsam. Keiner, der den Kontakt gesucht habe. Im Gegenteil. Abweisend und verschlossen. So gut wie nie zu Hause, immer auf Reisen. Wo, wisse sie nicht. Was er beruflich gemacht hat, ebenfalls nicht. Aber dass mit ihm irgendwas nicht stimmte, habe sie gleich gespürt. Vor gut einem Jahr sei seine linke Hand plötzlich verbunden gewesen. Als sie ihn einige Zeit später im Treppenhaus getroffen habe, jetzt ohne Verband, habe sie bemerkt, dass ihm zwei Fingerglieder fehlten. Einfach abgetrennt, das muss man sich mal vorstellen! Auf die arglose Frage, was passiert sei, habe er sie nur finster angeschaut und ihr die Tür vor der Nase zugeschlagen. Sein Blick habe ihr Angst gemacht. Danach sei sie ihm aus dem Weg gegangen, immer in der Hoffnung, ihm nicht zu begegnen, wenn sie ihre Wohnung verließ, um einkaufen zu gehen oder zum Arzt oder ab und zu auch mal zum Friseur.

»Man muss doch auf sich achten«, sagt sie, »man darf sich nicht gehenlassen, sonst ist man verloren!«

Katja betrachtet sie. Eine Frau Anfang sechzig mit lackierten Nägeln und blondierten Haaren, an deren Ansatz das nachwachsende Grau hässlich hervorsticht. Sie lebt allein, denkt sie, und sie hat Angst vor dem Alter. Kein Mann, keine eigenen Kinder. Niemand, der ihr zuhört, außer sie selbst. Sie redet gegen das Alleinsein an. Nur wenn sie redet, fühlt sie sich lebendig.

»Ein Wahnsinn so was«, sagt Agnes Zabel, die einfach nicht begreifen kann, dass ihr Nachbar in einem Kühlschrank im Wald erstickt ist. »Da klettert man doch nicht freiwillig hinein, das macht doch keiner!«

»Frau Zabel, bitte«, versucht Dorfmüller sie zu bremsen.

»Bitte was? Erklären Sie mir das.«

»Das kann ich nicht.«

»Das können Sie nicht?«

»Wir wissen es nicht.«

»Aber Sie sind doch von der Polizei.«

»Vielleicht gehen Sie jetzt besser wieder zurück in Ihre Wohnung.«

»Wie bitte? Sie sind doch nur hier, weil ich Sie angerufen habe.«

»Wir sind Ihnen ja auch wirklich dankbar dafür, aber …«

»Ohne mich wüssten Sie doch gar nicht, dass der Mann im Kühlschrank der Herr Fellner ist.«

»Das ist richtig, allerdings …«

»Und wenn ich Ihnen die Nummer von der Wohnungsverwaltung nicht gegeben hätte …«

»Es reicht jetzt, Frau Zabel«, sagt Katja ruhig. »Tun Sie bitte, was der Kollege gesagt hat, und lassen Sie uns unsere Arbeit machen.«

Agnes Zabel starrt sie wütend an, dann verschwindet sie in ihrer Wohnung, schmeißt die Tür hinter sich zu.

Sie hat nichts, denkt Katja, nur ihre Einsamkeit. Sie führt ein Leben, in dem nichts passiert, und wenn endlich mal was passiert, kommen wir und nehmen es ihr wieder weg.

»Unsichtbar«, sagt sie.

»Bitte?«, fragt Dorfmüller.

»Eine dieser Frauen, die sich unsichtbar fühlen.«

»Ich verstehe nicht, was du meinst.«

»Ich weiß«, sagt Katja. »Das liegt vielleicht daran, dass du keine Frau bist.«

Ein Mitarbeiter der Wohnungsverwaltung kommt geschäftig die Treppe herauf. Schüttere Haare, verschwitztes Gesicht. Zerknitterter Sommeranzug, die Krawatte gelockert, der oberste Knopf seines Hemdes geöffnet. Er trägt ein Klemmbrett und einen Schlüsselbund in der Hand. Die Schlüssel sind mit farbigen Anhängern versehen. Keine Namen, nur Kürzel: 1. OG links, 2. OG rechts. Katja weist sich und Dorfmüller aus, der Mann schließt die Wohnungstür auf. Routiniert, unbeteiligt. Offensichtlich macht er so etwas öfter.

»Einfach nur zuziehen, wenn Sie gehen«, sagt er.

»Machen wir«, sagt Katja.

Sie betritt mit Dorfmüller die Wohnung und weiß sofort, dass sie richtig sind. An der Wand im Flur hängt der großformatige Abzug eines Fotos, das Robert Fellner auf einem Alpengipfel zeigt. Gelbe Daunenjacke, rote Thermohose, an den Füßen Bergsteigerschuhe. Er hat sich die Kapuze vom Kopf gezogen, seine Haare über dem grinsenden Gesicht mit der verspiegelten Sonnenbrille glänzen im grellen Sonnenlicht. In der rechten Hand hält er seine Handschuhe, mit der linken macht er das Victory-Zeichen. Eine Geste des Triumphes.

»Da hatte er noch alle Fingerglieder«, kommentiert Dorfmüller trocken.

»Mont Blanc, August 2018«, liest Katja in der unteren rechten Ecke der Aufnahme. Ein Bergsteiger, denkt sie, dem Himmel näher als der Erde. Der Schnee um ihn herum passt zum Kühlschrank, in dem die Kollegen ihn gefunden haben, aber das Bergpanorama nicht. Das Foto strahlt Weite aus, das Gegenteil von Enge. Was muss passieren, damit jemand, der auf Berge klettert, sich freiwillig in einen Kühlschrank quetscht? Katja fällt nichts ein.

Dorfmüller und sie schauen sich um. Die Wohnung erinnert an ein Camp, alles wirkt provisorisch. Die Möblierung ist spärlich. Die Matratze im Schlafzimmer liegt auf mehreren Europaletten, auch der Couchtisch im Wohnzimmer besteht aus einer Palette. Rohes Holz, auf das Fellner eine Glasplatte gelegt hat. Neben dem Fenster ein Regal aus gestapelten Ziegelsteinen, die Einlegeböden aus Gerüstbrettern voller Farb- und Putzreste. Darauf Reiseliteratur. Bücher über Bergsteigen, Trekking, Rafting, daneben topografische Karten. Die Alpen, die Anden, das Taurus-Gebirge. Auf dem zerschlisssenen Sofa eine handgewebte bunte Decke aus Peru, in einer Ecke mehrere Reisekoffer aus Aluminium, verschrammt und zerbeult durch ihre häufige Benutzung.

»Sieht aus, als wäre er viel unterwegs gewesen«, sagt Dorfmüller.

Katja nickt und geht ins Schlafzimmer. Sie öffnet den Schrank. Dasselbe Bild wie im Wohnzimmer. Funktionskleidung statt Businessanzüge. Nichts, was auf einen Schreibtisch- oder Bürojob hindeutet. Alles ist auf Reise, Sport, Abenteuer ausgerichtet.

Wer bist du?, fragt sie sich und versucht, den triumphierenden Robert Fellner auf dem Foto im Flur mit dem zusammengekrümmten Leichnam im Kühlschrank zusammenzubringen. Es gelingt ihr nicht.

»Katja«, ruft Dorfmüller sie in die Küche, die Fellner offenbar auch als improvisiertes Büro gedient hat. Der Küchentisch ist übersät mit Papieren, auf der Fensterbank stehen Aktenordner. Einer von ihnen liegt aufgeschlagen vor Dorfmüller. Er hat den Klemmbügel geöffnet und ein abgeheftetes Dokument herausgenommen, eine Rechnung, die er Katja entgegenhält. »Ich weiß jetzt, womit er sein Geld verdient hat.«

22

»Da drüben«, sagt Dorfmüller, nachdem er seinen Granada in eine Parkbucht gesteuert und den Motor ausgeschaltet hat. Katja schaut an ihm vorbei auf die andere Straßenseite. *ActionTours* liest sie auf dem Schild über dem Eingang des Ladenlokals. Derselbe Name wie auf der Rechnung, die Dorfmüller in Fellners Wohnung gefunden hat.

Die Goethestraße geht direkt vom Hauptbahnhof ab. Erotikshops, Spielsalons, Handyläden. Türkische Friseure, An- und Verkaufsgeschäfte für Goldschmuck, günstige Hotels. Touristen, Migranten, Geschäftsleute. Ein Mix aus unterschiedlichen Sprachen und Kulturen. Das typische Bahnhofsmilieu.

Katja und Dorfmüller steigen aus und überqueren die Straße.

Das Büro von *ActionTours* ist klein, das Schaufenster ungeputzt, überall Spuren von Staub. An der Längswand Regale voller Broschüren, davor zwei Schreibtische für Kundengespräche, von denen einer verwaist ist. Hinter dem anderen sitzt eine junge Frau Anfang dreißig. Schwarze, lange Haare, dunkle, ausdrucksstarke Augen. Das Namensschild vor ihr weist sie als Gezime Berisha aus.

»Grüß Gott«, sagt sie mit einem routinierten Lächeln, das so gar nicht zu ihrem ernsten Gesicht passen will. »Kann ich Ihnen helfen?«

Bayrischer Einschlag, dahinter die Reste eines osteuropäischen Akzentes. Albanisch, denkt Katja, jedenfalls, was den Namen angeht. Nicht in Deutschland geboren, aber hier aufgewachsen. Sie zückt ihren Dienstausweis.

Gezime Berisha schaut sie misstrauisch an. Ihr ist anzusehen, wie es in ihr arbeitet. Katja kennt das. Die meisten Menschen reagieren so, wenn sie von der Polizei überrascht werden. Ein ganz normaler Reflex.

»Sind Sie wegen Ajet hier?«

Kein Reflex. Eher so etwas wie Angst. Eine tiefe Sorge. Sie muss schon öfter mit Katjas Kollegen zu tun gehabt haben.

»Ajet?«, fragt Dorfmüller mit der ihm eigenen Harmlosigkeit.

»Mein kleiner Bruder.«

»Was ist denn mit ihm?«

Gezime Berisha starrt ihn an. Seine Frage bringt sie aus der Fassung, sie gerät ins Stottern. »Ich dachte nur, weil … Er hat öfter Probleme.«

»Mit wem?«

»Mit Ihnen.«

»Mit uns? Sie meinen: mit der Polizei.«

»Ja.«

Der Klassiker, denkt Katja. In die Fänge eines Clans geraten und ins kriminelle Milieu abgerutscht. Die Eltern tot oder überfordert. Also kümmert sich seine große Schwester um ihn. Tut alles dafür, den Schaden zu begrenzen. Versucht, ihm eine Zukunft zu retten, die er längst verloren hat.

»Wir sind nicht wegen ihm hier«, sagt sie.

Gezime Berishas Gesicht entspannt sich schlagartig. Ihr ist anzusehen, wie erleichtert sie darüber ist, dass es ausnahmsweise nicht um ihren kleinen Bruder geht.

»Kennen Sie einen Robert Fellner?«, fragt Katja.

Gezime Berisha starrt sie überrascht an. Es dauert ein paar Sekunden, ehe sie sich wieder gefasst hat. »Ich hab schon lange nichts mehr von ihm gehört«, sagt sie leise.

»Er hat für Sie gearbeitet«, sagt Dorfmüller und legt die Rechnung, die er in Fellners Küche sichergestellt hat, vor sie auf den Schreibtisch. »Als Reiseleiter.«

Gezime Berisha nickt. »Er hat Gruppenreisen für uns durchgeführt. Abenteuer und Naturerlebnis, Trekking, Rafting, Bergsteigen. Hauptsächlich in den Alpen. Neuerdings auch in Georgien und Bulgarien. Und Albanien.«

»Sie kommen von dort, oder?«, fragt Katja.

»Aus einem kleinen Dorf im Norden. Ich bin da geboren.«

»Und sind als Kind mit ihren Eltern hierhergekommen.«

»Es gab für meinen Vater keine Arbeit da.«

»Ihr Vorname«, sagt Katja, »Gezime. Was bedeutet der auf Deutsch?«

»Freude«, erwidert die junge Albanerin, aber es klingt nicht so, als hätte sie viel davon.

Dorfmüller deutet auf Fellners Rechnung. »Die stammt vom dreizehnten November vergangenen Jahres. Soweit wir wissen, die letzte, die er Ihnen gestellt hat.«

Geszime Berishas Gesicht verschattet sich. »Die Zusammenarbeit wurde damals auf seinen Wunsch hin eingestellt.«

»Warum?«

Gezime Berisha schüttelt kaum merklich den Kopf, presst ihre schmalen Lippen aufeinander. Aufbrechende Vergangenheit, denkt Katja, die augenscheinliche Mühe, über etwas zu sprechen, das sie zu vergessen versucht.

»Wegen des Unfalls«, sagt Gezime Berisha zögernd.

»Was für ein Unfall?«, fragt Katja.

»Der Robert war mit einer Reisegruppe in den Zillertaler Alpen. Anfang Oktober letzten Jahres. Eine Klettertour auf den Olperer und dann mit Skiern über den Hintertuxer Gletscher.«

»Um diese Zeit im Jahr?«

»Es hatte früh geschneit. Aber dann wurde es plötzlich wieder warm. Er hätte die Tour absagen können, aber er war keiner, der irgendwas absagt. Er wollte es durchziehen, unbedingt.«

»Er hat sich also nicht abhalten lassen?«

»Nein«, sagt Gezime Barisha. »Sie waren zu sechst. Fünf Gäste und er. Der Aufstieg hoch zum Olperer verlief wie geplant, aber bei der Abfahrt löste sich ein Schneebrett vom Hang. Vier der Gäste hatten Glück, der fünfte drohte unter die Lawine zu geraten. Der Robert ist rüber zu ihm, um ihn aus der Gefahrenzone zu bringen. Aber der Schnee war schneller als er. Die beiden sind verschüttet worden.«

Eingeschlossen in ihre Erinnerung, schaut Gezime Berisha hinaus auf die Straße, ein nach innen gewandter Blick ohne jede Wahrnehmung.

»Die anderen haben sofort die Bergrettung informiert«, fährt sie stockend fort. »Es dauerte über eine halbe Stunde, bis sie den Robert fanden. Er lebte, aber er war völlig unterkühlt. Ein Hubschrauber hat ihn nach Innsbruck geflogen.«

»Zwei Fingerglieder an der linken Hand«, sagt Dorfmüller.

Gezime Berisha nickt. »Die Lawine hat ihm den Handschuh weggerissen. Der andere aus der Gruppe, der, den er retten wollte, hat es nicht geschafft.«

Auf der Straße, vor ihren Augen, nur ein paar Meter entfernt, eilen Passanten vorbei, ein junger Asiate, ein Handy an sein Ohr gepresst, eine Frau mit einem Kinderwagen – sie schaut durch sie hindurch.

»Was hat das mit ihm gemacht?«, fragt Katja.

»Wie meinen Sie das?«

»Lebendig begraben zu sein. So was geht doch nicht spurlos an einem vorbei.«

»Nein«, sagt Gezime Berisha, während sie noch immer durch das Schaufenster hinaus auf die Straße blickt. »Ich hab ihn in der Klinik in Innsbruck besucht und ihn kaum wiedererkannt. Er hat so gut wie nicht mehr geredet und kein einziges Mal gelächelt, der Glanz in seinen Augen war verschwunden. Als hätte ihn diese schreckliche Lawine einfach ausgelöscht.«

»Wollte er deswegen nicht mehr für Sie arbeiten?«

»Ich nehme es an.«

»Sie wissen es nicht?«

»Ein paar Wochen später hat er einen Brief geschrieben und ohne Angabe von Gründen um sofortige Auflösung seines Arbeitsverhältnisses gebeten. Dann kam seine letzte Rechnung. Das war's.«

»Und das haben Sie einfach so akzeptiert?«, fragt Katja verwundert. »Haben Sie keinen Kontakt gesucht, nicht nachgefragt?«

»Natürlich habe ich das«, sagt Gezime Berisha traurig, »Aber was soll man machen, wenn jemand einem nicht die Tür aufmacht, nicht ans Telefon geht, nicht auf Mails reagiert?«

Schweigen senkt sich auf das kleine Ladenlokal, die Luft ist angefüllt mit Gezime Berishas Traurigkeit.

Dorfmüller schaut Katja an. Komm schon, sagt sein Blick, bringen wir's hinter uns.

Katja sammelt sich. »Sie wissen nicht, was gestern passiert ist, oder?«

Gezime Berisha wendet sich vom Schaufenster ab, dreht sich zu den beiden Mordermittlern um, schaut sie fragend an.

»Herr Fellner lebt nicht mehr«, sagt Katja so neutral wie möglich. So wie sie es von Koller gelernt und später Dorfmüller beigebracht hat. Einfach nur eine Information nüchtern weiterzugeben und dabei vorurteilsfrei zu beobachten, wie der andere darauf reagiert.

Gezime Berisha erstarrt, ihr Gesicht ist wie eingefroren. Als hätte Katja auf einer Videoaufzeichnung die Pause-Taste gedrückt. Jeder Mensch braucht eine gewisse Zeit, um eine Todesnachricht aufzunehmen und zu verarbeiten. Bei ihr dauert es länger als üblich. Ihre Lippen beginnen zu zucken, genau wie ihre Augen. Sie scheint zu lächeln und im selben Augenblick in Tränen auszubrechen. Aber nichts davon geschieht. Sie sitzt einfach nur weiter reglos da. Verstört und schweigend.

»Haben Sie verstanden, was meine Kollegin Ihnen gesagt hat?«, fragt Dorfmüller.

Gezime Berisha nickt mechanisch.

»Wann?«, fragt sie tonlos.

»Gestern Nacht. Irgendwann zwischen neun und elf.«

»Und wie?«

»Er ist erstickt«, sagt Katja vorsichtig. »In einem Kühlschrank.«

»Aber … das geht doch gar nicht.«

»Leider doch.«

»Das ist total verrückt.«

»Ja«, sagt Katja. »Verrückt ist das richtige Wort.«

»Wir wissen nicht, wie er da reingekommen ist und warum«, sagt Dorfmüller. »Und es ist nicht klar, ob er dazu gezwungen wurde oder es freiwillig getan hat.«

Gezime Berisha starrt ihn wie hinter einem Nebel an. »Wollen Sie damit sagen, dass er entweder getötet wurde oder sich selbst …?«

»Wir können bis jetzt weder das eine ausschließen noch das andere bestätigen.«

In Gezime Berishas Körper kommt plötzlich Bewegung. Sie beugt sich vor, fährt mit den Händen tastend über die Tischplatte, als suche sie nach etwas, das da nicht ist.

Sie versucht zu verstehen, denkt Katja, sie will mit den Händen greifen, was ihr Kopf nicht begreifen kann.

Gezime Berishas Hände kommen zur Ruhe. Sie starrt auf ihre Finger, die ausgestreckt auf der melaminbeschichteten Kunststoffplatte des Schreibtisches liegen, dann blickt sie auf, schaut Katja direkt in die Augen. »Er hat sich nicht umgebracht«, sagt sie leise, »nicht der Robert.«

»Sie haben gesagt, dass er nach dem Unfall nicht mehr derselbe war.«

»Ich glaube das einfach nicht.«

»Und dass diese Lawine ihn ausgelöscht hat.«

»Trotzdem. Das kann nicht sein!«

Katja betrachtet sie. Ihr heftiges Atmen, die Verzweiflung in ihren Augen. Die Vorstellung, dass Robert Fellner sich umgebracht hat, scheint für sie schlimmer zu sein als die Möglichkeit, dass er ermordet wurde. Und dafür gibt es nur eine Erklärung.

»Ich will Ihnen nicht zu nahe treten«, sagt Katja, »aber darf ich Ihnen eine persönliche Frage stellen?«

Gezime Berisha schaut sie ängstlich an.

»Da war mehr zwischen Ihnen beiden, oder?«

Die Albanerin ringt mit sich, überflutet von ihren widerstreitenden Gefühlen.

»Ich hab es mir so sehr gewünscht«, sagt sie schließlich, »aber Ajet hat alles kaputt gemacht.«

Katja weiß um die Konflikte, die ein Leben in zwei Welten mit sich bringt. Vor allem für die Kinder der Zugewanderten. Auf der einen Seite der Wunsch dazuzugehören, auf der anderen Seite das unauflösbare Gefühl der Fremdheit. Und über allem die Familie, das Festhalten an überkommenen Traditionen. Regeln aus einer anderen Zeit, aus einer anderen Welt.

»Ihr Bruder wollte nicht, dass Sie sich mit einem Deutschen einlassen?«

»Er hat sich für mich geschämt. Seine Freunde haben sich über ihn lustig gemacht. Er hatte keine Wahl.«

»Als was zu tun?«

»Sie haben dem Robert aufgelauert und ihn krankenhausreif geschlagen, zu fünft, er und seine Freunde. Sie haben ihm zwei Rippen gebrochen. Und Ajet war auch noch stolz darauf. Dabei ist zwischen dem Robert und mir überhaupt nichts passiert. Wir sind bloß ein paarmal zusammen essen gewesen, das war alles.«

»Und danach war alles aus?«

»Mein Bruder hätte nicht aufgehört. Niemals. Also hab ich aufgehört.«

»Und der Herr Fellner? Wie hat der darauf reagiert?«

»Er hat bloß gelacht und gesagt: ›Wir sind doch hier nicht in Albanien.‹«

»Aber in Ihrem Kopf waren Sie in Albanien«, sagt Katja.

Gezime Berisha nickt traurig. »Alles in mir ist Albanien. Und nichts ist Albanien. Alles gleichzeitig. Man wird verrückt darüber, verstehen Sie?«

»Ich glaub schon«, sagt Katja.

»Ich hab mir Hoffnungen gemacht und gleichzeitig gewusst, dass es niemals gutgehen würde. Dann passierte der Unfall.«

Sie redet nicht weiter, als gebe es nichts, was dem noch hinzuzufügen sei. Ein Moment der Stille, bis sie Katja unvermittelt mit einem Lächeln anblickt, das schlimmer ist als jedes Weinen. »Als ich den Laden hier übernommen habe, vor drei Jahren, da habe ich gedacht: Das wird was. Eine Zukunft. Meine Zukunft. Was Eigenes. Am Anfang lief es gut. Mit Robert lief es noch besser. Seit er nicht mehr dabei war, ging alles den Bach runter. Manche Menschen haben Glück im Leben, andere nicht. Vielleicht ist einfach nicht genug da für alle.«

»Vielleicht ist das alles auch nur ein Frage von Geduld und Vertrauen.«

»Vertrauen in was?«

»In sich selbst«, sagt Katja.

23

Katja steht vor Dorfmüllers Granada und wartet darauf, dass er zurückkommt. Er ist rüber zum Hauptbahnhof gegangen, um sich eine Leberkässemmel zu besorgen. Mit Gurke und süßem Senf. Sie denkt an Gezime Berisha und ihre zerplatzten Träume, ihren Wunsch, endlich irgendwo zu Hause zu sein, das ständige Gefühl der Fremdheit. Katja kennt das alles, aber bei ihr ist es anders. Sie hat nicht aufgegeben. Der Preis, den sie dafür zahlt, ist hoch. Und die Sehnsucht ist noch immer da.

Sie greift nach ihrem Handy, ruft Jenny an. »Wollte nur kurz hören, wie's dir geht.«

»Nächste Frage«, sagt Jenny ausweichend.

Katja zögert. »Hat Peter dich angerufen?«

»Hat er.«

»Was wollte er?«

»Warum fragst du das, du weißt es doch.«

»Und? Willst du mitfahren?«

»Und wenn?«

»Ich kann's dir nicht verbieten.«

»Aber du würdest es gerne.«

»Ist deine Entscheidung.«

»Dein Ernst?«

»Ja. Auch wenn ich zugeben muss, dass es mir nicht leichtfällt.«

Schweigen am anderen Ende der Leitung. Eine Mutter auf einer belebten Straße am Hauptbahnhof, ihre Tochter zu Hause in ihrem Zimmer, beide ihre Handys am Ohr, verbunden durch unsichtbare Funkwellen, auf denen widerstreitende Gefühle hin und her jagen. Liebe und Ablehnung, Zuneigung und Enttäuschung.

»Danke, Mama.«

»Wir sehen uns heute Abend«, sagt Katja und beendet das Gespräch. In ihr die Hoffnung auf Annäherung und gleichzeitig ein merkwürdiges Gefühl von Verlorenheit.

Dorfmüller kommt auf sie zu mit seinen ungelenken, ausladenden Bewegungen, die so typisch für ihn sind, in einer Hand seinen Autoschlüssel, in der anderen die ersehnte Leberkässemmel, von der er genussvoll abbeißt. »Ein Traum«, schwärmt er kauend, in seinen Mundwinkeln süßer Senf, in seinen Augen der Ausdruck von Seligkeit. »Nirgendwo sind sie so gut, es gibt einfach keine besseren!«

Knapp zwanzig Minuten später, nach einer Autofahrt, die Dorfmüller zu einer ausschweifenden Erklärung über die Unterschiede zwischen mäßigen, guten und hervorragenden Leberkässemmeln nutzt, während Katja, genervt von den Ausdünstungen des Duftbaumes an seinem Rückspiegel, schweigend ihren Gedanken nachhängt, betreten sie ihr gemeinsames Büro in der Mordkommission.

Auf Katjas Schreibtisch liegt eine unbekannte Akte. Blassrosa Deckel, darauf eine gelbe Post-it-Notiz. Kollers Handschrift, ein einziger Satz: »Ich weiß von nichts!«

Neugierig schlägt Katja die Akte auf. Zweihunderfünfzig kopierte Seiten, auf dem Deckblatt ein gestempelter Hinweis: *Vertraulich*. Der Untersuchungsbericht der Bundesmarine zum Fall Hirschberger.

Katja blättert die Seiten durch, und mit jeder Seite wächst ihre Aufregung. Keinerlei geschwärzte Stellen, nirgendwo ein unkenntlich gemachter Name. Alles, was Rudi und sie brauchen, um endlich Licht ins Dunkel zu bringen. Sie fragt sich, wie es Koller gelungen ist, sich den Bericht zu verschaffen, hinter dem Rücken der Staatsanwaltschaft, ohne irgendwelchen Staub aufzuwirbeln. Er muss eine verdeckte Quelle in der Staatskanzlei oder im Verteidigungsministerium angezapft haben. Katja ist versucht, in sein Büro zu gehen und ihn danach zu fragen, aber sie weiß, was er ihr antworten wird. Einen einzigen Satz: Ich weiß von nichts! Lächelnd reißt sie die Post-it-Notiz vom Aktendeckel, zerknüllt sie und schmeißt sie in den Papierkorb. Dann reicht sie Dorfmüller die Akte.

»Was ist das?«, fragt er neugierig.

»Arbeit für dich.«

Dorfmüller verzieht das Gesicht. »Eine Menge Arbeit, so schwer, wie die ist.«

»Mach sie auf«, sagt Katja.

Dorfmüller schlägt den Deckel auf und traut seinen Augen nicht. »Leck mich am Arsch!« Und unmittelbar darauf: »Wo hast du die her?«

»Willst du nicht wissen.«

»Will ich nicht oder darf ich nicht?«

»Rudi!«

»Ist ja gut. War nur 'ne Frage.«

»Wir brauchen die Namen der drei mutmaßlichen Vergewaltiger von Eva Frey. Wo sie herkommen, wo sie ihre Ausbildung absolviert haben, was sie heute machen. Sind sie noch bei der Marine? Wenn ja, wo sind sie stationiert? Alles, was du über sie kriegen kannst.«

»Ist gut.«

»Ich will wissen, wie die Vertuschung abgelaufen ist. Sind sie einzeln vernommen worden? Haben sie sich untereinander abgesprochen? Welche Rolle spielte die Marineführung dabei? Das ganze Programm.«

»Geht klar«, sagt Dorfmüller. Er wiegt die Akte in seinen Händen, schaut nachdenklich aus dem Fenster, dann zu Katja. Ihm ist anzusehen, dass ihm irgendwas auf der Zunge brennt.

»Was?«, fragt Katja.

»Zwei Fragen.«

»Schieß los.«

»Erstens: Was für ein Motiv sollten die drei gehabt haben, Hirschberger umzubringen?«

»Ganz einfach«, erwidert Katja. »Wenn die Geschichte stimmt, die er seinem Freund Max Holt erzählt hat, wusste Hirschberger von der Vergewaltigung. Und er hat den als Suizid getarnten Mord an seiner Kameradin beobachtet. Ein klareres Motiv gibt's nicht.«

»Aber mit dem Ergebnis der Untersuchung hat sich die Gefahr aufzufliegen für die drei doch erledigt«, sagt Dorfmüller. »Offiziell gibt es weder eine Vergewaltigung noch einen Mord. Nur den tragischen Selbstmord einer jungen Kadettin. Und Hirschberger ist mundtot gemacht und entsorgt worden. Ende der Veranstaltung.«

»Das Risiko, dass er auspackt, bleibt trotzdem bestehen.«

»Komm schon, Katja. Wer soll ihm glauben? Einem Mann, der bei seiner Musterung verschwiegen hat, dass er nicht schwimmen kann. Der nachweislich psychisch krank ist. Was hat man von so einem schon zu befürchten?«

Katja weiß, dass er recht hat. Mit dem, was offiziell vorliegt, werden sie Eva Freys Mörder niemals überführen können. Der Untersuchungsbericht hat die drei Besatzungsmitglieder der *Baunschweig* von allen Vorwürfen reingewaschen. Andererseits findet sich immer etwas, wenn man nur tief genug schürft. Vor allem geht es darum, sich nicht zu begnügen, jede Antwort zu hinterfragen, wieder und immer wieder, bis sich die Wahrheit dahinter offenbart.

»Und zweitens?«

»Angenommen, die haben Hirschberger tatsächlich umgebracht. Wo ist dann die Verbindung zu Fellner?«

»Gute Frage«, sagt Katja.

»Für gute Fragen werde ich bezahlt«, gibt Dorfmüller zurück.

»Unterbezahlt meinst du.«

»Eindeutig.«

»Sägst du gerade an meinem Ast?«

»Würde ich nie tun. Falle ich ja mit dir runter.«

»Kommt drauf an, wo du sitzt, wenn du sägst.«

»An deiner Seite«, grinst Dorfmüller. »Wo sonst?«

»Jetzt mal im Ernst«, erwidert Katja. »Die Verbindung ist doch ganz offensichtlich: Hirschberger ertrinkt fast bei einem Sturz von Bord, Fellner wird von einer Lawine verschüttet. Beide sterben auf eine Art und Weise, die sich eindeutig auf diese Vorfälle bezieht. Bei beiden lässt sich nicht sagen, ob sie ermordet wurden oder ob sie sich selbst getötet haben. Und in beiden Fällen schließen die, die sie gut gekannt haben, einen Selbstmord aus.«

»Das ist genau das, was ich daran nicht verstehe«, sagt Dorfmüller. »Weil die Parallelen zwischen beiden Fällen auf denselben oder dieselben Täter hindeuten. Was uns wieder zum Tatmotiv bringt. Und zu dem, was ich mit Verbindung meine: Wenn die drei von der *Braunschweig* Hirschberger tatsächlich getötet haben, um ihn zum Schweigen zu bringen, warum sollen sie dann auch noch Fellner ermorden?«

»Ich weiß es nicht«, sagt Katja gereizt, greift nach ihrer Tasche und steht auf. »Du kümmerst dich um Hirschberger, ich nehm mir Fellner vor.«

»Innsbruck?«, fragt Dorfmüller.

»Innsbruck«, sagt Katja.

24

Und wieder ist sie auf der Autobahn, diesmal Richtung Süden. Die alte Strecke, die sie als Kind so oft mit ihrer Mutter gefahren ist, über Rosenheim und Kufstein, nur dass sie jetzt südlich von Innsbruck nicht auf die A13 zum Brenner abbiegt, sondern die Abfahrt in die Innenstadt nimmt. In Gedanken versunken, hat sie erst hinter der Grenze bemerkt, dass sie keine Vignette besitzt. Für den Fall einer Kontrolle wird sie es darauf ankommen lassen.

Es ist kurz nach vier, als sie auf dem Parkplatz des Universitätsklinikums aussteigt. Der Arzt, der Robert Fellner behandelt hat, heißt Hofer. Sie hat vom Auto aus mit ihm telefoniert, er erwartet sie in der Unfallchirurgie, wo er seit mehreren Monaten arbeitet.

Dr. Hofer ist Mitte dreißig, sieht aber deutlich älter aus. Athletische Statur, blonde Haare, Dreitagebart. Seine Augenränder lassen darauf schließen, dass er wenig Schlaf bekommt. Hinter seiner ausnehmend sympathischen Oberfläche liegt etwas Gehetztes, die Folge ständiger Ansprechbarkeit. Egal, ob privat oder auf Station: Jederzeit kann der Beeper sich melden und ihn zu einem Notfall rufen. Katja kennt das aus früheren Ermittlungen. Als Arzt in einem Krankenhaus muss man die Bereitschaft zur Selbstausbeutung mitbringen. Die wechselnden Dienste lassen den Biorhythmus durcheinandergeraten. Überstunden stellen nicht die Ausnahme, sondern den Normalfall dar. Die sozialen Kontakte schlafen früher oder später ein.

Sie gehen zusammen über den Flur der Unfallchirurgie und

weiter durch ein Gewirr von Gängen und Abzweigungen, bis sie einen Aufzug erreichen. Hofer hat sie gefragt, ob es ihr etwas ausmachen würde, das Gespäch in der Kantine zu führen. Er ist seit über sechzehn Stunden im Einsatz und hat bis auf ein überhastetes Frühstück heute Morgen noch nichts zu sich genommen.

Ein paar Minuten später sitzen sie in der Kantine. Ökonomie statt Genuss, denkt Katja, während sie zusieht, wie Dr. Hofer ein Wiener Schnitzel mit Zitronensaft beträufelt und es in gabelgerechte Portionen schneidet, die er eine nach der anderen in seinen Mund schaufelt, nur unterbrochen von kurzem Kauen und dem nüchternen Abspulen von Fellners Anamnese. Um Zeit zu sparen, hat er die Patientenakte kopiert.

»Er wurde stark unterkühlt eingeliefert«, sagt er, während er versucht, die erratische Handschrift zu entziffern, mit der er vor zehn Monaten die Behandlung des Lawinenopfers zusammengefasst hat. »Die Körpertemperatur war auf deutlich unter sechsunddreißig Grad abgesunken. Wir haben ihn mithilfe von Heizdecken erst mal wieder hochgeregelt.«

»Hochgeregelt«, wiederholt Katja.

»Na ja, auf normale Temperatur gebracht, in Zehntelgradschritten. Da muss man verdammt aufpassen und sich Zeit lassen, sonst geht das nicht gut aus.«

»Bei ihm ist es gut ausgegangen.«

»Physisch vielleicht«, erwidert Hofer mit Blick auf seine Kopie, »aber das ist nicht das Entscheidende.«

»Was ist denn das Entscheidende?«

»Die psychischen Implikationen«, sagt Hofer. »Das, was so eine Lawine innerlich bei einem anrichtet. Sie müssen sich das vorstellen: Tonnen von Schnee über Ihnen, komprimiert wie Beton, als wären Sie darin eingegossen. Keinerlei Bewegungsmöglichkeit. Dazu hören Sie unter dem Schnee so gut wie nichts. Absolute Stille, völliges Ausgeliefertsein, totale Hilflosigkeit. Und kaum Luft zum Atmen. Die meisten werden von ihrer eigenen Panik getötet. Herzversagen, Kreislaufzusammenbruch, Exitus.«

»Wieso hat der Fellner dann überlebt?«

»Ich hab mit ihm geredet, als er wieder ansprechbar war. Er hat mir erzählt, dass er bei der Marine eine Ausbildung als Taucher und Kampfschwimmer gemacht hat.«

Katja traut ihren Ohren nicht. »Er war Marinetaucher?«

»Er hat gesagt, dass er da Techniken erlernt hat, um das Angstzentrum im Gehirn, die sogenannte Amygdala, zu besänftigen und aufkommende Panik in den Griff zu kriegen. Was unter Wasser und bei dem Job natürlich unverzichtbar ist.«

»Und was ihm unter der Lawine zugute gekommen ist.«

»Absolut. Er war in der Lage, seinen Puls runterzuatmen und sämtliche Angstreaktionen auszublenden. Er hat sich einfach vorgestellt, er würde sich außerhalb seines Körpers befinden. Ich hab's mir aufgeschrieben, weil es mich so beeindruckt hat.« Er liest ihr ein entsprechendes Zitat aus Fellners Akte vor. »›Ich betrachte mich von oben. Ich bin nicht mehr ich, deshalb kann mir nichts etwas anhaben.‹«

»Hört sich irgendwie grausam an«, sagt Katja.

»Ja, schon«, sagt Hofer, »aber auch ziemlich faszinierend. Dass es jemand in einer solchen Ausnahmesituation schafft, seinen Geist von seinem Körper zu trennen. Ohne diese Fähigkeit hätte er das alles nicht überlebt.«

»Sie haben ihm zwei Fingerglieder der linken Hand amputiert«, sagt Katja.

»Ein kleiner Preis für sein Überleben«, erwidert Dr. Hofer trocken. Er ist inzwischen beim Dessert angelangt. Erdbeerquark mit lieblos aufgestreuten Pistazienstückchen, den er genauso hastig in sich hineinschlingt wie das Schnitzel zuvor.

»Sein physisches Überleben«, sagt Katja. »Aber was ist mit seiner Psyche? Wie überlebt die so ein Trauma?«

»Kommt drauf an«, sagt Dr. Hofer. Er hat die Schale mit dem Quark geleert und tupft sich den Mund mit einer Papierserviette ab. »Alles eine Frage der Resilienz.«

»Resilienz?«

»Die Fähigkeit, schwierige Lebenssituationen ohne dauerhafte Beschädigung zu überstehen. Persönliches Krisenmangement, wenn Sie so wollen. Beim einen stärker, beim anderen schwächer ausgeprägt.«

»Und bei Robert Fellner?«

»Er war überzeugt davon, mit seiner Traumatisierung klarzukommen. Er hat sich das selbst eingeredet. Immer wieder. Wie ein Mantra.«

»Und Sie?«

»Ich hab ihm erklärt, dass die psychischen Folgen einer solchen Verschüttung in der Regel verzögert auftreten. Albträume, Schweißausbrüche, Panikattacken. Bis hin zum totalen Kontrollverlust. So wie ich ihn kennengelernt habe, war genau das wichtig für ihn: nie die Kontrolle zu verlieren, alles im Griff zu haben. Eine solche Persönlichkeitsstruktur kann im Fall eines erlittenen Traumas hilfreich sein – Stichwort: Resilienz. Aber sie kann eben auch das genaue Gegenteil bewirken. Weil sie verhindert, die durch das traumatische Ereignis ausgelösten Gefühle an sich rankommen zu lassen. Ich hab ihm jedenfalls dringend geraten, sich Hilfe zu holen.«

»Sie meinen, bei einem Therapeuten?«

Dr Hofer nickte. »Das hier ist eine der größten Unfallkliniken Österreichs. Abstürze beim Bergsteigen oder Verschüttungen durch Lawinen sind unser Alltag. Die meisten Patienten glauben, sie hätten alles überstanden, sobald der Hubschrauber hier gelandet ist und wir sie wieder zusammengeflickt haben. Aber das ist nicht so.« Er macht eine Pause, um sich zu sammeln. »›Die Hölle fängt erst später an.‹ – Wissen Sie, woher ich diesen Satz habe?«

»Nein«, sagt Katja.

»Von einem Analytiker aus München. Ein Traumaexperte. Wir müssen hier regelmäßig an Fortbildungen teilnehmen, er war einer der Dozenten. Von ihm habe ich gelernt, dass die innere und die äußere Welt von Traumapatienten oft völlig auseinandergedriftet sind. In der äußeren Welt funktionieren sie perfekt, ihre innere ist nur noch eine Trümmerlandschaft, in der Chaos, Krieg und Zerstörung herrschen.«

»Wie heißt dieser Analytiker?«

»Hanning«, sagt Hofer. »Dr. Alexander Hanning.«

Katja hat Mühe, sich ihre Aufregung nicht anmerken zu lassen. »Haben Sie Robert Fellner von ihm erzählt?«

»Ich hab ihm geraten, sich an ihn zu wenden. Ob er es getan hat, kann ich Ihnen nicht sagen.« Er lächelt. »Noch einen Kaffee?«

»Ich hätte nichts dagegen«, sagt Katja.

Hofers Beeper summt. Er schaut auf das Display und schüttelt den Kopf. »Wird wohl nichts draus«, sagt er und erhebt sich. »Ich muss. Tut mir leid.«

»Sie haben mir sehr geholfen, Doktor.«

»Immer gerne«, sagt Hofer, wendet sich zum Gehen, hält aber noch mal inne. »Sagen Sie, was ist denn mit dem Herrn Fellner los, dass Sie extra aus München hierher ...?«

»Nichts Dramatisches«, unterbricht Katja ihn. »Nur ein paar Fragen, die in Zusammenhang mit einer unserer Ermittlungen aufgetaucht sind.« Sie zwingt sich zu einem Lächeln. »Tun Sie mir einen Gefallen?«

»Kommt ganz drauf an.«

»Geben Sie auf sich acht«, sagt Katja.

Sie wartet, bis der Arzt die Kantine verlassen hat, dann zieht sie ihr Handy aus der Tasche. Ihre Hände zittern, als sie Dorfmüllers Kurzwahltaste drückt und auf die Verbindung wartet.

»Ich bin's«, sagt sie. »Du musst Fellner überprüfen. Seine Vergangenheit. Die Zeit, bevor er als Reiseleiter gearbeitet hat. Der Arzt, der ihn in der Unfallklinik behandelt hat, sagt, dass er vor Jahren eine Ausbildung als Marinetaucher gemacht hat.«

»Du glaubst, er kennt Hirschberger und die Jungs von der *Braunschweig*?«

»Ich will's nicht glauben, ich will's wissen.«

»Ist ja gut. Bin quasi schon dabei.«

»Wenn du damit durch bist, redest du noch mal mit Hanning.«

»Warum das denn?«

»Der Arzt aus Innsbruck hat Fellner nahegelegt, sich wegen seines Lawinentraumas von Hanning behandeln zu lassen.«

Dorfmüller ist seine Überraschung deutlich anzuhören. »Fellner war Hannings Patient?«

»Wie gesagt, Rudi: Ich will's nicht glauben, ich will's wissen!«

25

Es ist kurz vor acht, als Katja ihren Wagen in der Sternstraße parkt. Sie fühlt sich erschöpft. Das Gespräch mit Dr. Hofer hat sie aufgewühlt. Während der gesamten Rückfahrt nach München hat sie über die neuen Perspektiven nachgedacht, die sich daraus ergeben. Robert Fellner hat eine Ausbildung bei der Bundesmarine absolviert. Genau wie Hirschberger. Der Taucher und der Nichtschwimmer. Haben sich die beiden gekannt? Hat Fellner auch die mutmaßlichen Mörder von Eva Frey gekannt? Vielleicht war er mit ihnen während seiner Ausbildung in derselben Kaserne stationiert. Und was ist mit der jungen Kadettin? Gibt es eine Verbindung zwischen Fellner und ihr?

Katja steigt aus und geht nachdenklich zu ihrem Wohnhaus. Was ihr fehlt, ist der Kern, das Epizentrum. Das, was die Morde ausgelöst hat, das Motiv. Rudi hat recht: Warum sollten die Mörder von Eva Frey – vorausgesetzt, es war wirklich ein Mord – sich die Mühe gemacht haben, August Hirschberger zu töten? Sie waren durch den offiziellen Untersuchungsbericht perfekt geschützt, niemand hätte dem Gustl seine Geschichte geglaubt. Andererseits war ein Mord an ihm relativ ungefährlich. Auch hier hätten die Täter wenig zu befürchten gehabt. Die Bundesmarine hatte sie einmal aus der Schusslinie genommen, um den drohenden Skandal zu vertuschen, sie würde es auch ein zweites Mal tun.

Auch bei Fellners gewaltsamem Tod geht es um die Frage nach dem Tatmotiv. Auch in seinem Fall ist nicht klar, ob er ermordet wurde oder sich selbst getötet hat. Wenn er Eva Freys Mörder tatsächlich kannte, dann könnte er – auf welche Weise auch immer – von ihrer Tat erfahren haben. Damit wäre auch er Mitwisser gewesen. Vielleicht hat er den Tätern damit gedroht, den Mord an der Kadettin anzuzeigen. Mit einer entsprechenden Aussage wäre Hirschbergers Version von den Umständen ihres Todes plötzlich glaubwürdig gewesen. Dann hätte man seine Geschichte nicht mehr einfach als kranke Fantasie eines PTBS-Patienten abtun können.

Katja bleibt stehen. Sie spürt ein leichtes Kribbeln in ihrem Körper. Ihre Schlussfolgerungen beginnen, Sinn zu ergeben. Sie hat das Gefühl, auf der richtigen Spur zu sein, die Puzzlestücke zu einem schlüssigen Ganzen ordnen zu können. Die Tatsache, dass sowohl im Fall Hirschberger als auch im Fall Fellner ein Selbstmord im Raum steht, passt ebenfalls in das neue Bild. Ein perfider Plan, perfekt ausgeführt. Solange ein Suizid nicht ausgeschlossen werden kann, wird es niemals zu einer Mordanklage kommen.

Während sie in ihrer Tasche nach dem Haustürschlüssel sucht, überlegt sie weiter. Was gegen ihre Theorie spricht, ist das, was Hirschberger und Fellner abseits des Mordes an Eva Frey miteinander verbindet: Beide sind unabhängig voneinander Opfer eines traumatischen Erlebnisses geworden, der eine ist fast ertrunken, der andere von Schneemassen verschüttet worden. In Hirschbergers Fall kann das als Mordversuch bewertet werden, im Fall von Fellner nicht. Beide sind auf eine Art und Weise gestorben, die ihre Traumata wieder aufleben ließ. Eine Parallele, die einen Zufall unglaubwürdig macht. Wenn darin der Kern ihres gewaltsamen Sterbens liegt, dann kann das nichts mit Eva Freys Ermordung zu tun haben. Katja fragt sich, ob Robert Fellner dem Rat des Arztes aus Innsbruck gefolgt ist und Alexander Hanning kontaktiert hat. Wenn ja, dann stellt der Psychoanalytiker eine direkte Verbindung zwischen Hirschberger und Fellner dar – und ist damit möglicherweise der Einzige, der Licht ins Dunkel bringen kann.

Sie zieht mit dem Haustürschlüssel auch ihr Handy aus der Tasche. Keine neuen Nachrichten. Dorfmüller muss noch immer dabei sein, Fellners Vergangenheit und mögliche Verbindungen zu Hirschberger zu überprüfen, sonst hätte er sich längst gemeldet.

Das alles hat auch bis morgen Zeit, denkt Katja und versucht, ihre Unruhe in den Griff zu kriegen. Jetzt geht es darum, sich um Jenny zu kümmern. Einfach nur für sie da zu sein.

Sie will die Haustür aufschließen, als sie ein direkt vor dem Haus geparktes Auto bemerkt, dessen Nummernschild sie erstarren lässt: A wie Augsburg.

Sie geht zu dem Wagen. Am Rückspiegel hängt ein in Plastik eingeschweißtes kleines Foto. Zu dunkel, um irgendwas darauf erkennen zu können. Sie schaltet die Taschenlampenfunktion ihres Handys ein, leuchtet durch die Scheiben ins Innere, bis der Lichtstrahl das Foto erreicht. Peters Frau Alina, im Arm ihre beiden Kinder. Wut kriecht in Katja hoch. Das kann nicht sein, denkt sie, das darf nicht sein!

Sie muss sich am Geländer festhalten, als sie die Treppe hinaufgeht. Mühsam schleppt sie sich nach oben, Stufe um Stufe. Peter ist hier, in ihrer Wohnung! Ungefragt, ohne von ihr eingeladen worden zu sein. Sie fühlt sich wie vergewaltigt.

Sie beißt sich auf die Unterlippe. Er darf das nicht mitkriegen, genauso wenig wie Jenny. Sie muss so tun, als wäre alles in Ordnung. Ist doch kein Problem, denkt sie voller Bitterkeit, machst du doch seit Jahren so.

Schon beim Aufschließen der Wohnungstür hört sie Jennys Lachen. Das unbeschwerte Giggeln einer Fünfzehnjährigen, die sich endlich als Teil einer Familie fühlen kann. Es schnürt Katja die Luft ab.

Sie atmet tief durch, dann betritt sie die Wohnung. Der intensive Duft seines Parfums, das gleiche Eau de Toilette, das er früher schon benutzt hat. Jenny steht in der offenen Badezimmertür und packt ihren Kulturbeutel. Zahnpasta, Deo, das Parfum, das Katja ihr zum Geburtstag geschenkt hat. Peter sitzt auf dem Rand der Badewanne und schaut ihr zu. Zwischen den beiden herrscht eine Selbstverständlichkeit, die Katja erschreckt. Als würden sie sich schon ewig kennen.

»Hey«, sagt sie leise.

Jenny und Peter blicken überrascht auf, unterbrochen in einem Spiel, das nur ihnen gehört. Katja kommt sich vor wie ein ungebetener Gast, ein Eindringling, der die Vertrautheit der beiden stört.

»Störe ich euch?«, fragt sie und bereut die Frage sofort.

»Entschuldige«, sagt Peter und steht auf. »Ich hätte dich vorher anrufen sollen.«

»Hast du aber nicht.«

»Tut mir leid.«

Katja wendet sich an Jenny. »Was machst du da?«

»Packen«, sagt Jenny.

»Packen«, hört Katja sich wie durch einen Nebel wiederholen.

Peter kommt auf sie zu, fasst sie am Arm. »Ich dachte, das wäre geklärt. Jenny hat mir gesagt, du hättest zugestimmt.«

»Ja«, sagt Katja und löst sich aus seiner Berührung, bemüht, ihre Fassung wiederzugewinnen. »Natürlich. Ich wusste nur nicht, dass das schon heute …«

Sie beendet den Satz nicht. Jetzt fang bloß nicht an zu heulen, denkt sie und drängt ihre aufsteigenden Tränen zurück.

»Wir fahren morgen früh los«, sagt Peter. »Über München wäre ein Riesenumweg, also habe ich mir gedacht, ich hole sie heute schon ab, dann sparen wir uns das.«

»Kein Problem«, sagt Katja. Sie spürt, dass ihre Tochter sie beobachtet. Jede ihrer Gesten, das Spiel ihrer Mimik. Die Art, wie sie mit Peter redet und er mit ihr. Kleine, große Jenny! Da steht sie und packt ihren Kulturbeutel, während Mama und Papa zum ersten Mal in ihrem Leben bei ihr zu Hause sind, gemeinsam mit ihr, in den vier Wänden, in denen sie aufgewachsen ist. Eine Familie. Die Sehnsucht eines Mädchens. Ihr großer Traum.

»Schön habt ihr's hier«, sagt Peter. »Geschmackvoll und gemütlich.«

»Freut mich, dass es dir gefällt«, lügt Katja und denkt: Verschwinde aus meiner Wohnung, hau ab aus meinem Leben!

Jenny geht mit ihrem Kulturbeutel in ihr Zimmer. Auf dem Bett liegen die Sachen, die sie mitnehmen will. Jeans, T-Shirts, Sommerkleider. Unterwäsche, Socken, zwei Bikinis. Sie fängt an, ihren Rucksack zu packen.

»Mach dir keine Sorgen«, sagt Peter. »Ich pass auf sie auf.«

Katja denkt: Wie willst du auf jemanden aufpassen, den du nicht kennst?

Sie wendet sich an Jenny: »Bist du sicher, dass du das willst?«

Jenny hält inne, verharrt für eine Sekunde, ein paar Socken in der Hand, dann packt sie wortlos weiter.

»Tut mir leid«, sagt Katja. »Ich will nur nicht, dass du was tust, das du später bereust.«

Sie weiß, wie dumm es ist, so etwas zu sagen. Sie fühlt sich furchtbar, durch und durch verlogen. Wie eine billige Betrügerin.

»Ich wäre dann so weit«, sagt Jenny und nimmt den Rucksack vom Bett.

»Hast du deinen Ausweis?«, fragt Katja.

»Natürlich, Mama.«

»Was ist mit Geld? Du hast doch überhaupt kein Geld.«

»Braucht sie nicht«, sagt Peter. »Das mache ich schon.«

Wieso du?, denkt Katja. Sie will das nicht. Jenny ist ihr Kind, sie ist für sie verantwortlich, niemand sonst! Sie nestelt ihr Portemonnaie aus der Tasche, zieht den einzigen Schein darin heraus. Fünfzig Euro.

»Mama!«, sagt Jenny.

»Jetzt komm schon«, erwidert Katja.

Widerwillig nimmt Jenny das Geld, lässt es in der Tasche ihrer Jeans verschwinden, als wäre ihr das peinlich. Sie steht da, abwartend, ungeduldig, wirft erst Peter einen Blick zu, dann ihrer Mutter. Lass es uns bitte hinter uns bringen, Mama, sagt dieser Blick. Und: Fang jetzt nicht an zu heulen. Dahinter spürt Katja Jennys eigene Tränen. Eine merkwürdige Hilflosigkeit, den Wunsch nach Unterstützung.

Sie verabschiedet sich nicht von mir, denkt Katja, sie verabschiedet sich von ihrer Kindheit. Sie nimmt Jenny in den Arm, drückt sie an sich. Ihr Kind, ihr kleines Mädchen, das sie großgezogen hat, das sie getröstet hat, wenn es traurig war, mit dem sie gelacht hat, dem sie das Fahrradfahren beigebracht und Geschichten zum Einschlafen erzählt hat, mit dem sie gerungen hat und gestritten, dessen Ablehnung und Beleidigtsein sie ertragen hat, das sie gewärmt hat, wenn es fror. Dieses Mädchen, in dem sie sich selbst erkannt und in dem sie die eigene Fremdheit gespürt hat. Dieses Kind, das ihr näher gewesen ist als jeder andere Mensch auf dieser Welt.

»Ich bin stolz auf dich«, sagt sie leise und spürt, wie Jenny ihre Umarmung erwidert, wie sie ihre Arme um ihren Körper schlingt, unbeholfen, voller Sehnsucht danach, dass alles gut wird.

»Komm gesund wieder«, sagt Katja.

»Mach ich«, sagt Jenny und löst sich von ihr.

Peter öffnet die Wohnungstür. Jenny tritt hinaus in den Hausflur, ihren Rucksack über der Schulter, dreht sich ein letztes Mal zu ihrer Mutter um, wirft ihr ein scheues Lächeln zu und geht die Treppe hinunter.

Katja schaut Peter an. »Wenn das schiefgeht, bringe ich dich um.« Sie weiß nicht, warum sie das sagt, die Worte kommen einfach so aus ihrem Mund, nicht laut, fast scherzhaft, aber mit einer Schärfe, die sie selbst erschreckt.

»Du bist die Expertin fürs Schiefgehen«, sagt Peter, »nicht ich.«

»Du kennst sie nicht.«

»Ich kenne dich.«

Nein, denkt Katja, tust du nicht.

Er beugt sich zu ihr, seine Hände auf ihrer Schulter, die Andeutung eines Kusses.

Sie weicht zurück.

»Dann nicht«, sagt er und verlässt die Wohnung.

Sie drückt die Tür ins Schloss und steht da, die Klinke in der Hand, lauscht den verklingenden Schritten auf der Treppe, bis die Stille sie überfällt. Die Empfindung, sich zu verlieren, sich aufzulösen. Als wäre ihr ein wesentlicher Teil von ihr genommen worden. Ein vorweggenommener Abschied. Das Leben ist eine Aneinanderreihung von Vorläufigkeiten, ein dauerhaftes Provisorium. Augenblicke, Momente, Perlen auf einer Schnur. Lass die Kette nicht reißen, denkt Katja, nicht jetzt.

Ihr Handy klingelt. Sie schaut auf das Display. Rudi.

»Wo bist du?«

Statt einer Antwort ein Klingeln. Überrascht öffnet sie die Wohnungstür. Dorfmüller steht davor, sein Handy in der Hand. Er zuckt lächelnd mit den Schultern.

»Dein Ex kam aus dem Haus, als ich reinwollte. Er hat mir die Tür aufgehalten. Ich fand ihn nicht unsympathisch.«

»Ach ja?«

»Siehst nicht begeistert aus.«

»Hauptsache, Jenny ist begeistert.«

»Sie hat an seinem Wagen auf ihn gewartet. Hat er sie dir entführt?«

»Seine Schwiegereltern besitzen ein Haus in Südfrankreich. Er hat sie eingeladen.«

»Alleine?«

»Mit seiner Familie.«

»Verstehe«, sagt Dorfmüller und schiebt sich schnüffelnd an ihr vorbei in die Wohnung. »*Kouros*«, stellt er trocken fest.

»Bitte?«

»Sein Eau de Toilette.« Er lächelt. »Für meinen Geschmack eine Spur zu aufdringlich.«

»Nicht so aufdringlich wie der Duftbaum in deinem Granada«, erwidert Katja und merkt, wie froh sie ist, dass er da ist. »Willst du einen Whisky?«

»Ich hätte nichts dagegen.«

26

Sie sitzen mit ihren gefüllten Gläsern im Wohnzimmer. Dorfmüller nimmt einen Schluck, lässt den Whisky durch seinen Mund wandern und dann genüsslich die Kehle herunterrinnen, die Augen geschlossen, in seinem Gesicht der Ausdruck wohliger Zufriedenheit.

»Also?«, fragt Katja ungeduldig.

»Also was?«, erwidert Dorfmüller.

»Du wärst nicht hier, wenn du nichts für mich hättest.«

»Was willst du zuerst hören?«

»Was du über unseren Mann im Kühlschrank rausgekriegt hast.«

»Okay«, sagt Dorfmüller. Er fischt sein Notizbuch aus der Tasche und beginnt zu berichten.

Robert Fellner stammt aus einem Dorf im Allgäu. Ein Einzelkind, genau wie Hirschberger. Die Mutter ist früh gestorben, der Vater hat vor seiner Frühpensionierung als Heizungstechniker gearbeitet. Inzwischen lebt er in einem Pflegeheim in Sonthofen. Dorfmüller hat dort angerufen und sich über ihn erkundigt. Fellner senior leidet an Demez im fortgeschrittenen Stadium. Laut Auskunft der Heimleitung hat er seinen Sohn bei dessen letztem Besuch im Juni nicht mehr erkannt. Inzwischen nimmt er nicht mal mehr seine Pfleger wahr. Weitere Angehörige gibt es nicht. Robert Fellner hat sich nach der Schule für zwölf Jahre bei der Marine verpflichtet und von 2004 bis 2007 auf dem Marinestützpunkt Eckernförde seine Kampfschwimmerausbildung absolviert. Bis zum Ablauf seiner Dienstzeit im Juli 2016 gehörte er dem Kampfschwimmer-Kommando beim *Kommando Spezialkräfte der Marine* an.

»Die harten Jungs?«, fragt Katja.

»Die ganz harten Jungs«, sagt Dorfmüller und erzählt weiter. Nach Ablauf seiner Dienstzeit verließ Fellner die Marine und heuerte als Tauchlehrer bei einem Reiseveranstalter an, ehe er auf die Idee kam, auf eigene Rechnung zu arbeiten. Er machte sich mit Tauchtrips ins Rote Meer und auf die Malediven einen Namen. Dann gab es eine Anfrage von *ActionTours*, zum Tauchen kam das Trekking hinzu, dann das Rafting, schließlich das Bergsteigen. Der Rest ist bekannt.

»Was hast du über die drei Offiziere von der *Braunschweig* rausgefunden?«, fragt Katja.

»Der erste heißt Sven Osterhoff. Dreiunddreißig. Kommt aus Lübeck, ist dort zur Schule gegangen. Nach dem Abitur Ausbildung zum Marineoffizier an der Marineschule Mürwik. An Bord der *Braunschweig* Oberbootsmann. Nach der internen Untersuchung zum Fall Hirschberger versetzt zum 3. Minensuchgeschwader nach Kiel. Seit Juli auf dem Minenjagdboot *Weilheim*. Ein operativer Einsatz beim NATO-Minenabwehrverband *SNMCMG 1*, der *Standing NATO Mine Countermeasures Group 1*.«

»Mit anderen Worten: Er scheidet als Täter aus.«

»Definitiv.«

»Und der zweite?«

Dorfmüller blättert in seinem Notizbuch weiter. »Frank Griebing, achtundzwanzig, Fähnrich zur See. Gebürtig aus Rostock. Dieselbe Ausbildung wie Osterhoff. Und genau wie er nach den Ereignissen um Eva Frey und Hirschberger versetzt.«

»Runter von der *Braunschweig*, um Ruhe reinzukriegen?«

»Aus den Augen, aus dem Sinn. Und schön weit weg.«

»Wie weit weg ist ›schön weit weg‹?«

»Das Horn von Afrika. An Bord der Fregatte *Augsburg*. Unterstützung der *European Naval Force* beim Schutz von Handelsschiffen. Im Rahmen der *Operation Atalanta*. Die Details erspare ich dir.«

»Dann ist er auch raus.«

»Mehr raus geht nicht.«

»Bleibt der dritte.«

Dorfmüller blättert weiter. »Dominik Seidel. Neunundzwanzig.«

»Was macht der inzwischen?«

»Hat sich aus dem Dienst auf See verabschiedet. Absolviert einen Masterstudiengang für *Systems Engineering* an der Universität der Bundeswehr München.«

Katja starrt ihn ungläubig an. »Seit wann?«

»Seit dem vergangenen Wintersemester«, sagt Dorfmüller und hält ihr sein leeres Glas entgegen. »Kriege ich noch einen?«

Sie schenkt ihm nach. Ihre Gedanken überschlagen sich. Der Versuch, sich ein Bild zu machen, Zusammenhänge herzustellen. Vor allem einen: den zu dem Toten im Kühlschrank.

»Wo hat dieser Seidel seine Ausbildung gemacht?«

»Dreimal darfst du raten.«

»Marinestützpunkt Eckernförde.«

»Treffer«, sagt Dorfmüller trocken.

»*Kommando Spezialkräfte der Marine.*«

»Und versenkt! Allerdings musste er die Ausbildung abbrechen. Hat's nicht gepackt.«

»Wie ist er dann auf der *Braunschweig* gelandet?«

»Über die Marineunteroffiziersschule in Plön. Bootsmannslehrgang. Hat als Jahrgangsbester abgeschlossen.«

»Wie lange war er in Eckernförde? Und wann?«

»Sechs Monate. Frühling bis Herbst 2012.«

»Dann müssten Fellner und er sich dort begegnet sein.«

»Wäre komisch, wenn nicht.«

»Damit ist Seidel die Verbindung zwischen Fellner und Hirschberger, nach der wir gesucht haben«, schlussfolgert Katja. »Woraus sich die Frage ergibt, ob Hirschberger und Fellner sich ebenfalls kannten.«

»Kann ich dir nicht sagen«, erwidert Dorfmüller.

Katja hasst nichts mehr als solche Sätze: *Kann ich dir nicht sagen – Weiß ich nicht – Keine Ahnung.*

»Was ist mit dem Spusibericht?«, fragt sie.

»Der Kühlschrank liegt neben einem öffentlichen Weg. Spurenfragmente ohne Ende. Fahrradfahrer, Spaziergänger, Hundebesitzer. Da irgendwelche Spuren konkret zuzuordnen, ist so gut wie unmöglich.«

»Hast du mit Dr. Hanning geredet?«

»Ich bin zu ihm gefahren. Nach Bogenhausen. Schicke Villa mit angeschlossener Praxis.«

»Hat er nicht gesagt, dass er wegen seiner Patienten nicht wollte, dass du ihn da aufsuchst?«

»Selbst ein vielbeschäftigter Analytiker wie er hat irgendwann mal Feierabend.«

»Und? War Fellner bei ihm in Therapie?«

»Ja«, sagt Dorfmüller.

»Womit wir eine weitere Verbindung zwischen Hirschberger und Fellner hätten. Was hat Hanning über ihn gesagt?«

»Er nannte ihn einen seiner ›interessantesten Fälle‹.«

»Was hat ihn daran so gereizt?«

»Der Zusammenhang zwischen Fellners Ausbildung und dem Auslöser seines Traumas.«

»Die Lawine.«

»Ja.«

»Geht das auch ein bisschen konkreter?«, fragt Katja ungeduldig.

»Wenn du mich nicht dauernd unterbrechen würdest, bestimmt.«

»Reg dich ab, Rudi!«

»Du regst dich auf, nicht ich.«

»Komm zum Punkt!«

»Nicht ohne Nachschub«, sagt Dorfmüller und hält ihr erneut sein leeres Glas hin. Wieder schenkt sie nach, wieder lässt er sich mit dem Trinken Zeit, blättert seelenruhig in seinen Notizen, bis er die richtige Stelle gefunden hat. »Hanning hat sich von Fellner den Ablauf seiner Ausbildung schildern lassen. Fellner hat ihm erzählt, dass die meisten schon nach ein paar Wochen abbrechen.«

»So wie Dominik Seidel.«

»Exakt. Über siebzig Prozent Durchfallquote. Absolut brutal, was so einem Kampfschwimmer abverlangt wird. Einsätze in extremer Kälte oder Hitze. Fallschirmsprünge über dem Meer. Landung in zwei Grad kaltem Wasser. Ausstiege aus Torpedorohren von U-Booten bei einem Durchmesser von fünfundfünfzig Zentimetern. Dreißig Kilometer Schwimmen in offener See mit einer Kampfausrüstung von fünfundzwanzig Kilo Gewicht. Apnoetauchen im Becken. Und wer keine drei Minuten schafft, ist raus.«

»Fellner hat dem Arzt in Innsbruck berichtet, dass er während der Ausbildung ein spezielles Training absolviert hat, um das Angstzentrum im Gehirn auszuschalten.«

Dorfmüller nickt. »Hat Hanning mir auch erzählt. Wobei es da natürlich ausschließlich darum geht, die erfolgreiche Durchführung eines Einsatzes zu gewährleisten. Darum, in einer extremen Situation reibungslos zu funktionieren. Was das mit dem Mann im Einsatz macht, ist nicht relevant. Aber dass es etwas mit ihm macht, ist evident. In der Lage zu sein, den Stress und die Angst auszublenden, heißt ja nicht, dass sie nicht vorhanden sind. Irgendwie müssen sie verarbeitet werden. Fellner hat Hanning gesagt, dass bei alldem die Zusammengehörigkeit der Gruppe eine entscheidende Rolle spielt. Das Gefühl, zu einem handverlesenen Team Auserwählter zu gehören, für die es keine Grenzen gibt, für die alles möglich ist, die alles schaffen können. Aber es bleibt eben auch alles in dieser Gruppe. Die Einsätze sind streng geheim, nichts davon darf nach außen dringen. Die Kameraden sind die Einzigen, die nachvollziehen können, was in dir vorgeht.«

»Gruselig«, sagt Katja.

»Aber auch faszinierend«, erwidert Dorfmüller. »Jedenfalls für Hanning.«

»Inwiefern?«

»Weil sein Spezialgebiet das Trauma ist, und Fellner der perfekte Patient war. Einer, der in Situationen, die bei den allermeisten Betroffenen traumatische Reaktionen auslösen würden, cool bleibt. Einer, der sein Gehirn darauf programmiert hat, Traumata von sich fernzuhalten, jedenfalls auf der Bewusstseinsebene. Genau das hat er getan, als er von der Lawine verschüttet wurde. Er hat funktioniert. So, wie er es gelernt und trainiert hat. Ein eingeübtes, im Ernstfall abgerufenes Muster. Hanning sagt, Fellner sei anfänglich fest davon überzeugt gewesen, seine Verschüttung ohne Trauma überstanden zu haben.«

»Warum hat er dann eine Therapie bei ihm begonnen?«

»Weil es nicht funktioniert hat. Weil das Trauma sich nicht austricksen ließ, weil es stärker war als seine Programmierung. Atemnot, Schweißausbrüche, Panikattacken. Dazu urplötzliche Wutanfälle. Und die Scham darüber, die Dinge nicht mehr im Griff zu haben. Sein Trauma hatte es schwerer, an die Oberfläche zu gelangen, als bei durchschnittlichen Betroffenen, aber die Folgen waren dafür wesentlich heftiger.«

Katja stellt sich Fellner vor. Den Moment, in dem er begreift, dass er – ausgerechnet er! – nicht unbeschadet davongekommen ist, dass die meterdicken Bunkerwände seiner Seele den Einschlag nicht abhalten konnten.

Sie spürt, dass sie zittert. Auf ihren Unterarmen und im Gesicht stehen Schweißperlen. Ihr wird klar, dass sie verzweifelt bemüht ist, die Tür in ihr eigenes Inneres wieder zu schließen, die sie mit dem Nachdenken über Fellner aufgestoßen hat.

Dorfmüller bemerkt ihre Verwirrtheit. »Was ist los mit dir?«

»Nichts«, lügt sie und versucht weiter, sich nicht von Fellners trauriger Geschichte wegreißen zu lassen, tiefer und immer tiefer hinein in ihre eigenen Abgründe.

»Wie ging es weiter mit Fellner?«, fragt sie.

»Hanning hat versucht, ihn zu stabilisieren«, fährt Dorfmüller fort. »Mit Psychopharmaka. Aber Fellner hat sich geweigert, Medikamente zu nehmen. Dass die Verschüttung in der Lawine ihn traumatisiert hatte, war offensichtlich. Was die Situation so speziell machte, war sein kompromissloses Festhalten an der erlernten Strategie, damit umzugehen. Diese verhängnisvolle Mischung aus Eingestehen und Verleugnen. Hanning sagt, Fellners Bewusstsein habe regelrecht Krieg mit seinem Unterbewusstsein geführt.«

»Ein perfektes Studienobjekt für seinen Therapeuten«, sagt Katja.

»Einerseits ja«, erwidert Dorfmüller. »Das hat Hanning auch bereitwillig eingeräumt. Andererseits hat er natürlich weiter versucht, Fellner zu helfen.«

»Der sich aber nicht helfen lassen wollte.«

»Oder einfach nicht konnte. Hanning sagt, er habe das Gefühl gehabt, einer ›tickenden Zeitbombe‹ gegenüberzusitzen, die jederzeit explodieren konnte. Oder implodieren.«

Katja versteht sofort. »Suizid!«

Dorfmüller nickt. »Ich hab Hanning erzählt, dass wir Fellner in einem Kühlschrank gefunden haben.«

»Und was sagt er dazu?«

»Er hält es für folgerichtig. Eine Art Selbstbestrafung mit Todesfolge. Genau wie bei Hirschberger.«

»Bestrafung wofür?«

»Für sein Scheitern. Für seine gefühlte Unfähigkeit, das Problem mit den bewährten Strategien zu lösen. Zwölf Jahre *Kommando Spezialkräfte der Marine*, deren Motto lautet: ›Lerne leiden, ohne zu klagen‹. Zwölf Jahre Teil einer verschworenen Truppe, die jede Aufgabe löst, die ihr gestellt wird. Und dann muss er ausgerechnet vor den Kräften der Natur kapitulieren. Er fühlt sich gedemütigt, entwertet. Der Kühlschrank ist ein perfektes Abbild des Gefängnisses, in dem er sich befindet, das Hineingezwängtsein der unzweifelhafte Ausdruck seiner Beschämung. Und dass er ausgerechnet den Erstickungstod wählt, verweist laut Hanning auf die Apnoe-Übungen während seiner Tauchausbildung.«

Katja schaut Dorfmüller nachdenklich an. Hannings Argumentation wirkt in sich schlüssig und völlig logisch. Genauso schlüssig und logisch wie das, was er ein paar Tage zuvor über August Hirschberger gesagt hat. Trotzdem bleiben Ungereimtheiten.

»Zwei Selbstmorde im Abstand weniger Tage? Und beide Suizidanten bei der Marine und beim selben Therapeuten? Das ist doch kein Zufall, Rudi!«

»Nicht mehr und nicht weniger zufällig als zwei Morde«, erwidert Dorfmüller und hält ihr erneut sein leeres Glas hin.

Katja schenkt ihm zum dritten Mal nach. »Irgendwas daran stinkt, Rudi!«

»Ich hab noch keinen Fall erlebt, bei dem nicht irgendwas gestunken hätte«, entgegnet er und leert das Glas in einem Zug. »Scheiße, ist der Whisky gut.«

»Mach sie leer«, sagt Katja mit Blick auf die Flasche.

»Geht leider nicht. Muss noch fahren.«

»Bei deinem Pegel?«

»Ich nehm die U-Bahn und hol mein Schätzchen morgen früh ab.«

Katja deutet auf das Sofa. »Du kannst hier schlafen, wenn du willst.«

Dorfmüller grinst. »Brauchst du ein Kindermädchen?«

Katja übergeht seine Bemerkung und steht auf. »Ich hol dir Bettzeug. Willst du ein Ei zum Frühstück?«

»Fünf Minuten«, sagt Dorfmüller und greift nach der Whiskyflasche.

27

Das Klingeln des Weckers ist wie eine Erlösung. Wieder hat Katja die halbe Nacht wach gelegen und den Morgen herbeigesehnt – aufgewühlt, schlaflos, zerrissen zwischen Traum und Trug.

Sie sah Hirschberger und Fellner vor sich, wie sie ihre Leben wegwarfen. Der eine auf dem nachtschwarzen Wasser eines Baggersees, der andere in einem weißen Kasten aus Metall. Albtraumhafte Bilder zweier mutmaßlicher Selbstmorde, die bei aller Klarheit ihren wahren Kern verbargen. Alles lag deutlich vor ihr, aber Katja konnte es nicht sehen. Mit offenen Augen starrte sie in das dunkle Nichts um sich herum und versuchte, den Sinn hinter dem zu erkennen, was sie nicht sah. Sosehr sie sich auch bemühte, es gelang ihr nicht.

Verzweifelt drängte sie die beiden Toten zur Seite, nur um von quälenden Gedanken an Jenny überwältigt zu werden. Die Vorstellung, in ihrem Bett zu liegen, während ihre Tochter in Peters Haus in Augsburg schlief, war unerträglich.

Sie steht auf und geht ins Wohnzimmer. Dorfmüller liegt friedlich wie ein Baby auf dem Sofa, unter der viel zu kleinen Bettdecke, die überlangen Arme und Beine ins Leere gestreckt, eine leise vor sich hin schnarchende Vogelscheuche, den Mund leicht geöffnet.

»Rudi«, sagt sie und schüttelt ihn sanft.

Er schreckt hoch, reißt die Augen auf, ein fragender Blick, wie durch sie hindurch, bis er endlich begreift, wo er sich befindet.

»Guten Morgen«, sagt sie.

»Morgen«, gibt er verschlafen zurück und fährt sich mit seinen riesigen Händen durchs Gesicht und über die schütteren Haare, die wirr von seinem Kopf abstehen. »Wie spät ist es?«

»Kurz nach sieben. Ich hab dir ein frisches Handtuch zum Duschen rausgelegt.«

»Wer sagt dir, dass ich duschen will?«

Katja greift nach der leeren Whiskyflasche auf dem Couchtisch. »Wenn Koller oder die Kollegen riechen, was ich rieche, hast du ein ernstes Problem.«

Mit einer Leichtigkeit, die sie ihm gar nicht zugetraut hätte, faltet er seine Arme und Beine zusammen und setzt sich auf. »War aber auch verdammt lecker das Zeug«, sagt er grinsend.

Kurz darauf hört Katja ihn im Bad fröhlich vor sich hin singen, während sie Kaffee macht und zwei Frühstückseier kocht.

»Fünf Minuten«, sagt sie, als er sich zu ihr an den Küchentisch setzt.

Er köpft gut gelaunt sein Ei. »Perfekt.«

Katja schnüffelt irritiert.

»Was?«, fragt Dorfmüller.

»Hast du Parfum aufgetragen?«, fragt sie.

»Spurenbeseitigung«, rechtfertigt er sich. »*Lys Méditerranée.* Stand auf der Ablage im Bad.«

»Du hast echt 'ne Meise, Rudi!«

»Solange es nur eine ist.«

Sie fragt sich, woher er seine gute Laune hat. Wie er es schafft, die Dinge immer nur so weit an sich herankommen zu lassen, dass sie ihn nicht im Innersten treffen. Anders als sie nimmt er die Dinge nie persönlich. Er brennt für seinen Job, genau wie sie, aber er verbrennt sich nicht dabei, behält immer eine gewisse Distanz. Vielleicht ist das die bessere Strategie, denkt sie, ganz sicher sogar. Eine Zeit lang hat sie versucht, ihn zu kopieren. So wie er alles als ein reines Gedankenspiel zu begreifen, von außen auf die Ermittlungen zu schauen. Es ist ihr nicht gelungen. Sie muss die Einzelteile eines Falles von innen heraus zu einem Ganzen zusammensetzen, sich hineinversetzen in den Täter und das Opfer, denken wie sie, fühlen wie sie, leiden wie sie. Jeder neue Fall nimmt sie gefangen, ergreift Besitz von ihr, zwingt sie dazu, ein Schattenreich zu betreten, in dem sie immer auch auf Facetten ihrer eigenen Abgründe stößt. Warum berühren sie die Tode von Hirschberger und Fellner so sehr? Was haben die Umstände ihres Sterbens mit ihr selbst zu tun?

»Du denkst zu viel«, sagt Dorfmüller und stößt seinen Eierlöffel in die leere Schale.

»Fahren wir zu diesem Seidel«, erwidert Katja. »Um die Zeit ist er bestimmt noch zu Hause. Bin gespannt, was er uns zu erzählen hat.«

Ein paar Minuten später steigen sie in Dorfmüllers Granada. Auf dem Beifahrersitz liegt ein Buch. Klappenbroschur, vierhundert Seiten stark. *Dr. Alexander Hanning: Die zweite Chance. Dem Trauma ins Gesicht schauen.*

»Hast du das von ihm?«, fragt Katja, während sie sich anschnallt.

Dorfmüller startet den Motor. »Da steht alles drin.« Er fährt los.

Katja überfliegt den Klappentext, der Hanning als einen der führenden europäischen Traumaexperten ausweist und die vorliegende Veröffentlichung als »ergreifende Darstellung eines noch immer weithin unterschätzten Krankheitsbildes« rühmt. Studium in den USA, Forschungstätigkeit in England, Gastdozent an der Sorbonne in Paris. Langjährige klinische Erfahrung in verschiedenen psychiatrischen Einrichtungen in Frankreich, Deutschland und der Schweiz. Ausbildung zum Psychoanalytiker, Arbeit als Traumatherapeut. Zum ersten Mal vor vier Jahren erschienen, hat sein Werk inzwischen die elfte Auflage erreicht.

»Ein echter Bestseller«, stellt Katja fest und schlägt das Buch auf. Auf der ersten Seite hat Hanning handschriftlich eine Widmung notiert: *Für Rudi Dorfmüller. Möge dieses Buch Ihnen dabei helfen, Ihre aktuellen Fälle zu lösen. Herzlichst, Dr. Alexander Hanning.*

»Das glaube ich einfach nicht«, sagt Katja.

Dorfmüller weicht ihrem Blick aus. »War nicht seine Idee. Ich hab ihn drum gebeten.«

»Seit wann bitten wir Analytiker darum, uns zu helfen?«

»Ist doch nur 'ne blöde Widmung.«

»Blöd trifft es ziemlich genau.«

»Wer weiß, vielleicht bringt es uns ja weiter. Lies es dir durch, ich leih's dir aus.«

»Danke. Wirklich großzügig von dir.«

»Aber anschließend will ich's zurück«, sagt Dorfmüller. »Nur dass das klar ist.«

Sie fahren auf der Maximiliansbrücke über die Isar. Flußkiesel wie Edelsteine, glitzerndes Wasser unter einem strahlend blauen Himmel. München zeigt sich an diesem Morgen von seiner schönsten Seite. Katja denkt daran, dass Jenny jetzt auf der Rückbank von Peters Auto sitzt, auf dem Weg nach Südfrankreich, neben sich ihre neuen Halbgeschwister, wahrscheinlich sind sie schon in der Schweiz, vielleicht machen sie gerade eine Pause an einer dieser geleckten Autobahnraststätten, voller Vorfreude auf die Urlaubstage, die noch vor ihnen liegen.

»Dein Handy«, sagt Dorfmüller.

»Bitte?«, fragt Katja.

»Kingelt«, sagt Dorfmüller.

Sie zieht das Telefon aus der Tasche, schaut auf das Display und aktiviert das Gespräch. »Morgen, Leah. Was gibt's?«

»Bin mit der Obduktion durch«, sagt die Gerichtsmedizinerin.

»Hast du was gefunden?«

»Wenig.«

»Besser als nichts.«

»Kommt dem ›nichts‹ aber leider ziemlich nah.«

»Wie nah?«

»Derselbe Befund wie bei Hirschberger.«

»Keinerlei Spuren von Gewaltanwendung?«

»Und keinerlei Abwehrspuren.«

»Dann ist Fellner also freiwillig in den Kühlschrank geklettert?«

»Er ist jedenfalls nicht mit körperlicher Gewalt hineingezwungen worden.«

»Was nicht heißt, dass er *nicht* hineingezwungen wurde.«

»Ich sag doch: genau wie bei Hirschberger.«

Aus Levys Sicht spricht also auch im Fall Fellner alles mit an Sicherheit grenzender Wahrscheinlichkeit für einen Suizid.

»Danke dir«, sagt Katja und legt auf.

»Und?«, fragt Dorfmüller. »Was meint Frau Doktor?«

Katja antwortet nicht.

»Also Selbstmord«, kommentiert Dorfmüller trocken.

Inzwischen haben sie Haidhausen erreicht. Katja sieht ihm schweigend zu, wie er den Blinker setzte und in die Sedanstraße einbiegt, seinen Blick über die Hausnummern schweifen lässt, den Granada in eine der seltenen freien Parklücken steuert und den Motor ausschaltet. Sie macht keinerlei Anstalten auszusteigen, also bleibt auch er sitzen.

»Ich mach dir einen Vorschlag«, sagt er schließlich. »Dominik Seidel ist unser letzter Versuch. Wenn er uns irgendwas liefert, das uns weiterbringt, bleiben wir dran. Ich versprech dir, ich dreh für dich jeden Stein um, schau hinter jedem Busch nach, tagelang, wochenlang, ganz egal. Aber wenn er sauber ist, dann hören wir auf mit der Sache. Dann vergisst du dein Bauchgefühl und akzeptierst, was die Spurenlage hergibt und Levy bestätigt hat. Dann gestehen wir uns ein, dass wir uns verrannt haben, und legen den Fall zu den Akten, okay?«

Katja fragt sich, warum sie nicht einfach Ja sagt. Dorfmüller schlägt das nicht vor, weil er zu faul ist weiterzuermitteln, sondern weil die Fakten dafür sprechen und sein gesunder Menschenverstand das verlangt. Einerseits. Andererseits gibt es diese Stimme in ihr, die ihr beständig zuflüstert, dass August Hirschberger und Robert Fellner ermordet wurden. Und wenn das so ist, dann darf sie nicht aufgeben. Dann muss sie den Mörder finden, egal, was ihr das abverlangt oder wie lange es dauert.

»Ich werd drüber nachdenken«, sagt sie und steigt aus.

28

Dominik Seidel steht in seiner Wohnungstür und schaut sie misstrauisch an. Ein Blick wie ein Scanner. Durchdringende stahlblaue Augen, geeicht darauf, Gefahr sofort zu erkennen. Ein bulliger, durchtrainierter Körper, dem anzusehen ist, dass die Ausbildung zum Kampfschwimmer noch immer in jede Faser seiner Muskeln eingeschrieben ist. Wir sind das, wozu wir gemacht werden, denkt Katja, jeder auf seine ganz eigene Art.

»Ja?«, fragt Seidel knapp.

Katja stellt sich und Dorfmüller vor.

Seidel mustert sie stumm, verzieht keine Miene. Steht einfach da, ohne sich zu rühren.

»Wollen Sie nicht wissen, was wir von Ihnen wollen?«, fragt Dorfmüller.

»Ist doch eh klar.«

»Ach ja, ist es das?«

»Hab's in der Zeitung gelesen.«

»Und weiter?«

»Ich hab nichts damit zu tun«, erwidert Seidel. »Mehr kann ich dazu nicht sagen.«

»Können Sie nicht oder wollen Sie nicht?«

»Was soll der Scheiß?«

Trotz der Verschärfung seines Tons erhebt Seidel die Stimme kaum. Sein Gesicht bleibt weiter ungerührt. Er hat Angst, aber er will gelassen wirken, denkt Katja.

»Dürfen wir kurz reinkommen?«, fragt sie ruhig.

»Nein, dürfen Sie nicht!«

»Wer ist denn da?«, lässt sich eine Stimme aus dem Inneren der Wohnung vernehmen. Eine junge Frau taucht hinter Seidel in der Tür auf, blond und arglos, sie hat sich eins seiner T-Shirts übergeworfen, darunter nichts als ein Slip.

»Niemand, der dich interessiert«, sagt Seidel und bedeutet ihr mit einem Kopfnicken, von der Tür zu verschwinden.

Sie zieht sich in die Wohnung zurück.

»Ihre Freundin?«, fragt Katja.

»Ich wüsste nicht, was Sie das angeht«, entgegnet Seidel.

»Sie haben also Zeitung gelesen«, nimmt Dorfmüller den abgerissenen Gesprächsfaden wieder auf.

»Wollen Sie mich verarschen?«

»Nur ein bisschen plaudern. Ein paar offene Fragen klären.«

»Da gibt's nichts zu klären.«

»Das sehen wir ganz anders. Zwei Menschen sind tot.«

»Drei«, sagt Katja.

»Wieso drei?«, fragt Seidel.

»August Hirschberger, Robert Fellner – und Eva Frey.«

»Was hat die denn damit zu tun?«

»Sehen Sie, genau das ist eine der offenen Fragen.«

»Die Sache ist doch längst abgeschlossen«, sagt Seidel und presst die Hände gegeneinander. Seine Fingergelenke knacken vernehmlich. Zum ersten Mal zeigt er sichtbare Anzeichen von Nervosität.

»Dass sie abgeschlossen ist, heißt nicht, dass der Fall auch geklärt ist«, entgegnet Katja.

»Die hat sich umgebracht«, sagt Seidel. »Dazu gibt es einen offiziellen Untersuchungsbericht. Der hat das ganz klar festgestellt.«

»Manchmal ist das, was offiziell festgestellt wird, nicht das, was wirklich passiert ist.«

Dominik Seidel sieht sie lauernd an. »Was ist denn Ihrer Meinung nach wirklich passiert?«

»Sagen Sie's uns.«

»Das reicht jetzt«, sagt Seidel.

Dorfmüller mischt sich erneut ein. »Nur um das klarzustellen, Herr Seidel, wir reden hier über eine persönliche Verbindung: drei Tote, die Sie alle gekannt haben.«

»Reiner Zufall«, sagt Seidel.

»Ein bisschen viel Zufall, finden Sie nicht?«

»Ich lass mir von Ihnen nichts anhängen!«

Dorfmüller lächelt. »Wer sagt denn, dass wir Ihnen was anhängen wollen?«

Dominik Seidel weicht seinem Blick aus. Katja kann ihm beim Denken zusehen. Das fieberhafte Abschätzen seiner Situation, die verzweifelte Suche nach einer Fluchtmöglichkeit.

»Ich muss los«, sagt er.

»Wohin?«

»Vorlesung an der Uni.«

»Ach ja«, sagt Dorfmüller und lächelt weiter, »hab ich ganz vergessen. Sie studieren ja seit dem letzten Wintersemester. Masterstudiengang für *Systems Engineering*, richtig?«

Volltreffer. Seidel starrt Dorfmüller erschrocken an. Jetzt fragt er sich, was wir noch alles über ihn wissen, denkt Katja. Zeit, den Druck zu erhöhen.

»Reden wir eben später weiter«, sagt sie. »Wann beginnt Ihre Vorlesung?«

»Um neun.«

»Bis?«

»Halb elf, wieso?«

»Um halb zwölf bei uns«, sagt sie freundlich und reicht Seidel eine Visitenkarte. »Adresse steht drauf.«

29

Katja sitzt in ihrem Büro und blickt nachdenklich hinüber zu Dorfmüller, der auf seiner Seite des Schreibtischs noch einmal den Untersuchungsbericht der Bundesmarine im Fall Hirschberger durchgeht. Stoisch, ohne eine Miene zu verziehen. Katja hat ihn darum gebeten. Vielleicht hat er ja beim ersten Lesen etwas übersehen. Vielleicht wird er bei erneuter Durchsicht etwas finden, mit dem sie Seidel unter Druck setzen können. Ein Detail, das ihn zwingt, seine Deckung aufzugeben, irgendetwas, mit dem sie die Mauer überwinden können, hinter der er sich verschanzt.

Sie sieht Dorfmüller an, dass er das für sinnlos hält. Trotzdem hat er sich ohne Widerspruch in sein Schicksal gefügt und sich wortlos an die Arbeit gemacht.

Sie schaut auf ihre Uhr. Halb elf. Noch knapp eine Stunde, bis Seidel kommt. Wenn er kommt. Wenn nicht, hat sie ein Problem. Für eine offizielle Vorladung muss sie den Staatsanwalt anrufen. Aber damit weckt sie schlafende Hunde und bringt Koller in Schwierigkeiten. Und das ist das Letzte, was sie will.

Jeder Fall ist wie ein Knoten. Ein Gewirr aus miteinander verbundenen Fäden. In jeder Ermittlung kommt es darauf an, diesen Knoten zu entwirren und den einzelnen Fäden die ihnen zukommende Bedeutung zuzuweisen. Das geht nur, wenn man sie bis zu ihrem Ursprung zurückverfolgt. Hat man den gefunden, stößt man auf das Motiv. Hat man das Motiv, findet man auch irgendwann den Täter. Aber was ist hier das Motiv? Und was ist der Anfang?

»Rudi!«, wendet sie sich an Dorfmüller.

»Was?«, fragt er zurück, ohne aufzublicken.

»Die Eltern von Eva Frey, wo wohnen die?«

»Duisburg«, sagt Dorfmüller.

»Hast du eine Telefonnummer für mich?«

»Das Einzige, was ich hab, ist ein Arsch voller Arbeit«, blafft Dorfmüller zurück. »Weil irgendjemand unbedingt meint, was finden zu müssen, wo nichts zu finden ist.«

»Schon gut, ich ziehe die Frage zurück. Aber dann brauche ich wenigstens die Vornamen.«

»Bitte?«

»Von den Eltern.«

»Du nervst!«

»Komm schon, Rudi.«

»Carola und Dietmar«, sagt Dorfmüller und schlägt missmutig die nächste Seite um.

Katja öffnet den Browser ihres Computers. Ein paar Klicks später hat sie die gesuchte Nummer gefunden und wartet auf die Verbindung.

»Frey«, meldet sich eine Frauenstimme.

»Sand«, sagt Katja, »Kriminalpolizei München, Mordermittlung.«

Schweigen am anderen Ende der Leitung.

»Frau Frey? Sind Sie noch dran?«

»Ja«, sagt Carola Frey zögernd.

»Es geht um Ihre Tochter. Eva.«

»Meine Tochter lebt nicht mehr.«

»Ich weiß«, sagt Katja, »und das tut mir sehr leid für Sie.«

»Es tut Ihnen leid?«, fragt Carola Frey zurück. In ihrer Stimme liegt Schmerz. Die Bitterkeit darüber, dass der Tod ihrer Tochter nie gesühnt wurde. Dass die drei Männer, die sie vergewaltigt und möglicherweise getötet haben, noch immer frei herumlaufen.

»Warum rufen Sie an?«, fragt sie. »Was wollen Sie von mir?«

»Sie kennen August Hirschberger?«

»Der, den sie über Bord der *Braunschweig* geworfen haben, um ihn zum Schweigen zu bringen?«

»Im Untersuchungsbericht der Bundesmarine steht, dass er zum Zeitpunkt des Vorfalls betrunken war.«

»Das stimmt nicht. Das haben die nur behauptet, um alles zu vertuschen.«

»In dem Bericht steht auch, dass Ihre Tochter sich das Leben genommen hat.«

»Das ist genauso wenig wahr wie alles andere, was da drinsteht.«

»Was ist dann die Wahrheit?«

»Die Wahrheit ist, dass mein Mann und ich unser Kind diesem Staat anvertraut haben. Unsere Tochter wollte ihrem Land dienen, einen Beitrag für das Gemeinwohl leisten. Aber anstatt dafür belohnt zu werden, hat sie mit ihrem Leben bezahlt. Und anstatt anschließend die Umstände ihres Todes aufzuklären und ihr Gerechtigkeit widerfahren zu lassen, hat dieser Staat alles getan, um diese Aufklärung und Gerechtigkeit zu verhindern.«

»Sie glauben also, dass Ihre Tochter getötet wurde?«

»Ja, das glaube ich«, sagt Carola Frey. »Nachdem sie brutal vergewaltigt worden ist.«

»Dafür gibt es keine Beweise«, sagt Katja.

»Natürlich gibt es die!«

»Bitte?«

»Mein Mann und ich haben sie doch selbst geliefert.«

»Sekunde«, sagt Katja, legt eine Hand auf den Hörer und wendet sich aufgeregt an Dorfmüller. »Rudi!«

Sie deutet auf das Telefon und drückt die Lautsprechertaste.

»Entschuldigung, Frau Frey, ich bin wieder bei Ihnen. Habe

ich Sie gerade richtig verstanden, dass Sie der Untersuchungskommission einen Beweis für die Vergewaltigung Ihrer Tochter geliefert haben?«

»Ja, das haben wir«, sagt Carola Frey.

Katja und Dorfmüller schauen sich ungläubig an.

»Können Sie das vielleicht präzisieren? Nur, dass da keine Missverständnisse entstehen.«

Wieder ein Schweigen am anderen Ende der Leitung. Das Sortieren von Gedanken, die Suche nach den richtigen Worten. Dann: »Unsere Tochter hat uns von Bord der *Braunschweig* angerufen, nachdem es passiert ist.«

»Nachdem was passiert ist?«

»Das, was die drei ihr angetan haben.«

»Sie meinen die Vergewaltigung.«

»Ja.«

»Und weiter?«, fragt Katja behutsam. Sie weiß, dass sie den Redefluss ihrer Gesprächspartnerin nicht unnötig unterbrechen darf. Aufgewühlt, wie sie ist, kann Carola Frey das Gespräch jederzeit beenden. Aber das tut sie nicht. Ein paar Sekunden verstreichen, dann fährt sich stockend mit ihrer Erzählung fort. »Mein Mann hat unsere Tochter beschworen, den Kapitän zu informieren und das alles anzuzeigen. Damit diese Kerle bestraft werden.«

»Und der Kapitän? Wie hat der reagiert?«

»Gar nicht! Wenn Sie den Untersuchungsbericht gelesen haben, wissen Sie das doch. Er hatte Angst um seine Karriere. Er wusste, dass alles auch auf ihn zurückfallen wurde. Aber er kam nicht auf die Idee, dass Eva damit gerechnet hat.«

»Damit gerechnet? Was meinen Sie damit?«

»Sie hat alles dokumentiert«, sagt Carola Frey. »Sich selbst fotografiert. Die Wunden zwischen ihren Beinen, die Blutergüsse überall. Sie hat die Fotos in einen Ordner gepackt und uns per Mail geschickt. Ich hab meinen Mann noch nie weinen gesehen, aber das … sein eigenes Kind! Es war furchtbar, sich das anschauen zu müssen.«

Katja wirft Dorfmüller einen fragenden Blick zu, deutet auf die Akten. Er schüttelt den Kopf. Sie versteht.

»Verzeihen Sie, wenn ich nachhake«, sagt sie so ruhig wie möglich ins Telefon, »aber im Untersuchungsbericht werden diese Fotos nicht erwähnt.«

»Natürlich nicht«, erwidert Carola Frey. Und nach einer kurzen Pause, in der sie versucht, ihre Erregung in den Griff zu bekommen: »Der Kapitän hat Evas Laptop und ihr Handy sicherstellen lassen. Nachdem diese Kerle sie getötet haben. Ein paar Tage später stand ein Marineoffizier vor unserer Tür. Aus Warnemünde.«

»Im Auftrag des Geschwaderkommandeurs?«

»Ja«, sagt Carola Frey. »Die haben Evas Mails überprüft und den Ordner mit den Fotos gefunden. Die wussten, dass sie uns die Aufnahmen gesendet hatte. Der Offizier hatte ein offizielles Schreiben dabei, in dem wir aufgefordert wurden, der Marine den Ordner mit den Fotos zu überlassen und sämtliche diesbezüglichen Daten auf unserem Computer zu löschen. Wenn nicht, würden wir uns strafbar machen. Das hat meinen Mann misstrauisch gemacht, aber der Offizier hat ihn beruhigt. Wir bräuchten uns keine Sorgen zu machen. Es werde eine interne Untersuchung geben, der Fall werde vor ein Marinegericht kommen und die Schuldigen bestraft.«

»Sie haben ihm geglaubt.«

»Was hätten Sie getan?«

»Vermutlich dasselbe«, sagt Katja und stellt sich vor, Jenny wäre an Eva Freys Stelle gewesen. Vergewaltigt und getötet. Und anschließend als Selbstmörderin gebrandmarkt. Verraten von ihren Kameraden, ihrem Kapitän, der gesamten Marine.

»Und dann hat dieser Offizier die Mail mit dem Ordner kopiert und anschließend von Ihrer Festplatte gelöscht?«, fragt sie.

»Ja.«

»Das heißt, Sie haben die Fotos nicht mehr.«

Am anderen Ende der Leitung entsteht ein langes Schweigen, ehe Carola Frey leise fragt: »Auf welcher Seite stehen Sie?«

»Auf Ihrer«, sagt Katja und schaut Dorfmüller an.

Wieder ein Schweigen, kürzer als das erste. Dann: »Wie gesagt, mein Mann war misstrauisch. Von Anfang an. Also hat er eine Kopie auf einen Datenstick gezogen. Für alle Fälle.«

Dorfmüller ballt triumphierend seine linke Hand zu einer Faust.

»Warum sind Sie nach Abschluss der Untersuchung damit nicht zur Polizei gegangen?«, fragt Katja.

»Das sind wir. Aber die haben nichts unternommen.«

»Warum nicht?«

»Es gab ja bereits ein offizielles Untersuchungsergebnis. Die Beamten von der Polizei konnten sich ausrechnen, dass das Ärger geben würde, wenn sie da nachbohren. Das Ganze war während eines internationalen Marineeinsatzes passiert. Damit war es auch eine politische Angelegenheit. Selbst wenn die Polizei versucht hätte, uns zu helfen, wäre das von oben sofort verhindert worden.«

Ist es ja auch, denkt Katja, und wünscht sich, Koller würde das hier hören.

»Wären Sie bereit, uns die Fotos zu schicken?«, fragt Katja.

»Warum? Was wollen Sie damit machen?«

»Ich habe Sie am Anfang unseres Gespräches gefragt, ob Sie August Hirschberger kennen.«

»Der Gustl war der Einzige, der meiner Tochter helfen wollte.«

»Er ist tot.«

»Wie bitte? Was sagen Sie da?«

»Es gibt Hinweise darauf, dass er ermordet wurde.«

Diesmal zögert Carola Frey keine Sekunde. »Geben Sie mir Ihre Mail-Adresse.«

Ein paar Minuten später ist der Ordner mit den Fotos da. Katja klickt ihn an.

»Und ich dachte schon, ich müsste den ganzen Scheiß noch mal lesen«, sagt Dorfmüller und schlägt erleichtert den Untersuchungsbericht zu. Danach sagt er nichts mehr. Schaut genau wie Katja einfach nur stumm auf die Fotos, die auf dem Monitor erscheinen. Dokumente einer Schändung, eines schlimmer als das andere, und jedes von ihnen eine Anklage.

30

Dominik Seidel kommt eine Viertelstunde später als vereinbart. Offenbar hat er die letzten zwei Stunden genutzt, um sich auf das einzustellen, was vor ihm liegt. Keine Spur mehr von Nervosität, stattdessen eine offen zur Schau gestellte Lässigkeit, die an Arroganz grenzt.

Sie führen ihn in einen der Vernehmungsräume, setzen sich an den Tisch. Dorfmüller teilt ihm sachlich mit, dass man das folgende Gespräch aufnehmen wird. »Ich hoffe, das stellt kein Problem für Sie dar.«

Seidel bleibt gelassen. »Warum sollte es?«

»Dann wäre das ja geklärt«, sagt Dorfmüller. »Einen Kaffee oder vielleicht ein Wasser?«

»Ich bin nicht hier, um Wurzeln zu schlagen.«

»Wir wollen nur, dass Sie sich wohlfühlen bei uns.«

»Na klar«, gibt Seidel ironisch zurück. »Ein Gespräch unter Freunden. In entspannter Atmosphäre.«

»Ganz genau.«

»In einem Vernehmungsraum?« Seidel atmet verächtlich aus. »Verarschen kann ich mich selbst.« Er wendet sich an Katja. »Vielleicht kann Ihr Kollege mit dem Blödsinn aufhören, und Sie kommen endlich zur Sache.«

»Gerne«, sagt Katja und legt einen braunen DIN-A5-Umschlag auf den Tisch.

Seidel betrachtet ihn irritiert, blickt dann zum Venezianischen Spiegel, der die ganze Breite des Raumes einnimmt. »Schaut uns jemand zu?«

»Würde Sie das stören?«

»Und wenn?«

»Na ja«, sagt Katja lächelnd, »dann würde ich mich fragen, warum.«

»So viel zum Thema entspannte Atmosphäre«, sagt Seidel und blickt erneut auf den Umschlag. Ein kaum merkliches Zucken seiner Augen, ein unbewusstes Spitzen der Lippen.

Er brennt darauf zu erfahren, was da drin ist, denkt Katja, aber er fragt nicht nach, weil er sich keine Blöße geben will.

»Gute Vorlesung gehabt?«, fragt sie.

»Ich dachte, Sie wollten zur Sache kommen.«

»Natürlich«, sagt Katja. Sie macht eine kurze Pause, schaut rüber zu Dorfmüller, dann wieder zu Seidel. »Sie haben uns erzählt, dass Sie wissen, worum es geht. August Hirschberger und Robert Fellner. Zwei Tote, die Sie beide kannten.«

»Reiner Zufall. Hab ich doch gesagt.«

»Haben Sie. Aber ist das wirklich nur ein Zufall?«

»Wollen Sie, dass ich's noch mal wiederhole?«

»Wenn Sie meinen, dass es dadurch glaubwürdiger wird.«

»Nicht vielleicht doch einen Kaffee?«, fragt Dorfmüller freundlich. »Zum Lockerwerden?«

Seidel starrt ihn an. Unterschwellige Wut, das einsetzende Bröckeln seiner Fassade.

»Erzählen Sie uns von Robert Fellner«, sagt Katja. »Wann haben Sie ihn kennengelernt? Und wo?«

»Marinestützpunkt Eckernförde«, erwidert Seidel knapp. »Frühjahr 2012.«

»Was haben Sie da gemacht?«

»Kampfschwimmerausbildung.«

»*Kommando Spezialkräfte der Marine*«, sagt Dorfmüller.

»Ja.«

»Und Fellner?«, fragt Katja weiter.

»Er war mein Ausbilder.«

»Tatsächlich?«, sagt Dorfmüller und wirft Katja einen irritierten Blick zu. Sie ist genauso überrascht wie er. Eine Neuigkeit, mit er sie beide nicht gerechnet haben.

»War Fellner nicht aktiv in der Truppe?«, fragt Katja. »Geheime Kampfeinsätze und so was?«

»Keine Ahnung, was er vorher gemacht hat. Als ich da anfing, war er jedenfalls Ausbilder.«

»Mochten Sie ihn?«

Seidel zögert mit der Antwort.

Er wägt das Risiko ab, denkt Katja, weil er nicht weiß, wie viel wir wissen und was. Sie schaut ihn offen an. »Herr Seidel?«

»Nein«, sagt Seidel. »Da müsste ich lügen.«

»Und das wollen Sie natürlich nicht, richtig?«

»Richtig.«

»Sie mochten ihn also nicht«, fährt Katja fort. »Und er? Mochte er Sie?«

»Ich schätze, unsere Abneigung war gegenseitig.«

»Keine guten Voraussetzungen für eine Ausbildung, oder?«

»Nicht wirklich.«

»Wie ging die Sache aus?«

»Jetzt tun Sie doch nicht so. Das wissen Sie doch. Sie hätten mich doch nicht hierherbestellt, wenn Sie's nicht wüssten.«

Bis jetzt wussten wir es nicht, denkt Katja.

»Wir würden es gerne von Ihnen hören«, sagt sie. »Nur fürs Protokoll.«

Seidel schaut erneut zum Venezianischen Spiegel. Seine Wut ist ihm jetzt deutlich anzumerken, auch wenn er sich noch immer bemüht, sie zu verbergen. »Der Wichser hat mich durchfallen lassen.«

»Na also«, sagt Katja. »Geht doch.«

»Muss nicht leicht für Sie gewesen sein«, sagt Dorfmüller. »Elitetruppe. Die härtesten Jungs der Marine, für die nichts unmöglich ist. Echte Kameradschaft, ein verschworener Haufen.

Sie wollen dazugehören, aber Sie dürfen nicht. Weil Ihr Ausbilder Sie nicht lässt. Weil er Sie einfach aussortiert und auf den Müll schmeißt.«

Dominik Seidel antwortet nicht. Sein Gesichtsausdruck zeigt, dass Dorfmüller ins Schwarze getroffen hat. Mitten hinein in eine Verletzung, die bis heute nicht verheilt ist.

»Sie müssen verdammt sauer auf Fellner gewesen sein«, bohrt Dorfmüller weiter in der Wunde. »Er hat Ihren Traum zerstört.«

»Na und? War ihm scheißegal. Hat keinen da interessiert.«

»Aber Sie hat's interessiert«, sagt Dorfmüller. »Und keinerlei Chance, irgendwas daran zu ändern. Da will man sich doch rächen.«

»Genau wie Sie sagen: Hätte nichts geändert.«

»Aber der Wunsch nach Rache war da.«

»Was ich mir wünsche oder nicht, geht niemanden was an.«

»Auch 'ne Antwort«, sagt Dorfmüller trocken.

Katja nimmt den Umschlag vom Tisch, wiegt ihn kurz in den Händen, legt ihn wieder ab. Sie registriert, dass Seidel mit den Augen jeder ihrer Bewegungen folgt.

»Kommen wir zu Herrn Hirschberger«, sagt sie. »Mochten Sie den auch nicht?«

»Der Gustl war mir scheißegal.«

»Warum haben Sie ihn dann über Bord geschmissen? Zusammen mit Ihren Mannschaftskameraden Griebing und Osterhoff?«

»Das hat er sich bloß ausgedacht.«

»Warum sollte er?«

»Weil er besoffen war. Während seiner Wache. Der wäre sofort rausgeflogen, wenn das rausgekommen wäre.«

»Und Sie und die beiden anderen wären rausgeflogen, wenn rausgekommen wäre, dass Sie Eva Frey vergewaltigt haben. Und sie dann umgebracht haben, weil sie trotz Ihrer Drohungen damit zum Kapitän gelaufen ist.«

»Halten Sie sich an den Untersuchungsbericht, und lassen Sie mich mit diesem Mist in Ruhe!«

Katja lässt sich Zeit mit der Erwiderung. »Ich sage Ihnen jetzt, wie es wirklich war: Eva Frey ist tot, aber es gibt einen Zeugen, der alles gesehen hat und aussagen will. August Hirschberger. Ihr Versuch, ihn zum Schweigen zu bringen, scheitert. Weil er aus dem Wasser gerettet wird. Dumm gelaufen, aber das Glück ist auf Ihrer Seite: Die Marine will unbedingt verhindern, dass die Sache publik wird. Man bietet Ihnen einen Freifahrtschein in die Straflosigkeit an. Und Sie greifen zu. Die Offiziere Seidel, Osterhoff und Griebing gegen den Obermaat Hirschberger. Am Ende steht ein angeblicher Suizid von Eva Frey und eine PTBS-Diagnose bei Hirschberger. Er wird aus dem Dienst entfernt, der Kapitän behält sein Kommando, Sie und die beiden anderen werden versetzt. Und die Marine bewahrt sich eine weiße Weste. Alles gut, nichts passiert. Rühren und weitermachen.«

Dominik Seidel funkelt sie an, behält aber seine Fassung. »Sie können rumspekulieren, so viel Sie wollen. Die Sache ist gegessen.«

»Nichts ist gegessen«, sagt Katja und schiebt den Umschlag zu ihm hinüber. »Na los, kommen Sie, machen Sie ihn auf. Schauen Sie rein, was drin ist.«

Seidel zögert. Er weiß, dass er keine Wahl hat, aber ihm ist noch immer nicht klar, was ihn erwartet. Schließlich reißt er den Umschlag auf und zieht die Fotos heraus. In seinen Augen blankes Entsetzen. Die Aufnahmen sind schmerzhaft deutlich. Jeder Kratzer, jede Wunde sind darauf zu sehen, festgehalten von der Frau, der Seidel und seine Kameraden erst ihre Würde und dann ihr Leben genommen haben.

»Was sagen Sie dazu?«, fragt Katja.

Seidel starrt auf die Fotos und schweigt.

Katja schiebt ihren Stuhl zurück, steht auf, macht ein paar Schritte in den Raum hinein, bleibt dann abrupt stehen und dreht sich langsam zu Seidel um. »Was haben Sie gemacht in der Nacht, als Hirschberger ertrunken ist? Und wo waren Sie, als Fellner erstickt ist?«

Seidel merkt auf. Für eine Sekunde treffen sich seine und Katjas Augen, ehe er den Blick wieder senkt. »Ich hab die zwei nicht getötet«, sagt er leise. »Den Gustl nicht und den Robert auch nicht. Ich kann die gar nicht getötet haben.«

»Wo waren Sie?«, wiederholt Katja.

»In der ersten Nacht war ich auf einer Party. Ich hab mich den ganzen Abend mit 'nem Mädchen unterhalten. Irgendwann haben wir angefangen rumzuknutschen, und dann bin ich mit zu ihr.«

»Und in der zweiten Nacht?«

»Da war sie zum ersten Mal bei mir. Seitdem sind wir zusammen. Sie können sie fragen, sie wird Ihnen das bestätigen.«

»Das Mädchen, das wir gesehen haben, als wir bei Ihnen waren?«

»Ja«, sagt Seidel.

»Und ihr Name?«

»Emma Beer. Mit zwei e.«

Dorfmüller schlägt sein Notizbuch auf, schreibt sich den Namen auf. Dann fragt er nach ihrer Adresse.

»Lisztstraße«, sagt Seidel. »Neunzehn.«

»Haben Sie ihr von Ihrer Vergangenheit erzählt? Von dem, was an Bord der *Braunschweig* passiert ist? Oder besser: was angeblich nicht passiert ist?«

»Nein.«

»Natürlich nicht«, sagt Dorfmüller angewidert, »dumme Frage von mir.«

Katja schaut Seidel an, der sein altes Selbstbewusstsein zurückgewonnen hat. Mühelos hält er ihrem Blick stand, und Katja begreift, dass sie ihn nicht kriegen werden. Dorfmüller und sie haben ihn gezwungen, die Karten auf den Tisch zu legen, gewonnen haben sie damit nichts. Er war geschockt, als er die Fotos sah. Für einen kurzen Moment hat ihn die Konfrontation mit der Wahrheit an den Rand einer Kapitulation gebracht. Aber er hat diesen Moment überwunden. Weil er weiß, dass er sich auf die Macht der Marine verlassen kann. Darauf, dass sie niemals zulässt, dass ein offizieller Untersuchungsbericht angezweifelt wird. Darauf, dass sie ihn auch weiterhin schützt, so wie sie ihn bisher geschützt hat. Ihm ist natürlich klar, dass sein Alibi überprüft wird. Und genauso klar ist ihm, dass seine neue Freundin seine Aussage bestätigen wird. Katja und Dorfmüller haben gepokert und verloren. Dominik Seidel ist raus aus dem Spiel.

»Dann wäre ja so weit alles geklärt«, sagt er.

Katja fühlt sich niedergeschlagen. Übelkeit steigt in ihr auf. Und Abscheu. »Früher oder später werden Sie aufwachen, und nichts wird so sein wie vorher«, sagt sie. »Sie werden begreifen, dass die Vergangenheit einen immer einholt, jeden von uns, ohne Ausnahme. Sie können vielleicht vor Ihrer Strafe wegrennen, aber so schnell Sie auch sind, so viele Haken Sie auch schlagen: Vor der Wahrheit können Sie nicht davonlaufen. Niemals!«

Dominik Seidel starrt sie an, steht mit einem Ruck auf. Der Stuhl, auf dem er saß, gerät ins Kippen und schlägt laut auf dem Boden auf. Er kümmert sich nicht darum. Den Blick von Katja und Dorfmüller abgewendet, hastet er zur Tür, reißt sie auf und verschwindet.

»Fuck you!«, flucht Katja leise.

»Besser hätte ich's auch nicht sagen können«, sagt Dorfmüller.

31

Katja schaut Reinhard Koller beim Nachdenken zu. Sein Gesicht dem Fenster zugewandt, blickt er schweigend hinaus auf die Bäume.

Er hat sie in sein Büro gerufen, um sich von ihr auf den aktuellen Stand bringen zu lassen. Sie hat ihm von dem Besuch bei Gezime Berisha und dem Gespräch mit Fellners Arzt in Innsbruck erzählt, ihm eine knappe Zusammenfassung von Dorfmüllers Recherchen und seinen Gesprächen mit Hanning geliefert und ihm dann von dem Telefonat mit Eva Freys Mutter und der Vernehmung von Dominik Seidel berichtet.

Jetzt wartet sie darauf, dass er sich dazu äußert. Wie üblich lässt er sich Zeit. Er hasst unbedachte Äußerungen genauso wie voreilige Schlussfolgerungen.

»Ich nehme an, du weißt, was ich denke«, sagt er schließlich.

»Ich schätze, ja«, erwidert Katja. Schon bevor sie sein Büro betreten hat, war ihr klar, worauf das alles hinauslaufen würde.

Koller dreht sich langsam zu ihr um. »Du weißt, dass ich grundsätzlich immer auf deiner Seite stehe.«

»Ja. Und das bedeutet mir viel.«

»Ich halte eine Menge von dir. Hab ich immer getan, von Anfang an. Aber jetzt hast du den Bogen überspannt.«

»Das sehe ich nicht so«, sagt Katja und bereut ihre Bemerkung sofort.

Kollers Miene verdüstert sich. Auch wenn er nicht laut wird, ist ihm anzumerken, wie schwer ihm das fällt. »Wenn dieser Seidel in Warnemünde anruft und seinem ehemaligen

Geschwaderkommandeur erzählt, dass ihm in einem Vernehmungsraum der Münchner Mordermittlung Fotos vorgelegt wurden, die beweisen, dass Eva Frey vergewaltigt wurde, dann geht hier die Hölle los, Katja. Dann muss ich erklären, warum ich entgegen einer eindeutigen Dienstanweisung von ganz oben zulasse, dass in den Fällen Hirschberger und Fellner weiter einem Mordverdacht nachgegangen wird, obwohl sämtliche vorliegende Fakten eindeutig für Selbstmord sprechen. Der Staatsanwalt wird mich fragen, was in mich gefahren ist, einen offiziellen Untersuchungsbericht der Bundesmarine zum Unfall von Hirschberger vor der libyschen Küste anzuzweifeln, der zu einem eindeutigen Urteil gelangt ist. Er wird mir einen Haufen Fragen stellen, die ich nicht beantworten kann. Dieselben Fragen, die auch du nicht beantworten kannst.« Seine Stimme klingt jetzt gepresst, jedes Wort ein Vorwurf, jeder Satz eine Anklage. »Wenn es dazu kommt, werde ich die längste Zeit dein Chef gewesen sein und du nicht länger meine beste Mordermittlerin. Und das alles nur, weil ich so blöd war, mich von dir bequatschen zu lassen, zwei Fälle als Morde weiterzuverfolgen, die sogar von unserer eigenen Gerichtsmedizinerin als Suizide eingestuft werden.«

Er mustert sie mit einer Mischung aus Missbilligung und Enttäuschung. Es fällt ihr schwer, seinem Blick standzuhalten. Er hat mir den Rücken frei gehalten, denkt sie, und jetzt fühlt er sich von mir verraten.

»Seidel wird da nicht anrufen, Reinhard.«

»Ach nein?«

»Er hat nichts davon. Damit weckt er nur schlafende Hunde.«

»Die Einzige, die schlafende Hunde weckt, bist du«, entgegnet Koller. »Du ignorierst die Fakten, weil sie nicht zu deiner Theorie passen. Und je mehr dafür spricht, dass du falschliegst, desto mehr wehrst du dich dagegen.«

Katja versucht sich zu rechtfertigen. »Es gibt eine klare Verbindung zwischen Dominik Seidel und den beiden Toten.«

»Aber er hat kein Motiv, sie umzubringen.«

»Vielleicht haben wir es einfach noch nicht gefunden.«

»Oder du hast einfach nur den Punkt verpasst, auf den Boden der Tatsachen zurückzukehren. Und die sind eindeutig. Hirschberger war traumatisiert, Fellner war traumatisiert. Und ihr gemeinsamer Therapeut hat eine glaubhafte Erklärung für Selbstmord geliefert – sowohl bei Hirschberger als auch bei Fellner.«

»Ich glaube einfach nicht dran!«

»Vielleicht ist genau das dein Problem, Katja.«

»Kein Grund, persönlich zu werden, Reinhard.«

»Ich fürchte, doch.«

In diesem Moment klopft es an der Tür. Dorfmüller kommt herein.

»Entschuldigen Sie die Störung«, sagt er zu Koller, »aber …«

Katja dreht sich gereizt zu ihm um. »Was gibt's denn, Rudi?«

»Nur wegen Seidels Alibi. Ich hab mit seiner Freundin geredet, dieser Emma Beer.«

»Und was sagt sie?«

»Sie hat seine Aussage bestätigt«, sagt Dorfmüller zerknirscht. Er schaut verunsichert zu Koller, dann wieder zu Katja.

»Was denn noch?«, fragt sie.

»Danach hab ich Fanny Hirschberger angerufen. Wegen der möglichen Verbindung zwischen ihrem Mann und Fellner.«

»Und?«

»Sie hat den Namen Robert Fellner noch nie gehört. Tut mir leid.«

»Das muss Ihnen nicht leidtun, Herr Dorfmüller«, sagt Koller. »Ganz im Gegenteil. Gute Arbeit, Glückwunsch, alles richtig gemacht.«

Dorfmüller blickt ihn verständnislos an.

»Jetzt schauen Sie mich doch nicht so an«, sagt Koller. »Ich meine das ernst. Sie können ja nichts für diesen ganzen Mist.« Damit wendet er sich wieder an Katja. »Dann fasse ich mal zusammen, wenn du nichts dagegen hast. Erstens: Für eine Mordthese gibt es keinerlei belastbare Indizien. Dominik Seidel, einziger Tatverdächtige, hat für keinen der beiden Todesfälle ein nachvollziehbares Tatmotiv, und er besitzt für beide Todeszeitpunkte wasserdichte Alibis. Zweitens: Sämtliche Vermutungen über eine mögliche Verbindung zwischen Hirschberger und Fellner sind ins Leere gelaufen und damit reine Spekulation. Drittens: Spuren, die auf einen Mord hindeuten, konnten an beiden Tatorten nicht gesichert werden. Stattdessen hat sich – viertens – Dr. Levy in beiden Fällen auf einen Suizid festgelegt. Genauso wie – fünftens – der Therapeut der beiden Toten, dieser Dr. Hanning. Und das bedeutet sechstens: Die Mordermittlungen zu den Fällen August Hirschberger und Robert Fellner sind hiermit abgeschlossen.«

»Rote Karte«, sagt Katja.

Koller ignoriert ihre Bemerkung. »Der Abschlussbericht liegt morgen um zehn auf meinem Schreibtisch. Und dann nimmst du dir ein paar Tage frei.«

»Bitte, Reinhard«, versucht sie zu widersprechen, »ich …«

Danke, Katja, das ist alles!«

»Du musst dich nicht darum kümmern«, sagt Dorfmüller, als sie über den Flur zu ihrem Büro gehen, »ich setz mich gleich dran.«

»Scheiße, Rudi!«

»Fahr nach Hause, versuch dich zu entspannen.«

»Ich kann mich nicht entspannen.«

»Hör auf, dir Vorwürfe zu machen. Du hast alles versucht.«

»Hab ich das wirklich?«

»Du musst niemandem was beweisen«, sagt Dorfmüller und legt ihr seine riesige Hand auf die Schulter.

Er will mich nur vor mir selbst schützen, denkt sie. Aber sie will nicht beschützt werden. Wollte sie noch nie. Sie hat immer versucht, alles alleine hinzukriegen. Der Welt zu zeigen, dass sie keine Hilfe braucht. Im Grunde genommen ist sie wie einer dieser Kampfschwimmer. *Kommando Spezialkräfte der Marine.* Je schwerer der Einsatz, desto besser. Seit Jahren steckt sie in einem Tunnel. So wie Fellner im Torpedorohr eines U-Bootes gesteckt hat. Oder anschließend von Schneemassen begraben worden ist, mitten in den Tiroler Alpen. Zur Reglosigkeit verdammt, hat er sich von seinem Körper gelöst, sich von oben betrachtet und einfach ruhig weitergeatmet. Warum schafft sie das nicht, einfach ruhig weiterzuatmen?

Vielleicht ist das der Kern ihres Problems: dass sie dieses Gefühl dauernder Erschöpfung, das sie immer öfter beschleicht, einfach ignoriert. Dass sie vor lauter Ignorieren nicht mehr zuhört. Dass sie in Wahrheit gar nicht mehr wahrnimmt, was um sie herum passiert. Dass sie dabei nicht nur ihre eigenen Bedürfnisse verleugnet, sondern auch die Bedürfnisse der Menschen um sie herum. Der Menschen, die sie liebt, die ihr etwas bedeuten. Jenny, ihre Mutter, Rudi. Niemand von ihnen weiß, wie es in ihr aussieht, was wirklich mit ihr los ist. Niemand ahnt, was sie zu dem Menschen gemacht hat, der sie heute ist.

Plötzlich begreift sie, was sie am Tod von Hirschberger und Fellner so berührt. Das, was sie mit ihnen teilt. Das, was sie niemandem erzählen kann. Ihr eigenes Ertrinken, ihr eigenes Ersticken.

»Mach's gut, Rudi«, sagt sie und geht den Flur hinunter.

Dritter Teil

FEUER

Das kleine Kind ließ den Stock durch seine Hände gleiten, fühlte die raue Rinde unter seinen Fingern und das glatte Holz darunter. Es betrachtete die abgenagten Stellen, in die sich Rosas kleine Zähne gegraben hatten. Der Stock stammte von einem Ast, der Ast stammte von einem Baum, der Baum stand im Garten. Er war groß und alt. Es war eine Buche, aber das Kind wusste noch nicht, dass sie so hieß. Es wusste nur, dass Rosa immer auf diesem Stock herumgekaut hatte mit ihren kleinen Zähnen, während es ihn festgehalten und daran gezogen hatte. Rosa hatte ihre Pfoten in den Boden gestemmt und auch daran gezogen. Und dabei hatte sie geknurrt. Sie hatten zusammen um den Stock gekämpft. Das kleine Kind hatte sich fallen lassen und sich zusammengerollt, den Stock zwischen Beinen und Händen, und Rosa hatte danach geschnappt, war auf das Kind gesprungen, hatte mit ihrer Schnauze zwischen seinen zusammengezogenen Gliedern gewühlt, knurrend und bellend, bis sie den Stock endlich mit den Zähnen erwischte. Das Kind hatte sich gefühlt, als wäre es selbst ein Hund. Und Rosa seine kleine Schwester.

Der Stock war das Einzige, was dem kleinen Kind von ihr geblieben war. Wenn es ihn aus seinem Versteck unter dem Bett hervorholte, war sie wieder bei ihm. Es ließ den Stock über seine Wange gleiten und stellte sich vor, wie Rosas Zunge sie abschleckte. Es konnte ihren Geruch riechen, es spürte ihren Atem an seiner Wange, ihre schnuppernde Schnauze in seinem Gesicht. Rosa, liebe Rosa!

Das kleine Kind streichelte über den Stock, als wäre das zernagte Holz Rosas weiches Fell. Komm, Rosa, sagte es zu dem Stock und drückte ihn fest an sich.

Die Mutter und der Vater stritten sich. Unten im Wohnzimmer. Das kleine Kind konnte sie hören. Aber es wollte sie nicht hören. Also machte es die Tür zu. Aber das nützte nichts. Es hörte trotzdem alles. Hörte, wie die Hand des Vaters auf die nackte Haut der Mutter klatschte. Das kleine Kind wusste, dass es sich um die Hand des Vaters handelte, weil das Klatschen der Haut so heftig war und weil die Mutter aufschrie. Dann fing sie an zu weinen. Das Kind drückte den Stock an sich. Sag ihm, er soll aufhören, Rosa! Aber der Stock sagte nichts. Lag einfach nur stumm in seiner Hand, an seine Brust gedrückt, ein Stück Holz, mit Rinde überzogen, und schwieg.

Das kleine Kind hielt das nicht länger aus. Es ließ den Stock los und presste die Hände auf die Ohren. Es hörte sein Blut rauschen und sein Herz rasen. Aber das Weinen der Mutter war noch immer da. Genau wie die Schläge des Vaters. Und obwohl es die Augen geschlossen hatte, sah es seinen brennenden Hasen. Und es sah Rosa, wie sie unter dem Eis des Gartenteichs in einem Strudel aus Luftblasen um ihr kleines bisschen Leben rang.

Das kleine Kind fing an zu singen. Es versuchte, die Bilder und Geräusche in seinem Kopf wegzusingen. Es gelang ihm nicht. Je lauter es sang, umso lauter hörte es die Mutter schreien, und desto klarer sah es die Bilder hinter seinen geschlossenen Augen.

Also hörte das kleine Kind wieder auf zu singen. Es nahm den Stock, umklammerte ihn mit den Händen, öffnete die Tür, trat hinaus in den Flur. Es wünschte sich mutig zu sein. Groß und stark. Größer und stärker als der Vater.

Komm schon, kreischte die Mutter aus dem Wohnzimmer, schlag mich endlich tot. Tust mir einen Gefallen damit. Ist das alles endlich vorbei. Ist auch so vorbei. Ist schon lange vorbei.

Das kleine Kind hörte ihre Worte, aber es verstand sie nicht.

Worte bestanden aus Silben, Silben bestanden aus Buchstaben, Buchstaben waren Laute, Laute kamen aus dem Mund. Es gab schöne Laute und hässliche. So wie es schöne Worte gab, die das Kind zum Lachen brachten, und hässliche, die ihm Angst machten. Manche Worte mochte es, andere nicht.

Wichtiger als die Worte selbst war die Art, wie sie gesprochen wurden. Laut oder leise, sanft oder grob. Und die Stimme, die sie sprach. Das half dem kleinen Kind zu entscheiden, ob es Angst haben musste oder nicht.

Was der Vater sagte, machte ihm Angst. Was die Mutter sagte, tröstete es. Ihre Stimme war wie eine Decke. Warm und weich. Das Kind kuschelte sich darin ein. Es fühlte sich geborgen darunter und aufgehoben.

Aber jetzt war ihre Stimme anders. Das kleine Kind spürte die Angst darin.

Wieder schlug der Vater zu. Die Mutter war jetzt still. Alles war plötzlich still. Und weil es so still war, war es lauter als zuvor.

Das kleine Kind stand im Flur und hörte den Vater weinen. Es hatte ihn noch nie weinen gehört. Den Stock umklammert, ging es auf die Treppe zu. Vorsichtig setzte es einen Fuß vor den anderen. Es schaute seinen Füßen beim Gehen zu. Als es die Treppe erreichte, hielt das Kind kurz inne, lauschte durch das Rauschen in seinem Kopf auf das Schluchzen des Vaters. Die Mutter war noch immer ganz still.

Das kleine Kind ging die Treppe hinunter. Die Stufen waren wie Eis unter seinen Füßen. Es hatte das Gefühl daran festzukleben. Jeder Schritt brannte sich in seine nackten Sohlen ein. Leise, Rosa, sagte es flüsternd zu dem Stock.

Am Ende der Treppe blieb das kleine Kind erneut stehen. Es wusste nicht, was es tun sollte. Es wollte der Mutter helfen, aber es hatte Angst, dass der Vater es bemerkte. Wenn der Vater es bemerkte, wurde er wütend, und wenn er wütend wurde, konnte alles passieren.

Das kleine Kind schlich zur Wohnzimmertür. Der Vater lag halb auf der Mutter. Ihr Rücken war fast ganz entblößt. Und da, wo er entblößt war, zeichneten sich die Hände des Vaters auf ihrer Haut ab, rötliche Flecken, die Spuren seiner Schläge. Ihr Kopf war zur Seite gedreht, ihre Augen waren geschlossen. Aus ihrem halb geöffneten Mund rann ein dünner Faden aus Spucke und Blut. Ihr Gesicht sah friedlich aus, die Züge wirkten entspannt. Sie rührte sich nicht. Leblos lag sie unter dem massigen Körper des Vaters. Sein Kopf ruhte auf ihrer Schulter, aus seinen Augen liefen Tränen. Er redete auf sie ein, aber aus seinem Mund kamen keine Worte. Seine rechte Hand lag auf ihrem Oberarm, die Finger drückten sich tief in das Fleisch. Die andere Hand streichelte über ihre Haare, die Finger gekrümmt wie Krallen. Es sah aus, als würden sie sich an ihren Haaren festhalten.

Das kleine Kind stand da wie festgefroren. Mama, dachte es und starrte auf die reglose Mutter, auf den roten Faden zwischen ihren Mundwinkeln. Wenn sie nicht mehr wach wurde, dann gab es nur noch den Vater. Dann war es allein mit dem Vater. Das Kind wollte nicht allein sein mit dem Vater, der allem wehtat, was ihm lieb war. Es wollte, dass die Mutter, die sich nicht rührte, bei ihm war. Es wollte, dass sie ihm Geschichten erzählte, die es zum Lachen brachten, es wollte in ihren Armen liegen, ihre Hände auf seiner Haut spüren. Es wollte ihrer Stimme lauschen, wollte fühlen, wie ihr warmer Atem über seine Wange strich. Es wollte seinen Hasen zurück, und dass Rosa wieder bei ihm wäre und dass der Vater verschwinden würde und nie mehr zurückkäme. Es wäre so gerne groß gewesen.

Das kleine Kind ging auf den Vater zu, es konnte nicht anders. Es musste der Mutter helfen. Seine Hand, die den Stock umklammerte, löste sich von seiner Brust. Es merkte, wie es den Arm hob, hoch über seinen Kopf. Fass, Rosa, dachte es und ließ den Stock auf den Rücken des Vaters niedersausen. Es spürte einen leichten Windhauch, dann traf der Stock auf den mächtigen Rücken unter ihm, aber der Schlag war kein wirklicher Schlag, er reichte nicht aus, um dem Vater wehzutun, er reichte nur aus, um ihn aufmerken zu lassen, während sich die Hand des Kindes erneut hob, um ein zweites Mal zuzuschlagen. Aber bevor es zuschlagen konnte, schnellte der Vater herum und packte das Kind am Handgelenk.

Die Finger des kleinen Kindes wurden kraftlos, gehorchten ihm nicht mehr. Es ließ den Stock los, hörte, wie er auf dem Boden aufschlug. Rosa, kleine Rosa, dachte es und spürte den Schmerz in seinem Handgelenk. Es blickte in die tränennassen Augen des Vaters, in das leblose Gesicht der Mutter. Es bemerkte den Speichel zwischen den Lippen des Vaters, die vor Wut aufeinandergebissenen gelben Zähne, es roch den Gestank von Bier und Zigaretten. Dann fing es an zu schreien, es wusste nicht, woher dieser Schrei kam, es schrie wie noch nie in seinem Leben.

Plötzlich wurde sein Kopf zur Seite gerissen, das kleine Kind spürte ein Knacken in seinem Hals und ein Brennen auf seiner Wange, die Hand des Vaters sauste an seinen Augen vorbei, die ganze Welt war schief, dann wurde alles schwarz. Nur das Rauschen in seinem Kopf war noch immer da.

Schau mich an, du Missgeburt, hörte das kleine Kind den Vater brüllen. Es öffnete seine Augen. Der Vater hatte es am Hals hochgerissen, seine Hand lag um seinen Nacken wie ein Schraubstock. Er glotzte das Kind an. Du hast deinen Vater geschlagen, zischte er leise, deinen eigenen Vater! Er zerrte mit der freien Hand eine Zigarettenschachtel aus der Brusttasche seines Hemdes, klappte sie mit dem Daumen auf, zog mit den Lippen eine Zigarette heraus. Dann nestelte er ein Feuerzeug aus seiner Hosentasche und zündete die Zigarette an. Er nahm einen Zug, stieß den Rauch aus. Das kleine Kind musste husten, aber das war dem Vater egal. Deine Mutter ist eine dreckige Schlampe, sagte er, genau so eine Missgeburt wie du. Sie will nicht mehr hierbleiben, sie will weg von mir, und dich will sie mitnehmen. Sie hat gedacht, dass ich Ja und Amen dazu sage. Da habe ich ihr gezeigt, was ich davon halte. Strafe muss sein. Sie hat jeden Schlag verdient. Und jetzt bestrafen wir sie zusammen. Damit du lernst, auf welche Seite du gehörst.

Das kleine Kind verstand nicht, was der Vater sagte. Aber die Ruhe, mit der er es sagte, machte ihm Angst. Der Rauch brannte in seinen Augen. Es versuchte, ihm auszuweichen, aber der Vater hielt seinen Kopf weiter vor sein Gesicht. Wieder zog er an seiner Zigarette. Die Spitze glühte rot auf. Das kleine Kind konnte die Hitze spüren. Es versuchte, nach Luft zu schnappen, aber es atmete nur Rauch ein und musste wieder husten.

Der Vater setzte es ab und packte seine Hand. Es drückte ihm die Zigarette zwischen die kleinen Finger. Die Spitze zeigte nach unten. Er führte die Hand des Kindes zu dem nackten Rücken der Mutter.

Na los, sagte er, zeig deiner Mutter, wo du hingehörst!

Das kleine Kind versuchte sich zu wehren, aber wie sollte es sich wehren gegen den Vater? Der Vater war hundertmal stärker, und seine Wut war unermesslich.

Wie aus dem Nichts öffnete die Mutter die Augen. Sie schaute das kleine Kind an. Ihr Blick war tot. Ihre Lippen bewegten sich. Sie versuchte zu lächeln, aber sie schaffte es nicht. Mach dir keine Sorgen, flüsterte sie, wir gehen weg, nur du und ich.

Komm schon, sagte der Vater, sie wartet drauf, sie braucht das!

Das kleine Kind versuchte seine Hand mit der Zigarette zurückzuziehen, aber der Vater drückte sie langsam hinunter, weiter und immer weiter, bis die Glut die Haut erreichte. Ein zischendes Geräusch, der Geruch nach verbranntem Fleisch. Die Haut der Mutter, darin ein kreisrundes Loch. Das Lachen des Vaters, der ihm die Zigarette aus der Hand nahm und daran zog. Schmeckt gleich viel besser, sagte er und hob das Kind hoch. Jetzt bist du kein kleiner Scheißer mehr, jetzt bist du groß!

32

Katja schließt die Tür zu ihrer Wohnung auf. Sie fühlt sich ausgelaugt und leer. Zu schwach, um wütend auf sich zu sein. Sie versteht Kollers Entscheidung. Er hat getan, was er tun muss. Der Druck, unter dem er steht, ist massiv. Die Fakten sprechen für einen Selbstmord, sowohl bei Hirschberger als auch bei Fellner. Ihr gemeinsamer Therapeut Hanning hat das in beiden Fällen eindrucksvoll bestätigt. Seine Erklärungen sind genauso nachvollziehbar wie die Berichte der Spurensicherung und das Ergebnis der Obduktion. Wenn jemand sorgfältig arbeitet, dann Dr. Leah Levy.

Warum wehrt Katja sich trotzdem so massiv dagegen? Warum weigert sie sich gegen alle Vernunft so hartnäckig, die Urteile sämtlicher Experten anzuerkennen?

Was sie besonders schmerzt, ist die Tatsache, dass auch Dorfmüller nicht länger an ihre Hypothese von den Morden glaubt. Genau wie Koller ist er davon überzeugt, dass sie sich verrannt hat. Auch wenn er viel zu viel Respekt vor ihr hat, um sie das spüren zu lassen: Im Grunde genommen tut sie ihm leid.

Katja merkt, dass sie hungrig ist. Im Kühlschrank findet sie Käse und einen Rest Leberwurst, im Brotkasten ein Paket mit Vollkornschnitten. Es beruhigt sie zu essen. Abbeißen, kauen und schlucken. Die banale Wiederholung des immer Gleichen. Die Notwendigkeit der Nahrungsaufnahme. Wenigstens etwas, das sie nicht infrage stellen muss.

Tatsache ist: Sie hat den Knoten nicht gelöst, die Fäden nicht entwirrt. Das, was sie für die Enden der Fäden gehalten hat oder deren Anfänge, sind in Wahrheit nur zufällige Teile des Knäuels, beliebig und ohne jede Aussage.

Koller und Dorfmüller haben recht: Sie hat sich verrannt, sich im Gewirr der Möglichkeiten verfangen. Irgendwo im Gewühl ihrer Überlegungen ist sie falsch abgebogen. Aber warum und an welcher Stelle? Was hast du übersehen, Katja?

Sie denkt an Dominik Seidel. Die arrogante Art, mit der er sie gegen die Wand hat laufen lassen. Er wusste von Anfang an, dass er seinen Kopf aus der Schlinge ziehen würde. Der Gedanke, dass er ungestraft davonkommt, macht sie wahnsinnig. Dieser Scheißkerl hat eine Frau vergewaltigt und …

Plötzlich weiß sie, warum die Ermittlungen sie emotional so mitgenommen haben. Die Parallelen sind offensichtlich: Eva Frey und sie. Zwei Seiten derselben Medaille. Das Schicksal der getöteten Kadettin hat sie mehr bewegt, als ihr lieb ist. Sie hat sich davon mitreißen lassen. Mitten hinein in die Untiefen ihrer eigenen Geschichte. Sie hat geahnt, dass sie sich am Grund dieses Abgrundes selbst sehen würde. Und hat weggeschaut. Weil sie spürte, dass das, was sie dort unten sehen würde, mehr war, als sie ertragen konnte.

Ihr Handy summt. Sie zieht es hektisch aus der Tasche. Eine SMS von Jenny: *Wir sind da, echt toll hier, hab dich lieb.*

Sie starrt auf das Display. Neun Worte. Nett, freundlich, unverbindlich.

Hör auf, denkt Katja, mach das nicht! Sieh nicht das, was du sehen willst, um dir dein eigenes Scheitern zu beweisen. Versuch, das Gute zu sehen. Jenny ist fünfzehn. Sie glaubt, endlich eine Familie zu haben. Sie hat zwei neue Geschwister gewonnen. Sie ist im Urlaub, sie ist glücklich, sie …

Wie aus dem Nichts fängt Katja an zu weinen. Sie wehrt sich nicht dagegen. Es gibt nichts mehr, wogegen sie sich wehren könnte. Sie sitzt einfach nur still da und wartet, bis es vorbei ist. Dann steht sie auf und greift nach ihrem Autoschlüssel.

Sie nimmt den kürzesten Weg, mitten durch die Stadt, auch wenn er nicht der schnellste ist. Es ist ihr egal, sie hat alle Zeit der Welt. Gewürzmühlstraße, Thierschplatz, Triftstraße. Dann über die Wagmüllerstraße zur Prinzregentenstraße. Durch den Altstadtring-Tunnel auf den Oskar-von-Miller-Ring und rechts in die Brienner Straße, vorbei am Karolinen- und am Königsplatz. Von dort auf die Nymphenburger Straße und über den Stiglmaier- und den Rotkreuzplatz in die Waisenhausstraße. Bis sie schließlich links in die Südliche Auffahrtsallee einbiegt, an deren Ende das Nymphenburger Schloss liegt. Noch ein paar Hundert Meter, dann stoppt sie den Wagen vor dem Haus, in dem sie groß geworden ist und das sie schon seit Jahren nicht mehr betreten hat. Immer wieder hat sie nach Ausreden gesucht, und immer wieder hat sie eine gefunden.

Sie steigt aus. Ein komisches Gefühl. Auch wenn sie Angst hat, weiß sie, dass der Zeitpunkt richtig ist. Jetzt oder nie. Sie darf ihn nicht ungenutzt verstreichen lassen.

Sie geht zum Haus und klingelt. Es dauert eine Weile, ehe ihre Mutter die Haustür öffnet. Katja hat erwartet, dass sie überrascht sein würde, aber sie hat sich getäuscht.

»Komisch«, sagt Monika Sand lächelnd. »Ich hab mir gedacht, dass du kommen würdest. Ich hab nur nicht gewusst, dass es heute sein würde.«

Das Haus hat sich seit dem Tod ihres Vaters nicht verändert. Dieselben Möbel, dieselben Bilder. Sogar die Wandfarbe ist noch immer die gleiche. Zwischendurch hat ihre Mutter alles renovieren lassen, aber peinlich genau darauf geachtet, dass anschließend alles wieder am selben Platz steht wie vorher. Das Merkwürdige daran ist, dass Katja sich trotzdem nicht wie in einem Museum fühlt. Die Räume wirken lebendig und frisch. Und das liegt an ihrer Mutter. Sie verwaltet das Haus nicht, sie lebt wirklich darin. So wie sie vor Jahrzehnten mit Katja und ihrem Vater darin gelebt hat.

Katja hat ihre Schuhe ausgezogen und sich in dieselbe Ecke des Sofas gesetzt, in der sie auch als Kind immer gesessen hat, eingekuschelt in eine Wolldecke, die Füße auf dem Polster, die Arme um ihre Knie geschlungen.

Sie schaut hinaus in den Garten, den ihr Vater so geliebt hat, um den er sich kümmerte wie um ein zweites Kind. Sie wundert sich darüber, dass auch da draußen alles so geblieben ist wie früher.

Sie hat das alles für ihn erhalten, denkt Katja, sie hat ihn genauso geliebt wie ich ihn geliebt habe. Anders vielleicht, aber nicht weniger.

»Wie geht's Jenny?«, fragt ihre Mutter.

»Sie ist in Frankreich«, sagt Katja.

»Mit Peter?«

»Ja.«

»Und seine Familie?«

»Die auch.«

»Macht es dir was aus?«

»Es macht mir eine Menge aus, Mama.«

»Du kannst sie nicht aufhalten, Kind.«

»Ich weiß.«

»Sie werden groß, sie schreien dich an. Sie wollen in Ruhe gelassen werden. Sie denken, zu Hause ist alles blöd, und da draußen ist alles toll. Du warst genauso.« Sie schaut ihre Tochter an, mit einer Weichheit und einer Wärme, die Katja noch nie an ihr wahrgenommen hat. Und wieder lächelt sie. Kein überhebliches Lächeln, eher eines, das aus der eigenen Erfahrung gespeist ist, aus all dem, was sie selbst erlebt hat – mit Katja, wegen ihr, durch sie, für sie. »Warum bist du hier?«, fragt sie.

»Um mich bei dir zu entschuldigen.«

»Wofür?«

»Für alles«, sagt Katja.

»Also für nichts«, erwidert ihre Mutter, noch immer lächelnd.

»Ja, Mama«, sagt Katja, »dafür auch.«

Dann beginnt sie zu erzählen. Von ihrer Kindheit, die mit dem Tod ihres Vaters so abrupt geendet hat. Von der Fremdheit in ihr, die mit seinem Sterben eingesetzt und sie seither nie wieder verlassen hat. Von der großen Liebe zu Peter und der Einsamkeit nach der Trennung von ihm. Sie schildert das unbeschreibliche Glück, das sie gefühlt hat, als Jenny in ihr Leben trat. Sie spricht von ihrer unerklärlichen Wut auf sich selbst und das Leben, das sie führt, auch wenn sie ihren Beruf liebt, diesen komischen, kranken, verzweifelten Beruf, der ihr so viel bedeutet. Sie redet nicht schnell und nicht laut, aber lange. Als sie aufhört, ist es draußen längst dunkel geworden.

Ihre Mutter hat sie kein einziges Mal unterbrochen, sie hat einfach nur zugehört und ihre Tochter dabei schweigend angeschaut. Jetzt streckt sie ihre vom langen Sitzen steif gewordenen Glieder. »Willst du was essen?«, fragt sie.

»Nein«, sagt Katja.

Monika Sand steht auf, beugt sich zu ihr runter und gibt ihr einen Kuss auf die Stirn. »Dann mache ich dir mal dein Bett«, sagt sie und verlässt das Wohnzimmer. Katja hört ihre Schritte auf der Treppe. Die Stufen knarren noch genauso wie in ihrer Kindheit.

Sie schließt ihre Augen und denkt: ein gutes Geräusch.

Eines, das sich nach Zuhause anhört.

33

Katja liegt im Bett in ihrem Kinderzimmer und staunt. Der alte Geruch ist noch immer da. Die Buntstifte, mit denen sie gemalt hat. Bilder in ihrem Kopf. Erinnerungen. Gute und weniger gute. Die Beerdigung ihres Vaters, die Nacht danach. Der kleine Kaufmannsladen, den er ihr gebaut hat, als sie fünf geworden ist, und der vermutlich auf dem Speicher steht. Sie hat Jenny nie davon erzählt.

Der Liebesbrief, den sie Francesco aus Parma geschrieben und nie abgeschickt hat. Die Schulparty, auf der sie ihre Unschuld verlor. Die Ohrfeige, die sie kassierte, als sie zum ersten Mal betrunken nach Hause kam. Der Unfall mit dem Auto ihrer Mutter, kurz nachdem sie ihren Führerschein gemacht hat. Ihre Abiturfeier, auf der sie sich für den Stolz in den Augen ihrer Mutter so sehr schämte. Die Nacht, in der sie zum ersten Mal mit Peter schlief …

So vieles, das sie ihrer Tochter nie erzählt hat.

Sie betrachtet die Bienen und Schmetterlinge auf dem Schirm der Nachttischlampe. So oft sie ihr Zimmer auch umgeräumt hat, es über die Jahre von einem Kinder- in ein Jugendzimmer verwandelt hat, die Bienen und Schmetterlinge haben sie bis zum Tag ihres Auszuges begleitet.

Sie löscht das Licht, dreht sich auf die Seite, zieht sich die Bettdecke über die Schultern. Sie ist froh, dass sie mit ihrer Mutter geredet hat. Die Wand zwischen ihnen ist dünner geworden. Nicht viel, aber mehr, als sie für möglich gehalten hat. Ein Anfang, immerhin. Sie denkt an Jenny, stellt sich vor, wie sie in dem

Haus in den französischen Seealpen den Grillen lauscht. Oder mit ihren neuen Geschwistern spielt. Oder mit Peter und Alina zusammensitzt und ein Glas Rotwein trinkt.

Sie vermisst Jenny, sie vermisst so vieles. Ihr halbes Leben. Es ist Zeit, es sich zurückzuholen.

Sie dreht sich auf die Seite, eine Hand unter dem Kissen, ihre Füße in das untere Ende der Bettdecke eingeschlagen. Sie versucht einzuschlafen. Es gelingt ihr nicht.

Je länger sie daliegt und den Schlaf herbeisehnt, desto wacher wird sie. Ihre Gedanken schweifen zurück zu den Toten. Sie stellt sich Eva Frey vor, wie sie von Dominik Seidel und den anderen beiden Offizieren vergewaltigt wurde, an Bord einer Korvette, kein Mensch, nur ein Ding, hilflos und ausgeliefert. Wie sie, eingesperrt auf einem Kriegsschiff in der Weite des Mittelmeeres, irgendwo vor der libyschen Küste, nicht vor ihnen wegrennen konnte. Wie sie ihren Schändern Tag für Tag begegnete, schutzlos ihrem Spott preisgegeben. Bis sie schließlich im Ankerraum der *Braunschweig* ihr Leben verlor oder besser das, was davon übrig geblieben war.

Katjas Unterleib beginnt sich zu verkrampfen. Als wären Eva Freys Schmerzen ihre Schmerzen. Sie spürt den Druck von Seidels Händen auf ihrer Haut, auf ihren frei gelegten Brüsten, sie sieht sein grinsendes Gesicht über ihrem, während seine Kameraden Osterhoff und Griebing sie an den Armen packen und festhalten und er in sie eindringt, wieder und immer wieder.

Schweiß bricht ihr aus, Panik überwältigt sie. Sie greift nach dem Schalter der Nachttischlampe, starrt auf die leuchtenden Schmetterlinge und Bienen und versucht sich zu beruhigen.

Alles gut, denkt sie, nichts passiert. Und weiß, dass das nicht stimmt. Ihr Herz schlägt wie verrückt, ihr Puls rast wie wild. Sie ist Eva, Eva ist sie. Der einzige Unterschied zwischen ihnen: Eva ist tot!

Sie schlägt die Bettdecke zurück, setzt sich auf. Ihr Blick fällt auf ihre Handtasche, aus der das Buch hervorschaut, das Dorfmüller ihr leihweise überlassen hat. Dr. Alexander Hanning: *Die zweite Chance. Dem Trauma ins Gesicht schauen.*

Also gut, denkt sie, schauen wir ihm ins Gesicht.

Sie nimmt das Buch aus der Tasche, legt sich das Kissen am Kopfteil des Bettes zurecht und schiebt sich wieder unter die Decke. Das Buch auf ihre aufgestellten Knie gestützt, beginnt sie zu lesen. Anfänglich skeptisch, fast widerwillig, aber schon nach ein paar Absätzen weiß sie, dass sie es erst nach der letzten der vierhundert Seiten wieder aus der Hand legen wird.

Schon die ersten Kapitel, in denen sich Hanning mit den Anfängen der Traumaforschung beschäftigt, nehmen sie vollständig gefangen.

Gegen Ende des 19. Jahrhunderts hatte der französische Arzt Jean-Martin Charcot in der Pariser Salpêtrière versucht, den Ursachen der damals weit verbreiteten Hysterie auf die Schliche zu kommen. Die betroffenen Patienten waren anfällig für Suggestionen und litten unter starken Emotionsausbrüchen, nicht wenige zeigten unkontrollierbare Muskelkontraktionen oder Lähmungen. Hanning schildert den Fall eines Mannes, der bei einem Unfall mit einer Pferdekutsche sein Bewusstsein verloren hatte und anschließend seine Beine nicht mehr bewegen konnte, obwohl sie nicht verletzt worden waren. Der Mann konnte sich an den Unfall nicht erinnern, war aber überzeugt davon, dass die Räder der Kutsche ihn überrollt hatten. Dieses innere Bild war so stark, dass es eine Lähmung seiner Gliedmaßen auslöste, ohne dass es dafür physiologisch Ursachen gab.

Hatte Charcot hauptsächlich die körperlichen Symptome seiner Patienten dokumentiert, redete sein Schüler Pierre Janet stundenlang mit ihnen, um herauszufinden, was in ihnen vorging. Er stellte fest, dass traumatisierte Menschen bestimmte mit dem Trauma verknüpfte Handlungen oder Empfindungen automatisch wiederholten, auch wenn sie sich an das eigentliche

Erlebnis nicht erinnern konnten. Die Unfähigkeit, diese Abspaltung von Gedächtnisspuren – diese Dissoziation, wie Janet sie nannte – in das normale Gedächtnissystem zu integrieren, führte bei den betroffenen Patienten zu einem gestörten Selbsterleben und letztlich zum Verfall ihrer persönlichen und beruflichen Funktionsfähigkeit.

Der Erste Weltkrieg brachte eine neue Art des Traumas hervor, den sogenannten Granatschock (*Shell Shock*). Soldaten, die in den Gräben Flanderns unaufhörlichem Granatbeschuss ausgesetzt gewesen waren, litten nach ihrer Rückkehr unter Erinnerungsverlust und unerklärlichen physiologischen Störungen. Sie zeigten nervöse Zuckungen, ihre Körper verkrampften sich in bizarren Haltungen. Die britische Militärführung fürchtete um die desillusionierende Wirkung des *Shell Shocks* auf die kämpfende Truppe und verbot die Benutzung des Ausdrucks. Mit verheerenden Wirkungen für die Betroffenen. Statt sie als Trauma-Opfer anzuerkennen, entließen die behandelnden Ärzte sie mit dem Vermerk »NYDN« (*Not Yet Diagnosed, Nervous*). Zehntausende Veteranen verloren damit ihren Anspruch auf eine Versehrtenrente.

Auf deutscher Seite ging man mit dem Problem noch rigoroser um. Den Betroffenen wurde ein allgemeiner Charaktermangel unterstellt, der mit schmerzhaften und völlig ineffektiven Elektroschocks bekämpft wurde.

Im Zweiten Weltkrieg erging es traumatisierten Soldaten nicht besser. Man behandelte sie meist auf physische Erkrankungen hin statt auf psychische. Und wenn seelische Störungen diagnostiziert wurden, suchte man deren Ursachen vor allem in Vorkriegserlebnissen der Patienten.

Erst der Vietnamkrieg belebte die stagnierende Traumaforschung erneut. Tausende amerikanische Soldaten hatten zwischen Saigon und Hanoi, auf Reisfeldern oder an den Ufern des Mekong, im Unterholz der Wälder oder an den Hängen nebelverhangener Berge ihr Leben verloren. Jene, die zurückkamen, waren seelisch verstümmelt. Traumatisiert durch die Schrecken des Dschungelkampfes, zermürbt durch tagelange Patrouillen in Schlamm und Regen oder plötzliche Scharmützel mit einem zumeist unsichtbaren Gegner, abhängig geworden von Drogen wie Heroin, mit denen sie sich zu betäuben versucht hatten. Es gab nichts, was sie in der Hölle Vietnams nicht gesehen hatten. Bei ihrer Landung in der Heimat trugen sie ihr Marschgepäck auf dem Rücken und in sich die Bilder zerfetzter, in Stücke gerissener Kameraden, massakrierter unschuldiger Zivilisten, Männer, Frauen, Kinder.

Allein gelassen mit ihrer Hilflosigkeit, ihrer Wut, ihrer Schuld, schotteten sie sich zu Hause ab, anstatt sich zu integrieren. Sie schlugen ihre Frauen, ihre kleinen Kinder. Sie litten unter Panikattacken und Angstzuständen. Sie flippten aus, einfach so, ohne jeden Grund. Sie versanken in Schweigen, tagelang, wochenlang. Sie begannen zu trinken, vergruben sich, versuchten zu fliehen. Aber wohin sollten sie fliehen, sie waren doch zu Hause.

Mit den Forschungsarbeiten der amerikanischen Psychologin Judith Hermann setzte sich der Begriff der *Posttraumatischen Belastungsstörung* (PTBS) durch. Endlich hatte der Schrecken einen Namen bekommen.

Je länger sie liest, desto faszinierter ist Katja. Sie verschlingt die Erklärungen über die verschiedenen Arten von Traumata, die persönlichen, die kollektiven, die historischen. Kriegserlebnisse, Völkermorde, Naturkatastrophen. Das Unglück beim Flugtag von Ramstein 1988, die Tragödie während der Loveparade in Duisburg 2010.

Sie saugt die von Hanning verwendeten Fachbegriffe in sich auf. *Reenactment* oder *Reinszenierung*: die unbewusste zwanghafte Wiederholung der Traumasituation. *Trigger*: Auslöser für plötzliches intensives Wiedererleben des traumatischen Ereignisses in Form eines *Flashbacks*. *Intrusion*: zwanghaftes gedankliches Beschäftigen mit dem Ereignis, etwa in Form von Tag- oder Albträumen: *Konstriktion*: der unbewusste Versuch, den Intrusionen durch Abspaltung, *Dissoziation*, zu entgehen, oftmals verbunden mit Amnesien, Depressionen oder emotionaler Taubheit. *Vegetative Übererregungen*: chronischer Dauerstress infolge des Traumas, Schreckhaftigkeit, Konzentrationsstörungen, anhaltend erhöhte Wachsamkeit.

Ausführlich beschreibt Hanning, welche Auswirkungen die erstmals erfolgte Behandlung mit Psychopharmaka auf das Befinden der Patienten hatte. Wie die Wissenschaft zunächst große Erfolge feierte, nur um dann erkennen zu müssen, dass der Einsatz von Medikamenten nicht die erwünschte Breitenwirkung hatte. Jeder Patient war anders, jeder Einzelfall spezifisch, jedes Trauma einzigartig.

Besonders berührt ist Katja von Hannings Fallbeispielen, die das unerträgliche Leiden von Frauen und Männern lebendig werden lassen, die in ihrer Jugend Opfer sexuellen Missbrauchs wurden – durch den Vater, den Onkel, den Pfarrer der Kirchengemeinde. Und manchmal auch durch die eigene Mutter. Hanning gibt den Betroffenen eine Stimme, lässt ihre Qualen bei der Bewusstwerdung der geheimen Quellen ihres Unglücks lebendig werden. Eindrücklich schildert er, wie viel Mühe es kostet, Patienten an ihre im Unterbewussten vergrabenen Traumata heranzuführen, die Ursachen ihres Leidens Stück für Stück aufzudecken, um sie dann in einem langwierigen und schmerzhaften Prozess dazu zu bringen, die von ihrer Erinnerung abgespaltenen Erlebnisse in den Fluss ihres aktuellen Lebens zu integrieren.

Je tiefer Katja beim Lesen in das Thema eindringt, desto aufgeregter wird sie. Hier geht es nicht nur um irgendwelche Patienten mit irgendwelchen traumatischen Erlebnissen, hier geht es auch um sie selbst.

Um halb fünf hat sie die letzte Seite hinter sich gebracht. Als sie das Buch zuschlägt, spürt sie, wie Wut ihren Körper emporkriecht, eine gallertartige Masse, die ihr die Adern verstopft, die Muskeln verklebt.

Sie schleudert das Buch von sich. Ihr Mund verzieht sich zu einem Schrei. Sie spürt, wie die Stimmbänder in ihrem Hals vibrieren, aber ihr Schreien bleibt stumm. Tonlos schreit sie minutenlang in sich hinein. Dann fängt sie an zu weinen, haltlos, unkontrolliert, aber auch ihr Weinen bleibt stumm, ein tränenloses Geschütteltsein, ein unerfüllbares Verlangen nach Erlösung, die Sehnsucht danach, dass endlich alles gut ist, nur für einen Moment, eine winzige Sekunde in dieser beschissenen Abfolge von Tagen, Monaten, Jahren des Kampfes mit sich selbst. Aber nichts ist gut, alles wird bleiben wie immer, nichts wird sich ändern, niemals!

Sie hält inne, lauscht in sich hinein, späht in das lichtlose Dunkel ihrer Vergangenheit, und plötzlich ist da etwas. Es sieht aus wie das Tor einer Scheune, dunkles, verwittertes Holz, umgeben von einer Mauer aus rotem Backstein. Sie zwingt ihre Gedanken, darauf zuzugehen, sie streckt ihre Hände aus, berührt den rostigen Türgriff. Ihre Finger umschließen ihn, sie zieht daran, sie rüttelt, bis sie ihre Arme nicht mehr fühlt, sie schlägt mit Händen und Kopf gegen das Tor, schlägt sich ihre Schläfe blutig daran, zerkratzt das Holz mit ihren Fingernägeln, bis sie abbrechen, einer nach dem anderen. Das Tor wackelt in seinen Angeln, aber es lässt sich nicht öffnen. Es bleibt genauso geschlossen, wie es seit fünfzehn Jahren verschlossen ist.

34

Katja schlägt blinzelnd die Augen auf. Die Sonne scheint ihr mitten ins Gesicht. Ein Blick auf ihre Uhr. Es ist kurz vor zehn. Verwundert stellt sie fest, dass sie gut geschlafen hat. Ihre Erschöpfung hat sie dazu gezwungen.

Sie schaut auf Hannings Buch, das zerfleddert in einer Ecke des Zimmers liegt. Dort, wohin sie es in der vergangenen Nacht geschleudert hat. Die Erkenntnis, dass das, was Hanning auf vierhundert Seiten niedergeschrieben hat, auch für sie gilt, hat sie an den Rand eines Zusammenbruchs geführt. Aber diese Erkenntnis hat ihr auch Klarheit verschafft.

Sie geht das Buch in Gedanken noch einmal durch. Die fachlichen Erklärungen und persönlichen Geschichten. All die Wut, Verzweiflung und Hilflosigkeit der Traumatisierten. Das Gefühl, von der Welt abgespalten zu sein, nicht verstanden zu werden, sich selbst nicht zu verstehen. Die Not, nicht an das heranzukommen, was das eigene Unglück ausgelöst hat. Die oft jahrelangen schmerzhaften Prozesse, die notwendig waren, um sich mit den abgespaltenen Erinnerungen in ihrem Inneren zu versöhnen.

Wenn Kindern ein Spielzeug kaputtgeht, tragen sie es zu ihren Eltern und sagen: »Mach es wieder ganz!« Das ist der Schlüssel, denkt Katja. Das Verschüttete auszugraben, es als einen Teil von sich zu akzeptieren, wieder komplett zu werden und endlich ein Ganzes zu sein. So wie man bei seiner Geburt ein Ganzes ist. Ein ganz und gar vollständiger Mensch, der an der Brust seiner Mutter liegt und ihre Milch trinkt.

Der trinkende Säugling, eins mit sich und seiner Mutter und damit der Welt. Das ist die Quelle, das Urbild, von dem alles ausgeht. Man wächst, man wird größer, man lernt. Man sammelt Wissen und Erfahrungen. Man wehrt sich und passt sich an. Man rebelliert und schließt Kompromisse. Man siegt und scheitert. Man sucht seinen Platz in der Welt. Und wenn man ihn gefunden zu haben glaubt, verteidigt man ihn mit Klauen und Zähnen. Und genießt die Illusion, sich wieder als Ganzes zu fühlen. Ein wirkliches Ganzes aber ist man nur einmal in seinem Leben: im Moment dieses ersten Saugens an der Brust der Mutter.

Jeder Mensch macht im Verlauf seines Lebens traumatische Erfahrungen. Jedes Trauma ist anders, und jeder reagiert anders darauf. Das ist das, was Dr. Hofer bei ihrem Gespräch in Innsbruck mit Resilienz gemeint hat und Hanning in seinem Buch als die Widerstandsfähigkeit gegen psychische Erschütterungen bezeichnet.

Dass Hirschberger nicht sonderlich widerstandsfähig war, hat seine Frau bezeugt. Aber hat das wirklich ausgereicht, um sich selbst das Leben zu nehmen? Bei Robert Fellner ist die Sache noch komplizierter. Er hat ein jahrelanges Training durchlaufen, das seine Resilienz deutlich gestärkt haben muss. Und ausgerechnet so jemand bringt sich um?

Katja hat versucht, sich Kollers und Dorfmüllers Argumentation anzuschließen, sich den Fakten zu beugen, die Levy und Hanning so überzeugend präsentiert haben. Schweren Herzens hat sie eingeräumt, dass sie sich verrannt hat. Und jetzt ruft ausgerechnet die Lektüre von Hannings Buch ihren alten Verdacht wieder wach, dass die beiden Toten sich nicht selbst getötet haben.

Hanning hat Dorfmüller auseinandergesetzt, dass man es auf jeden Fall mit zwei Suiziden zu tun hat. In fachlich unzweifelhaften Worten hat er das glaubhaft begründet und damit Katjas

Mordhypothese einfach vom Tisch gefegt. Dabei muss doch gerade er als Experte wissen, dass das alles so einfach nicht ist. Warum hat er sich trotzdem so eindeutig festgelegt? Welchen Nutzen hatte das für die Aufklärung des Falls? Oder ging es ihm gar nicht darum?

Zwei tote Patienten. Beide in Behandlung beim selben Therapeuten. Und beide bringen sich im Abstand weniger Tage um? Nicht mit einer Silbe ist Hanning Dorfmüller gegenüber auf diesen ungeheuren Zufall eingegangen. Er hat ihn einfach ignoriert. Hat sich stattdessen auf die angeblich so klare Motivlage der beiden Patienten kapriziert und sie kurzerhand zu Selbstmördern erklärt. Warum war ihm das so wichtig? Warum hat er jede andere Möglichkeit so leichtfertig ausgeschlossen?

Tagelang haben Katja und Dorfmüller nach Verbindungen gesucht: zwischen August Hirschberger und den mutmaßlichen Mördern von Eva Frey, zwischen Hirschberger und Robert Fellner, zwischen Fellner und Dominik Seidel. Eine imaginäre Linie zwischen zwei Punkten, die erst zu einem Dreieck wurde, später zu einem Viereck. Die am nächsten liegende Verbindung haben Dorfmüller und sie dabei übersehen: die zwischen den beiden Patienten und ihrem Therapeuten.

Bei einem Mord gibt es einen Täter, bei einem Selbstmord nicht. Hat Hanning deshalb auf den Selbstmorden bestanden?

Das Messer, denkt Katja erschrocken. Jenes Messer, das die Taucher im Schlick des Sees gefunden haben. Der dumme Witz, den Dorfmüller über die Initialen auf dem Hirschhorngriff gemacht hat

A. H. wie Adolf Hitler.

Oder wie August Hirschberger.

Oder wie Alexander Hanning!

35

München-Bogenhausen, Pienzenauerstraße. Katja sitzt in ihrem Wagen, schaut auf die Villa gegenüber und wartet. Garten mit Isarblick. Schöner geht es kaum. Teurer auch nicht. Ein Blick auf ihre Uhr. Gleich elf. Wenn sie mit ihrer Vermutung recht hat, wird sich zur vollen Stunde die Tür öffnen und eine Patientin oder ein Patient herauskommen.

Keine halbe Stunde zuvor ist sie die knarrende Treppe im Haùs ihrer Mutter hinuntergerannt, nachdem sie in fieberhafter Eile geduscht und sich angezogen hat.

Monika Sand saß in der Küche, ein Brötchen in der Hand und schaute sie lächelnd an. »Guten Morgen, Schatz.«

»Morgen.«

»Gut geschlafen?«

»Sehr gut.«

»Kaffee oder lieber Tee? Ich koch dir ein Ei, wenn du magst.«

»Tut mir leid, Mama, aber ich muss los!«

»Hat ja nicht lange gehalten.«

»Was meinst du?«

»Alles wieder so wie immer.«

Damit wandte sich ihre Mutter voller Enttäuschung wieder ihrem Brötchen zu. Die Kruste knackte, als sie hineinbiss, während Katja stumm in der Küchentür stand und in ihrer Handtasche nach dem Autoschlüssel kramte.

Auf der anderen Straßenseite tut sich etwas. Wie erwartet, öffnet sich die Haustür. Eine Frau in den Fünfzigern reicht Hanning zum Abschied die Hand. Katja betrachtet den Analytiker.

Die Brille mit Goldrand, die lockigen, an den Schläfen angegrauten Haare, seine schlaksige, jungenhafte Erscheinung. Kompetent, dabei nicht unsympathisch, aber irgendwie distanziert.

Jemand, der sich nicht gerne in die Karten schauen lässt, denkt Katja, einer, der die Kontrolle besitzen will, über sich genauso wie über andere. Was andererseits auch kein Wunder ist, immerhin hat er es tagaus, tagein mit Patienten zu tun, die eben diese Kontrolle über sich verloren haben.

Die Patientin tritt auf den Gehweg, wendet sich die Straße hinunter. Hanning will zurück in sein Haus.

Katja öffnet die Fahrertür und steigt aus. »Dr. Hanning?«

Der Analytiker, eben im Begriff, die Haustür hinter sich zu schließen, hält inne, dreht sich zu ihr um.

Sie überquert die Straße, betritt den Vorgarten.

»Ja?«, fragt Hanning und mustert sie misstrauisch.

Katja setzt ein Lächeln auf. »Mein Name ist Katja Sand. Ich muss mich entschuldigen, dass ich Sie einfach so überfalle.«

»Und was führt Sie zu mir?«

»Ich habe Ihr Buch gelesen. *Die zweite Chance. Dem Trauma ins Gesicht schauen.*«

»Wollen Sie eine Widmung?«

»Deswegen bin ich nicht hier.«

»Sondern?«

»Ich möchte Sie bitten, mir zu helfen.«

Hannings Augen durchbohren sie. Ein wässriges Blau, die Augäpfel von feinen roten Linien durchzogen. Ein Blick, der schläfrig scheint und doch von ungeheurer Intensität ist. Augen, die durchschauen können, denen nichts entgeht. Augen voller Macht, geübt darin, die verborgenen Botschaften hinter den Worten des Gegenübers aufzuspüren und zu enträtseln. Katja muss aufpassen. Diesen Mann anzulügen, ist keine Option. Sie wird nicht umhinkommen, ihm Teile ihrer Persönlichkeit zu offenbaren. Aber er darf keinesfalls erfahren, dass sie Dorfmüllers Chefin ist, eine Mordermittlerin, die bis gestern mit den ungeklärten Toden von Hirschberger und Fellner befasst war.

»Ich habe selten ein Buch gelesen, das mich derartig aufgewühlt hat«, sagt sie. »Angegriffen, bis ins Mark berührt. Gleichzeitig war ich zutiefst erschrocken. Das war, als würde ich über mich selbst lesen und dabei in mich hineinschauen. So als würde sich in mir eine verborgene Tür öffnen.«

»Und haben Sie diese Tür aufgemacht?«

»Ich habe es versucht«, lockt Katja, »aber sie war abgeschlossen. Ich habe dagegengeschlagen, mir die Finger blutig gekratzt, aber da war kein Schlüssel. Nur Angst. Eine ungeheure Angst.«

»Hören Sie«, sagt Hanning ungeduldig, »das ist weder der richtige Ort noch ein guter Zeitpunkt …«

»Woher kommt diese Angst, Dr. Hanning? Was steckt dahinter? All die Jahre trage ich das schon mit mir rum. Ich will endlich wissen, was los ist mit mir.«

»Tut mir leid, aber ich erwarte meinen nächsten Patienten. Rufen Sie mich einfach an, dann kann ich sehen, ob ich …«

»Es ist mir wirklich nicht leichtgefallen herzukommen. Ganz im Gegenteil. Glauben Sie mir, das war eine ziemliche Überwindung.« Und dann: »Nur fünf Minuten. Dann sind Sie mich los.« Sie schaut ihn flehend an. »Bitte!«

Sie weiß, was er jetzt denkt: Theater oder echte Not? Seine Augen dringen in sie ein. Als würde er ihr Inneres mit einer Kamera durchleuchten. Sie weicht seinem forschenden Blick nicht aus, hält der unfreiwilligen Prüfung stand.

»Also gut«, sagt er, »kommen Sie rein.«

Seine Praxis ist so, wie Katja sie sich vorgestellt hat. Gediegen und geschmackvoll. Ein sanierter Altbau, knarrendes Eichenparkett, darauf wertvolle Kelims. Im Behandlungszimmer die obligatorische Couch, am Kopfende ein Eames-Chair aus Nussbaum und schwarzem Leder, an den Wänden moderne Kunst.

Ein Ort, an dem man sich fallenlassen kann. Dabei ist es auffallend kühl. Katja fröstelt.

»Ist Ihnen kalt?«, fragt Hanning.

»Ehrlich gesagt, ja.«

Der Analytiker lächelt. »Konstante zwanzig Grad, im Sommer genauso wie im Winter. Die immer gleiche Atmosphäre, verlässlich und wiedererkennbar, verstehen Sie?«

»Nein«, sagt Katja. Aber jetzt begreift sie, warum der Analytiker trotz der hochsommerlichen Temperaturen über seinem karierten Hemd eine Strickjacke trägt.

»Erinnerungsarbeit ist ein mühsamer und diffiziler Prozess«, fährt Hanning fort, »hochsensibel und für Störungen anfällig. Ich versuche jede Ablenkung zu vermeiden. Je gleichbleibender die Bedingungen, desto größer die Chance auf Erfolg. Das hier ist ein Ort, an dem Menschen versuchen, zu Ihrem Innersten vorzustoßen. Den allermeisten von ihnen ist der Weg dorthin versperrt. Durch Schmerz und Angst, durch Panik und Wut. Sie haben eben von einer Tür gesprochen, für die Sie keinen Schlüssel haben.«

»Ja.«

»Stellen Sie sich vor, Sie finden einen. Sie schließen die Tür auf, nur um dahinter auf eine weitere Tür zu stoßen, für die Sie wieder keinen Schlüssel haben, und dahinter noch eine und noch eine.« Er blickt Katja durchdringend an. »Kennen Sie den amerikanischen Bergsteiger Aron Ralston?«

»Nein.«

»Vor Jahren wurde ihm bei einem Bergunfall in Utah die rechte Hand von einem Felsen eingeklemmt. Nach fünf Tagen ohne Wasser und Nahrung hat er sich schließlich befreit, indem er sich ohne Betäubung mit seinem Taschenmesser den Arm amputiert hat – nur dadurch hat er überlebt.«

»Warum erzählen Sie mir das?«

»Weil die Schmerzen, die meine Patienten auf ihrer Reise in ihr

Innerstes erleben, den Schmerzen vergleichbar sind, die dieser Bergsteiger ertragen musste, als er sich bei vollem Bewusstsein den eigenen Arm abgeschnitten hat.«

»Sie wollen von mir wissen, ob ich bereit dazu bin, diese Schmerzen zu ertragen?«

»Ob Sie bereit sind, sich Ihnen zu stellen.«

»Ja«, sagt Katja, »das bin ich.«

»Gut«, erwidert Hanning und greift zu einem Kugelschreiber. »Sand, sagten Sie?«

»Katja Sand.«

Er notiert sich den Namen und blättert durch seinen Kalender.

»Morgen früh«, sagt er, »acht Uhr fünfzehn.«

36

Katja nimmt Platz und schaut sich um. Bistrotische mit roten und weißen Stühlen, die Wände cremeweiß gekachelt. Die jungen Kellner und Serviererinnen tragen gestärkte Schürzen. In einer Ecke drei Frauen, die miteinander plaudern. Neben sich Tüten mit Einkäufen, vor sich Eier Benedict, Bircher Müsli und gemischte Beeren der Saison. Goldschmuck an gebräunten Armen, sorgfältig frisierte Haare, die Hände makellos manikürt. Ein paar Tische weiter ein Mann in penibel gebügelten grellgrünen Chinos. Er nippt an einem frühen Aperol Spritz, während er auf seinem Smartphone Textnachrichten schreibt. Seinen Clubblazer mit den Messingknöpfen hat er lässig über die Lehne des Nachbarstuhles geworfen.

Der Geruch des Geldes, denkt Katja, eine andere Welt. Sie wählt die Nummer ihres Assistenten. »Morgen, Rudi.«

»Wo steckst du?«, fragt Dorfmüller.

»Bei den Schönen und Reichen«, sagt Katja.

»Bitte?«

»Das Bistro vom *Käfer* in der Prinzregentenstraße.«

»Ich dachte, du würdest einfach mal zu Hause bleiben und nichts tun.«

»Deine Fürsorge ist wirklich rührend.«

»Einer muss sich ja um dich kümmern«, scherzt Dorfmüller. »Was gibt's?«

»Hanning«, sagt Katja.

»Nicht dein Ernst!«

»Alles, was du über ihn finden kannst. Wo er herkommt,

wo er aufgewachsen ist, Vermögensverhältnisse, Personenstand, einfach alles!«

»Hast du vergessen, was Koller gestern gesagt hat? Der Fall ist abgeschlossen.«

»So schnell wie möglich und so viel wie möglich.«

»Katja!«

»Was!?«

Am anderen Ende der Leitung entsteht eine Pause. Katja hört Dorfmüller resigniert seufzen. »Nichts, gar nichts. Wo treffen wir uns?«

»Ich warte hier auf dich. Ach, und Rudi ...«

»Was?«

»Bist ein Schatz.«

Lächelnd beendet sie das Gespräch. Sie sieht ihn vor sich, wie er in diesem Moment fluchend seinen Computer hochfährt und sich ans Werk macht. Und sich dabei fragt, was zum Teufel sie mit alldem bezweckt.

Ihre Gedanken kehren zurück zu Hanning. Was sie vorhat, ist riskant, der Ausgang völlig ungewiss. Er ist ein Gegner auf Augenhöhe, so viel ist klar. Keiner, dem man so leicht etwas vormacht. Er hat sie subtil getestet, mit Fragen und Blicken. Sie hat den Test nur bestanden, weil sie mit so etwas gerechnet hat.

Stück für Stück geht sie das Gespräch mit dem Analytiker noch einmal durch. Sie hat ihn damit gelockt, sein Buch gelesen zu haben. Der Versuch, ihn bei seiner Eitelkeit zu packen. Selbst wenn er das durchschaut hat, muss es ihm geschmeichelt haben. Warum sonst hätte er sie fragen sollen, ob sie eine Widmung wolle. Ihre anschließende sehr direkte Bitte um Hilfe hat ihn überrumpelt. Er kennt das nicht, dass eine potenzielle Patientin persönlich bei ihm auftaucht, anstatt wie üblich anzurufen und einen Termin zu vereinbaren. Sie hat das getan, damit er ihr nicht ausweichen konnte. Und sie hat Erfolg damit gehabt. Dennoch blieb er misstrauisch. Die Art, wie er sie angeschaut und mit seinen Blicken durchbohrt hat. Also hat sie die Flucht nach vorne ergriffen und von ihren Ängsten gesprochen, ohne dabei auch nur mit einem Wort zu lügen oder etwas hinzuzuerfinden. Das Tor in der Scheune, das sie nicht öffnen konnte, ihre blutig gekratzten Fingernägel. Ihre Aufrichtigkeit hat ihn beeindruckt. Aber noch immer standen sie vor seinem Haus. Ihr war klar, dass sie in sein Reich eindringen musste, um einen Behandlungstermin zu erhalten. Deshalb ihr Hinweis darauf, wie viel Überwindung es sie gekostet habe, ihn persönlich aufzusuchen. Das war der entscheidende Moment der Prüfung. Erst als er sich dafür entschied, ihr zu glauben, hat er sie hereingebeten.

Die Erinnerung an die klimatisierten Praxisräume lässt Katja erneut frösteln. Zwanzig Grad. Hannings Erklärung dafür war schlüssig, aber nicht wirklich überzeugend. Warum schafft sich ein Mensch ein künstliches Klima, das zwar nicht kalt, aber eben auch nicht behaglich ist? Hat er Angst davor, sich wohlzufühlen? Oder ist das nur der Ausdruck seiner eigenen inneren Kühle?

Hannings äußere Erscheinung ließ das Gegenteil vermuten. Seine Strickjacke, die Wärme ausstrahlte und Gemütlichkeit. Vielleicht war das nichts weiter als eine Verkleidung, mit der er versuchte, dem typischen Bild eines Psychoanalytikers zu entsprechen. Wenn ja, warum?

Und dann seine jungenhafte Erscheinung. Die glatte Haut in seinem Gesicht. Die Locken, die Katja sofort an einen Rauschgoldengel erinnerten. Steckt hinter dieser Fassade aus unbedingter Kontrolliertheit die Verunsicherung eines tief verletzten Kindes, das sich eine klimatisierte, künstliche Wirklichkeit geschaffen hat, um sich durch eine immergleiche Umgebung vor weiteren Verletzungen zu schützen?

Sei nicht albern, denkt Katja. Was sie da tut, ist unsining. Ein hypothetisches Gedankenspiel, reine Spekulation. Die Pathologisierung eines Mannes, den sie nicht kennt. Dem sie Eigenschaften und Verhaltensweisen zuschreibt, die sie ihrer Fantasie entlockt hat, wahllos und ohne Fundament.

Andererseits hat die kurze Begegnung mit Hanning ihren Verdacht auch nicht zerstreut. Seine merkwürdige Erzählung von dem Bergsteiger, der sich selbst die rechte Hand und Teile seines Unterarmes amputierte. Dieser überdeutliche Hinweis auf den unmenschlichen Schmerz, dem er ausgesetzt war. Wieso hat Hanning ihn mit dem Schmerz verglichen, den eine Traumatherapie in der Regel mit sich bringt? Hat er damit auch seinen eigenen Schmerz gemeint?

Katja fragt sich, warum Hanning Psychoanalytiker geworden ist und was ihn dann dazu gebracht hat, sich ausgerechnet auf die Traumatherapie zu spezialisieren. Liegt seinem fachlichen Interesse ein persönliches zugrunde?

Wieder reißt Katja sich zusammen, um sich selbst vor weiterem Abdriften zu bewahren. Sie fragt sich, wie die Dinge bei ihr selbst liegen. War ihre Entscheidung, Mordermittlerin zu werden, nicht auch davon beeinflusst, was ihr selbst widerfahren ist in jener grauenhaften Nacht in einer zugesperrten Scheune? Sie hat sich damals zerstört gefühlt, als wäre sie ermordet worden. Und nur ein paar Monate später hat sie sich entschlossen, in Zukunft Morde aufzuklären.

Alles hängt mit allem zusammen, denkt sie, ob bewusst oder unbewusst. Und wenn das bei ihr so ist, dann ist das vielleicht auch bei Hanning so.

Nur: Welchen Grund sollte er gehabt haben, zwei seiner Patienten zu ermorden?

Sie winkt eine Serviererin herbei und bestellt einen Kaffee. Wirft ein Blick auf ihr Handy. Keine Anrufe, keine Nachrichten, kein Lebenszeichen ihrer Tochter. Jenny liegt jetzt wahrscheinlich am Strand, badet mit Peter und seiner Familie im Meer oder vergnügt sich mit ihren beiden neuen Geschwistern am Pool des

Ferienhauses. Katja stellt sich das Haus vor. Mauern aus Bruchstein, naturbelassene Deckenbalken, ein offener Kamin. Der Geruch nach verbranntem Holz. Sie hört das Zirpen von Zikaden, sieht Alina vor sich, wie sie Jenny und ihren Kindern selbst gemachte Limonade bringt.

Ihr Herz zieht sich zusammen. Neid und Eifersucht. Das nagende Gefühl von Schuld. Jenny nicht das bieten zu können, was Peter kaum mehr als ein Fingerschnipsen kostet.

Sie schreibt ihr zögernd eine SMS: *Ich denke an dich.*

Keine Minute später kommt die Antwort. *Darfst du. PS: Ausnahmsweise. PPS: Sonnenbrand!*

Katja muss lächeln. Ein gutes Zeichen. Wenigstens das.

»Worüber lächelst du?«, fragt Dorfmüller und setzt sich neben sie.

»Wo ist dein Parka?«, fragt sie zurück.

»Im Auto.«

»Wow!«

»Wieso wow?«

»Ist das der Beginn einer erfolgreichen Neurosenbekämpfung?«

»Nur der Ausdruck meiner Vergesslichkeit.«

»Kenne ich gar nicht an dir.«

»Du kennst vieles an mir nicht.«

Bevor Katja etwas erwidern kann, legt er eine Akte auf den Tisch und schiebt sie zu ihr rüber. Er winkt einer Servierin zu, deutet auf Katjas Kaffee.

Die Serviererin nickt.

Katja schiebt die Akte zu ihm zurück. »Erzähl's mir lieber.«

»Okay«, sagt Dorfmüller und fängt an zu berichten. Alexander Hanning stammt aus einem Dorf am Chiemsee. Die Eltern betrieben am Seeufer einen Gasthof mit Biergarten und Zimmervermietung. Er besuchte ein nahe gelegenes Jesuiten-Internat, machte dort sein Abitur, studierte Psychologie in Boston, wo er auch dissertierte. Danach ging er mit einem Forschungsstipendium in der Tasche mehrere Jahre an die Universität Cambridge. Anschließend wurde er als Gastdozent an die Pariser Sorbonne berufen, wo er …

»Danke«, unterbricht Katja ihn.

»Bitte?«, fragt Dorfmüller irritiert.

»Das reicht.«

»Aber das ist noch nicht mal die Hälfte.«

»Du erzählst dasselbe, was in seinem Buch über ihn steht.«

»Du hast gesagt, du willst alles, was ich über ihn rauskriegen kann.«

»Sorry, Rudi, aber lass uns bitte zum Wesentlichen kommen.«

»Und was soll das sein?«

»Chiemsee«, sagt Katja. »Das Dorf, aus dem er stammt.«

Dorfmüller greift nach der Akte, schlägt sie auf. »Rimsting«, sagt er gereizt.

»Wo liegt das?«

»Am Nordwestufer. Zwischen Prien und Bad Endorf.«

»Und der Name des Gasthofes?«

»*Seewirt.*«

»Gibt's den noch?«

»Soweit ich verstanden habe, ja. Heißt jetzt aber anders.«

»Dann haben seine Eltern ihn verkauft?«

»Schon vor 'ner Ewigkeit.«

»Leben sie noch?«

»Beide tot. Der Vater ist 2012 gestorben, die Mutter ein Jahr später. Aber warum interessierst du dich für die?«

»Ich interessiere mich nicht für die, sondern für ihn! Was ist mit der Schule, auf die er ging, dieses Internat?«

»Das Hubertuskolleg in Aschau im Chiemgau.«

»Wann hat er dort sein Abitur gemacht?«

»Frühjahr 1991.«

»Und der Schulleiter?«

»Willst du mich verarschen?«

»Ich hab ›alles‹ gesagt, Rudi, nicht nur die Hälfte.«

»Ich fasse es einfach nicht.«

»Du weißt es also nicht.«

»Nein, ich weiß es nicht!«, regt Dorfmüller sich auf. »Vor allem weiß ich nicht, was der ganze Mist überhaupt soll? Warum bist du so verdammt scharf darauf, zu erfahren, wo Alexander Hanning sein Abitur gemacht hat und wer da jetzt Schulleiter ist?«

Die Frauen in der Ecke fangen an zu tuscheln. Auch der Mann mit dem Aperol merkt auf.

»Geht das auch ein bisschen leiser?«, fragt Katja.

»Nein, geht es nicht«, entgegnet Dorfmüller.

»Reg dich ab, Rudi!«

»Nur, wenn du mir endlich erklärst, was hier los ist!«

»Also gut«, sagt Katja, »aber ich will keinen blöden Kommentar von dir hören.«

»Kann ich dir nicht versprechen.«

»Dann eben nicht«, sagt Katja, nimmt ihm die Akte aus der Hand und beginnt darin zu blättern.

Dorfmüller starrt sie ungeduldig an. »Jetzt mach schon!«

»Kein blöder Kommentar?«, beharrt Katja.

»Kein Kommentar«, gibt Dorfmüller sich geschlagen.

Katja lächelt. »Geht doch.« Sie legt die Akte zurück auf den Tisch. »Erinnerst du dich an das Messer?«

»Das die Taucher aus dem See geholt haben?«

»Genau das.«

»Was ist damit?«

»Die Initialen auf dem Griff. A. H.«

»Haben wir doch längst geklärt«, sagt Dorfmüller genervt. »August Hirschberger.«

»Oder Alexander Hanning.«

Dorfmüller ist fassungslos. Er schüttelt ungläubig den Kopf, hebt seine riesigen Hände und lässt sie auf die Tischplatte fallen.

Die Tassen und die Kaffeelöffel klappern vernehmlich. »Du bist verrückt, Katja!«

»Kein Kommentar. Hast du versprochen.«

»Das ist total irrre. Der Mann ist Therapeut.«

»Vor allem ist er die einzige Verbindung zwischen Hirschberger und Fellner, die wir haben.«

»Der hat doch gar kein Motiv.«

»Und wenn wir es einfach nur nicht kennen?«

»Koller killt dich, wenn er rauskriegt, dass du weiter an der Sache dran bist.«

»Musst es ihm ja nicht erzählen. Es sei denn, du bist scharf auf meine Beerdigung.«

Sie greift nach ihrem Portemonnaie, zieht einen Zwanzig-Euro-Schein heraus, schiebt ihn unter Dorfmüllers linke Hand. »Betrachte dich als eingeladen.«

Damit steht sie auf, nimmt die Akte und ihre Tasche und verlässt das Bistro. Als sie auf die Straße tritt und sich zu Dorfmüller umdreht, sieht sie, dass er noch immer reglos dasitzt.

Er tut ihr fast ein bisschen leid.

37

Es ist halb vier, als sie an der Anschlussstelle Bernau von der Autobahn München-Salzburg abfährt. Von unterwegs hat sie im Hubertuskolleg angerufen und sich mit dem Schulleiter verbinden lassen. Pater Aloisius. Sie hat ihn gefragt, ob er sich an den ehemaligen Schüler Alexander Hanning aus dem Abiturjahrgang 1991 erinnert. Pater Aloisius verneinte das mit dem Hinweis darauf, dass er erst drei Jahre später an das Internat gekommen sei, und verwies sie an einen älteren Kollegen, der bereits seit den frühen Achtzigerjahren am Hubertuskolleg unterrichtete, Pater Florian, inzwischen im Ruhestand, aber angeblich noch immer äußerst fidel. Sie hat sich für sechzehn Uhr zu einem persönlichen Gespräch verabredet. Pater Aloisius hat ihr versprochen, Pater Florian zu informieren und hinzuzubitten.

Das Hubertuskolleg liegt südlich von Aschau, oberhalb des Ortes. Ein schlossartiges Anwesen mit eigener Kapelle. Ein kiesbedeckter Vorplatz, eine Freitreppe zum Eingang, der Messinggriff der alten Holztür liegt auf Brusthöhe.

Im Inneren des Internates herrscht fröhliches Treiben, ganz anders, als Katja erwartet hat. Schülerinnen und Schüler, die miteinander plaudern und lachen. Nicht die Enge von Kontrolle und Disziplin. Modernität und Offenheit. Freie Gedanken, die Weite des Geistes.

Katja geht die Treppe zum Direktorenzimmer hinauf, klopft gegen die offen stehende Eichentür.

Pater Aloisius blickt auf, erhebt sich aus einem Sessel und tritt auf sie zu. Ein kleiner, sympathischer Mann Ende vierzig, schmale

Brust, das Haar kurz geschnitten. Darunter ein offenes Gesicht mit lebendigen Augen. »Frau Sand?«, fragt er und reicht ihr die Hand. Dann stellt er ihr Pater Florian vor, einen bärtigen Mann jenseits der achtzig, der sich aus einem zweiten Sessel hochzuwuchten versucht, was ihm angesichts seines Alters und seiner nicht unerheblichen Körperfülle beträchtliche Mühe bereitet.

»Bleiben Sie sitzen«, sagt Katja, »bemühen Sie sich nicht.«

»Das ganze Leben ist ein einziges Bemühen, junge Frau«, erwidert er und lässt sich erleichtert in den Sessel zurückfallen. »Von Anfang bis Ende. Eine Prüfung jagt die nächste, und der da oben« – er zeigt mit dem Finger an die Decke und zwinkert Katja fröhlich zu – »sorgt dafür, dass diese Prüfungen nicht zu leicht ausfallen.«

»Ich sehe, Sie nehmen es mit Humor«, sagt Katja.

»Humor, junge Frau, ist das Schmiermittel, auf dem wir durchs Leben gleiten. Und zwar das einzige! Wer ihn besitzt, ist gerettet, wem er fehlt, der ist eine arme Sau!« Wieder ein Blick nach oben und ein scherzhaftes »mit Verlaub«.

Pater Aloisius lächelt. »Wie ich Ihnen am Telefon gesagt habe: Er ist noch sehr fidel.«

»Damit meint er meine angeborene Neigung zur Skepsis«, sagt Pater Florian.

»Widerspruch trifft es wohl besser«, korrigiert Pater Aloisius.

»Von mir aus auch Widerspruch«, gibt Pater Florian zurück. »Was die Sache nicht leichter macht.«

»Welche Sache?«, fragt Katja.

»Die Verhandlungen«, erwidert Pater Florian. »Mit diesem Gott da oben, der mir das Leben schwermacht, seit ich denken kann. Ich diskutiere mit ihm seit über siebzig Jahren. Und jedesmal, wenn ich denke, jetzt hab ich dich, Bürschchen!, kommt dieser Mistkerl mit einem neuen Argument um die Ecke, und ich kann wieder von vorne anfangen.«

»Wenigstens reden Sie miteinander.«

»Oh ja, junge Frau, das tun wir. Ständig. Vierundzwanzig Stunden am Tag.«

»Pater Florian hat bei uns Philosophie unterrichtet«, sagt Pater Aloisius.

»Dachte ich mir schon«, sagt Katja.

»Sie sind bei der Polizei?«, fragt Pater Florian.

»Kriminalpolizei.«

»Und was genau machen Sie da?«

»Mordermittlung. Ich versuche, Gewaltverbrechen mit Todesfolge aufzuklären.«

»Verstehe. Die Grenze zwischen Gut und Böse.«

»Gibt es die denn?«

»Eine schwierige Frage.«

»Und die Antwort?«

Pater Florian lächelt erneut. »Antworten, junge Frau, sind immer eine Frage der Perspektive. Und die ist eine Frage des Wissens. Das Dumme daran ist: Je mehr Sie wissen, desto schwieriger werden die Antworten. Deswegen habe ich mich eher auf die Fragen verlegt. Was nicht weniger kompliziert ist.«

»Ich fürchte, Gott hat es nicht leicht mit Ihnen«, sagt Katja.

»Und ich nicht mit ihm«, gibt Pater Florian schmunzelnd zurück. »Aber deswegen sind Sie nicht hier.«

»Nein«, sagt Katja. »Es geht um einen ehemaligen Schüler von Ihnen.«

Pater Florian nickte. »Darwin.«

»Darwin?«

»Das war sein Spitzname.«

»Wie ist er dazu gekommen?«

Pater Florians Gesicht verdüstert sich. Er schaut Katja ernst an. »Kennen Sie Alexander Hanning?«

»Nicht den, den Sie kennen«, erwidert Katja. »Deswegen bin ich hergekommen. Um Ihren kennenzulernen.«

»Hat er die Grenze überschritten?«

»Bitte?«

»Die zwischen Gut und Böse.«

»Ich weiß es nicht.«

»Aber Sie vermuten es.«

Katja bleibt ihm die Antwort schuldig.

»Er war mein Lieblingsschüler«, sagt Pater Florian seufzend. »Von Anfang an.«

Er fängt an zu erzählen. Alexander Hanning war als Zehnjähriger in das Hubertuskolleg aufgenommen worden. Damals war die Schule noch ein reines Jungeninternat. Ein anderer Geist, eine andere Zeit, die inzwischen Gottseidank der Vergangenheit angehört. Alex war ein schmächtiger kleiner Kerl, der mit seinen blonden Locken ausgesehen hat wie ein Engel. Schon bald war klar, dass er seine Mitschüler an Intelligenz weit übertraf. Was ihn zu einem Außenseiter machte. Einer, dem die anderen auswichen, weil sie seine Überlegenheit nicht aushielten. Sie grenzten ihn aus, quälten ihn, was ihn überhaupt nicht zu berühren schien. Stoisch hielt er ihre Bosheiten aus, und je mehr er aushielt, desto mehr wurde er zum Opfer immer neuer Attacken.

»Es war gruselig«, sagt Pater Florian. »Er saß vor mir, Blut im Gesicht von irgendwelchen Schlägen, und lächelte einfach nur vor sich hin. So als würde ihn das alles gar nicht erreichen.«

»Eine Art Abspaltung?«

»Ja«, sagt Pater Florian, »so könnte man das beschreiben.«

Mit den Monaten nahmen die körperlichen Attacken der Mitschüler auf den Jungen ab. Einerseits, weil die Schule energisch eingriff und drakonische Strafen gegen die Übeltäter verhängte, andererseits, weil die Gleichmütigkeit, mit der Alex seinen Peinigern begegnete, das Interesse an weiteren Quälereien erlahmen ließ.

»Sie meinen, es brachte den anderen nichts, ihn weiter zu quälen, weil er keinerlei Reaktion darauf zeigte. Weil er immun dagegen war.«

»So ungefähr«, sagt Pater Florian.

Anstelle der Quälerei trat unter den Schülern mit der Zeit Respekt für Alex. Aber das Unbehagen ihm gegenüber blieb bestehen. Eine Art staunendes Unverständnis darüber, was dieser schmächtige Junge alles aushalten konnte. Alex seinerseits nahm seine neue Rolle wie selbstverständlich an. Schließlich fing er an, Dinge zu tun, mit denen er seine außergewöhnliche Leidensfähigkeit unter Beweis stellte. Öffentlich. Für alle sichtbar.

»Was für Dinge?«, fragt Katja.

»Zum Beispiel die Sache mit dem Schnee«, sagt Pater Florian.

Als er dreizehn war, schlich Alex sich mitten im Winter, nur mit seinem Pyjama bekleidet, nachts hinaus und legte sich im Garten vor den Schlafräumen in den Schnee, stundenlang. Am frühen Morgen fand man ihn, unterkühlt und halb erfroren.

»Haben Sie mit ihm darüber geredet?«

»Ich habe es versucht. Ich hab ihm erklärt, dass er mit solchen Aktionen sein Leben aufs Spiel setzt.«

»Wie hat er reagiert?«

»Er hat mich angelächelt und gefragt: ›Welches Leben?‹«

Katja blickt den alten Lehrer erschrocken an. Was Pater Florian da schildert, gibt der künstlichen Kühle in Hannings Praxis einen überraschenden Hintergrund. Sie begreift plötzlich, was sie an dem Analytiker gleichzeitig so fasziniert und irritiert: die ungeheuere Kontrolliertheit, die er ausstrahlt, seine auffallende Distanz, diese Aura von Einsamkeit, die ihn umschließt wie ein Kokon.

»Haben Sie je mit seinen Eltern darüber gesprochen?«, fragt sie.

Pater Florian nickt. »Er wollte das nicht, das hat er mir gegenüber immer wieder betont, aber irgendwann ging es nicht mehr anders.«

Sichtlich berührt erzählt er von der Sache mit den Holzstämmen. Im Garten des Internats war damals eine seit Jahren von Schädlingen befallene Linde gefällt worden. Arbeiter hatten den

Stamm zersägt. In der Nacht, bevor das Restholz abgeholt wurde, schleppte Alex die zerlegten Teile des Stammes über Stunden hin und her, bis seine Hände und Arme blutig waren und er entkräftet das Bewusstsein verlor.

»In Absprache mit dem damaligen Direktor habe ich daraufhin die Eltern des Jungen zu einem Gespräch einbestellt.«.

»Wie ist das gelaufen?«

»Seine Mutter fing sofort an zu weinen, sein Vater blieb völlig unbewegt. Wie versteinert. Er zeigte keinerlei Regung. Ich dachte: Der Junge hat das alles von ihm. Aber wie sich dann herausstellte, war es nicht so. Alex konnte das gar nicht von ihm haben.«

»Wieso nicht?«

Pater Florian seufzt. »Seine Mutter hat mir unter dem Siegel absoluter Verschwiegenheit anvertraut, dass Alex gar nicht ihr leiblicher Sohn war. Sie und ihr Mann konnten keine eigenen Kinder bekommen. Sie haben Alex als Dreijährigen als Pflegekind aufgenommen und später adoptiert.«

»Was sagen Sie da?«

»Ich war genauso erschrocken wie Sie, als ich das gehört habe. Seine Mutter erzählte mir, dass Alex schon immer schwierig gewesen sei. Misstrauisch, verschlossen, in sich gekehrt. Dass er seine ganze Kindheit über unter plötzlichen Wutanfällen gelitten und mutwillig Dinge zerstört habe, nur um danach stundenlang zu weinen. Seine Adoptiveltern haben ihn trotzdem über alles geliebt. Vielleicht sogar wegen all der Schwierigkeiten, die er ihnen gemacht hat. Seine Mutter hat mich beschworen, dass er niemals von der Adoption erfahren dürfe. Niemals! Sie und ihr Mann hatten furchtbare Angst, dass sie ihn verlieren könnten. Ich musste ihnen versprechen, das Geheimnis zu bewahren.«

»Und das haben Sie getan.«

»Ja«, sagt Pater Florian traurig, »das habe ich. All die Jahre. Auch wenn ich den Jungen damit um seine Herkunft betrogen habe.«

»Kann es sein, dass Alexander Hanning das alles bis heute nicht weiß?«

»Ich gehe davon aus. Seine Eltern werden es ihm mit Sicherheit nicht gesagt haben. Niemals.«

»Sie sind beide tot.«

»Dann bin ich der Einzige, der es weiß. Und Sie.«

Katja versucht sich zu sammeln und all das Neue, das sie über Hanning erfahren hat, einzuordnen. Hat er sich damals – und dafür sprechen die Beschreibungen seines alten Lehrers – in eine Dissoziation gerettet? Lag darin der Grund für seine Schmerzunempfindlichkeit? Waren sein stundenlanges Liegen im Schnee und das Herumschleppen von Holzstämmen Reinszenierungen kindlicher Erfahrungen? War Alexander Hanning als kleines Kind traumatisiert worden? Fragen über Fragen. Und nirgendwo eine gesicherte Antwort.

Sie wendet sich erneut an den Pater. »Haben seine Adoptiveltern Ihnen gesagt, wer seine leiblichen Eltern waren?«

»Das konnten sie nicht. Sie wussten nichts über seine Vergangenheit.«

»Wir haben ein Messer gefunden. An einem Tatort.«

»Was für ein Messer?«

»Eins mit einem Hirschhorngriff und eingravierten Initialen. A. H.«

Pater Florian schaut Katja ernst an. »Ich erinnere mich daran. Sein Adoptivvater hat ihm so eins geschenkt. Zum zwölften Geburtstag.« Er senkt den Blick, starrt nachdenklich vor sich hin. »Also doch die Grenze, die er überschritten hat?«

»Ich hoffe nicht«, sagt Katja.

»Mein Gott!«, sagt Pater Aloisius.

Die drei schweigen. Zwei Patres und eine Kommissarin. Katja schaut aus dem Fenster. Wiesen und Felder, dahinter die majestätischen Zacken der Kampenwand. Ein Alpenidyll. Irgendwie macht es das alles noch viel schlimmer.

»Sie schulden mir noch eine Erklärung für den Darwin«, sagt Katja.

»Ach ja, der Darwin«, wiederholt Pater Florian niedergeschlagen. »Der hat was mit der Faszination des Jungen für Biologie zu tun. Es gab nichts, das ihn mehr interessierte. Das Kreatürliche, die Entstehung von Leben, die Bedingungen für Leben, eine eigenartige, übertriebene Neigung, die später sogar ins Philosophische hinüberspielte.«

»Inwiefern?«

»Er mag vielleicht sechzehn gewesen sein, ich weiß es nicht mehr genau. Im Biologieunterricht nahmen die Schüler seines Jahrgangs Darwins Evolutionstheorie durch. Natürlich war er sofort Feuer und Flamme. Plötzlich war da eine Stimme, die theoretisch unterfütterte, was Alex durch seine ewigen Abhärtungen immer wieder zu beweisen versuchte. Darwin gab seinen Gedanken eine Form. Und einen Begriff: *survival of the fittest*. Wir sprachen stundenlang darüber. Unter philosphischen Aspekten genauso wie unter religiösen. Das Thema ist vielschichtig und heikel, letztendlich läuft es auf die Frage nach der Existenz Gottes hinaus. Es ist mir nicht gelungen, ihn von meiner Position zu überzeugen. Ich hatte meinen Gott und er seinen. Punkt! Sein Gott hieß Darwin.«

»Und damit hatte er seinen Spitznamen weg.«

»Für ihn war das ein Ehrentitel.«

»Haben Sie ihn nach dem Abitur noch einmal wiedergesehen?«

»Ich habe es mir gewünscht, aber er hat den Kontakt abgebrochen.« Pater Florian schüttelt den Kopf. Er ist den Tränen nah. »Mein Gott, was habe ich diesen Jungen geliebt«, sagt er leise. »Diesen merkwürdigen, eigenwilligen, verletzlichen und dabei so ungeheuer starken Jungen. Mehr als jeden Schüler vor ihm, und mehr als jeden nach ihm.«

38

Die Nacht ist überraschend kalt. Katja liegt in ihrem Bett und friert. Dasselbe Frösteln, das sie in Hannings Praxis verspürt hat. Sie versucht sich vorzustellen, was in dem kleinen Alex vorgegangen ist, als er damals im Schnee lag. Die Kraft, etwas Derartiges durchzustehen, muss sich irgendwo tief aus seinem Inneren gespeist haben. Ein unbeugsamer Wille, überwältigend starke Gefühle. Das Ganze hat etwas Krankes, Zerstörerisches an sich. Sind nicht negative Emotionen oftmals stärker als positive? Der Junge muss unfassbar wütend gewesen sein, denkt Katja, aber war ihm das auch klar? Durchaus vorstellbar, dass er sich seinerzeit über die Triebfeder seines Handelns überhaupt nicht bewusst gewesen ist, dass er einfach nur einem inneren Zwang folgte.

Wieder kommen ihr Zweifel. Sie ist dabei, ein Gedankengebäude zu errichten, das einzig und allein auf einer Vermutung gründet, für die es nicht den geringsten Beweis gibt. Auch wenn Hanning als Kind merkwürdige Dinge getan hat, lassen sich daraus keine belastbaren Schlussfolgerungen ziehen. Seine Persönlichkeit, seine Kindheit, die Zeit vor seiner Adoption – all das liegt im Dunkeln, »hinter einem Nebel«, wie Pater Florian das wahrscheinlich genannt hätte.

Verrenn dich nicht, denkt Katja, bleib bei dem, was du sicher weißt! Aber was weiß sie sicher? Nichts! Die Fälle Hirschberger und Fellner haben sie blind gemacht. Sie ist arrogant gewesen, hat ihrem Instinkt mehr vertraut als den Indizien. Sie hat Dorfmüllers Warnungen in den Wind geschlagen und Kollers berechtigte Skepsis vom Tisch gewischt. Von Anfang an hat es für jedes Argument ein Gegenargument gegeben. Die ganze Zeit stand ihrer Überzeugung, dass Hirschberger und Fellner gewaltsam getötet wurden, die Wahrscheinlichkeit ihrer Suizide gegenüber. In welche Richtung das Pendel ausschlägt, ist am Ende immer eine Frage der Wahrscheinlichkeit. Aber die lässt sich eben nicht beweisen. Und alles, was sich nicht beweisen lässt, empfindet Katja als unerträglich.

Was sie während der Ermittlungen in die Falle gelockt hat, ist das Schicksal von Eva Frey. Das, was der Kadettin an Bord der *Braunschweig* widerfahren ist. Was sie erlitten hat – vom Moment ihrer Vergewaltigung bis zu ihrem gewaltsamen Tod. Aber auch der wurde letztlich ebenso wenig bewiesen wie die Vergewaltigung selbst. Im Gegenteil: Die Untersuchungskommission der Bundesmarine hat Seidel, Osterhoff und Griebing freigesprochen. Aus dem Opfer Eva Frey haben sie eine Suizidantin gemacht und aus Gustl Hirschberger, der ihr bloß helfen wollte, einen durchgeknallten Obermaat, der unter einer posttraumatischen Belastungsstörung litt.

Du drehst dich im Kreis, denkt Katja, du fährst Karussell mit dir selbst. Mach schon, spring runter, halt das Scheißding an! Und jetzt konzentrier dich.

Sie weiß, dass sie völlig erschöpft ist. Frustriert über eine Ermittlung, deren Fäden sie nicht entwirren konnte. Eingeholt von ihrer Vergangenheit. Zermürbt von der Sorge um ihre Tochter.

Doch sie weiß auch: Sie wird nicht aufhören. Hannings Geschichte ist vielleicht nur die Ausgeburt ihrer überdrehten Fantasie. Aber sie ist auch ihre letzte Spur. Ihre letzte Chance herauszufinden, warum August Hirschberger und Robert Fellner nicht mehr leben und wie sie gestorben sind.

Um halb sieben steht Katja auf, duscht und zieht sich an. Weder Zeit noch Lust, sich zu schminken. Um zehn vor sieben verlässt sie ihre Wohnung, um Viertel nach sieben geht sie über den frühmorgendlich verwaisten Flur der Mordermittlung und klopft an Kollers Tür.

»Ja?«, hört sie ihn rufen.

Sie öffnet die Tür. »Morgen, Reinhard.«

»Katja.«

»Darf ich?«

»Natürlich.«

Sie betritt das Büro, setzt sich ihm gegenüber auf den Besucherstuhl, schaut ihn offen an. Sie hat sich das, was sie ihm sagen will, genau zurechtgelegt. Kein Wort von ihrem Besuch bei Hanning oder der Tatsache, dass sie in einer knappen Stunde ihre erste Sitzung als Patientin bei ihm haben wird. Stattdessen die nüchterne Analyse der Verbindung zwischen dem Analytiker und den beiden Toten. Kein Beharren auf der Mordhypothese, kein Leugnen des eigenen Scheiterns.

»Es ist Viertel nach sieben«, sagt Koller.

»Die beste Zeit«, gibt Katja zurück.

»Du warst noch nie so früh hier.«

»Gab bis jetzt auch keinen Grund dazu.«

»Und jetzt gibt es einen?«

»Sonst wäre ich nicht hier.«

Koller blickt sie an. Eine Mischung aus Neugier und Genervtheit. Sein Bauch sagt ihm vermutlich, dass es Ärger geben wird, sein Kopf besteht darauf zu erfahren, was los ist. »Warum bin ich nicht überrascht?«, fragt er.

»Weil du mich kennst.«

»Bislang bin ich jedenfalls davon ausgegangen, dass ich dich kenne.«

»Aber?«

»Jetzt bin ich mir nicht mehr sicher.«

»Doch, Reinhard, bist du!«

Koller lächelt. Kein amüsiertes Lächeln, eher eins, das dazu dient, nicht die Beherrschung zu verlieren. »Okay, ich kenne dich also. Dann nehme ich mal scharf an, dass du nicht hier bist, um mir den Abschlussbericht der Fälle Hirschberger und Fellner zu überreichen.«

»Darum kümmert sich Dorfmüller.«

»Dann nehme ich weiter an, dass das, was du mich gleich fragen oder von mir verlangen wirst, mich nicht amüsieren wird.«

»Da könnte was dran sein.«

»Kategorie Wutanfall?«

»Kategorie Gefallen.«

»Ich dachte, du wolltest dich erholen. Abstand gewinnen, neue Kräfte tanken.«

»Mein Körper sehnt sich danach, aber mein Kopf weigert sich.«

»Tja«, sagt Koller, »ich fürchte, da kann ich dir nicht helfen.«

»Doch, kannst du«, erwidert Katja.

Kollers Augen funkeln gefährlich. »Nur, um dich daran zu erinnern, auch wenn es dich vielleicht nicht interessiert: Du hast den Bogen bereits verdammt weit überspannt.«

»Ich wäre nicht hier, wenn ich eine Alternative hätte.« Katja blickt ihn an, auch wenn es ihr schwerfällt. Bitte, Reinhard, denkt sie, nur noch dieses eine Mal!

Er stützt die Ellenbogen auf die Tischplatte, führt seine aneinandergelegten Hände zum Mund, spitzt die Lippen und schaut sie an. Sie begreift, dass er es nicht über sich bringt, sie zum Reden aufzufordern. Er wartet einfach ab.

»Ich war gestern in Aschau im Chiemgau«, sagt Katja. »In einem Internat. Das Hubertuskolleg. Die ehemalige Schule von Alexander Hanning, dem Therapeuten von Hirschberger und Fellner. Ich hab mit einem seiner ehemaligen Lehrer gesprochen, Pater Florian. Ich hab ihm von dem Messer erzählt, das wir im See gefunden haben, das mit den Initialen auf dem Hirschhorngriff. Dorfmüllers blöder Witz, A. H., du erinnerst dich. Pater Florian hat mir erzählt, dass Alexander Hanning genau so ein

Messer zu seinem zwölften Geburtstag geschenkt bekommen hat. Von seinem Vater, genauer gesagt: seinem Adoptivvater. Die Initialen passen nicht nur zu Hirschberger, sondern auch zu ihm. A wie Alexander, H wie Hanning.«

Katja macht eine Pause, späht hinüber zu Koller, der noch immer mit vor seinem Gesicht aneinandergelegten Händen dasitzt und sie schweigend anschaut.

»Was ich von dir brauche, Reinhard, ist ein staatsanwaltlicher Beschluss, um Einsicht in Hannings Adoptionsunterlagen nehmen zu können.«

Koller löst seine Hände voneinander, legt sie flach auf den Schreibtisch. »Was soll das bringen?«, fragt er mit einem Kratzen in seiner Stimme.

»Vielleicht nichts«, erwidert Katja, »vielleicht alles.«

39

Sie steht mit ihrem Wagen auf der Widenmayerstraße kurz vor der Max-Joseph-Brücke. Der morgendliche Berufsverkehr hat München im Griff. Nichts geht mehr. Die Zeit wird langsam knapp. Fünf nach acht. Noch zehn Minuten, dann muss sie bei Dr. Hanning auf der Matte stehen.

In Gedanken rekapituliert sie ihr Gespräch mit Koller. Die Sache mit dem Messer hat ihn ins Wanken gebracht, das konnte sie spüren. Sie hat seine Skepsis aufgeweicht, aber sie hat sie nicht bezwingen können. Kein Nachfragen, warum sie so unbedingt an Hannings Adoptionsunterlagen kommen will. Was hätte sie ihm darauf auch antworten sollen? Am Ende hat Koller offen gelassen, ob er ihr helfen wird. Kein Ja, aber auch kein Nein. Ihr bleibt nichts anderes übrig, als darauf zu hoffen, dass er seinen inneren Widerstand doch noch überwindet.

Sieben Minuten später biegt sie in die Pienzenauerstraße ein, kurz darauf hält sie vor Hannings Haus. Sie greift nach dem Pullover auf dem Beifahrersitz und zieht ihn sich über.

Hanning öffnet nach dem ersten Klingeln. Wie gestern trägt er über einem karierten Hemd seine obligatorische Strickjacke.

»Kommen Sie rein«, sagt er und tritt zur Seite.

»Danke«, sagt Katja und geht an ihm vorbei ins Innere. Sie spürt seinen Blick in ihrem Rücken, als er die Haustür schließt.

Er prüft dich noch immer, denkt sie, du musst aufpassen.

Er öffnet die Tür zu seinem Behandlungszimmer, bittet sie hinein.

»Setzen Sie sich«, sagt er und deutet auf einen Sessel mit Stoffbezug, den er gegenüber seinem schwarzen Eames-Chair platziert hat. Daneben ein kleiner Beistelltisch mit einer Packung Kleenex.

»Die meisten brauchen sie«, sagt er.

»Ich bin gespannt«, erwidert sie.

»Und nervös.«

»Das auch.«

Er setzt sich. Das Leder unter ihm knarzt leise. Er schlägt die Beine übereinander. »Bevor wir anfangen, müssen wir noch eine Sache klären. Nur damit es später keine Missverständnisse gibt. Ich rechne privat ab.«

»Kein Problem«, sagt Katja.

Er greift nach einem Klemmbrett, in das ein leere Blatt Papier eingespannt ist. »Es stört Sie doch nicht, wenn ich mir ab und zu ein paar Notizen mache?«

»Nein.«

»Gut.«

Er drückt auf seinen Kugelschreiber, die Miene springt heraus. »Sie tragen einen Pullover.«

»Ich friere nicht gern.«

Hanning lächelt. »Es gibt so viele unterschiedliche Arten von Frieren. Gegen manche kann man sich schützen, gegen andere nicht.«

»Sie meinen die Kälte, die in einem selbst ist?«

»Spüren Sie die in sich?«

»Ja.«

»Seit wann?«

»Ich weiß nicht, wann ich sie zum ersten Mal gespürt habe. Aber ich weiß, dass ich sie nicht mehr aushalte.«

»Haben Sie eine Idee, woher sie kommt?«

»Nein.«

Hanning mustert sie. Dieselbe Distanziertheit wie gestern.

Und noch immer eine Spur von Misstrauen. Katja weiß, dass sie vorsichtig sein muss. Sie ist hier, um ihn herauszufordern, aber sie darf ihn dabei nicht verschrecken.

Gib ihm das, was er von dir erwartet, denkt sie, du bist die Patientin, also verhalte dich wie eine. Sie wirft ihm ein scheues Lächeln zu.

Er erwidert es nach kurzem Zögern. »Sie haben Angst«, sagt er. »Eine Menge Angst.«

»Deswegen sitze ich hier. Damit das endlich aufhört.«

»Ihnen ist klar, dass Sie das nicht erzwingen können?«

»Ja.«

»Unsere gemeinsame Arbeit ist prozesshaft. Ein langsames, vorsichtiges Herantasten. Das, was Sie spüren, muss nicht das sein, was Sie fühlen. Und was Sie über sich zu wissen glauben, ist in der Regel nicht das, was darunter verborgen liegt.«

»Das Tor der Scheune«, sagt Katja.

Hanning nickt. »Und die Türen dahinter. Ich möchte Sie warnen und gleichzeitig ermutigen. Warnen vor den Schmerzen, die Sie erwarten werden, und ermutigen zu einem Weg, an dessen Ende Sie sich selbst begegnen werden. Was Sie dabei erleben, wird Sie erschüttern und verändern. Ich kann Ihnen nur dazu raten, entscheiden müssen Sie selbst.«

»Ich denke, ich bin bereit dazu.«

»Dann erzählen Sie mir von sich.«

Katja schaut ihn an. Ein falsches Wort, und sie fliegt auf. Sie fragt sich, ob es das Risiko wert ist. Aber hat sie eine andere Chance?

»Ich war als Jugendliche auf einem Internat.«

Sie mustert ihn verstohlen. Sein Blick ruht auf seinem Klemmbrett. In seinem Gesicht keine sichtbare Reaktion. Nur die bekannte Konzentration, die völlige Kontrolle über seine Emotionen.

»Wo war das?«, fragt er.

»Am Bodensee«, sagt sie.

»Haben Sie sich dort wohlgefühlt?«

»Es war die Hölle.«

»Warum?«

»Weil ich anders war.«

»Was meinen Sie mit ›anders‹?«

»Ich weiß es nicht. Anders eben.«

»Gab es Probleme mit ihren Mitschülern?«

»Sie haben mich gequält, von Anfang an. Ausgegrenzt. Mir zu verstehen gegeben, dass ich nicht dazugehöre.«

»Wie haben Sie darauf reagiert?«

»Mit Arroganz«, sagt Katja.

»Arroganz«, wiederholt Hanning. Es klingt, als würde er es zu sich selbst sagen. Ein Widerhall seiner eigenen Erlebnisse. Katja spürt, dass sie auf dem richtigen Weg ist.

»Ich wollte sie bezwingen«, sagt sie. » Ihnen zeigen, dass mir das alles nichts ausmacht.«

»Und wie haben Sie ihnen das gezeigt?«

»Indem ich die Beste in der Klasse wurde. Das war das eine.«

»Und das andere?«

»Es fällt mir nicht leicht, darüber zu sprechen.«

»Versuchen Sie es.«

Katja tut so, als müsste sie sich sammeln, ehe sie weiterspricht. »Ich hab ihnen bewiesen, dass mir Schmerzen nichts ausmachen.«

Erneut schaut sie ihn an. Seine Mundwinkel zucken kaum merklich, sein Kugelschreiber beginnt unwillkürlich, auf das Papier zu klopfen. Die Kontrolle entgleitet ihm. Er hat Mühe, sich zusammenzureißen.

»Wie haben Sie das bewiesen?«, fragt er.

»Ich hab meine Hand über eine brennende Kerze gehalten«, lügt Katja. »Ich hatte danach zwei Wochen Brandblasen. Meine ganze Hand war entzündet. Oder ich hab mich im Waschraum unter die kalte Dusche gestellt. Eine halbe Stunde lang. Am nächsten Tag hatte ich Fieber, aber das war mir egal.«

»Entschuldigung«, sagt Hanning gepresst, legt das Klemmbrett beiseite, beugt sich rüber zum Beistelltisch und zieht hastig mehrere Kleenex aus der Dose. Er atmet heftig, seine Hände zittern, während er seine Brille abnimmt und sich den Schweiß abtupft, der sich auf seiner Stirn gebildet hat.

»Geht's Ihnen gut?«, fragt Katja.

»Ich denke schon«, erwidert Hanning und setzt die Brille wieder auf. »Erzählen Sie weiter.«

»Damals war ich mir nicht bewusst, was das alles für ein Wahnsinn war«, sagt Katja. »Das hab ich erst viel später begriffen.«

»Wodurch?«

»Durch meine gescheiterten Liebesbeziehungen. Bei mir hat es kein Mann lange ausgehalten. Und ich bei keinem. Ich war immer misstrauisch, ich dachte, wenn ich mich einlasse, werde ich enttäuscht.«

»Also haben Sie sich nicht eingelassen.«

»Ich wollte, aber es ging nicht. Nie.«

»Was glauben Sie, warum es nicht ging?«

»Keine Ahnung. Vielleicht wollte ich einfach nicht die Kontrolle verlieren.«

»Die Kontrolle worüber?«

»Über mich, über meinen Körper, über mein ganzes Leben.«

»Aber irgendwann haben Sie sie verloren.«

»Sonst wäre ich nicht hier.«

Hanning schaut sie durchdringend an. »Was glauben Sie, warum Sie so viel Angst davor haben, die Kontrolle zu verlieren?«

»Ich weiß es nicht.«

»Keine Idee?«

»Ich …«

»Ja?«

»Vielleicht hat es was mit meiner Adoption zu tun.«

Hanning reagiert überrascht. »Sie sind adoptiert worden?«

»Ja«, sagt Katja. »Als ich drei Jahre alt war.«

Wieder zeigt Hanning körperliche Anzeichen von Unruhe. Er mahlt mit den Kiefern, reibt sich mit den Fingern nervös über die Handinnenflächen. Katja sieht ihm an, wie schwer es ihm fällt, die Fassung zu bewahren.

»Wie haben Sie davon erfahren?«, fragt er.

»Meine Adoptiveltern haben es mir gesagt, als ich achtzehn wurde.«

»Was hat das mit Ihnen gemacht?«

»Meine ganze Welt stürzte in sich zusammen. Alles lag in Trümmern.«

»Und heute?«

»Liegt alles noch immer in Trümmern«, sagt Katja leise. Komm schon, denkt sie, beiß an. Frag mich nach der Zeit vor der Adoption, na los!

Hanning räuspert sich. »Können Sie sich an die Zeit vor Ihrer Adoption erinnern?«

»Nein«, sagt Katja.

»Nicht mal bruchstückhaft?«

»Nein«, erwidert Katja. »Tut mir leid.«

Hanning zwingt sich zu einem Lächeln. »Nichts, was wir hier besprechen, muss Ihnen leidtun.« Er schaut auf seine Uhr. »Das war's für heute.« Er scheint erleichtert zu sein, nicht länger durch die Lebensgeschichte seiner neuen Patientin mit sich selbst konfrontiert zu werden.

Katja erhebt sich. »Wann sehen wir uns wieder?«

»Morgen«, sagt Hanning. »Um die gleiche Zeit.«

40

Sie fährt mit ihrem Wagen durch die Stadt. Wahllos, ohne Ziel. Schwabing, Moosach, Laim. Unbekannte Häuserzeilen, Straßen, die sie vorher noch nie gesehen hat. Sie schwimmt im Verkehr mit, lässt sich von ihm treiben – und denkt die ganze Zeit über an ihre Sitzung bei Hanning. Versucht, die Gedanken zu ergründen, die er vor ihr verborgen hat. Spürt ihren Worten und seinen Reaktionen nach. Den Fragen, die er gestellt hat, den möglichen, darin verborgenen Hinweisen. Sie hat über sich gesprochen und ihn gemeint. Dass er zwischendurch so heftig reagiert hat, beweist nur, dass sie ins Schwarze getroffen hat. Aber mehr eben auch nicht.

Ohne Kollers Hilfe wird sie nicht weiterkommen. Sie braucht Hannings Adoptionsakte. Unbedingt. Nur wenn sie erfährt, was ihm als kleinem Kind widerfahren ist, kann sie ihn zum Handeln zwingen.

Um die Mittagszeit isst sie in einer kleinen Pizzeria eine Lasagne. Nicht, weil sie Hunger hat, sondern um die Zeit totzuschlagen. Sie spielt mit dem Gedanken, nach Hause zu fahren und sich um ihren liegen gebliebenen Haushalt zu kümmern, verwirft die Idee aber sofort wieder. Die Aussicht, in ihrer leeren Wohnung den Boden zu wischen oder Wäsche zu waschen, ist unerträglich.

Sie überlegt, ob sie Koller anrufen soll, aber auch das kommt nicht infrage. Sie hat ihm den Ball hingeworfen, aufnehmen muss er ihn selbst. Sie muss ihm die Zeit geben, die er dafür braucht, so schwer es ihr auch fällt.

Sie beschließt, den Nachmittag im Englischen Garten zu verbringen. Vielleicht beruhigt die körperliche Bewegung sie. Das Gegenteil ist der Fall. Je länger sie über die Wiesen und Wege streift, desto angespannter ist sie.

Um kurz vor drei klingelt endlich ihr Handy. Koller! Sie atmet tief durch und nimmt das Gespräch entgegen.

»Ich hoffe, du hast einen Stift zur Hand«, bellt er statt einer Begrüßung in den Hörer.

»Einen Stift?«

»Hast du einen oder nicht?«

»Sekunde«, sagt Katja. Fieberhaft durchsucht sie ihre Handtasche nach einem Kugelschreiber, findet aber in ihrer Aufgeregtheit keinen. Kurzerhand kippt sie den Inhalt der Tasche auf dem Rasen vor sich aus, kniet sich hin und wühlt sich erfolglos durch ihre Habseligkeiten. In ihrer Verzweiflung greift sie schließlich nach einem Kajalstift, zieht den Deckel ab und meldet sich wieder bei Koller. »Bin so weit. Kannst loslegen.«

»Verena Mang«, sagt Koller gereizt.

»Wer ist das?«, fragt Katja und schreibt sich den Namen auf ihren Handrücken.

»Die ehemalige Leiterin eines Kinderheimes.«

»Verstehe. Hast du eine Straße für mich?«

Koller nennt ihr eine Adresse in Obermenzing. Katja schreibt mit.

»Und Hanning? Wie hieß der früher?«

»Korbinian Vogel«, sagt Koller.

»Danke, Reinhard. Ich weiß es wirklich zu schätzen.«

»Nur damit das klar ist«, giftet Koller weiter, »die nächsten drei Wochen bist du im Urlaub. Ich will dich nicht sehen und nicht hören. Wenn du ganz viel Glück hast, hab ich mich beruhigt, wenn du wieder da bist.«

Eine Dreiviertelstunde später klingelt sie an der Haustür eines Mehrfamilienhauses in der Pfattendorferstraße. Verena Mang wohnt in einer kleinen Wohnung im Erdgeschoss. Eine steinalte Frau, den Rücken gebeugt und auf einen Stock gestützt, die Schritte trippelnd und unsicher. Rot gefärbte Haare über einem ledrigen, verrunzelten Gesicht. Sie muss auf die neunzig zugehen, wirkt aber trotz ihrer Gebrechlichkeit auffallend lebendig. Einer dieser alten Menschen, die ihrem unaufhaltsamen körperlichen Verfall einen unerschütterlichen Optimismus entgegensetzen.

Ihre Wohnung ist unaufgeräumt. Das Chaos eines lange gelebten Lebens. Ein Sammelsurium von angehäuften Erinnerungsstücken, in dem weder die Möbel noch sonst irgendetwas zueinander passt, das aber vielleicht gerade deshalb Wärme und Behaglichkeit ausstrahlt.

»Gehen wir raus«, sagt Verena Mang. »Draußen kann ich rauchen.«

Sie tritt mit Katja auf die Terrasse, deutet auf einen Stuhl an einem kleinen Tisch und zündet sich eine Zigarette an. »Auch eine?«, fragt sie.

»Nein, danke«, lehnt Katja höflich ab.

Verena Mang stößt den Rauch genussvoll aus und mustert Katjas Dienstausweis. »Was führt eine Mordermittlerin zu einer alten Frau wie mir?«

»Eine alte Geschichte um einen kleinen Jungen. Über vierzig Jahre her.«

»Verraten Sie mir, um wen es geht?«

»Korbinian Vogel«, sagt Katja. »Die Pflegeeltern, die ihn zu sich genommen und später adoptiert haben, hießen Hanning.«

Verena Mang zieht an ihrer Zigarette und nickt. »Aus Rimsting am Chiemsee«, sagt sie. »Meine Kollegen und ich waren heilfroh, dass sie den Jungen zu sich genommen haben, trotz dieser schrecklichen Tragödie, die er durchlitten hatte.«

Und dann sprudelt es aus ihr heraus. Ein Haus am Rand von Neuried. Ein Fall schwerer häuslicher Gewalt. Korbinians Vater verprügelte nicht nur seine Frau regelmäßig, er misshandelte auch immer wieder seinen Sohn, wie Nachbarn der Familie später, als alles längst zu spät war, zu Protokoll gaben. Die Streitereien zwischen den Eheleuten Vogel waren immer mehr eskaliert. Trotzdem schauten alle weg. Bis Korbinians Mutter es nicht länger aushielt und beschloss, ihren Mann zu verlassen. Da verlor Ludwig Vogel dann den letzten Rest von Selbstkontrolle.

»Was heißt das: ›den letzten Rest‹?«, fragt Katja.

»Wollen Sie das wirklich wissen?«, fragt Verena Mang traurig zurück.

Katja nickt.

»Er hat sie angezündet«, sagt Verena Mang.

»Wie bitte?«

»Nicht direkt sie«, korrigiert sich die alte Frau, »aber das Auto, mit dem sie abhauen wollte, weg von ihm, für immer.«

»Angezündet«, wiederholt Katja entsetzt.

»Ja«, sagt Verena Mang, der es sichtlich schwerfällt, über all das zu sprechen. »Er hat einen Benzinkanister über dem Auto ausgeleert und es dann in Brand gesteckt.«

»Und seine Frau saß in dem Wagen?«

»Nicht nur seine Frau, auch der kleine Korbinian. Er schaffte es irgendwie, aus dem Auto zu klettern, aber seine Mutter war schon angeschnallt. Das Feuer versetzte sie in Panik, sie kriegte den Gurt nicht mehr auf.«

»Und ihr Mann stand daneben und hat einfach so zugeschaut?«

»Ich war nicht dabei«, sagt Verena Mang, »aber bei dem späteren Prozess gegen ihn haben Tatzeugen das so ausgesagt. Ein Mann, der mit seiner Tochter im Auto vorbeifuhr, als es passiert ist. Die beiden haben angehalten und alles beobachtet.

Der Mann wohnte ein paar Straßen weiter, er kannte Vogel und seine Unberechenbarkeit, deshalb hat er gezögert einzugreifen. Als er dann doch ausgestiegen ist, war es zu spät.«

Katja versucht sich das alles vorzustellen. Es gelingt ihr nicht.

»Der kleine Korbinian hat versucht, die Fahrertür aufzureißen«, sagt Verena Mang, »aber dazu war er natürlich nicht in der Lage. Sein Vater hat ihn angefeuert und sich gleichzeitig über ihn lustig gemacht. ›Na los, du kleiner Scheißer, rette deine Mami!‹ – ›Schaffst es wohl nicht, du Versager.‹ – ›Jetzt muss die Mami wegen dir verbrennen.‹ Sowas in der Art. Solches Zeug. Die ganze Zeit. Bis Korbinians Mutter tot war. In der Hitze des Feuers zusammengeschmolzen zu einem klebrigen Klumpen aus Knochen und Fleisch.«

Katja spürt, wie sich ihr Magen zusammenzieht. Ihr wird übel.

»So ging es mir auch, als ich das alles zum ersten Mal gehört habe«, sagt Verena Mang.

Katja braucht einen Moment, um sich zu fassen. Die Übelkeit bleibt. Der Geruch nach verbranntem Fleisch. »Ich nehme an, der Vater ist verurteilt worden.«

»Lebenslang. Saß in Straubing. Hat Krebs bekommen und ist in der Haft gestorben. Die Presse hat darüber berichtet, weil der Fall damals so viel Wirbel gemacht hat. Ich sag das wirklich nicht gern, aber das war das einzige Mal in meinem ganzen Leben, dass ich mich gefreut habe, dass jemand gestorben ist.«

41

»Sie sehen furchtbar aus«, sagt Hanning, als Katja sich am nächsten Morgen in den Sessel in seinem Behandlungszimmer setzt.

»Geht mir nicht so gut«, entgegnet sie.

»Aufgewühlt von gestern?«

»Ja«, sagt Katja und denkt: aber anders, als Sie glauben. »Ich hab heute Nacht kaum geschlafen. Ich hatte einen schrecklichen Traum.«

»Was für einen Traum?«

»Einen, der immer wieder kommt. Seit Jahren schon.«

»Wollen Sie ihn mir erzählen?«

»Ich weiß nicht. Ist wirklich furchtbar. Und hat ja vielleicht auch gar nichts zu bedeuten.«

»Da irren Sie sich«, sagt Hanning. »Träume enthalten immer versteckte Botschaften. Erst recht, wenn sie sich wiederholen. Wir sind, was wir träumen. Hört sich verrückt an, ist aber so.«

»Also gut«, sagt Katja und schließt die Augen. »Ich bin ungefähr drei Jahre alt und sitze in einem Auto. Aber es ist nicht das Auto meiner Eltern. Neben mir am Steuer sitzt eine Frau. Sie kommt mir bekannt vor, aber ich erkenne sie nicht. Sie schnallt mich an, dann sich selbst. Im selben Moment kommt ein Mann aus dem Haus gelaufen. Ich weiß nicht, wer er ist, aber auch er kommt mir bekannt vor. Er hält einen Kanister in der Hand. Er stellt sich vor das Auto und schreit die Frau am Steuer an. Sie schreit zurück. Er will die Tür aufreißen, aber sie drückt den Knopf herunter. Er schraubt den Deckel vom Kanister und gießt ihn über dem Auto aus. Eine transparente Flüssigkeit läuft über die Scheiben. Ich starre ihn an. Er schaut durch mich hindurch. Er ist völlig außer sich. Die Frau am Steuer versucht, den Schlüssel ins Zündschloss zu stecken, aber sie schafft es nicht. Also beugt sie sich herüber zu mir, stößt die Beifahrertür auf und schreit mich an: ›Raus mit dir, schnell!‹ Ich klettere aus dem Auto, ich weiß nicht, wie ich das schaffe, und dann sehe ich das Feuerzeug in seiner Hand, wie es aufflammt und wie er es an den Wagen hält. Und plötzlich ist überall Feuer. Die Frau am Steuer schreit wieder. Ihre Hände zittern so stark, dass sie weder den Sicherheitsgurt lösen noch den Türknopf wieder heraufziehen kann. Ich will weglaufen, aber der Mann hält mich fest und zwingt mich hinzuschauen. Er schreit mich an, aber ich verstehe nicht, was er sagt. Dann schubst er mich auf den Wagen zu. Ich versuche, die Fahrertür aufzumachen, aber da ist überall Feuer. Der Griff der Tür ist so heiß, die Flammen schlagen mir ins Gesicht. Der Mann fängt an zu lachen, während die Frau noch immer versucht, sich aus dem brennenden Wagen zu befreien. Aber sie kann es einfach nicht. Und dann blickt sie mich an und schreit und schreit und schreit …«

Katja bricht ab und öffnet ihre Augen.

Alexander Hanning schaut sie an und gleichzeitig durch sie hindurch. Sein Blick ist ein einziges Starren, ein festgefrorenes Glotzen. Er sitzt direkt vor ihr und ist gleichzeitig weit weg.

»Doktor Hanning?«

Er reagiert nicht. Als könnte er sie nicht hören.

Sie versucht es erneut. »Doktor Hanning!«

Seine Augen beginnen zu flackern, sein Atem geht stoßweise. Erst jetzt nimmt sie wahr, dass seine Hände sich so fest um die ledernen Armstützen seines Eames-Chairs gekrampft haben, dass die Fingerknöchel weiß hervortreten.

Sie erhebt sich, packt ihn an der Schulter und rüttelt ihn. Er stößt sie so heftig von sich, dass sie auf den Boden stürzt. Dann springt er auf, seine Augen irren wild durch den Raum, als würden sie irgendwo nach Halt suchen. Schließlich verharren sie auf ihr, und er kommt wieder zu sich, ebenso unvermittelt, wie er weggedriftet sein muss, während sie ihm seine eigene Geschichte erzählt hat, verpackt in einen angeblichen Traum.

»Alles okay mit Ihnen?«, fragt sie vorsichtig, während sie sich aufrichtet und wieder in ihren Sessel setzt.

»Alles gut«, erwidert er, zieht seine Strickjacke glatt, rückt seine verrutschte Brille gerade und nimmt wieder Platz. Auch wenn er so tut, als hätte er sich und die Situation im Griff, ist ihm deutlich anzumerken, dass er nicht wirklich begriffen hat, was da gerade mit ihm passiert ist.

»Sie haben mir richtig Angst gemacht«, sagt Katja.

»Ja«, sagt Hanning düster, »manchmal machen wir einander Angst.«

Vor allem, wenn wir uns unerwartet selbst begegnen, denkt Katja. »Was hat mein Traum zu bedeuten?«, fragt sie.

»Das müssen Sie mir sagen«, gibt Hanning mit einem gezwungenen Lächeln zurück, »es ist Ihrer, nicht meiner.«

»Aber Sie sind der Experte.«

Hanning schaut sie an. Katja spürt, wie er langsam in seine eingeübte Rolle zurückkehrt.

»Vielleicht ist Ihr Traum ja gar kein Traum«, sagt er.

»Sondern?«

»Eine verschüttete Erinnerung.«

»An was?«

»An die Zeit vor Ihrer Adoption.«

»Wie kommen Sie darauf?«

»Sie schildern ein Paar, das Sie zwar nicht kennen, das Ihnen aber bekannt vorkommt.«

»Sie meinen, das sind meine leiblichen Eltern?«

»Es wäre zumindest eine Möglichkeit.«

»Aber das würde bedeuten, dass das, was ich in einem vermeintlichen Traum erlebt habe, in Wirklichkeit so passiert ist.«

»Ja«, sagt Hanning, »das würde es bedeuten.«

»Und was soll ich jetzt damit anfangen?, fragt Katja mit gespielter Empörung.

»Das weiß ich nicht«, erwidert Hanning.

Katja schaut ihm direkt in die Augen. »Was würden Sie sagen, wenn Ihr wiederkehrender Traum sich als tatsächliches Ereignis herausstellt, bei dem Ihr Vater ein Auto angezündet hat, in dem Ihre Mutter sitzt? Und dann zugeschaut hat, wie Sie erfolglos versucht haben, sie zu retten, während sie dabei verbrannt ist?«

Hanning erstarrt. Wieder ist da dieses Aufflackern in seinem Blick, wieder geht sein Atem schneller, aber diesmal hat er sich sofort wieder im Griff.

»Ich wäre unglaublich wütend«, sagt er.

42

Das kleine Kind ist kein kleines Kind mehr. Es ist jetzt ein Mann. Sein Name ist Alexander Hanning, aber eigentlich heißt er anders. Eine Frau war bei ihm. Sie hat ihm ihre Geschichte erzählt, aber in Wahrheit war es seine Geschichte. Er weiß jetzt, dass seine toten Eltern gar nicht seine Eltern sind.

Plötzlich kann er sich erinnern. Er will sich nicht erinnern, aber er muss es. Er hat keine Wahl. Die Erinnerung überfällt ihn, sie springt ihn an wie ein wildes Tier. Er sitzt in seiner Praxis und schaut hilflos dabei zu, wie die Erinnerung ihn auffrisst. Er hört alles, er sieht alles, er riecht alles. Den eigentümlichen Geruch eines Stoffhasen, den nach Bier und Zigaretten stinkenden Atem seines Vaters, das Benzin, mit dem er den Hasen übergießt, die Hitze des Feuers, das den Stoff ergreift, das weiche Fell, das in den Flammen langsam zerschmilzt.

Hanning sieht einen Welpen auf sich zuspringen. Er heißt Rosa und schleckt ihm durch sein Gesicht. Sein Vater packt das jaulende Tier und trägt es hinaus in den Garten. Mit den Füßen tritt er ein Loch in den zugefrorenen Teich. Er schiebt Rosa darunter. Sie wehrt sich gegen den Tod, aber ihr Kampf ist aussichtslos. Ihr regloser Körper drückt von unten gegen das Eis, ihre Augen starren ins Nichts, an ihr weiß-braunes Fell haben sich Luftblasen geheftet.

Alexander Hanning schaut in die verzweifelten Augen seiner Mutter. Er sieht, wie sein Vater sie verprügelt. Er sieht die Abdrücke seiner Hände auf ihrem entblößten Rücken. Er umfasst den Stock in seinen Händen, er muss ihr helfen. Er schlägt zu, aber sein Schlag ist kein Schlag. Sein Vater dreht sich zu ihm um. Seine Augen funkeln böse. Er greift seine Hand und drückt ihm eine brennende Zigarette zwischen die Finger. Er presst seine Hand mit der Zigarette auf die Haut seiner Mutter. Zischend frisst sich die heiße Glut in das weiche Fleisch.

Alexander Hanning schreit. Er schreit, wie er noch nie geschrien hat. Er schreit sich seinen Vater aus der Brust, diesen gefühllosen, gestörten, kranken Mann. Er schreit sich die Kälte, die seit Jahrzehnten in ihm sitzt, aus der Brust. Er schreit gegen das Erfrorensein in sich an, und je länger er schreit, desto mehr wird sein Schreien ein Rufen. Er ruft nach seiner Mutter, die ihn nicht hören kann, weil sie nur noch ein zerschmolzener, verklebter Haufen aus Fleisch und Knochen ist, verbrannt in einem Auto, das sein Vater mit Benzin übergossen und angezündet hat.

Ein Schreien, ein Rufen, ein Jammern. Und irgendwann nur noch ein Wimmern. Bis auch das vorbei ist.

Einen winzigen Augenblick lang schwebt Alexander Hanning in einem Meer aus Gleichgültigkeit. Aber dann verwandelt sich die Gleichgültigkeit in Wut. Die Wut wird zu Hass. Und dieser Hass muss aus ihm raus.

Er starrt auf die Bücher in seinen Regalen. All das Wissen, das er sich jahrzehntelang angelesen hat, das Studium, das er absolviert hat, den Beruf, den er ergriffen hat. Dieser lächerliche Versuch, in anderen das zu finden, was er in sich selbst nicht finden konnte. Dieses alberne Bemühen, anderen zu helfen, weil er nicht in der Lage war, sich selbst zu helfen. Und dann kommt diese Frau und erzählt es ihm einfach.

Er fegt die Bücher aus den Regalen, er zerfetzt sie mit den Händen, er trampelt mit den Füßen auf ihnen herum. Er reißt die Klimaanlage aus ihrer Aufhängung, schleudert sie gegen die Wand. Er will diese Kälte in sich loswerden, diese ewige Kälte, er will sich selbst loswerden, das kleine, schutzlose Kind, das hilflos mit ansehen musste, wie der Körper seiner Mutter mit dem Polster eines Autositzes verschmolz.

Er zerstört, was er zerstören kann. Bilder, Möbel, Teppiche. Dann ist es vorbei. Von einer Sekunde zur anderen hält er inne, gefangen von einem Gedanken, der wie aus dem Nichts von ihm Besitz ergriffen hat, ihn vollständig ausfüllt.

Die Frau. Diese Katja Sand. Die ihn von Anfang an misstrauisch gemacht hat. Der er kein Wort geglaubt hat. Und der er trotzdem zuhören musste. Weil sie von sich sprach und ihn meinte. Weil sie ihm seine eigene Geschichte erzählt hat.

Wer bist du, Katja Sand? Und woher weißt du das alles?

43

Sie versucht, die Stille in ihrer Wohnung auszuhalten und den Aufruhr in ihrem Kopf zu kontrollieren. Sie fragt sich, was jetzt geschehen wird. Katja Sand und Alexander Hanning. Ein Spiel mit ungleichen Karten. Sie hat auf seine Neugier gesetzt, er hat sich darauf eingelassen. Sie hat ihn gelockt, er ist ihrer Lockung erlegen. Wahrscheinlich konnte er nicht anders. Zum ersten Mal in seinem Leben saß ihm jemand gegenüber, der ihm Wahrheiten über sich selbst sagte. Grausame Wahrheiten, die er schon immer geahnt hat, ohne sie je benennen zu können.

Die erste Sitzung war der Köder, die zweite eine Falle. Die Frage ist, ob er hineintappen wird. Seine Reaktion auf die Geschichte, die Katja ihm erzählt hat, war eindeutig. Er hat gespürt, dass diese Geschichte mit ihm selbst zu tun hat. Ein Mann, der so klug ist wie er, wird das niemals für einen Zufall halten. Er wird schlussfolgern, dass sie keine normale Patientin ist. Er wird versuchen herauszufinden, was sie beruflich macht. Und wenn er darauf stößt, dass sie Mordermittlerin ist, wird er eins und eins zusammenzählen und begreifen, dass sie nur wegen seiner beiden toten Patienten Hirschberger und Fellner bei ihm aufgetaucht ist. Schließlich wird er sich fragen, ob er unter Mordverdacht steht.

Und dann? Was wird er dann tun? Die Dinge auf sich beruhen lassen, in der Hoffnung, dass Katja keine Beweise findet? Oder handeln, um auszuschließen, dass sie Beweise findet? Er hält sich für überdurchschnittlich intelligent, denkt Katja, und er ist eitel. Er wird handeln!

Ihr Handy klingelt. Nach einem Blick auf das Display nimmt sie das Gespräch entgegen. »Hallo, Mama«, sagt sie. Und dann: »Tut mir echt leid wegen gestern Morgen, aber ich musste dringend weg.«

»Vergiss es«, sagt ihre Mutter.

»Du bist mir nicht böse?«

»Ich hab keine Zeit, böse zu sein, und du auch nicht.«

Da ist etwas in ihrer Stimme, das Katja aufmerken lässt. »Was meinst du damit?«

»Dass es Wichtigeres gibt als deine oder meine Befindlichkeit. Deine Tochter zum Beispiel.«

Katja spürt einen Stich in ihrer Brust. »Ist irgendwas passiert?«

»Vielleicht rufst du sie mal an.«

»Hast du mit ihr gesprochen?«

»Sie hat mich angerufen. Weil sie sich nicht getraut hat, dich anzurufen.«

»Warum nicht? Was zum Teufel ist los, Mama?«

»Ruf sie an, sie wird es dir selber sagen.« Monika Sand legt auf.

Katja gibt auf dem Display Jennys Nummer ein. Sie vertippt sich zweimal, weil ihre Hände so zittern. Mach schon, denkt sie noch vor dem ersten Freizeichen, geh dran. Bitte!

»Mama?«, meldet sich Jenny. Sie hört sich verheult an. Total niedergeschlagen.

Bleib cool, denkt Katja. »Geht's dir gut?«, fragt sie so beiläufig wie möglich.

»Geht so«, sagt Jenny.

»Oma hat mich angerufen.«

»Hat sie dir alles erzählt?«

»Sie hat mir gar nichts erzählt. Kennst sie doch.«

Jenny schweigt.

»Bist du noch dran, Liebes?«, fragt Katja.

»Du sollst mich nicht ›Liebes‹ nennen«, erwidert Jenny und beginnt zu schluchzen.

»Hey, Schatz«, sagt Katja.

»Und ›Schatz‹ auch nicht«, schluchzt Jenny weiter. Dann fängt sie richtig an zu heulen. Es dauert mehrere Minuten, bis Katja sich aus ihrer bruchstückhaften, durch immer neue Tränen unterbrochenen Erzählung ein zusammenhängendes Bild machen kann.

Es ist das eingetreten, was sie befürchet hat, ohne es sich selbst einzugestehen. Jenny ist erst mit den beiden Kleinen aneinandergeraten und dann mit Peters Frau. Alina hat für ihre leiblichen Kinder Partei ergriffen, Jenny hat sich schutzsuchend an Peter gewandt. Der hat zu vermitteln versucht. Was vollkommen in die Hose gegangen ist, weil Jenny natürlich gespürt hat, dass er sich im Zweifel immer auf die Seite seiner Frau schlagen würde. In ihrer Not hat sie sich an ihre Großmutter gewandt, weil sie sich Katja gegenüber geschämt hat.

»Du hast mir erlaubt mitzufahren, und ich hab's versaut«, sagt Jenny weinend.

»Unsinn«, erwidert Katja. »Niemand hat irgendwas versaut. Vielleicht passte es nur einfach nicht. Vielleicht war das alles zu früh und zu viel auf einmal. Und wenn irgendjemand was versaut hat, dann ich. Weil ich nicht eingeschritten bin.«

»Ich glaube, ich will hier nicht bleiben«, sagt Jenny.

»Ich komme und hol dich ab.«

»Das würdest du tun?«

»Bin ich deine Mutter oder deine Mutter? Ich such mir einen Flug raus und sag dir Bescheid.«

»Danke, Mama.«

»Bis später«, sagt Katja und verkneift sich noch eben so den »Schatz«.

Sie fragt sich, was wichtiger ist: Hanning zu überführen oder ihrer Tochter zu helfen? Und schämt sich sofort dafür, sich diese Frage überhaupt gestellt zu haben.

Zehn Minuten später hat sie online gebucht. Von München/Franz Josef Strauß nach Nice/Côte d'Azur. Oneway, inklusive Mietwagen, Abflug morgen früh um 8 Uhr 35.

Blaue Stunde. Die Abenddämmerung taucht das Wohnzimmer in Zwielicht. Möbel, die zu Schemen werden. Katja liegt auf dem Sofa und kämpft mit ihren Zweifeln.

Sie fragt sich, ob es wirklich klug war, Hanning mit sich selbst zu konfrontieren. Ein unkalkulierbares Risiko. Als würde man eine Lunte anzünden, ohne zu wissen, wie viel Dynamit an ihrem Ende in die Luft gehen wird. Vielleicht war ich zu vorschnell, denkt sie, vielleicht wäre es besser gewesen, abzuwarten oder zumindest Rudi einzuweihen. Dabei weiß sie genau, wie er reagiert hätte: Bist du verrückt, Katja? Und: Lass bloß die Finger davon!

Die beiden Fälle, an denen sie arbeitet, sind an ihrem Ende angelangt. Die Ermittlungen sind offiziell eingestellt worden. August Hirschberger und Robert Fellner sind nicht länger Mordopfer. Der lange Arm der Politik hat sie zu Selbstmördern gemacht. Was nur möglich war, weil nicht genug Fragen gestellt wurden, oder – schlimmer noch – nicht gestellt werden durften. Allein der Gedanke daran treibt Katja Tränen der Wut in die Augen. Macht, Einfluss, unterschiedliche Interessen. Es ist immer dasselbe. Am Ende steht nicht die Wahrheit selbst, sondern nur die Behauptung einer Wahrheit, egal, wie unglaubwürdig sie auch sein mag.

Ihr Handy klingelt. Sie schaut auf das Display. Dortmüller. Wahrscheinlich macht er sich wieder Sorgen um sie. Der Gedanke rührt sie, auch wenn sie ihn nicht zulassen will. Er ist ihr Assistent, nicht ihr Analytiker. Sie hat ihm schon viel zu viel erzählt. Über sich, über Jenny, über das angespannte Verhältnis zu ihrer Mutter. Private Dinge, die nicht zu ihrem Job gehören. Durch so was verschieben sich die Ebenen zwischen ihnen. Das macht sie ihm gegenüber unfrei. Jedenfalls in der gemeinsamen Arbeit. Sie ist diejenige, die Ansagen macht, nicht er.

Im selben Moment klingelt es an der Tür. Komm schon, Rudi, denkt sie, nicht schon wieder! Anrufen und dabei vor der Tür stehen. Dieselbe blöde Nummer wie vor ein paar Tagen. Sie schreibt ihm eine SMS: *Fahr nach Hause, Rudi, ich brauche kein Kindermädchen.* Sie drückt auf Senden. Es klingelt erneut. So ein Vollidiot! Sie legt das Handy auf den Couchtisch, geht in den Flur, reißt die Wohnungstür auf. »Das ist echt nicht witzig, Ru…!« Sie spricht seinen Namen nicht zu Ende. Vor ihr steht nicht Dorfmüller, riesig und ungelenk, sondern ein anderer. Einer, der wesentlich kleiner ist. Seine Haare sind gelockt, um seinen Hals hängt an einem Band eine Brille mit Goldrand.

Er lächelt ihr zu. »Hallo, Frau Sand.«

»Doktor Hanning!«, presst sie hervor.

»Ich wollte mich erkundigen, wie es Ihnen geht.«

»Es geht mir gut.«

»Heute Morgen hatte ich nicht den Eindruck.«

»Ich habe Ihnen von einem Traum erzählt, der vielleicht eine Erinnerung ist, mehr nicht.«

»Das ist genau der Punkt«, sagt er und lächelt ihr weiter zu, während sie versucht, ihre Fassung zurückzugewinnen. »Ihre Erinnerung. Darf ich reinkommen?«

»Ich glaube nicht, dass das eine gute Idee ist«, stößt sie hervor. Sie fühlt sich verunsichert, spürt, wie Angst in ihr hochkriecht. Und fragt sich, ob er ihre Verunsicherung bemerkt und ihre Angst riecht. Immerhin ist er ein Fachmann für so was.

»Ich hoffe, Sie mögen Rotwein«, sagt er und schiebt sich an ihr vorbei in die Wohnung. »Ich habe uns einen Bordeaux mitgebracht. Einen 2011er Château Pontet-Canet aus Pauillac.«

»Ich habe Sie nicht hereingebeten, Doktor Hanning!«

»Sie werden ihn mögen«, lächelt er ihren halbherzigen Protest beiseite. »Samtig und üppig. Der beste, den ich im Keller hatte.«

»Machen Sie so was öfter? Patientinnen ungefragt zu Hause aufsuchen?«

»Nein«, sagt er. »Noch nie. Das ist das erste Mal.« Er deutet auf die offen stehende Wohnungstür. »Sie wollen sie doch nicht offen lassen, oder?«

Sie starrt ihn an. Noch immer ist da dieses Lächeln in seinem Gesicht. Aber jetzt wirkt es eingefroren. Irgendwie eisig. Warum hat sie nicht durch den verdammten Spion geschaut, bevor sie die Tür aufgemacht hat? Sie wollte ihm eine Falle stellen, jetzt sitzt sie selber in einer. Selbst wenn sie versucht, ihn rauszuschmeißen: Er wird nicht gehen. Ihr bleibt nichts anderes übrig, als sein Spiel mitzuspielen. Langsam schließt sie die Tür.

»Bitte«, sagt sie und deutet auf die Wohnzimmertür. »Ich komme gleich. Ich hol uns nur Gläser. Und einen Korkenzieher.«

Er nickt. Sein Lächeln verliert das Eisige, die Züge um seinen Mund weichen auf. Der Versuch, charmant zu sein. Aber unter der aufgebrochenen Oberfläche spürt sie weiter sein Lauern. Eine Raubkatze vor dem Sprung. Sie muss aufpassen.

Ihr Blick fällt auf die Ablage unter der Garderobe. Ihre Dienstwaffe, eine Heckler & Koch SFP 9. Schwarzes Metall in einem Futteral aus abgegriffenem Leder. Sie fragt sich, ob er das Holster mit der Pistole bemerkt hat. Als sie zu ihm hinüberschaut, wendet er den Blick ab. Sie kommt nicht dazu, in seinen Augen zu lesen.

Er betritt das Wohnzimmer. »Schön haben Sie's hier«, hört sie ihn sagen und wie er sich auf das Sofa setzt.

Sie geht in die Küche, nimmt zwei Rotweingläser aus dem Geschirrschrank und den Korkenzieher aus der Besteckschublade. Sie atmet tief durch, versucht, sich auf ihren rasenden Puls zu konzentrieren. Dann beginnt sie zu zählen. Jede Zahl ein Pulsschlag. Mit jedem Pulsschlag senkt sie das Tempo des Zählens. Und damit den Pulsschlag selbst. Bis sie sich wieder vollkommen unter Kontrolle hat.

Zurück im Flur fällt ihr Blick erneut auf die Ablage unter der Garderobe. Sie erstarrt. Das Holster ist leer, ihre Dienstwaffe verschwunden. Für eine Sekunde hat sie das Gefühl, dass ihr Herz stehen bleibt. Sie beginnt zu zittern, die Rotweingläser in ihren Händen schlagen gegeneinander. Sie schaut auf ihre Finger, zwingt sich dazu, sich zu konzentrieren. Bis das Zittern vorbei ist. Sie betrachtet sich im Garderobenspiegel. Sie weiß, dass jetzt alles auf dem Spiel steht. Wenn sie das hier versaut, wird Jenny ohne Mutter volljährig werden. Der Impuls zu flüchten. Zwei Schritte bis zur Tür, ein Vorsprung von ein paar Metern. Wenn sie jetzt losrennt, kann sie es schaffen.

»Frau Sand?«, hört sie Hanning fragen.

Sie dreht sich zur Wohnzimmertür um. Er steht da, schaut sie seelenruhig an. »Alles in Ordnung?«

»Ja«, sagt sie knapp. »Natürlich.«

Sie geht auf ihn zu, was soll sie auch sonst tun, er tritt zur Seite, lässt sie durch. Sie spürt seinen Blick in ihrem Rücken. Sie stellt die Gläser auf dem Couchtisch ab, reicht ihm den Korkenzieher. »Wenn Sie so nett wären.«

»Aber natürlich«, sagt er. »Gerne.«

Sie setzen sich. Er greift nach der Flasche. Stumm schaut sie zu, wie sich die Spirale des Korkenziehers in den Korken schraubt. Sie überlegt verzweifelt, wo er ihre Waffe versteckt hat. Wahrscheinlich hat er sie zwischen die Sofapolster geschoben, damit er Zugriff auf sie hat, wenn das hier aus dem Ruder läuft.

Er zieht den Korken aus der Flasche, riecht daran. Dann schenkt er den Wein ein, erst in das eine, dann in das andere Glas, vorsichtig, mit Bedacht. »Vielleicht warten wir mit dem Anstoßen« sagt er, »dann kann er noch ein wenig atmen.«

»Wenn Sie meinen«, sagt sie.

Sie schweigen. Sie muss an ihr Handy gelangen, um Hilfe zu rufen. Es liegt zwischen ihr und ihm auf dem Couchtisch. Er wird misstrauisch werden, wenn sie danach greift. Also muss sie darauf warten, dass sich eine Gelegenheit ergibt. Oder ihn irgendwie ablenken. Einen Moment der Unachtsamkeit herstellen, den sie ausnutzen kann. Bis dahin muss sie weiter ihre Rolle als arglose Patientin spielen.

»Also?« Sie zwingt sich zu einem Lächeln. »Warum sind Sie hier?«

»Ich habe über das nachgedacht, was Sie mir erzählt haben«, sagt Hanning.

»Was meinen Sie?«, fragt Katja.

»Ihr Leben. Sie wissen schon: Ihre Erinnerung.«

»Und was ist damit?«

»Schrecklich«, sagt er.

»Ja«, erwidert sie. »Aber solche Geschichten hören Sie doch bestimmt öfter.«

»Geschichten ja. Aber nicht solche.«

»Nicht solche?«

»Die meisten Geschichten, die meine Patienten mir erzählen, sind diffus«, erklärt er. »Bruchstückhaft zusammengesetzt aus Gefühlen und Erinnerungen. Vage und unzuverlässig. Ihre Geschichte nicht. Die ist klar, präzise, eindeutig. Wie auswendig gelernt.«

»Tut mir leid, aber ich verstehe nicht, was Sie damit sagen wollen«, lugt sie.

»Dass es nicht Ihre eigene Geschichte ist.«

»Warum sollte ich Ihnen eine fremde Geschichte erzählen?«

»Genau das habe ich mich auch gefragt«, sagt Hanning. Noch immer ist da diese Spur eines Lächelns um seinen Mund. Aber jetzt wieder eisig, die Lippen zusammengepresst.

»Und die Antwort?«, fragt Katja.

Hanning schaut sie an. Weder wütend noch belustigt. Völlig

emotionslos. »Die kennen Sie doch«, erwidert er ohne jede Regung.

Katja versucht, seinem Blick standzuhalten. »Sie haben mir noch immer nicht gesagt, warum Sie hier sind.«

»Aus Angst«, sagt er. In seiner Stimme Sarkasmus. Jene Art von Sarkasmus, hinter der die Wut lauert.

»Angst?«, wiederholt sie. »Wovor?«

»Davor, dass Sie Dummheiten machen.«

»Was denn für Dummheiten?«

»Vielleicht sind Sie einfach nicht schlau genug«, sagt er. »Was ich nicht glaube. Oder Sie waren zu ungeduldig. Jedenfalls hätten Sie besser nachdenken sollen, bevor Sie zu mir gekommen sind. Sie haben das alles nicht zu Ende gedacht.«

Ihr Handy summt. Eine neue SMS. Sie kann das aus dem Augenwinkel sehen. Sie beugt sich vor, aber Hanning ist schneller als sie. Er schnappt sich das Handy und liest. Dann lächelt er wieder.

»Was?«, fragt Katja.

»Ihr Kollege Dorfmüller. Er will wissen, ob bei Ihnen alles in Ordnung ist.«

Sie zuckt zusammen: Hat er gerade »Kollege« gesagt?

»Netter Typ, dieser Herr Dorfmüller«, sagt er. »Humorvoll. Offen und ehrlich. Ganz anders als Sie.« Und nach einer Pause: »Was soll ich ihm antworten?«

Ihr wird klar, dass er herausgefunden hat, wer sie ist. Er quält sie, und er macht eine Show daraus. Sie weiß nicht, ob er das genießt. Aber sie weiß jetzt sicher, dass sie in Lebensgefahr schwebt.

»Mein Vorschlag: ›Alles wunderbar‹«, sagt er und tippt die beiden Wörter ein. » Hört sich gut an, finden Sie nicht? Unverfänglich und gleichzeitig eindeutig.« Er sendet die SMS ab. Dann legt er das Handy neben sich auf das Polster. Katja hat jetzt keinerlei Chance mehr dranzukommen.

»Was soll das?«, fragt sie. »Was fällt Ihnen ein?«

»Ich verhindere, dass Sie Dummheiten machen, Frau Sand, mehr nicht.«

Sie muss ihre Strategie ändern. Weiter ahnungslos zu tun, macht keinen Sinn mehr. Die Karten müssen auf den Tisch. »Ich weiß, dass Sie meine Waffe haben«, sagt sie.

»Sie meinen: Ihre Dienstwaffe.«

»Warum hören wir nicht mit den Spielchen auf?«

»Welches Spielchen meinen Sie? Das, mit dem Sie angefangen haben?«

»Sie haben gewonnen, Doktor Hanning.«

»Habe ich das?«

»Sie haben mein Telefon, meine Dienstwaffe – Sie haben mich komplett in der Hand.«

»Tut mir leid, aber Sie haben sich selbst in diese Lage gebracht.«

»Ja«, sagt Katja und nickt. »Ich war zu ungeduldig, ich habe es nicht zu Ende gedacht. Genau wie Sie gesagt haben.«

Er entgegnet nichts darauf, sieht sie einfach nur an.

Sie erwidert seinen Blick, während sie fieberhaft überlegt, welche Optionen ihr bleiben. Was sie tun kann, um heil aus dieser beschissenen Situation herauszukommen. Die Frage ist, was genau Hanning weiß. Dass sie Mordermittlerin ist, dass sie über ihn recherchiert hat, dass sie ihm seine Geschichte erzählt hat. Aber was nützt ihm dieses Wissen? Gar nichts, denkt sie, weil er nicht weiß, dass die Mordermittlungen im Fall Hirschberger und im Fall Fellner auf Anordnung der zuständigen Staatsanwaltschaft inzwischen eingestellt worden sind. Wahrscheinlich geht er davon aus, dass sie Dorfmüller in ihr Täuschungsmanöver eingeweiht hat. Er kann es zumindest nicht ausschließen. Und das macht es für ihn zu einem Risiko, sie zu töten. Allerdings ist da ihre Dienstwaffe, die er an sich gebracht hat. Er kann sie damit erschießen und es wie einen Suizid aussehen lassen. Man wird sie tot auffinden, eine Kugel im Kopf, ihre Pistole in der Hand, den

Zeigefinger am Abzug. Die Kurzschlussreaktion einer frustrierten Ermittlerin und gescheiterten Mutter.

Hör auf, dich fertigzumachen!, schreit Katja sich selbst in Gedanken an. Aufgeben ist keine Option. Der Einsatz hat sich erhöht, aber noch hat sie das Spiel nicht verloren. Beim Pokern sagt man: *All in or nothing.* Alles oder nichts. Plötzlich wird sie ganz ruhig.

»Sind Sie gekommen, um mich zu töten?«, fragt sie.

»Nein«, sagt er. »Ich bin hier, um mich zu retten.«

»Was habe ich damit zu tun?«

»Sie können mir sagen, wer ich bin.«

»Und was hilft Ihnen das?«

»Alles, Frau Sand, und das wissen Sie!«

Seine Augen saugen sich an ihren fest. Katja schaut durch sie hindurch und mitten in ihn hinein. Und was sie sieht, erschreckt sie. Alexander Hanning und Katja Sand. Der Abgrund in ihm, der Abgrund in ihr. Sie hätte nie gedacht, wie ähnlich sie sich in ihrer Verzweiflung sind. Der gleiche Wunsch nach Erlösung. Die gleiche Sehnsucht, dass alles gut wird. Dass sich diese verdammte Wunde endlich schließt. Und wenn eine Narbe zurückbleibt: dass der Schmerz dieser Narbe erträglich sein wird. All das sieht sie in seinen Augen und noch viel mehr: den kleinen Jungen, der er war, und den jungen Mann, der er wurde. Die lähmende Angst, die ewigen Zweifel, das erfolglose Bemühen um einen Ort zum Sein, einen Platz im Leben, den man nicht finden kann. Weil man nicht weiß, wer man wirklich ist. Alexander Hanning und Katja Sand. Zwei Menschen, die unterschiedlicher nicht sein könnten. Und sich näher sind, als Katja je für möglich gehalten hätte.

»Korbinian Vogel«, sagt sie leise.

»Na und?«, sagt Hanning und mustert sie misstrauisch. »Ein Name, nichts weiter.«

»Nicht irgendeiner«, erwidert Katja. »Ihrer.«

»Korbinian Vogel?«, wiederholt Hanning. Langsam und gedehnt. Als würde er versuchen, den Namen mit der Zunge zu schmecken. Er lacht auf, ein kurzes, schmerzhaftes Lachen, durchtränkt von Bitterkeit und Zorn. Dann presst sich sein Mund zu einem schmalen Strich zusammen, sein Kiefer beginnt zu mahlen. Für eine Sekunde hat Katja das Gefühl, dass er die Nerven verliert, aber er hat sich sofort wieder im Griff.

»Da sucht man ein Leben lang nach sich und findet nichts«, sagt er. »Weil man nicht mal weiß, wo man mit der Suche beginnen soll. Und dann tauchen Sie in meiner Praxis auf und erzählen mir eine Geschichte. Angeblich ist es Ihre, in Wahrheit ist es meine. Und jetzt kommen Sie mit einem Namen daher. Einfach so.«

»Sie haben mich gefragt.«

»Wo bin ich geboren, wo komme ich her?«

»München«, sagt Katja. »Ein Einfamilienhaus am Rand von Neuried.« Und dann erzählt sie ihm die ganze Geschichte. Alles, was Verena Mang und Pater Florian ihr erzählt haben. Über ihn, seine Eltern, den schrecklichen Tod seiner Mutter, das Ende seines Vaters im Gefängnis, seine Zeit im Pflegeheim, die Adoption durch die Hannings, seine Kindheit am Chiemsee, die Jahre im Internat.

»Tja«, sagt er, als sie geendet hat. Mehr nicht. Und nach einem langen Schweigen: »Als hätten sich die Rollen vertauscht.«

»Wie meinen Sie das?«, fragt Katja.

»Plötzlich bin ich der Patient, und Sie sind die Analytikerin.«

»Ich bin eine Mordermittlerin, nichts weiter«, erwidert Katja. »Mich interessiert nur, wer August Hirschberger und Robert Fellner getötet hat und warum.«

»Und wissen Sie das jetzt?«

»Ich denke schon.«

»Und wer ist der Mörder?«

Sie schaut ihn an. Ihre einzige Chance ist die Wahrheit. Und gleichzeitig ist die Wahrheit ihr Todesurteil. Sie weiß es, aber sie hat keine Wahl. Und selbst wenn sie eine Wahl hätte: Es gibt kein Zurück. Dafür sind sie beide zu weit gegangen.

»Sie«, sagt sie ruhig.

»Ich«, erwidert er.

»Ja«, sagt sie.

»Und warum sollte ich die beiden getötet haben?«

»Um an Ihr eigenes Trauma zu gelangen.«

»Welches Trauma?«

»Der Tod Ihrer Mutter.«

»Sie meinen die Mutter von Korbinian Vogel.«

»Der Sie zu diesem Zeitpunkt waren. Ein kleiner Junge mit einer verzweifelten Mutter und einem gewalttätigen Vater. Ein kleines Kind, das nicht verhindern konnte, dass sein Vater ein Auto mit Benzin übergoss und anzündete. Ein Kind, das hilflos zuschauen musste, wie seine Mutter in dem Wagen verbrannte.«

Sie sieht, wie ihm der Schweiß ausbricht. Sie kann die Panik riechen, die ihre Worte in ihm auslösen. Sie spürt die Mühe, die es ihm bereitet, nicht die Fassung zu verlieren.

»Ich verstehe nicht, was diese persönlichen Erlebnisse mit meinen Patienten Hirschberger und Fellner zu tun haben sollten«, sagt er gepresst.

»Eine Reinszenierung«, erwidert Katja.

»Wie bitte?«

»Steht alles in Ihrem Buch.«

»Ach ja?«

»Ja.«

»Erklären Sie es mir. Bitte.«

Katja fragt sich, ob er das ernst meint. Er hat dieses Buch geschrieben. Ein hoch angesehener Psychoanalytiker und Traumaexperte, der tausendmal mehr über diese Dinge weiß als sie. Aber eben auch ein Opfer. Einer, der über viele Jahre versucht hat, sich von einer verschütteten Vergangenheit zu befreien, an die er nicht herankommen konnte. Dem der Zugang zu dieser

Vergangenheit versperrt bleiben musste, weil er nie erfahren hat, dass er nicht der war, der er zu sein glaubte. Dem seine Adoptiveltern seine wahre Herkunft verschwiegen haben, um ihn zu beschützen, und die ihn damit in einen jahrzehntelangen Albtraum gestürzt haben.

»Bitte«, wiederholt er. Und die Art, wie er das wiederholt, lässt keinerlei Zweifel an seiner Aufrichtigkeit.

»Also gut«, sagt Katja und atmet tief durch. »Sie haben Hirschberger und Fellner dazu überredet, sich in ihre traumatische Situation zurückzubegeben, um sich dann daraus zu befreien. Von Ihnen als Therapeut überwacht. Eine Laborsituation. Die beiden haben Ihnen vertraut und damit ihr Todesurteil unterschrieben. Weil es bei dem Ganzen nicht darum ging, sie mit einem drastischen Akt der bewussten Reinszenierung von ihren Traumata zu befreien. In Wahrheit haben Sie in den von Ihnen hergestellten tödlichen Situationen Ihr eigenes Trauma unbewusst reinszeniert. Indem Sie tatenlos zugeschaut haben, wie Hirschberger ertrunken und Fellner erstickt ist. In der verzweifelten Hoffnung, dadurch die Erinnerung an die Urkatastrophe Ihrer Kindheit wachzurufen.«

Sie blickt ihn vorsichtig an. Er sitzt wie versteinert da, die Augen ins Nichts gerichtet, ausdruckslos und starr. Sie kennt diese Starrheit von sich selbst, sie weiß, dass er ihren Worten jetzt nachlauscht und dabei in sich selbst hineinhört.

Eine Minute vergeht, vielleicht sind es zwei, dann löst er sich aus seiner Erstarrung und schaut Katja an. »Sie haben recht, Frau Sand, es hat nicht funktioniert. Es konnte nicht funktionieren. Weil ich nicht wusste, dass meine Eltern nicht meine leiblichen Eltern waren. Aber jetzt weiß ich es. Und deshalb wird es jetzt funktionieren. Und Sie werden mir dabei helfen!«

Er hält plötzlich ihre Pistole in der Hand. Den Finger am Abzug, richtet er die Waffe auf sie und steht auf.

»Gehen wir«, sagt er ruhig, aber entschlossen.

44

Katja sitzt am Steuer seines Wagens, Hanning auf dem Beifahrersitz, ihre Dienstwaffe in der Hand, die Mündung auf sie gerichtet. Ein dunkler Jaguar, Sitze und Türtafeln mit Leder bezogen, die Instrumente in einem Armaturenbrett aus Wurzelholz.

Sie fährt nicht schnell, mit niedriger Drehzahl, der Motor schnurrt leise vor sich hin. Sie schweigen. Ab und zu erteilt Hanning kurze Anweisungen, bittet sie, einer Vorfahrtstraße zu folgen oder an einer Kreuzung rechts abzubiegen.

Mit vorgehaltener Waffe hat er sie aus ihrer Wohnung gezwungen, das Treppenhaus hinunter, dann auf die Straße und weiter zu seinem Wagen.

»Sind Sie schon mal Automatik gefahren?«, hat er gefragt, sie hat bejaht, er hat ihr die Fahrertür aufgehalten und sie gebeten einzusteigen.

Sie fahren seit zwanzig Minuten durch das nächtliche München. Hanning meidet die Hauptverkehrsadern, leitet sie auf Nebenstraßen durch Schwabing und über das Olympiazentrum weiter nach Norden. Sie passieren die Panzerwiese in Milbertshofen-Am Hart, lassen Neuherberg rechter Hand liegen, unterqueren die Autobahn und fahren weiter auf der B13 Richtung Oberschleißheim.

Kurz vor dem Ortseingang biegt Katja auf Hannings Anweisung links ab, steuert den Jaguar über eine schmale Straße unter den Lichtflecken einsamer Straßenlaternen hindurch, vorbei an einer aufgelassenen Kiesgrube. Es gibt hier kaum Wohnhäuser, vereinzelt ein paar Industriebetriebe, ansonsten nachtschwarze Felder.

»Da vorne«, sagt Hanning und deutet auf ein eingezäuntes Areal. Und dann: »Halten Sie an.«

Katja stoppt den Jaguar vor einem rostigen Tor.

»Aussteigen«, sagt Hanning und hebt die Pistole. »Den Motor können Sie anlassen.«

Katja schaltet die Automatik in den Leerlauf, öffnet die Tür und steigt aus. Sie hört das Zirpen von Grillen, das Rauschen der nahen Autobahn. Sie schaut auf das Gelände hinter dem Zaun, erkennt in der Dunkelheit die Schemen aufgetürmter Autowracks. Ein Schrottplatz also. Sie fragt sich, ob Hanning sie jetzt erschießen wird. Der Ort ist günstig, keine Zeugen, niemand, der einen Schuss hören würde.

»Und jetzt machen Sie das Tor auf«, sagt Hanning stattdessen. »Das Schloss ist offen.«

Woher weiß er das?, denkt sie. Vielleicht war er hier, bevor er bei ihr aufgetaucht ist. Vielleicht hat er das alles vorbereitet, was auch immer er vorhat.

Sie schiebt die rostigen Torflügel auseinander. Mit einem hässlichen Knirschen schleifen sie über die asphaltierte Einfahrt.

»Und jetzt steigen Sie wieder ein«, befiehlt Hanning.

Keine Minute später steuert sie den Jaguar durch das Tor, hinter dem sich das Firmengelände in unbefestigte Wege teilt, die durch die Reihen der aufeinandergestapelten Blechwracks führen, ein Labyrinth aus rostigem Metall. Wie von Hanning befohlen, folgt sie der Hauptachse, die von Schlaglöchern durchzogen ist, bis sie einen kleinen Platz inmitten der rostigen Berge um sie herum erreicht und Hanning ihr bedeutet anzuhalten.

»Sie können den Motor jetzt ausmachen«, sagt er, »wir sind da.«

Sie steigen aus. Katja schaut hinauf in den Himmel. Der Mond, nicht ganz voll, aber strahlend, um ihn herum die Sterne, funkelnd in der klaren Sommernacht.

Hanning deutet auf einen Kleinwagen, der vor einem der blechernen Stapel steht. »Es ist vielleicht nicht dasselbe Modell«, sagt er, »aber es wird seinen Zweck in jedem Fall erfüllen.«

»Seinen Zweck?«, fragt Katja.

»Sein therapeutisches Ziel«, erwidert Hanning und öffnet die verbeulte Fahrertür. »Setzen Sie sich hinein.«

Katja schüttelt den Kopf. »Das kann ich nicht.«

»Jetzt kommen Sie schon«, sagt Hanning. »Ich möchte Sie nicht zwingen müssen.«

Die Entschlossenheit in seinem Blick, die Pistole in seiner Hand, ihr bleibt nichts anderes übrig, als seinem Befehl Folge zu leisten. Er schlägt die Tür hinter ihr zu, geht rüber zur Beifahrerseite, steigt ebenfalls ein.

»Damals«, sagt er. »Der Versuch einer Flucht. Der letzte Ausweg. Eine Mutter und ihr kleines Kind. Die panische Angst vor dem gewalttätigen Vater. Spüren Sie, was das mit Ihnen macht?«

»Ja«, sagt Katja. »Und es fühlt sich nicht gut an.«

Im selben Augenblick spürt sie einen stechenden Schmerz in ihrem rechten Oberschenkel. Sie schreit auf. »Was zum Teufel tun Sie da?«, fragt sie entgeistert.

Hanning zieht eine Spritze aus ihrem Bein. Er lächelt, seine Zähne schimmern hell im Mondlicht auf. »Ich habe Ihnen ein Neuroleptikum gespritzt. Ein Muskelrelaxans. In einer Dosis, die Sie ganz sicher ruhigstellt.«

Katja versucht, ihre Arme zu bewegen, aber es gelingt ihr nicht. Ihre Muskeln gehorchen ihr nicht mehr.

»Die Wirkung wird nicht lange anhalten, aber lange genug«, sagt Hanning.

»Genug wofür?«, fragt Katja.

»Für unsere gemeinsame Rettung.«

»Wovon reden sie?«

»Sie sind meine Mutter, ich bin Ihr Sohn. Ich werde Sie retten und damit mich selbst.«

»Sich retten«, sagt Katja. »Das haben Sie doch schon mal erfolglos versucht. Zwei Menschen mussten deswegen sterben.«

»Nicht doch, Frau Sand, lassen Sie das«, erwidert Hanning ruhig. »Sie wissen genau, dass Sie mich damit nicht erreichen.«

Er steigt aus. Sie versucht, ihm hinterherzuschauen, aber auch die Muskeln in ihrem Hals gehorchen ihr inzwischen nicht mehr. Nur die Augen kann sie noch bewegen. Im Rückspiegel des Autowracks, in das sie bewegungslos eingeschlossen ist, sieht sie, wie Hanning zu seinem Jaguar geht und den Kofferraum öffnet. Sie ahnt, was er herausholen wird, aber sie will es nicht wahrhaben. Dann sieht sie den Kanister in seiner Hand.

Hannig schlägt den Kofferraum zu, verschwindet aus ihrem Blickfeld. Sie hört einen dumpfen Aufprall über sich, ein metallisches Kratzen. Hanning muss den Kanister auf dem Dach abgestellt haben. Sie hört, wie er den Deckel aufschraubt. Angst krallt sich in ihr fest. Der verzweifelte Wunsch, das Ende aufzuhalten. Die nüchterne Erkenntnis, es nicht zu können.

»Tun Sie das nicht, Doktor Hannig«, sagt sie. Ihre Zunge fühlt sich schwer an, ihr Mund ist staubtrocken. »Bitte! Sie brauchen das nicht, es wird Ihnen nicht helfen, Sie wissen doch jetzt, wer Sie sind und was damals passiert ist.«

Sie lauscht auf seine Reaktion. Die Geräusche des Kanisters verstummen. Sie zählt die Sekunden. Einundzwanzig, zweiundzwanzig. Jede Sekunde ein Stück Hoffnung. Aber dann ist da wieder das metallische Kratzen auf dem rostigen Dach über ihrem Kopf, und Hanning tritt in ihr Blickfeld, knallt den geöffneten Kanister vor ihr auf die Motorhaube. Benzin schwappt aus der runden Öffnung auf das verbeulte Blech, sie kann es riechen, es schimmert im fahlen Licht des Mondes.

Hanning starrt sie an, eine merkwürdige Mischung aus kleinem Kind und erwachsenem Mann, aus Kontrolliertheit und emotionaler Verwahrlosung, aus Disziplin und Wahnsinn. Ein bemitleidenswertes Stück Mensch, abgedriftet in eine andere Wirklichkeit.

»Du bist so schön, Mama«, sagt er und beginnt, das Benzin aus dem Kanister über der Motorhaube und dem Dach des Autowracks auszugießen.

Katja will ihn aufhalten, wenn schon nicht mit ihrem bewegungslos gemachten Körper, dann wenigstens mit Worten, aber sie kann nicht einmal mehr sprechen. Nur stumm und versteinert dasitzen und hilflos ertragen, was um sie herum geschieht.

Hanning schleudert den leeren Kanister beiseite. Er kniet sich neben die Fahrertür. »Bist du bereit, Mama?«

Sie starrt ihn aus den Augenwinkeln an.

Er hebt seine rechte Hand, streicht ihr mit den Fingern liebevoll über die Wange. »Du hast dem kleinen Korbinian sein Leben zurückgegeben, und dafür bedanke ich mich bei dir. Jetzt ist dieses Leben vollendet. Du musst dir mich als einen sehr glücklichen Menschen vorstellen.«

Er lässt ein Feuerzeug aufflammen, hält es an die Motorhaube. Das vergossene Benzin fängt sofort Feuer. Die Hitze der Flammen schlägt Katja voller Wucht ins Gesicht. Hanning steht auf und wiederholt den Vorgang auf dem Dach. Katja hört ein Zischen, als sich auch dort das Benzin entzündet. Ich werde verbrennen, denkt sie, ich werde mein Kind nicht mehr sehen und meine Mutter auch nicht.

Die Hitze ist jetzt unerträglich, Katja hat das Gefühl, dass ihre Haut aufplatzt, sich von der darunterliegenden Fettschicht schält, auf ihrem Kopf, ihrer Brust, ihren Armen und Beinen. Der Schmerz ist überall. Sie sieht Hanning, der wie gelähmt vor dem brennenden Wagen steht. Er starrt zu ihr herüber und rührt sich nicht, dann beginnt er zu zittern, sein ganzer Körper schüttelt sich kaum merklich, aber noch immer bewegt er sich nicht. Er ist zurückgekehrt in seine Kindheit. Er ist ein hilfloser Junge, der seine Mutter nicht retten kann.

Katja schreit zu ihm herüber, aber ihr Mund bleibt geschlossen. Ihr Lunge zieht sich zusammen, sie schreit um ihr Leben, aber das Einzige, was man hört, ist das Platzen des Autolacks in der Hitze des Feuers.

Im selben Moment schlägt eine riesige Hand Hanning mit voller Kraft ins Gesicht. Bewusstlos geht er zu Boden. Die Hand ragt aus einem grünen Bundeswehrparka. Katja kennt nur einen Menschen, der in der Hitze einer Sommernacht freiwillig einen Parka trägt.

Dorfmüller reißt die Autotür auf und zieht Katja aus dem Wagen. »Es wird alles gut!«, schreit er sie an. »Hörst du: alles gut!«

Er trägt sie zur Seite, mehrere Meter hinaus aus der Gefahrenzone. Hinter Hannings Jaguar legt er sie vorsichtig ab, zieht den Parka aus, rollt ihn zusammen und schiebt ihn unter ihren Kopf.

»Ich bin sofort wieder bei dir«, sagt er und rennt zurück zu dem brennenden Autowrack. Er packt den bewusstlosen Hanning, schleift auch ihn weg vom Feuer, dreht ihm die Hände auf den Rücken, zückt seine Handschellen und lässt sie um Hannings Handgelenke schnappen.

Dann kommt er rüber zu Katja, setzt sich neben sie auf den Boden. »Kannst froh sein, dass ich dich so gut kenne«, sagt er. »Als ich deine SMS bekam, wusste ich, dass was nicht stimmt. Warum forderst du mich auf, nach Hause zu fahren? Ich war längst zu Hause! Dann hab ich mich daran erinnert, dass ich neulich bei dir vor der Tür stand. Da wusste ich, dass jemand bei dir geklingelt hat. Und das konnte nur einer sein. Und dann bekomme ich auf meine Frage, ob alles okay ist, diese bescheuerte Antwort: ›Alles wunderbar‹. So einen Scheiß würdest du nie schreiben. Also springe ich ins Auto und fahr zu dir. Ich will gerade einparken, da sehe ich dich mit Hanning aus dem Haus kommen. Er zwingt dich in seinen Wagen. Also bin ich euch gefolgt. Hab meine Karre vor dem Tor stehen gelassen, damit Hanning mich nicht bemerkt. War nicht leicht, euch in all dem Schrott zu finden. Bin verdammt froh, dass es gutgegangen ist. War echt knapp, die Angelegenheit.«

Er lächelt ihr zu. Sie versucht, ihre Lippen zu bewegen, aber es gelingt ihr nicht.

»Was?«, fragt Dorfmüller. »Hat's dir etwa die Sprache verschlagen? Katja Sand, die nicht weiß, was sie sagen soll? Ich fasse es einfach nicht!«

Ich auch nicht, denkt Katja. Tränen laufen ihr aus den Augen. Sie war noch nie so froh, Rudi Dorfmüller an ihrer Seite zu haben.

Er zieht einen Ärmel seines Parkas unter ihrem Kopf hervor, wischt ihr damit die Tränen aus dem Gesicht.

»Ich dich auch«, sagt er leise.

45

Die Maschine landet pünktlich auf dem Aéroport Nice/Côte d'Azur. Der Himmel über dem Mittelmeer ist strahlend blau. Katja wartet am Gepäckband auf ihren Koffer und denkt an die vergangene Nacht.

Hanning ist festgenommen und von einem Streifenwagen abgeholt worden. Heute früh wurde er dem Haftrichter vorgeführt, der ihn in die U-Haft überstellt hat. Katja ist im Krankenhaus untersucht worden. Die Wirkung von Hannings Neuroleptikum hat stetig nachgelassen, bis sie in den Morgenstunden endlich vollständig abgeklungen war.

Von der Entlassung aus dem Krankenhaus bis zu ihrem Abflug hat Katja alles aufgeschrieben. Das Leben und Sterben des August Hirschberger. Seine Zeit an Bord der *Braunschweig*. Die Schändung und der Tod von Eva Frey. Die Feigheit seines Kapitäns. Die Versuche der Täter, ihn mundtot zu machen. Die Maßnahmen seiner Vorgesetzen, ihn zum Schweigen zu bringen. Die Untersuchung, mit der die Affäre schließlich beendet, der Skandal vertuscht und Hirschbergers Leben zerstört wurde. Und nicht nur sein Leben. Auch das seiner Frau.

Erst nach dem Einchecken hat Katja Zeit gefunden, den Umschlag zu frankieren und die Empfängeradresse daraufzuschreiben. Eine überregionale Tageszeitung. Zu Händen von Ella Geibel, einer jungen Journalistin, die sie von einem früheren Mordprozess kennt. Eine von denen, die eine Story sofort riechen. Die die Tragweite einer Geschichte mit einem Blick erkennen. Die sich festbeißen und nicht nachlassen. Bis sich die ganze Wahrheit offenbart. Es ist Zeit, dass die Öffentlichkeit endlich von all dem erfährt.

Sie denkt an die anderen, die von den Fällen betroffen sind. Die Eltern von Eva Frey, August Hirschbergers Frau Fanny oder Gezime Berisha, die sich so sehr eine gemeinsame Zukunft mit Robert Fellner gewünscht hat. Das Leben wird ein anderes sein. Auch für sie.

Katja nimmt ihren Koffer vom Band und tritt hinaus in die Ankunftshalle. Jenny stürmt auf sie zu und umarmt sie wie seit Jahren nicht mehr.

»Hey, Kleine«, sagt Katja.

»Hallo, Große«, erwidert Jenny.

»Wo ist Peter?«

»Ich dachte, wir verzichten drauf.«

»Hab nichts dagegen«, sagt Katja.

Ihr Handy meldet den Eingang einer SMS von Koller. *Hab mich beruhigt. Bin verdammt stolz auf dich. Wo steckst du?* Katja schreibt ihm lächelnd zurück. *Urlaub. Drei Wochen nichts sehen und hören von dir. Freu mich drauf.*

Zwanzig Minuten später sitzen sie in ihrem Mietwagen und fahren vom Flughafenzubringer auf die Promenade des Anglais.

»Rechts oder links?«, fragt Katja. »Italien oder Spanien?«

»Spanien«, sagt Jenny strahlend.

46

Martin Wolf liegt auf seinem Bett, in der Hand eine Zeitung. Den größten Teil seiner lebenslangen Freiheitsstrafe hat er in Einzelhaft verbracht, aber seit zwei Wochen muss er sich eine Zelle mit einem Mithäftling teilen. Überbelegung, wie ihm einer der Vollzugsbeamten erklärt hat.

Wolf hat in den langen Jahren der Haft gelernt, sich den Gegebenheiten anzupassen. Bei den Vollzugsbeamten gilt er als ruhig und unauffällig, einer jener Lebenslänglichen, die sich in ihr Schicksal gefügt haben und keinen Ärger machen. Gegenüber den Mitgefangenen sieht das anders aus. Von Anfang an war Wolf klar, dass er sich Respekt verschaffen musste, um einigermaßen überleben zu können. Wer sich als Opfer herausstellt, ist verloren. Also musste er klarstellen, dass jede Gewalt gegen ihn mit erheblichen Risiken für den Angreifenden verbunden war. Bereits nach wenigen Wochen hatte er einem Häftling den Arm gebrochen und einem zweiten die Vorderzähne herausgeschlagen. Dabei war er schlau genug gewesen, dafür zu sorgen, dass die Vorfälle offiziell als Unfälle registriert wurden. Danach war klar, dass man sich mit Wolf besser nicht anlegt. Die anderen ließen ihn fortan in Ruhe. Er bezahlt das mit Einsamkeit, aber das ist ihm egal.

Es gibt niemanden in der JVA Straubing, dem er sich anvertraut. Wer sich preisgibt, bietet Angriffsfläche. Wer Angriffsfläche bietet, wird irgendwann zum Opfer.

Sein Körper ist hinter den Mauern eines Gefängnisses eingesperrt, aber sein Kopf ist frei. Es gibt niemanden, der in ihn hineinschauen kann. In Gedanken kann er reisen, wohin er will, an jeden Ort der Welt. Sein Bruder hat ihm einen kleinen Fernseher besorgt, aber den benutzt er nur, um die Bilder seiner Fantasie mit der Wirklichkeit abzugleichen. Zu wissen, was da draußen los ist, verhindert, dass er durchdreht.

Was ihn lebendig hält, ist sein Hass. Der Wunsch nach Rache. Irgendwann die Frau zu bestrafen, die ihn hier reingebracht hat.

Alles ist damals schiefgelaufen. Ein Banküberfall mit Geiselnahme. Jemanden dabei zu töten, war nicht eingeplant gewesen. Die Umstände hatten ihn dazu gezwungen. Es hatte ihm nichts ausgemacht. Schuldgefühle waren ihm fremd.

In seinem Prozess hat er auf Anraten seines Anwaltes den Reumütigen gespielt. Es hat nicht funktioniert. Die Rolle steht ihm nicht. Niemand hat ihm geglaubt. Nicht der Richter, nicht die Schöffen, und die Staatsanwältin schon gar nicht. Die Medien haben ein Übriges getan. In der Presse ist er als kaltblütig, skrupellos und gefühlsarm bezeichnet worden. Innerlich hat er geschmunzelt, weil der ihm zugewiesene Charakter sich mit seinem Selbstbild deckt.

Erst viel später, in der Stille seiner Zelle, diesem immer gleichen grauen Nichts, haben ihn die Erinnerungen an eine Zeit eingeholt, in der er Gefühle gehabt hat. Die Gefühle eines Kindes. Das Ringen um Anerkennung, der Wunsch nach Zuwendung, der Hunger nach Berührung. Er hat gedacht, all das hätte es für ihn nie gegeben, jetzt wurde er gegen seinen Willen eines Besseren belehrt.

Die diffusen, kaum greifbaren Erinnerungen an die Mängel seiner Kindheit quälten ihn. Um sie zu beenden, hat er sich eingeredet, dass das Fehlen von etwas, das man nicht kennt, einen nicht quälen kann. Er hat erkannt, dass das Kind in ihm sein größter Feind war. Er musste diesen Feind besiegen. Er hat ihn schließlich besiegt.

Dass man ihn zu einer lebenslangen Haftstrafe verurteilt hat, ist ihm gleichgültig. Dass er wegen der besonderen Schwere der Schuld nicht mit vorzeitiger Haftentlassung rechnen kann, interessiert ihn nicht. Früher oder später wird er hier rauskommen, so oder so. Er muss einfach nur geduldig sein, wach bleiben, darf sich nicht einlullen lassen von den Verlockungen der Resignation. Er muss sich bereit halten für den Tag, an dem er die Zellenmauern hinter sich lassen und sich seine Beute zurückholen wird. Nur wenn er bereit ist, wird dieser Tag kommen. Dazu braucht er Kraft. Diese Kraft speist sich aus seinem Hass. Und genau deshalb ist der Hass sein größter Schatz.

Er schaut hinüber zu Eugen, der als Jewgenij geboren wurde, in einem kleinen, verdreckten Kaff irgendwo in der kasachischen Steppe, bevor seine Eltern mit ihm nach Deutschland gekommen sind. Sie haben es für ihn getan, für seine Zukunft. Er hat ihre Hoffnungen verraten. Jetzt sitzt er hier wegen eines Raubüberfalls mit schwerer Körperverletzung. Sieben Jahre ohne Bewährung. Gestern war Besuchstag. Seine Mutter hat ihm ein Radio mitgebracht. Seitdem hört er Musik.

Nicht, dass Wolf grundsätzlich irgendwas gegen Musik hätte, aber das Radiogedudel dieser stinkenden Russenschwuchtel macht ihn wahnsinnig. Er braucht Ruhe, um nachzudenken. Ruhe, um sich treiben zu lassen. Ruhe, um den Bildern in seinem Kopf zu folgen.

»Ist gut jetzt«, sagt er zu Eugen, der ihm den Rücken zugekehrt hat.

Der Russlanddeutsche reagiert nicht, glotzt stattdessen reglos auf das Radio in seiner Hand.

»Ich sagte: Ist gut jetzt!«, wiederholt Wolf.

Eugen ignoriert ihn. Liegt einfach weiter da und rührt sich nicht.

Wolf faltet sorgsam die Zeitung zusammen und legt sie zur Seite. Dann richtet er sich auf. »Ich dachte eigentlich, wir wollten gut miteinander auskommen«, sagt er und steht auf. Zwei Schritte, und er beugt sich über seinen jungen Zellengenossen. Er lächelt. »Entweder du kannst nicht hören, was ich sage, oder du willst es nicht hören. Wenn du's nicht hören kannst, brauchst du das Scheißradio nicht. Logisch, oder? Und wenn du's nicht hören willst, musst du die Regeln lernen. Auch logisch.«

Eugen wendet sich zu Wolf um. Er hat Angst, aber er versucht, sie nicht zu zeigen. Das Radio dudelt weiter. Irgendein Schlager. Musik von vorgestern.

»Tut mir echt leid«, sagt Wolf gelassen, »aber hier kann nur einer die Ansagen machen. Du oder ich, so läuft das nun mal. Ich bin hier seit vierzehn Jahren. Du kannst dir sicher denken, dass ich nicht derjenige sein will, der sich die verkackten Ansagen eines anderen anhören will. Und deswegen mach ich dir jetzt einfach eine, okay?«

Ansatzlos reißt er Eugen das Radio aus der Hand und schlägt es ihm mit voller Kraft ins Gesicht. Ein hässliches Knacken, Blut spritzt, der Russlanddeutsche schreit voller Schmerzen auf. Wolf schmeißt das Radio gegen die Wand, wo es zerplatzt. Kunststoffsplitter und Platinenstücke regnen auf Eugen nieder, der sich die gebrochene Nase hält.

»Und mach die Sauerei weg, wenn du dich beruhigt hast«, sagt Wolf. »Ich will keinen Dreck in meiner Zelle.«

Seelenruhig legt er sich wieder hin. Er nimmt die Zeitung zur Hand, schlägt sie erneut auf und liest weiter. Nichts, was ihn sonderlich interessiert. Das ewig Übliche in Sport, Politik, Gesellschaft. Die Welt kreist wie immer nur um sich selbst.

Plötzlich hält er inne. Ein Artikel fesselt seine Aufmerksamkeit. Es geht um einen Mordfall, genauer gesagt, um zwei. Eine Münchner Mordermittlerin, die einen bekannten Psychoanalytiker der Taten überführt hat. Neben dem Artikel zwei Fotos. Eines, das den Täter zeigt, und eines, auf dem die Ermittlerin zu sehen ist. Wolfs Augen verengen sich zu Schlitzen. Ist das etwa …? Natürlich, das ist sie. Die Quelle seines Hasses. Katja Sand. Sie und er. Für immer miteinander verbunden.

Er leckt sich über die Lippen. Gierig, voller Erwartung.

Irgendwann werden wir uns wiedersehen, Katja!

Dann küsst er das Foto.

Danksagung

Dank für liebevolle Begleitung und kluge Betreuung an meinen Agenten Felix Rudloff. Ich bin froh, Dich an meiner Seite zu wissen.

Dank für ihren kritischen Blick und ihre fundierten Anmerkungen an meine Lektorin Hanne Hartmann. Schön, dass wir denselben Humor teilen.

Dank für ihre Gastfreundschaft an Rui und Francisco Rodrigues und Joaquim »Quim« Fernandes vom Eiscafé Coltamai in Köln-Deutz, an deren Tischen große Teile dieses Romans entstanden sind. Muito obrigado, gente.

Dank an meine Freunde, die da sind, wenn ich nicht weiterweiß. Und mich zurück in die Spur bringen, wenn ich falsch abbiege. Gut, dass es Euch gibt.

Leseprobe

Christoph Wortberg

KEIN VERGESSEN

Katja Sands zweiter Fall

Kriminalroman

ISBN der gedruckten Ausgabe 978-3-423-21850-4
eBook ISBN 978-3-423-43895-7

Ihre Schritte hallen über den Boden des Anstaltsflures. Vier rote Kacheln, vier beigefarbene, jeweils zu Quadraten zusammengefasst und in einem Schachbrettmuster verlegt. Um fünfzehn Uhr ist sie aus München losgefahren. Die A92 in Richtung Regensburg. Um Viertel vor fünf kam sie an: Justizvollzugsanstalt Straubing, das sicherste Gefängnis Bayerns. Mehr als achthundert Strafgefangene, davon ein Viertel Mörder. An der Pforte wurde ihre Tasche durchsucht. Sie musste sich in eine Besuchsliste eintragen und ihre Dienstwaffe abgeben.

Der JVA-Beamte hat es nicht eilig. Breite Schultern, ein blassblaues Uniformhemd, gestärkt und mit Bügelfalten, das grau melierte Haar akkurat geschnitten. Er schwitzt unter den Armen.

Der Hofgang ist vorbei. Die Gefangenen warten in ihren Zellen auf das Austeilen des Abendessens. Katja hört das Aufschließen und Zuschlagen von Türen, das Klappern von Geschirr. Beschwerden, Beschimpfungen, Flüche. Echos aus Wut oder Verzweiflung, die sich an den Flurwänden brechen.

Immer wieder werden sie von Gittertüren aufgehalten. Der Beamte schließt sie mit einem der zahllosen Schlüssel an seinem Bund auf. So wie jeden Tag. Unaufgeregt, routiniert. Auf seiner glänzenden Stirn spiegelt sich die Deckenbeleuchtung, ein heller Fleck in seinem farblosen Gesicht.

»Sie sind von der Mordermittlung in München, oder?«

»Ja«, sagt Katja und versucht ihre wachsende Panik in den Griff zu kriegen. Sie spürt, wie sie die Kontrolle verliert, in jeder Sekunde und mit jedem Schritt ein Stück mehr.

»Haben Sie ihn hier reingebracht?«

»Bitte?«

»Diesen Hanning.«

Katja nickt fahrig. »Nicht direkt.«

»Hat so einen komischen Blick«, sagt der Beamte. »Wie der einen mit den Augen … als ob er direkt in einen hineinschauen könnte.«

Wahrscheinlich kann er das wirklich, denkt Katja. Dr. Alexander Hanning, Psychoanalytiker und Bestsellerautor, Traumatherapeut mit internationaler Reputation, der zwei seiner Patienten getötet hat, um an die Wurzeln seines eigenen Traumas zu gelangen. Seine Praxis in Bogenhausen. Gediegen und geschmackvoll. Konstante zwanzig Grad, überwacht von einer Klimaanlage. Katja fragt sich, ob er während ihrer gemeinsamen therapeutischen Sitzungen auch in sie hineingeschaut hat. In den Abgrund, der sie seit Jahren zerreißt. Sie hat ihn mit ihrer eigenen Geschichte gelockt. So nah an der Wahrheit wie möglich, ohne den eigentlichen Kern zu offenbaren. Sie hat ihn damit mehr belogen als mit jeder Lüge.

Als sich auf einem Schrottplatz in Oberschleißheim nördlich von München Dorfmüllers Handschellen um Hannings Handgelenke schlossen, hat sie sich geschämt. Hanning lag hilflos vor ihr auf dem Bauch, Täter und Opfer zugleich, sein blond gelockter Kopf mit den grauen Schläfen neben einer Öllache, die im fahlen Mondlicht schimmerte.

Nur Minuten vorher war sie dem Tod so nah wie nie gewesen, in einem rostigen Schrottauto, gelähmt durch das Mittel, das er ihr injiziert hatte. Sie hatten sich gegenseitig in die Falle gelockt. Um ein Haar hätte er gewonnen. Unfähig, sich zu rühren, hatte sie mitansehen müssen, wie er das Auto mit Benzin übergoss. Das aufflammende Feuerzeug in seiner Hand. Die Reinszenierung seines eigenen Traumas. Der Vater, der die Mutter in ihrem Auto verbrennt. Der verzweifelte Sohn, der ihr nicht helfen kann.

Nur das unerwartete Auftauchen ihres Assistenten hatte ihr das Leben gerettet. Dorfmüller hatte sie aus dem Auto gerissen. Sekunden später war es in die Luft geflogen. Ohne sie.

Aber statt Erleichterung war da nur dieses unerklärliche Gefühl der Scham. Hanning lag gefesselt vor ihr. Und sie hatte Mitleid mit diesem Mann, der zwei Menschen getötet hatte.

Wir machen uns ständig was vor, denkt Katja. Reden uns die Dinge schön, um uns vor uns selbst zu retten.

»Bitte«, sagt der Beamte und schließt eine Tür auf.

Der Besuchsraum ist größer, als sie vermutet hat. Ein Dutzend separater Tische, an denen während der Besuchszeiten die Gefangenen ihren Angehörigen gegenübersitzen. Ohne Privatsphäre, ohne Initimät. Die vergitterten Fenster gehen hinaus auf den Gefängnishof. Jetzt ist der Raum leer. Nur sie und der JVA-Beamte, der bei dem Gespräch mit Hanning dabei sein wird. Für alle Fälle und weil die Vorschrift es so will.

»Er muss jeden Moment hier sein«, sagt er und setzt sich auf einen Stuhl neben der Tür.

»Ich habe Zeit«, erwidert sie, magisch angezogen von der Aussicht in den Hof. Sie schaut durch die Gitterstäbe, zögernd, voller Angst. Ihr gegenüber, kaum einen Steinwurf entfernt, mehrere Reihen von Zellenfenstern. Nebeneinander, übereinander. Unter jedem von ihnen, in großen Zahlen auf die Fassade gemalt, Zellennummer und Stockwerk. Totale Kontrolle, selbst von außen.

Zwei Männer mit lebenslangen Haftstrafen. Dem einen wird sie in ein paar Minuten gegenübersitzen, vor dem anderen läuft sie seit Jahren davon. In ihr der verzweifelte Wunsch nach einem Abschluss, die Sehnsucht nach Erlösung. Beides unmöglich.

Ihr Blick streicht über die Zellenfenster. Hinter einem von ihnen sitzt er. Martin Wolf. Der seit vielen Jahren hier eingesperrt ist und noch immer Macht über sie hat. Der sie einfach nicht loslässt. Sie sind beide verurteilt. Er zu einer lebenslangen

Haftstrafe hinter den Mauern eines Gefängnisses, sie zu einem Leben hinter den unsichtbaren Mauern ihrer gemeinsamen Geschichte.

In ihrem Telefonat mit dem Anstaltsleiter hat sie das Treffen mit Hanning auf eine Uhrzeit gelegt, in der sämtliche Häftlinge in ihren Zellen sind. Die Ausgabe des Abendessens. Alles nur, um eine Begegnung mit Wolf unter jeden Umständen zu vermeiden. Trotzdem steht sie jetzt an einem der Fenster des Besuchsraums, ihre Augen auf die Zellen gegenüber gerichtet, verspürt den kranken Wunsch, einen Blick auf ihn zu erhaschen.

Mühsam löst sie sich vom Fenster, setzt sich an einen der Tische, lächelt dem JVA-Beamten so neutral wie möglich zu. Er soll nichts mitbekommen von den widerstreitenden Gefühlen in ihr. Von dem inneren Chaos, das die ungewollte Nähe zu Martin Wolf in ihr ausgelöst hat.

Sie versucht, sich auf die vor ihr liegende Begegnung mit Hanning zu konzentrieren, nimmt eine Akte aus ihrer Tasche, legt sie vor sich auf den Tisch. Ihr aktueller Fall. Der Grund, warum sie hier ist.

Dorfmüller war dagegen. »Warum begibst du dich freiwillig in seine Hände?«

»Weil unsere Ermittlungen in einer Sackgasse stecken.«

»Aus der wir selbst wieder rausfinden werden.«

»Und wenn nicht?«

»Er hat zwei Menschen getötet, Katja. Der Typ ist gefährlich!«

»Aber auch ein hochintelligenter Psychoanalytiker. Einer, der querdenkt. Der Muster erkennt, die dir und mir verborgen bleiben. Wir brauchen ihn, er kann uns auf die richtige Spur bringen.«

»Warum sollte er bereit sein, dir zu helfen?«

»Weil es eine besondere Verbindung zwischen uns gibt.«

»So ein Quatsch! Das bildest du dir bloß ein.«

»Nein, Rudi, tue ich nicht.«

Dorfmüller weiß nicht, was sie Hanning in seiner Praxis erzählt hat. Er ahnt nicht, dass ihre angebliche Legende keine war. Dass alles, was sie dem Analytiker während ihren beiden Sitzungen über sich preisgegeben hat, der Wahrheit entsprach. Dorfmüller hätte das Risiko, das sie damit einging, niemals gebilligt. Seit er ihr Assistent ist, versucht er, sie vor sich selbst zu beschützen. Sie ist ihm dankbar dafür, auch wenn sie weiß, wie viel sie ihm damit zumutet.

Die Tür öffnet sich. Hanning kommt herein, begleitet von einem weiteren JVA-Beamten, der seinem Kollegen zunickt, ehe er den Raum wieder verlässt. Die Tür fällt hinter ihm zu.

Hanning trägt Häftlingskleidung. Eine blaue Hose, ausgeblichen in den Waschtrommeln der Anstaltsreinigung, darüber ein graues Sweatshirt. Sein Gesicht wirkt ausgemergelt, die Haut fahl, die Augen unter der gold geränderten Brille liegen tief in ihren Höhlen. Als sie ihn das letzte Mal gesehen hat, waren nur seine Schläfen grau, jetzt ist auch der Rest seiner blond gelockten Haare von melierten Strähnen durchzogen. Trotz seines ungesunden Aussehens strahlt er noch immer Neugier aus. Die Lust am Denken. Den ungebrochenen Hunger nach Herausforderung.

Er schaut sie schweigend an. Sie soll den ersten Zug machen. Katja weiß: Er wird unter allen Umständen versuchen, die Kontrolle zu gewinnen. Über das bevorstehende Gespräch. Über sie.

»Hallo, Dr. Hanning.«

»Hallo, Frau Sand.«

Dieselbe Ruhe und Gelassenheit in seiner Stimme wie in seinem zurückliegenden Strafprozess. Nachdem Katja dem Gericht die Todesangst geschildert hatte, in die er sie versetzt hatte, forderte der Vorsitzende Richter ihn zu einer Stellungnahme auf. Obwohl seine Verteidiger ihm nahegelegt hatten, sich auf sein Aussageverweigerungsrecht zu berufen, ergriff Hanning das Wort. Er räumte nicht nur die ihm zur Last gelegten Morde an seinen Patienten Hirschberger und Fellner ein, er legte auch seine Tatmotive dar, nüchtern, präzise und analytisch. Als wäre er nicht der Angeklagte, sondern ein Sachverständiger, der dem Gericht die Ergebnisse seines psychiatrischen Gutachtens präsentiert.

Reue über seine Taten zeigte er nicht, er wies lediglich darauf hin, dass es nicht zu den Morden gekommen wäre, wenn er zu den Tatzeitpunkten gewusst hätte, was er später durch Katja über sich selbst erfahren habe: dass er als dreijähriger Junge adoptiert worden sei, nachdem er gezwungen worden war, mit anzusehen, wie sein Vater seine Mutter bei lebendigem Leib verbrannte. Das Kind, das er damals gewesen sei, habe dieses extrem traumatisierende Erlebnis verdrängt. Die dadurch entstandene Leerstelle in seiner Erinnerung habe er auch als Erwachsener nie füllen können. Jahrzehntelang sei er auf der verzweifelten Suche nach seiner wahren Identität gewesen.

Am Ende seiner Ausführungen war es ganz still im Gerichtssaal. Nach einem kurzen Innehalten wandte er sich zu Katja und und sprach sie direkt an. Ihr allein verdanke er, dass er schließlich doch zum Kern seines Traumas habe vordringen können. Nur wegen ihr könne er jetzt endlich er selbst sein. Und deswegen werde er jede gegen ihn verhängte Strafe ohne Berufung akzeptieren.

Für Katja hörten sich Hannings Worte an wie die versteckte Liebeserklärung eines Vaters an seine Tochter. Was er gesagt hatte und wie er es gesagt hatte, berührte sie zutiefst. Sie war überwältigt. Und fühlte sich gleichzeitig bloßgestellt und benutzt. Als hätte er sie gerade auf offener Bühne vergewaltigt.

»Bitte«, sagt sie jetzt zu ihm und deutet auf den Stuhl auf der anderen Seite des Tisches.

Ein kurzer Blick zu dem JVA-Beamten neben der Tür, dann kommt Hanning auf sie zu, langsam, bedächtig. Er greift nach der Lehne des Stuhles, setzt sich. Sie schiebt ihm die Akte über den Tisch. Eine Aufforderung, die er ignoriert. Stattdessen blickt er sie schweigend an, um den Mund ein spöttisches Lächeln. Seine Augen hinter der Brille bohren sich in ihre. Unmerklich weicht sie zurück, ihre Schläfen beginnen zu pochen.

Er kann es wirklich, denkt sie. In andere hineinschauen. Durch die Oberfläche in die tiefsten Tiefen, bis auf den Grund.

»Was?«, fragt sie und hört den gereizten Unterton in ihrer Stimme. Das Unbehagen vor dem, was jetzt unausweichlich kommen wird.

»Die Scheune, von der Sie mir damals erzählt haben«, sagt er sanft, »Sie wissen schon. Wo steht die?«

Bleib ruhig, Katja, lass dich nicht auf seine Spielchen ein! »Warum interessiert Sie das?«

Er antwortet nicht, weil er nicht antworten muss. Schaut sie einfach weiter an, geduldig, abwartend, lauernd. Noch immer ein Lächeln auf den Lippen. Er weiß, dass sie ihren Widerstand nicht lange aufrechterhalten kann. Sie ist zu ihm gekommen, weil sie etwas von ihm will. Um etwas zu bekommen, muss sie ihm etwas geben.

»Westlich von München«, sagt Katja ausweichend.

»Wo genau?«

Sie zögert. Das hier ist ihr Leben, nicht seins. Je mehr sie von sich preisgibt, desto mehr hat er sie in der Hand. Er will die Kontrolle, sie will sie nicht verlieren. »Ich glaube nicht, dass das irgendeine Rolle spielt.«

»Sie wissen, dass es sehr wohl eine Rolle spielt.«

»Außerhalb eines Dorfes«, sagt sie und spürt, wie ihr Widerstand nachlässt. »Am Rand eines Feldes. Neben einer Viehweide. In der Nähe war ein Wald.«

Sein Lächeln friert ein. Etwas anderes legt sich darüber. Gedankenkino. Der Versuch, ein Bild in seinem Kopf zusammenzusetzen. Er schließt die Augen. »Verwittertes Holz«, sagt er leise. »Das Rauschen der nahen Bäume. Der Geruch nach gemähtem Gras und Dung. Mondlicht, das durch die Lücken zwischen den Brettern fällt.«

»Wieso Mondlicht?«, fragt sie. »Wer sagt Ihnen, dass ich in der Nacht dort war?«

Seine Augen öffnen sich wieder. Statt einer Antwort nimmt er seine Brille ab, lässt den Blick prüfend über die Gläser schweifen. »Sie haben nicht zufällig ein Taschentuch dabei?«

Katja durchsucht ihre Tasche, zieht ein Päckchen Papiertaschentücher heraus. »Sie können es behalten, wenn Sie wollen.«

»Danke«, sagt Hanning und beginnt, seine Brille zu putzen. Seine gepflegten Hände. Bläuliche Adern auf dem schlanken Handrücken. Die Nägel sind kurz geschnitten und sorgfältig mit einer Feile in Form gebracht.

»Es sind immer die Nächte«, sagt er und hält die Brille prüfend gegen das Licht, ehe er sie wieder aufsetzt. »Jedenfalls in unserer Erinnerung. Weil wir dazu neigen, unsere Ängste der Nacht zuzuschreiben. Wissen Sie noch? Der Gang in den Keller, damals als Kind? In unserer Erinnerung führt die Treppe immer in den Keller, und wir werden wieder zu kleinen Kindern. Unser Herz klopft, die Hände schwitzen, der Kopf glüht. Wir wollen nicht da runter, aber wir müssen. Hinab in die Dunkelheit. Dorthin, wo das Grauen lauert.« Er stützt die Ellenbogen auf den Tisch, legt das Kinn auf seine übereinandergelegten Hände und mustert Katja.

Sie würde seinem Blick am liebsten ausweichen. Aber wenn sie das tut, hat sie verloren. Sie darf sich nicht von ihm provozieren lassen.

»Vielleicht ist es nicht ganz so einfach«, sagt sie so ruhig wie möglich und lehnt sich zurück. Der Versuch, gelassen zu wirken. Die Stuhllehne in ihrem Rücken, der schweißnasse Stoff der Bluse auf ihrer Haut.

Hanning lächelt erneut. »Doch, Frau Sand, ist es. Alle unsere

Ängste sind nur Varianten der einen großen Angst. Spielarten. Teilaspekte.«

»Von welcher Angst reden Sie?«

»Von der, auf die sich alles zurückführen lässt. Die Angst, zurückgestoßen und verlassen zu werden, die Angst, nicht geliebt zu werden. Die Spielchen, die wir spielen, das ständige Ringen um Kontrolle, der ewige Kampf um Überlegenheit – alles nur Trugbilder. Das Gegenteil von Souveränität. Ein einziges großes Ausweichen vor der Einsicht in die tiefe Einsamkeit unserer Existenz.«

Er redet über sich, aber er meint sie. Die ganze Zeit schon. Als wären sie eins. Er versucht, sie einzuwickeln, aus der Reserve zu locken.

»Wir verlassen uns immer nur auf das, was wir sehen. Und übersehen dabei das Wesentliche. Das, was wir mit den Augen nicht sehen können. Eine Ahnung, ein Gefühl. Niemals greifbar, aber immer spürbar. Wir versuchen, es zu unterdrücken, wir leugnen es ab. Vor uns selbst, vor anderen. Und träumen davon, erlöst zu werden.«

»Und? Werden wir erlöst?«

»Nur, wenn wir die Treppe ganz hinuntergehen. Weiter und immer weiter.«

»Bis wohin?«

»Bis in den Keller. Über den Schmerz hinaus. Bis wir bei uns selbst ankommen und endlich frei sind.«

Er macht eine Pause. Als würde er seinen Worten beim Verklingen nachhören. »Die Dinge haben sich umgedreht, Frau Sand. Mein ganzes Leben lang war ich in mir gefangen, auch wenn ich äußerlich frei war. Heute befindet sich mein Körper im Gefängnis, aber dafür ist mein Inneres endlich frei. Was mir tausendmal lieber ist als mein früherer Zustand. Mit äußerer Unfreiheit kann man sich arrangieren, mit innerer Unfreiheit nicht.«

»Und das heißt?«

»Dass Sie das Tor der Scheune endlich öffnen müssen.«

»Und wenn ich das nicht will?«

Hannings Lächeln wird zu einem Lachen. »Sie wissen so gut wie ich, dass Sie das wollen. Sie sehnen sich geradezu danach.«

»Und wenn ich längst weiß, was im Inneren auf mich wartet?«

»Mit dem Kopf vielleicht, aber das nützt Ihnen nichts. Gar nichts.« Hanning wirkt jetzt fast ein wenig enttäuscht. »Sie müssen es sehen, Frau Sand. Wirklich sehen. Nicht mit den Augen. Mit Ihrer ganzen Seele.«

»Eine Reinszenierung?«

»Vergessen Sie die Fachbegriffe. Tun Sie es einfach. Nicht, weil ich es Ihnen sage, sondern weil Sie es wollen und weil Sie es können. Ich weiß, dass Sie es können!«

Er fixiert sie mit seinem Blick. Nagelt sie fest. Sie kann ihm nicht ausweichen. Also schaut sie durch ihn hindurch. Und sieht sich selbst. In der Scheune, in dieser Nacht vor vielen Jahren. Und erkennt Martin Wolf vor sich, das widerliche Grinsen in seinem mondbeschienenen Gesicht …

Sie reißt sich los von dem grauenhaften Bild. Sie will das alles nicht sehen, weder sich noch ihn, sie erträgt es einfach nicht. Verlagert den Fokus zurück auf Hanning. Sie spürt, dass er ihre Gedanken lesen kann, jedenfalls deren Richtung. Sie muss dem Einhalt gebieten. Ehe dieses Gespräch noch weiter aus dem Ruder läuft. »Ich bin nicht hergekommen, um mit Ihnen über mich zu sprechen.«

»Sie wollen mir ausweichen. Ihre Entscheidung. Aber Sie weichen damit vor allem sich selbst aus.«

»Dann ist das eben so«, erwidert sie und wundert sich über die Entschlossenheit in ihrer Stimme. Sie wird sich nicht von ihm bezwingen lassen. Nicht hier und nicht jetzt. Sie nimmt die Akte auf seiner Seite des Tisches, streckt sie ihm entgegen.

Hanning zögert kurz, dann greift er danach. »Was ist das?«

»Schauen Sie rein.«

Er schlägt die Akte auf, überfliegt die erste Seite, blättert weiter.

Mach schon, denkt Katja, beiß an!

Hanning betrachtet die beigelegten Fotos. Merkt erschrocken auf, reißt sich sofort wieder zusammen und zwingt sich, auch den Rest anzuschauen. »Ziemlich krank«, sagt er und schlägt die Akte zu.

»Richtig krank«, präzisiert Katja. »Eine ehemalige Krankenschwester, erst seit kurzem in Rente. Die Verstümmelungen ihres Unterleibs sind vermutlich mit einem Skalpell durchgeführt worden. Bei lebendigem Leib. Sie ist qualvoll verblutet.«

»Warum zeigen Sie mir das?«, fragt Hanning.

»Was glauben Sie?«, fragt Katja zurück.

»Ihre Ermittlungen treten auf der Stelle. Sie kommen nicht weiter.«

»Deswegen habe ich um dieses Treffen gebeten.«

»Sie wollen, dass ich Ihnen helfe.«

Katja geht nicht darauf ein. Sie spürt, dass Hanning bereit ist, den Köder zu schlucken. Jetzt muss sie nachlegen, um ihm die Entscheidung leicht zu machen. »Sagt Ihnen der Name Franz Bichler etwas?«

»Nicht dass ich wüsste.«

»Ein verurteilter Mehrfachmörder. Lebenslang mit anschließender Sicherheitsverwahrung. Fünfzehn Jahre Regelvollzug, danach drei Jahre in einer Klinik für forensische Psychiatrie. Vor zwei Monaten auf Bewährung entlassen.«

»Sie glauben, dass er für den Tod dieser ehemaligen Krankenschwester verantwortlich ist?«

»Jedenfalls gleichen ihre Verstümmelungen auffallend denen seiner damaligen Opfer.«

Hanning denkt laut nach. »Es könnte sich dabei um eine Art

Bestrafung handeln. Die zwanghafte Wiederholung eines unbewussten Rituals.«

»Und weiter?«

Sein Gesicht legt sich in Falten, seine Augen ziehen sich zu Schlitzen zusammen. Er mustert Katja – abwägend, lauernd, gierig. »Was bekomme ich dafür?«

»Gar nichts.«

»Sie enttäuschen mich, Frau Sand.«

»Ihre Entscheidung«, sagt Katja. Klar und eindeutig. Ohne jede Option auf einen Rückzieher. Wie Hanning sich dazu verhält, liegt nur noch an ihm.

Er begreift das sofort. Sie kann es ihm ansehen. Nachdenklich wiegt er die Akte in seinen Händen. »Kann ich die behalten?«

»Deswegen habe ich Sie mitgebracht.«

Damit ist das Gespräch beendet. Sie steht auf, nickt dem JVA-Beamten zu.

Hanning bleibt sitzen, den Blick auf die Tischplatte gerichtet. »Ich soll Sie übrigens grüßen.«

»Von wem?«

Sein Blick hebt sich, bis ihre Augen sich treffen. »Ein Mitgefangener. Martin Wolf. Ich soll Ihnen ausrichten, dass kein Tag vergeht, an dem er nicht an Sie denkt.«

Katja spürt, wie ihre Knie weich werden. Sie will sich an der Tischkante festhalten, aber sie greift ins Leere. Der Boden unter ihr gibt nach. Sie sieht sich fallen. Ein Sturz ins Grenzenlose. Ein Krater aus Schmerz, der sie mit sich reißt, eine alles verschlingende Angst.

Kein Entkommen.

Kein Vergessen.

Kein Erbarmen.